Marie NDiaye

Die lieben Verwandten

Roman

Aus dem Französischen
von Rolf Wintermeyer

Carl Hanser Verlag

Titel der Originalausgabe: *En famille*

Die Übersetzung erfolgte mit Unterstützung
des französischen Kultusministeriums

1 2 3 4 5 97 96 95 94 93

ISBN 3-446-16413-8

Satz: Fotosatz Reinhard Amann, Aichstetten
Druck und Bindung: Freiburger Graphische Betriebe, Freiburg
Printed in Germany

Erster Teil

Erstes Kapitel
Die lieben Verwandten

Als sie beim Haus der Großmutter am Ausgang des Dorfes ankam, hatten die beiden Hunde, die sie früher oft liebkost hatte und die jetzt vor Alter erblindet waren, noch Kraft genug, sich geifernd gegen das Gitter zu werfen. Mit einer Wut, die sie nie an ihnen erlebt hatte, fingen sie an zu bellen, sobald sie den Kopf zwischen den Stäben hindurchstrecken wollte. Zärtlich rief sie die Tiere beim Namen. Aber das machte sie nur noch wilder. Sie setzte ihren Koffer ab und kletterte auf einen großen Stein am einen Ende der Gittertür, und da sie hier sicher war, außer Reichweite der Hunde zu sein, schob sie sich nun mit ihrem ganzen Oberkörper zwischen zwei Stäben hindurch und rief zum Haus hinüber, man solle ihr aufmachen. Es tat ihr weh, daß die Hunde sie nicht wiedererkannt hatten, und sie sah darin das Anzeichen einer schweren Verfehlung ihrerseits.

Einer ihrer Onkel erschien auf der Schwelle. Was tut der heute bei der Großmutter, fragte sie sich und lachte leise, weil dem Onkel eine Menge Haare ausgefallen waren. Und doch wollte es ihr scheinen, ihr letzter Besuch bei der Familie liege noch nicht so lange zurück, als daß der Onkel sich derart verändert haben sollte und die Hunde die Erinnerung an sie verloren haben könnten.

Der schon halb kahle Onkel hielt in der einen Hand ein Glas und in der anderen eine Blätterteigpastete, in die er hineinbiß, ohne auf die herunterrieselnden Krümel zu achten. Er brachte die Hunde zum Schweigen und fragte, was sie denn wolle.

Aber Georges, ich bin's, deine Nichte, sagte sie lächelnd, und trotz der Schmerzen, die ihr die Stäbe bei der geringsten Bewegung verursachten, streckte sie die Arme nach ihm aus. Übrigens konnte sie kaum atmen. Aber hätte sie etwa, von den Hunden gedemütigt, wie eine Wildfremde hinter dem Gitter stehenbleiben sollen? Ihres Wissens hatte sie sich der Familie gegenüber nie etwas zuschulden kommen lassen und sich bei ihren kurzen Besuchen bei der Großmutter immer fürsorglich um die beiden Hunde gekümmert. Daß man ihr allerdings irgend etwas übelnahm, wovon sie nichts wußte, das war durchaus möglich, dagegen war man machtlos.

Der Onkel runzelte die Stirn und sah sie mit teilnahmsloser Miene scharf an. Ohne eine Begrüßung auch nur anzudeuten, schluckte er einen letzten Bissen hinunter, trank sein Glas aus, zuckte die Achseln und ging langsam wieder zur Großmutter hinein. Die Tür fiel ins Schloß. Onkel Georges hatte ihr einst eine Puppe mit langen Haaren geschenkt, und die hatte sie immer noch! Nun meinte sie allerdings, es werde sich bald herumsprechen, daß Georges sie draußen stehengelassen hatte, und die Familie würde ihn bis ans Ende seiner Tage damit beschämen. Mit einer Hand kam sie schließlich an die Klingel und hielt, gekrümmt und mit verdrehter Hüfte, den Finger auf dem Knopf, während die Hunde nun wie verrückt auf das Gitter einstürzten. Dabei behielt sie gleichzeitig ihren auf dem Trottoir abgestellten Koffer im Auge, den sie gestern mit so großer Sorgfalt für die lange Reise gepackt hatte. Da öffnete sich endlich die Haustür, und zu ihrer Überraschung erkannte sie mehrere ihrer Onkel, Tanten und Vettern, die sich auf der Freitreppe drängten, ohne sich noch in den Hof hinunterzuwagen. Die Kleider glitzerten, die Anzüge waren dunkel, die Hemden weiß und bis zum Hals zugeknöpft. Auch ihr Cousin Eugène mit seinen öligen Locken war da; sie hatten sich schon einmal zufällig hinter einem Schrank geküßt. Und da erinnerte sie sich, daß heute ja der Geburtstag der Großmutter war. Sie war so sehr von ihren Vorbereitungen und von der großen Idee, die sie völlig beherrschte, in Anspruch genommen gewesen, daß sie darüber den Geburtstag ganz vergessen hatte. Immerhin war es auch niemand eingefallen, sie einzuladen, und da feierte die Familie nun, ohne sich darum zu kümmern, daß eins ihrer Mitglieder fehlte, das ihr nie etwas Böses angetan hatte und auch nie schlecht über sie gesprochen hatte, selbst in weiter Ferne nicht. Hatte sie es nicht immer sorgfältig für sich behalten, weil sie es beleidigend fand, wie fremd die Familie ihr war, wie verhaßt manchmal mit all ihrer Engstirnigkeit? Und doch lädt man sie nicht zum Geburtstag der Großmutter ein, läßt sie an der Gittertür hängen, von den Stäben halb erdrosselt, mustert sie von oben bis unten mit unschlüssigen und kühlen Blicken. Nur Eugène schenkte ihr ein unbestimmtes Lächeln. Er trug ein kurzes, enganliegendes Jackett, das er mit gespreizten Fingern immer wieder über der Brust glattstrich. Von weitem gesehen wirkten seine glattgekämmten Locken wie ein schillernder Helm. Immer wieder fuhr er mit der flachen Hand darüber und wischte das Fett dann an seiner Hose ab. Er drehte sich auf der Stiefelspitze um und verschwand schon bald, er hatte das Interesse an der Sache verloren. Zögernd zuerst löste sich dann eine Frau aus der Gruppe und ging auf das Gitter zu, brachte mit einem Zungenschnalzen die Hunde zum Schweigen und sagte endlich, zu ihr aufsehend: Ja bitte? – Warum hat keiner mir gesagt, daß heute Großmutters Geburtstagsfeier ist? Tante Colette, ich bin doch die Tochter deiner Schwester! Hilf mir runter!

Wie vor Schreck wich Tante Colette einen Schritt zurück errötete und öffnete dann mit einer brüsken, ungeschickten Bewegung die Gittertür.

Weißt du, Fanny, hub sie an und faßte ihre Nichte linkisch um die Hüfte. Ich heiße nicht Fanny, Tante Colette!

Hast du denn alles vergessen? Aber das macht nichts, nenne mich ruhig Fanny. Ich hatte ohnehin einen neuen Vornamen nötig, sagte Fanny freudig. Ach ja, machte Tante Colette und deutete ein Lächeln an.

Um sich liebenswürdig zu geben, nahm sie Fannys Koffer. Fanny sprang vergnügt auf den Boden, und sie betraten zusammen den Hof, während Onkel Georges die Hunde zurückriß, die sich trotz ihrer Altersschwäche und ihrer natürlichen Sanftmut, und obwohl sie sich ihr gegenüber sonst immer zutraulich gezeigt hatten (hatte sie nicht ihre ganze Kindheit über mit ihnen gespielt?), jeden Augenblick auf die lächelnde und muntere, jetzt fast achtzehn Jahre alte Fanny stürzen zu wollen schienen. Georges blickte sie verdrossen und unschlüssig an, aber Fanny ignorierte ihn, ging nicht einmal, wie es doch üblich war für eine Nichte, auf ihn zu, um ihn zu umarmen. Dabei hatte sie ihn früher für den umgänglichsten ihrer Onkel gehalten. Im Haus drinnen wuchs ihre Entrüstung noch, und mit vorwurfsvollen Blicken wandte sie sich nach Tante Colette um. Die allerdings hatte den Koffer abgesetzt und war verschwunden. Fanny rief ihr nach und stellte sich auf die Zehenspitzen, aber umsonst. Tante Colette war nicht mehr zu sehen, trotz ihrer Leibesfülle und des blauen Paillettenkleides, das sie zur Feier des Geburtstags trug. Fanny erinnerte sich an dieses Kleid und war gerührt.

Wie jedes Jahr hatte sich die ganze Familie eingefunden. Nie zuvor hatte Fanny den Geburtstag der Großmutter vergessen und auch nicht das Fest, das aus diesem Anlaß gegeben wurde, und sie war sich bewußt, daß darin eine Verfehlung zum Ausdruck kam, ein Verstoß gegen die guten Sitten, ja eine Lieblosigkeit gegenüber der Großmutter, die sie doch gern hatte. Sie war freilich nie in der Gegend, und so hatte auch niemand an sie gedacht, die so übergenaue Tante Colette hatte sogar ihren Vornamen mit dem irgendeiner ihr selbst unbekannten Person verwechselt, denn Fannys kannte sie nur aus Büchern. War überhaupt noch ein

Platz für sie da, oder würde sie mit den Kindern in der Küche essen müssen, was sie zu Tränen kränken würde, denn es würden dann nur die schlechtesten Stücke für sie abfallen? Sie bekäme den Bodensatz der Flaschen, die abgeräumten Torten, und das wäre dann, als erlitte sie eine schmachvolle Erniedrigung, als erlege man ihr eine früher schon bestandene Prüfung zur Strafe noch einmal auf. Auf dem Weg zum Eßzimmer (ihren Koffer hatte sie im Vorraum gelassen, gut hinter den Mänteln versteckt) bemerkte sie mehrere Kinder, die sie nie gesehen hatte und die zur entfernten Verwandtschaft zu gehören schienen. Sie musterte sie streng. Kein einziges hatte ihr die Wangen entgegengehalten oder sie auch nur gegrüßt. Sie begegnete ihrem vor sich hin pfeifenden Cousin Eugène. Der zog seine engen Hosenbeine herunter, damit sie das Oberleder seiner Stiefel bedeckten. Er setzte ein spöttisches Lächeln auf und verneigte sich leicht, als er die plötzlich ungehaltene Fanny erblickte. Sie aber faßte ihn beim Arm und wollte wissen, ob denn wenigstens er sie wiedererkenne und was sie davon zu halten habe, daß man sie zum Geburtstag der Großmutter nicht eingeladen hatte, trotz ihres korrekten Verhaltens, ihres unverbrüchlichen guten Willens, ihrer Achtung vor der Familie und den Traditionen. Sie schüttelte Eugène, kam mit ihrem Gesicht ganz nahe an das seine heran und drängte ihn gegen die Wand.

Gewiß doch, sagte Eugène, selbstverständlich habe ich dich wiedererkannt, was glaubst du denn?

Sein Lächeln ließ Fanny daran zweifeln, daß dies die Wahrheit sei. Sie versetzte ihm einen Rippenstoß. Eugène begehrte auf und befreite sich lachend.

Nie weiß man, ob man dir glauben kann, sagte Fanny wütend. Sie wurde immer gereizter und starrte auf Eugènes feuchte Lippen. Was hatte sie verbrochen, daß die Familie sie von sich fernhielt, unbekümmert darum, was sie ihr schuldig war? Über jede neue Geburt hatte sie sich gefreut, hatte nie etwas Abfälliges über ein Familienmitglied verlauten lassen.

Sie lief schnell wieder in den Vorraum, öffnete ihren Koffer und entnahm ihm ein Foto, das sie in die Tasche steckte. Dann ging sie ins Eßzimmer zurück, wo die Gäste sich anschickten, nach der alten, unwandelbaren Ordnung um den langen, blumengeschmückten Tisch herum Platz zu nehmen. Lächelnd umarmte Fanny einen nach dem anderen, und in einer Ecke wurde sie Tante Colette gewahr, die keinen Blick von ihr wandte. Das rundliche Gesicht von Tante Colette zeigte besorgtes Erstaunen und vollkommenes Unverständnis. Warum schaut sie mich nur so an, fragte sich Fanny, wo mich doch alle umarmen und willkommen heißen wie sonst auch? Robert wollte sie gar ins Kinn kneifen, und man fand, daß sie gut aussehe. Ja, man wollte sogar wissen – und das beruhigte sie vollends –, wie es denn ihren Eltern gehe, die aus verschiedenen Gründen, wegen der beschwerlichen Reise, vielleicht auch einfach aus Desinteresse und weil ein jeder von einer anderen Beschäftigung in Anspruch genommen war, der Feier ferngeblieben waren. Doch nannte sie keiner bei ihrem Vornamen, und als sie ihnen sagte, sie heiße von nun an Fanny, stimmten alle stillschweigend zu, nur Tante Colette seufzte. Ein zusätzliches Besteck wurde gebracht, und Fanny setzte sich an ihren angestammten Platz. Die Großmutter, gab man ihr zu verstehen, habe sich in ihr Zimmer zurückgezogen, Fanny könne sie nach dem Mittagessen sehen. Fanny lächelte allen zu, um zu bekräftigen, daß es keinen Grund gebe, sie für verändert zu halten oder etwa anzunehmen, sie sei nicht so, wie ein richtiges Familienmitglied sein sollte, wo sie zudem auch noch das Versagen ihrer abwesenden Eltern aufzuwiegen hatte. Auf ihrem robusten Rücken lasteten die Fehler und Nachlässigkeiten der Eltern. Eugène ist in seinem Element, sagte sich Fanny, als sie ihn gähnen sah, er kann sich daneben benehmen, wie es ihm beliebt: sein Vater und seine Mutter sind da, und an ihnen ist nichts auszusetzen. Hatten sie Eugène nicht sogar die passenden Gesichtszüge mitgegeben? Ihr Cousin sah dem verstorbenen Großonkel ähnlich. Jetzt stand er, ohne ein Wort zu verlieren, vom Tisch auf und ging, mit seinen Stiefeln über den Fußboden schlurfend, zum Rauchen in den Garten. Tante Colette, die neben Fanny saß, zeigte mit dem Finger auf ihren Gatten und flüsterte dann: Eugène ist unser Sohn. – Natürlich, sagte Fanny, warum sollte ich denn das nicht wissen? Und es fielen ihr Eugènes feuchte Lippen ein. Aber Tante Colette schien sie nicht zu verstehen. Sobald Fanny etwas sagte, glitt ein Anflug von Lächeln über ihr angespanntes, konzentriertes Gesicht, und Tante Colette fixierte einen unsichtbaren Punkt im Raum. Oft hielt sie beim Essen inne, um Fanny zu erklären, was Fanny seit langem wußte, und sie erzählte ihr bis ins Detail irgendeine allen bekannte Familiengeschichte. Sie war kaum überrascht, wenn die wütende Fanny dann das Ende selbst erzählte, sondern sagte sanft: Das muß man alles ganz genau wissen. Diese erbärmlichen Geschichten, dachte Fanny aufgebracht. Gab es denn überhaupt jemand, der die geringsten Vorfälle innerhalb der Familie, den Namen eines jeden einzelnen besser gekannt hätte als sie selbst, dessen Gedächtnis getreuer, dessen Erinnerung präziser gewesen wäre als das ihre? Doch Fannys Eltern waren nicht ganz unbescholten und hatten sicher nur Verachtung für die Großmutter und ihre engstirnigen Ansichten übrig. Und da sie es nicht für nötig erachteten, sich wegen des Geburtstags zu bemühen, entschuldigten sie sich auch nicht.

Am Ende der Mahlzeit, als Kaffee und Kuchen gereicht wurden, zog Fanny das Foto aus der Tasche und lehnte es an ihr Glas. Man sah sie darauf im Alter von drei oder vier Jahren in den Armen ihrer zärtlichen, lächelnden Mutter, die damals so hübsch war wie Fanny jetzt, wobei Fanny allerdings nicht so fröhliche Augen hatte. Tante Colette beugte sich über das Foto, andere reckten den Hals. Zu Fannys großer Zufriedenheit reichte Tante Colette das Foto herum, ein jeder warf einen diskreten Blick darauf und gab es dann wortlos schnell an seinen Nachbarn weiter. Mama werden sie ja wohl noch wiedererkennen, dachte Fanny. Trotz ihrer Verfehlungen bleibt sie doch einem jeden hier verbunden. Man nannte tatsächlich den Namen von Fannys Mutter und manchmal nicht ohne Wohlwollen. Jemand bedauerte leise, daß Fanny nicht mehr so aussehe wie auf dem Foto, und obwohl sie lächelte und ihren guten Willen zeigte, wagte es keiner, sie direkt anzusprechen. Es streiften sie verlegene Blicke, aber die Unterhaltung interessierte Fanny nicht im geringsten. Sie hörte nur aus Pflichtgefühl zu. Man begann von der Zeit zu sprechen, als dieses Foto aufgenommen wurde. Fanny erzählte eine Kindheitserinnerung. Es war darin vom Fluß die Rede und von der kleinen, tanzenden Brücke. Man nickte zustimmend, ließ es jedoch offen, ob man wirklich vor Augen hatte, was Fanny da beschrieb oder ob man ihr lediglich das Recht zugestand, sich wie in den Büchern auszudrücken, mit denselben schönen Bildern und dem Überschwang, denen man manchmal darin begegnet. Man lächelte leise, als man ihre Rührung wahrnahm. Tante Colette murmelte, sie erinnere sich an nichts von alledem, was Fanny da erzähle. Aber niemand, nicht einmal die Alten, hätten Fanny widersprechen können. Sie besaß ein umfassendes und übergenaues Gedächtnis und kannte die unmittelbare Vergangenheit besser als diejenigen, die sie selbst erlebt hatten.

Eugène kam aus dem Garten zurück, um seinen Kuchen zu essen, und man tat ein großes Stück für die Großmutter beiseite. Fanny fielen die flüchtigen Küsse ein, und sie sah mit Wohlgefallen auf ihren Cousin Eugène. Als sie an die weite Reise dachte, kam sie auf den Gedanken, ihn mitzunehmen, einen verläßlichen Begleiter konnte sie gebrauchen. Nun war der Augenblick gekommen, wo sie es für angebracht hielt, der Familie ihr Vorhaben zu unterbreiten. Die Kinder waren schon aufgestanden; man lehnte sich auf den Stühlen zurück und schloß die Augen halb, während in den verstreut herumstehenden Schüsseln die Fettreste hart wurden. Nur Eugène und Fanny rekelten sich auf ihren Stühlen. Cousin Eugène stieß mit glanzlosem Blick einen lauten Seufzer aus, er trug einen schwarzen Pullover und einen Gürtel aus Metall. Seit kurzem nannte er ein kleines, schnelles Auto sein eigen, das ihm Selbstvertrauen verliehen hatte. Mit einem Mal stand Fanny auf, ihre Nachbarn fuhren hoch. Sie habe etwas Wichtiges mitzuteilen, kündigte sie an, und bitte alle um ihren Beistand, allerdings nicht um Geld (sie hatte gesehen, wie die Blicke sich verfinsterten), sondern um Auskünfte über Tante Léda, die Schwester ihrer Mutter. Léda, sagte Tante Colette mit besorgter Miene, das weiß keiner, wo die ist. – Ich habe Tante Léda nie gesehen, sagte Fanny, weder in der Wirklichkeit noch auf einem Foto, denn sie ist zu keiner einzigen Geburtstagsfeier gekommen, ja vielleicht weiß sie nicht einmal, daß diese Feiern hier jedes Jahr stattfinden. Wie hätte sie es auch erfahren sollen, wo doch niemand sie gesehen oder mit ihr gesprochen hat, seitdem der Geburtstag der Großmutter gefeiert wird. Und doch habe ich euch manchmal von ihr reden hören. Ihr habt bedauert, nichts von Tante Léda zu wissen, die noch genauso zur Familie gehört, als bekäme sie ein jeder von euch Tag für Tag zu Gesicht und als habe sie trotz allem recht daran getan, nichts mehr von sich hören zu lassen. Eure Zuneigung könnte kaum größer sein, wenn ihr zumindest einen kleinen Teil davon zurück erhieltet, was doch gar nicht der Fall ist. Sei's drum. Tante Léda genießt den Vorzug, von allen geliebt zu werden, trotz ihrer Nachlässigkeit und Gleichgültigkeit euch gegenüber. Ich selbst bin hier nicht zu Hause, obwohl ich es bis jetzt immer geglaubt habe. Ich bin bestenfalls geduldet, aber nun zeigt es sich, daß ich immer nur so getan habe als ob, und ihr laßt euch nicht länger etwas vormachen, ihr habt es noch vor mir gemerkt. Allerdings kenne ich meine Fehler oder die meiner Eltern. Das ganze Unglück kommt daher, daß Tante Léda nicht von meiner Geburt unterrichtet worden ist wie jeder von euch, und Tante Léda ist die Schwester meiner Mutter. Ihr wart auch alle dabei, als ich dann in die Familie aufgenommen wurde. Es wurde ein Essen gegeben, und ich habe noch ein paar von den kleinen Geschenken, die ich bekommen habe, ich war damals vier Monate und siebzehn Tage alt. Léda war natürlich nicht da, und daran fand niemand etwas auszusetzen. Keiner hat versucht, ihren Aufenthaltsort ausfindig zu machen, um ihr mitzuteilen, daß soeben ihre erste Nichte auf die Welt gekommen war, und wenn Léda zufällig noch in unserer Stadt gewohnt haben sollte, als das geschah (da niemand wußte, wo sie wohnte, konnte sie sich genausogut auch ganz in unserer Nähe aufhalten, und keiner ist je auf diesen Gedanken gekommen), vielleicht hat sie es sogar aus der Zeitung erfahren, wie jeder x-beliebige. Man hat also unterlassen, was auf jeden Fall hätte getan werden müssen, und die Schuld meiner Eltern ist gewaltig, obwohl sie gar keine Vorstellung davon haben. Und jeder von euch hat mir ein wenig Unrecht zugefügt. Habt ihr nicht so getan, als würdet ihr mich willkommen heißen, und mir doch gleichzeitig zu verstehen gegeben, daß ich nur beschränkte Rechte hatte, was mir gerade heute richtig klar wird, wo ihr mich ganz einfach vergessen habt? Tante Léda wiederzufinden ist das einzige, was ich jetzt tun kann. Und dann werden wir ein zweites Geburtstagsessen zu meinen Ehren veranstalten, schloß Fanny mit einem Lächeln, und Léda wird am Kopfende des Tisches sitzen, und rechts und links von ihr meine Eltern. Deren Irrtum läßt sich allerdings nur halb wiedergutmachen, leider. Denn ich bin jetzt achtzehn und habe die Sorglosigkeit derer, die mich auf die Welt gesetzt haben, bereits mit viel Unglück und Sorgen bezahlen müssen.

Fanny setzte sich und faltete die Hände auf dem Tisch. Sie neigte den Kopf leicht nach vorn, aber unter ihren gesenkten Lidern gingen ihre Augen rasch von einem zum anderen. Sie sah, daß Eugène mit höchst gelangweilter

Miene ins Leere starrte, mit halbgeöffnetem Mund, aus dem seine Zähne hervorleuchteten. Hatte er ihr überhaupt bis zum Ende zugehört?

Arme Tante Léda, sagte Tante Colette, sie hat aus ihrem Leben nicht viel gemacht.

In wirrem Durcheinander begann man nun von Léda zu erzählen, doch kam nichts dabei heraus, was Fanny irgendwie behilflich sein konnte, und niemand kam auf das zu sprechen, was sie gerade gesagt hatte. Fanny schwieg jetzt, als ginge sie das alles nichts mehr an. Ohne es zu merken, schob Tante Colette sie nach und nach mit weiten, fahrigen Gesten an das Ende der Tafel. Tante Léda habe sich mit einem Mann ins Ausland abgesetzt, behauptete sie, und Lédas Geschichte sei im Grunde durchweg banal, manchmal geradezu ordinär. Tante Colette kannte das genaue Alter Lédas, ihrer eigenen Schwester, nicht. Doch glaubte sie zu wissen, daß der Mann, mit dem Léda auf und davon war, mächtig viel Geld hatte, und darauf hätte es Léda, die weder einen Beruf noch die geringste Bildung, Geist oder irgendeine Spur von Schönheit besessen habe, schon immer abgesehen gehabt. Manche murmelten, sie sähen das ganz anders, ja Onkel Georges schien richtig empört, und sein Hals schwoll an. Tante Colette jedoch sprach lautstark weiter, sie war ja Lédas Schwester, diejenige, welche sie früher am besten gekannt hatte. Sie hatte Fannys Gegenwart neben sich vergessen, und ihre Hände fuhren in so weit ausholenden Gesten hin und her, daß Fanny ihren Stuhl immer weiter wegrücken mußte, um nicht gestoßen zu werden. Hast du eine Ahnung, in welches Land Tante Léda gegangen ist, fragte Fanny, als Tante Colette nichts mehr sagte. – Keiner weiß, wo sie ist, antwortete Colette, ohne Fanny anzusehen. Etwas hastig fügte sie noch hinzu, daß ihr Fannys Ansprache konfus vorgekommen sei, sie selbst sei nicht imstande, ihr zu helfen, sie verstehe auch nicht recht, was Fanny eigentlich wolle. Denn jeder sei ja verantwortlich für das, was ihm widerfahre. Und wenn Fanny vergessen worden sei, wie sie vorgab, so war das bestimmt auf die Hektik der Vorbereitungen zurückzuführen. Hatte sie denn nicht selbst den Geburtstag der Großmutter vergessen? Darauf wandte sich Tante Colette dem gähnenden Eugène zu. Sie machte ihm Vorhaltungen wegen eines Weinfleckens auf dem hellen Stoff seiner Hose.

Zweites Kapitel

Die Großmutter

Als man schließlich aufstand, um sich im Garten die Beine zu vertreten oder im Wohnzimmer Karten zu spielen, ging Fanny zur Großmutter hinein, die sich in ihrem Schlafzimmer ausruhte. Es lag direkt neben der engen, verräucherten Küche, in der zwei für den Tag angestellte Mädchen, die zuvor das Essen aufgetragen hatten, nun das Geschirr spülten. Da die Zimmertür nur zu drei Vierteln zugehen wollte, sah man von der Küche aus das große Bett der Großmutter und ganz am Ende einen Schopf grauer Haare. Fanny rückte einen Stuhl neben das Bett. Es war so hoch, daß sein Rand ihr bis zum Kinn reichte. Die Großmutter hatte sich aufgesetzt und sah sie scharf und neugierig an, wobei sie an den Bändern ihres Nachthemdes zog, die den Kragen zusammenhielten. Fanny stand auf, um sie auf die Wange zu küssen. Es kam ihr fast so vor, als liege die Großmutter im Sterben, denn es war wie ein gewaltiger Schrecken, den sie da in ihren Augen sah. An etwas derartiges hatte sie nie gedacht, und die Vorstellung traf sie so unerwartet, daß sie ganz entgeistert, beinahe schockiert war. Die auf dem Bett liegenden Geschenke beschämten sie, war sie doch mit leeren Händen gekommen. Im Vorjahr hatte sie ein schönes Buch über die Natur überreicht und die Glückwünsche ihrer Mutter überbracht, die zwar nicht kommen konnte, dadurch jedoch ihre Unterlassung ein wenig wiedergutgemacht hatte. Heute stand sie mit leeren Händen da, ohne jede Entschuldigung von seiten ihrer Eltern, die der bevorstehende Tod der Großmutter nicht in Unruhe versetzte, denn sie waren mit tausenderlei Dingen beschäftigt und hatten zahllose kleine Sorgen, in denen sie ganz aufgingen. Obgleich sie für Fannys Unglück verantwortlich waren, fürchteten sie sich vor nichts mehr als vor der Langeweile, der Zeitverschwendung, den unnützen Aufgaben – nicht einmal vor dem Tod selbst, dessen Gestalt Fanny hier mit Bestürzung zu erkennen meinte, graute es ihnen so sehr.

Der Mund der Großmutter war offen, und sie beantwortete den Kuß von Fanny nicht. Ihr Blick war noch sehr lebendig. Sie nannte Fanny bei ihrem richtigen Vornamen und sagte, sie freue sich über ihr Kommen. Die Schatten der schweren Möbel legten sich über das dunkle Zimmer und verbargen die Großmutter, von der man nur ganz undeutlich das fahle Gesicht wahrnahm, das fast wie ein fleischloses Gerippe anmutete. Fanny überkam eine jähe Zuneigung, und sie wollte nach der Hand der Großmutter greifen, sie tastete jedoch vergeblich die Steppdecke ab, und die Großmutter überließ ihr die Hand auch nicht. Da aus dem Zimmer nichts zu hören war, unterhielten sich nebenan lautstark die Mädchen und klapperten mit dem Geschirr. Die Großmutter stellte Fanny nun eine ganze Reihe von Fragen. Wie weit sie mit der Schule sei, wollte sie wissen, was sie später vorhabe, womit sie die letzten Jahre verbracht habe – das alles hätte ihr freilich kein Geheimnis sein dürfen, denn Fanny hatte sie stets über ihr Tun auf dem laufenden gehalten. Noch das kleinste Ereignis wollte die Großmutter mit allen Einzelheiten erfahren. Sie zog an den Bändern ihres Nachthemdes, als wolle sie Fanny dazu bewegen, ihr immer noch mehr mitzuteilen. Großmutter, das ist doch alles längst vorbei! rief Fanny aufgebracht. Noch heute werde sie aufbrechen und sich auf die Suche nach Tante Léda machen, erklärte sie. Sie werde nicht eher wiederkommen, als bis sie sie gefunden habe. Lieber unterwegs sterben als weiter ein Leben führen, dessen Lauf von Anfang an durch Teilnahmslosigkeit und Vergessen verbogen und verfälscht worden war, das aus diesem Grund bis heute nur aus armseligen, unsäglichen Dingen bestand, aus unglücklichen, hinkenden Geschichten, die man auf einer halben Seite hätte erzählen können. Sie hatte sich mit beiden Händen am Bettrand festgeklammert und neigte ihr Gesicht dem der Großmutter zu, die unmerklich zurückwich. Ließ sich die unerträgliche Nichtigkeit ihres Lebens im übrigen nicht auf einen Fluch zurückführen, den Léda, weil sie sich von ihrer eignen Schwester vergessen wußte, vor ihrer Flucht über sie verhängt hatte? Fannys Mutter und Léda waren früher Busenfreundinnen gewesen und hatten auch lange die gleiche Frisur getragen: Sie hatten ihr Haar in der Mitte geteilt, hatten es zu Zöpfen geflochten und diese dann über den Ohren eingerollt und mit einer vergoldeten Spange zusammengehalten. Gestern, bevor sie aufgebrochen war, hatte Fanny sich die Haare ganz kurz schneiden lassen. Das schien ihr würdiger für die Reise. Sie hatte nur schwarze Kleider mitgenommen und gerade zwei oder drei Schmuckstücke. Sie wollte nun hören, was die Großmutter von ihrem Vorhaben hielt und vor allem ihr Einverständnis einholen. Aber wie klein und verloren die Großmutter in dem gewaltigen Bett lag! Keine Spur von innerer Ruhe schien in ihrem düsteren Blick auf, sondern eine furchtbare, unbestimmte Angst, und dabei hatte die Großmutter schon so viele Jahre gelebt und so viele Dinge gesehen, ja selbst den Tod zu wiederholten Malen! Fanny schauderte. Sie spürte, wie ihr Vertrauen in die Großmutter allmählich dahinschwand. Jetzt runzelte diese die Stirn und sah Fanny ratlos an. Es sei ihr noch nie zu Ohren gekommen, meinte sie schließlich, daß die Tanten oder sonst ein Mitglied der Familie unbedingt von jeder Geburt verständigt werden müßten, zumal wenn man seit mehreren Jahren keine Nachricht mehr von ihnen hatte, wie das bei Léda der Fall war. Léda sei Fannys Dasein sicher ganz einerlei, sagte die Großmutter, und das könne man ihr nicht verübeln, ebensowenig wie man es Fannys Eltern vorhalten könne, daß sie nichts unternommen hatten, um Léda wiederzufinden. Wenn Fanny sich für unglücklich erachte, so liege das ganz bestimmt nicht an einer bei ihrer Geburt erfolgten Unterlassung, so etwas habe man noch nie gehört. Und wieso sollten Fannys Eltern ihr denn großes Unrecht angetan haben? wunderte sich die Großmutter. Sie hatten sie vielmehr so gut aufgezogen, wie es in ihrer Macht stand. Sie pfeifen auf deinen Geburtstag, rief Fanny wider Willen, und einmal in Fahrt ließ sie es auch nicht dabei bewenden und behauptete, während sie zugleich auf den Bettrand pochte: Sie machen die Familie schlecht, niemand ist vor ihren Schmähungen sicher! Und trotzdem mag man sie und denkt an sie, während all meine Bemühungen nur dazu führen, daß man mich noch mehr vergißt. Ohne es zu ahnen, bestraft man mich für jedes ihrer Vergehen!

Die Großmutter schüttelte den Kopf, sie schien allmählich unter den Laken zu versinken, und Fanny, die annahm, daß sie sie ermüdete, schwieg jetzt, obwohl sie vor Wut zitterte. Wer ihr das denn in den Kopf gesetzt habe, daß die damalige Abwesenheit von Léda sich auf ihr Dasein ausgewirkt habe, fragte die Großmutter. Das sei unvermeidlich, antwortete Fanny, und schicksalhaft. Und sie wisse es seit langem, während es alle anderen nach und nach vergäßen. Auch du, sagte sie bekümmert. Ich dachte immerhin, daß wenigstens du … Sie machte eine weit ausholende, resignierte Geste. Die Großmutter war genau wie die anderen! Dabei hatte sie einen unvordenklichen Aberglauben und aberwitzige Glaubensvorstellungen und hielt die unwahrscheinlichsten Geschichten für wahr, die sie in ehrfürchtigem Geflüster Fanny einst vor dem Einschlafen erzählt hatte. Und nun schaute die Großmutter sie mitleidig an!

Sie erkundigte sich sanft, worin denn eigentlich das Unglück bestünde, über das Fanny sich beklagte. Das ist es ja gerade, sagte Fanny, die diese Fragen verdrossen: da ist überhaupt nichts.

Mit einem Schlag ging die Tür auf. Mit fröhlicher Miene und zerzausten Haaren zeigte sich eines der Küchenmädchen; vorhin hatte es eine ganze Schüssel Sauce in den Kragen eines älteren Vetters gegossen. Können wir jetzt gehen? Die Großmutter hatte aber noch nicht geantwortet, da war das Mädchen bereits weg, und Fanny, die sie nebenan mit den anderen lachen hörte, empfand schmerzhafte kleine Stiche des Neids. Ja, ich dachte, daß wenigstens du, wiederholte sie automatisch. Tief enttäuscht blickte sie auf das Kruzifix über dem Kopf der Großmutter. Sie hatte gehofft, bei der Ankündigung ihrer bevorstehenden Reise Ermutigungen zu hören, und weil ihr das Vorhaben kühn vorkam, der Anlaß groß und schön, hatte sie sich auf ein paar Ausdrücke der Befürchtung gefaßt gemacht und viele Glückwünsche erwartet. Die Großmutter befolgte doch zahlreiche religiöse Riten und glaubte an das Schicksal! Hatte sie nicht einmal in Andeutungen von einer Nachbarin gesprochen, die sie für behext hielt, wobei plötzlich auf ihren Zügen der Ausdruck einer wirklichen Angst gelegen hatte, die Vertrautheit mit dem Geheimnis?

Fanny dachte an ihren Vetter Eugène, und sie schwankte, ob sie ihn mitnehmen und ihm vertrauen könne. Dann, als ihr Blick wieder auf das verschrumpelte Gesicht der Großmutter fiel, standen ihr die sanften, lauen Lippen Eugènes wieder vor Augen, und sie zweifelte nicht mehr daran, daß er ein gehorsamer, rechtschaffener und aufrechter Gefährte sein würde.

Aber sie konnte noch nicht weg von der Großmutter. Ihr baldiger Tod rührte sie an. Diesmal gelang es ihr, eine Hand zu fassen und sie zu drücken. Die Großmutter atmete mühsam. Dennoch lächelte sie. Sie erzählte von dem Festessen, das man anläßlich von Fannys Geburt organisiert hatte und an dem Léda, die davon nicht unterrichtet war, auch nicht teilgenommen hatte. Sie erinnerte sich genau an bestimmte Einzelheiten. Als Vorspeise hatte es Kalbskopf gegeben, was die Großmutter nicht mochte. Und in einer Ecke des Raumes hatte Fanny in ihrem Bettchen gelegen, über das ein Schleier gebreitet war, und sie hatte die ganze Mahlzeit über geweint.

Hatte man dieses Bankett übrigens wirklich aus Anlaß von Fannys Geburt gegeben, fragte sich die Großmutter, zog ihre Hand zurück und steckte sie unter das Laken, oder feierte man, daß Fannys Vater zu diesem Zeitpunkt zum Direktor der großen Firma befördert worden war, bei der er angestellt war? Sein Gehalt hatte sich damals verdoppelt, er war nach Verdienst beglückwünscht worden, und Fannys Mutter hatte jedesmal entzückt gelächelt und durchblicken lassen, daß sie an diesem Erfolg keinen unbeträchtlichen Anteil hatte.

Die Großmutter hustete, und Fanny zuckte mitleidig die Achseln. Sie richtete sich auf, um die Kopfkissen sanft zurechtzuklopfen und die Großmutter ein wenig anzuheben; unter ihren Fingern fühlte sie die kühle Haut und die spitzen Knochen. Auf die Bitte der Großmutter zog sie die Bänder des Nachthemdes fest zusammen. Sie machte dann ein paar Schritte in dem Zimmer und stieß sich an Möbelstücken aller Art, die sie ihres Wissens nie zuvor gesehen hatte, an einem Schreibschrank mit zahlreichen Schubladen, einem Sessel, einem riesigen Schrank, der das Zimmer teilte, in dem doch schon zwei Schränke nebeneinander an einer Wand standen. Und dabei hatte sie ein weites, helles Zimmer in Erinnerung! Auf einem kleinen Tisch standen ein paar gerahmte Fotos, die sie nicht deutlich erkennen konnte. Auf gut Glück nahm sie sie deshalb an sich, steckte sie hinter den Gürtel ihrer Hose und zog den Pullover darüber, damit die Großmutter nichts merkte. Am anderen Ende des Zimmers hatte diese die Augen geschlossen, und ihr Kopf hing ein wenig über die Schulter.

Sie zitterte am ganzen Körper, als sei sie von Angst geschüttelt. Als Fanny sich wieder gesetzt hatte, fragte sie die Großmutter, ob sie nicht ein Foto von ihrer Tochter Léda besitze. Aber die Großmutter hatte keins. So viele Jahre seien seit Lédas Abreise nun schon vergangen, daß sie allmählich ihr Gesicht vergesse, vertraute sie ihr an, und bisweilen zweifle sie sogar daran, daß es Léda wirklich gegeben habe, allerdings glaube sie sie manchmal nachts hinter den Fensterläden zu hören. Vielleicht ist Léda überhaupt nie weggegangen, denke sie dann, und vielleicht bin ich ihr oft begegnet und habe meine eigene Tochter nicht wiedererkannt.

Meine Eltern haben mir so viel Böses angetan, daß ich aufatmen werde, wenn sie tot sind, rief Fanny.

Drittes Kapitel
Die Abreise

Sie ging zu Eugène, der sich friedlich im Hof bei den Hunden langweilte. Man hatte sie angebunden, und als sie Fanny bemerkten, begnügten sie sich diesmal mit einem Knurren. Es versetzte ihrem Herzen einen leichten Stich. Sie zog Eugène mit sich in eine Ecke des Gartens und drückte ihn dicht neben sich auf eine Bank nieder. Sie rief ihm ähnliche Tage in Erinnerung, als sie sich auf dieser Bank einst unbeholfen geküßt hatten, und Eugène lächelte etwas herablassend und warf den Kopf zurück, um eine Locke wegzuschütteln. Gleichmütig streckte er die Beine aus und gähnte dann. Sie versetzte ihm einen leichten Stoß in die Rippen. Willst du mit mir kommen? – Wohin denn? fragte er mißtrauisch. Sie hielt ihm vor, daß er ihr vorhin nicht zugehört hatte. Eugène war zerstreut und träge. Er wurde einer Sache so schnell müde, daß seine Aufmerksamkeit schon wieder abschweifte, bevor man noch mit einem Satz zu Ende war! Sie erläuterte ihm ihr Reisevorhaben und gestand, daß sie einen zuverlässigen Begleiter nötig habe, der in allen Stücken auf sie höre und sie nie im Stich lasse, bis sie Tante Léda gefunden habe. Sie sprach mit eindringlicher Stimme, denn außer Eugène wußte sie niemand, der dazu hätte bereit sein können, sie zu begleiten. Sie lehnte sich an ihn und umschloß seine beiden Hände so fest mit den ihren, daß er sich nicht zu rühren vermochte, ja er begann sogar nach Luft zu ringen. Ihr Mund war jetzt so dicht an dem halbgeschlossenen Mund Eugènes, daß ihre Lippen bei dem leisesten Wort, das sie aussprach, sich leicht berührten. Aber Eugène gab nur ein paar Hm! von sich, die ihn nicht festlegten. Er verzog skeptisch ein wenig das Gesicht, und Fanny kam sich falsch und doppelzüngig vor, obwohl sie mit nichts hinter dem Berg gehalten hatte. Sie sagte, was sie dachte, und doch wurde es zur Lüge!

Es fiel ihr ein, daß Eugène von einem gehobenen Posten träumte, von einem geräumigen Büro für sich ganz allein, von dem aus er einige Dutzend Angestellte befehligte, wobei er durch eine weite Glaswand auf die Stadt zu seinen Füßen herniederblickte, hinter der sanfte, wolkenverhangene Hügel emporstiegen. Er wollte geschäftlich tätig werden, wußte aber nicht, wie er es anstellen sollte; manchmal gab er seiner Jugend, dann wieder seinen fehlenden Mitteln die Schuld. Wenn Léda wirklich einen reichen Mann geheiratet hatte, wie ja von ihr behauptet wurde, dann werde sie bestimmt etwas für ihn tun können, versicherte Fanny ihm hastig. Und sie werde sich auch gar nicht weigern können, ihm zu helfen, denn er war ja ihr Neffe.

Sie muß jetzt einen weitreichenden Einfluß haben, sagte Fanny, die ihre Augenwinkel in Fältchen zog und Eugènes Arm schüttelte. Es ist eine Kleinigkeit für sie, dir unter die Arme zu greifen!

Die Hunde knurrten inzwischen lauter und sprangen an ihren Ketten auf Fanny zu, die von diesem Verhalten jetzt fast zur Verzweiflung getrieben wurde.

Wollt ihr endlich aufhören? schrie sie mit Tränen in den Augen. Und zu Eugène sagte sie: Früher haben die beiden auf mich gehört, ich brauchte sie nur anzuschauen oder mit dem Finger zu drohen.

Sie jammerte lange Zeit und schmiegte sich weiter an Eugène, der mit sich zu Rate zu gehen schien. Schließlich sagte er lässig: Und wann fahren wir? – Heute! Sofort! Fanny sprang auf die Füße. Aber er machte sich Sorgen wegen seiner Mutter, wegen einer Verabredung, die er noch hatte, wegen aller möglichen Dinge, die kein Ende nehmen wollten. Was für ein ausgefülltes Leben! sagte Fanny neidisch. Eugène kratzte sich den Kopf und schien seinen Entschluß fast schon zu bereuen. Sie gab ihm eine halbe Stunde, um Tante Colette zu verständigen und das übrige telefonisch zu erledigen. Sie habe etwas Geld, setzte sie hinzu, und werde ihm unterwegs kaufen, was er benötige.

Als Eugène weg war, nahm sie die Fotos aus dem Gürtel. Der Himmel war grau, über dem Dorf mit seinen niedrigen, bräunlichen Häusern – verschlossen und schroff wie die Gesichter, die sich manchmal, selten, hinter einem Vorhang in den ebenerdigen Fenstern zeigten – lag dunkel ein schwerer, feuchter Nebel. Von ihrer Bank aus und durch das Gitter hindurch schaute sich Fanny dies alles genau an, es kam ihr großartig vor. Sie wünschte sich, daß sie einst das Haus der Großmutter erben möge.

Auf dem ersten Foto war Eugène neben seinen Eltern zu sehen, die ihm die Hand auf die Schulter legten. Hinter ihm lächelten zwei Cousinen, die Fanny nicht so gut kannte, ebenfalls in Begleitung ihrer Eltern, deren Verwandtschaftsverhältnis zu der Großmutter weitläufig und indirekt war, daher wunderte sie sich auch ein wenig, daß die Großmutter sie in ihrem eigenen Schlafzimmer und vor ihrem Bett aufgestellt hatte. Auf dem zweiten Foto war eine Gruppe von Kindern zu sehen. In einer Ecke erkannte sie den schmollenden Eugène, und sie hatte den Eindruck, daß ihre sämtlichen Cousins und Cousinen im Garten der

Großmutter versammelt waren, wo das Foto aufgenommen worden war. Sie suchte aufmerksam nach sich selbst, sah sich jedoch nirgends und empfand darüber einen unbestimmten Ärger. Sie vermutete, obwohl sie keine Erinnerung an jenen Augenblick hatte, daß sie vielleicht von dem großen Mädchen in der ersten Reihe verdeckt wurde, das lachte und die beiden, damals faustgroßen Hunde in den Armen hielt. Diese waren auf dem letzten Foto zu sehen, und Fanny beschlich ein Gefühl von Bitterkeit. So viele Male habe ich sie ausgeführt, dachte sie. Wie oft habe ich ihr Lager saubergemacht! Sie stand auf, hob gedankenlos einen scharfen Stein auf und warf ihn nach den Hunden. Der eine, der sanftere von beiden, wurde am Auge getroffen. Sie jaulten alle beide, während Fanny sich ins Haus flüchtete, aus Angst, es könne jemand herauskommen. Würde man ihr nicht vorwerfen, sie sei nur da, um Unfrieden zu stiften, sie, die einzuladen man nicht für nötig befunden hatte, deren Abwesenheit dem Wohlbefinden der anderen keineswegs abträglich war? Im Eingangsflur, wo ihr Koffer stand, traf sie auf Eugène. Seine Angelegenheiten seien geordnet, meldete er ihr, und er wiegte sich in den Hüften, die Hände in den Taschen, wobei die kurze Jacke seine Brust eng umspannte.

Hast du etwas Geld? fragte Fanny. – Nicht die Spur! Er schien stolz darauf zu sein, und Fanny ärgerte das. Als sie ihm erzählte hatte, daß Léda es als ihre Pflicht ansehen würde, Eugène bei seinem beruflichen Aufstieg beizustehen, hatte sie zugleich angefangen, selbst daran zu glauben, und da wollte es ihr dann scheinen, als ob Eugène und sie, die ja den gleichen Nutzen aus dieser Reise zu ziehen vermochten, auch die Unkosten teilen mußten. Deine Mutter will dir nichts geben? hakte sie mit zerstreuter Miene nach. – Die? sagte Eugène mit einer ausladenden Gebärde. Tante Colette war so wütend gewesen, daß sie ihm den Rükken zugekehrt und ihn nicht umarmt hatte. Er hatte mitbekommen, daß sie alle möglichen Verwünschungen gegen

Fanny gemurmelt hatte, und die übrigen Familienmitglieder, die im Garten herumspazierten und Fanny zum Teufel wünschten, waren ganz ihrer Meinung gewesen. Wütend und voll Verachtung hatte Onkel Georges Fannys Foto zerrissen, das sie auf dem Tisch liegengelassen hatte. Es bringt nichts, wenn du hineingehst, sagte Eugène, als er sah, daß sie im Begriff stand, das Haus zu betreten, sie werfen dich hinaus. Mein Vater und noch ein paar andere bewachen die Tür der Großmutter, damit du dich nicht von ihr verabschieden kannst. Außerdem schläft sie.

Er sprach mit Befriedigung, als laufe alles ganz nach seinem Wunsche ab, und er zeigte sich jetzt so ungeduldig, aufzubrechen, daß er, ohne auf Fanny zu achten, zwischen Tür und Garderobe hin und her lief. Gehen wir, sagte sie seufzend. Sie nahm ihren Koffer und zog mit einer traurigen Bewegung die Enden ihres Mantels zusammen. Im Hof vermied sie es, die Hunde anzusehen. Sie waren verstummt. Fanny erschrak darüber und trat schnell auf die Straße hinaus. Ein dichter, eisiger Regen fiel. Mein Wagen steht da vorn, sagte Eugène, der vor Kälte zitterte. Aber wir gehen zu Fuß! rief Fanny. Er blieb ungläubig stehen. Sie wußte freilich nur vage Gründe anzugeben und behauptete einfach, eine solche Reise könne gar nicht anders als zu Fuß unternommen werden, langsam und unter Beschwerlichkeiten aller Art. Trotzdem war sie ihrer Sache sicher und bestand auf dieser Fortbewegungsart, als wenn sie zwar die eigentlichen, vielleicht unvordenklichen Gründe dafür vergessen hätte, ihr aber nichtsdestoweniger die Gewißheit dieser Verpflichtung geblieben wäre. Zudem nahm sie Eugène seine Überraschung übel, in der sie einen Frevel erblickte, ohne genau zu wissen, wogegen. Wütend schlug Eugène seine Stiefel gegeneinander.

– Das ist doch nicht zu fassen! Das ist ja noch schöner! schrie er.

Sein nasses Jackett schien einzugehen, und da er in kurzen, unregelmäßigen Zügen atmete, hatte man den Eindruck, bald werde es ihm die Luft abschnüren. Er schaute abwechselnd auf sein Auto und auf das entschlossene Gesicht von Fanny, die jetzt einen Regenschirm aus ihrem Koffer holte und ihn in aller Ruhe aufspannte. Als er sie so sah, verbot es ihm sein Stolz, wieder zur Großmutter hinaufzugehen; dort hätte man geglaubt, er habe den Gründen seiner Mutter nachgegeben. Die paar Dutzend Kilometer werden uns ja nicht umbringen, sagte Fanny und hielt ihm den Schirm über den Kopf. Da sie den Regenschirm hatte, gab sie ihm den Koffer zum Tragen. Sie machten sich auf den Weg. Mehrmals wendete Eugène sich um und schaute auf sein Auto, er seufzte, ging langsamer, nannte sich selbst leise einen Idioten und war den fröhlichen Ermutigungen Fannys gegenüber taub, die ihm versicherte, er werde später ein anderes bekommen, wenn Léda erst den ausgezeichneten Posten für ihn gefunden hatte, den er verdiente, zwei oder drei würden dann vor seiner Tür stehen, falls er es wünschte, und viel stärkere Schlitten als der da. Sie hielt ihn fest am Arm, um aber die Härte ihres Griffs abzumildern, streichelte sie mit ihren schmalen Fingern sanft über sein Handgelenk.

Mit zügigen Schritten durchquerten sie das Dorf. Ihre Absätze hallten in der Stille wider. In den hellen Fenstern tauchten ein paar Köpfe auf. Wie Schatten so schnell verschwanden sie jedoch wieder, sobald Fanny den Blick hob, und Eugène versicherte ihr vergeblich, daß diese oder jene Person ihrer Bekanntschaft sie schon seit einigen Minuten hinter der Fensterscheibe beobachtet und ihm sogar manchmal ein verstohlenes Zeichen gegeben hatte, das er nicht hatte beantworten können; Fanny jedoch sah nichts, sie dachte, Eugène wolle sie auf den Arm nehmen. Einmal kam es ihnen so vor, als hätten sie Tante Colette erblickt. Die Gestalt kam aus einer kleinen Seitenstraße und verschwand vor ihnen in einem Haus mit geschlossenen Fensterläden. Eugène zögerte, ob er ihr nachrufen sollte, dann zuckte er mit den Achseln, und sie setzten ihren Weg fort, sagten sich, etwas betreten immerhin, es müsse jemand anderes gewesen sein. Fanny packte ihn fester, und unter dem Vorwand, ihn zu wärmen, drückte sie ihre füllige Hüfte gegen die von Eugène. Der begann übrigens zu murren, beklagte sich über die Kälte, den Regen, die Dunkelheit, und er hatte bereits Hunger. Sie hatten kaum das Dorf hinter sich gelassen, als ihm Fannys Koffer schon schwer und sperrig vorkam, er schlug gegen seine Beine und schnitt ihm in die Hand. Er machte schließlich den Vorschlag, alles zu einem großen Bündel zusammenzuschnüren, das sich einfacher tragen ließe. Sie schrie laut auf. Ihre ganzen Sachen würden dann zerknittert und wären nicht mehr zu gebrauchen. Eugène sagte nichts mehr, und Fanny mußte die Unterhaltung ganz allein bestreiten, denn sie hatte Angst vor der Stille, in der die üble Laune von Eugène wie ein Hemmschuh in ihrem Weg liegen würde. Sie erklärte ihm, daß sie auf dem Weg nach dem Heimatdorf ihres Vaters waren. Aus Groll hatte sie diesen seit langem nicht gesehen, und jetzt hatte sie ihm wichtige Dinge mitzuteilen. Vor allem hatte sie Gründe anzunehmen, daß er wisse, wohin Léda sich damals begeben hatte, sie stützte sich dabei auf eine kleine Nachforschung, die sie angestellt hatte, und auf die Informationen, die sie einem heimlich gelesenen Brief entnommen hatte. Aber Eugène hörte ihr nicht zu. Er war ganz damit beschäftigt, mit einer Hand die Knöpfe seines Jacketts zu öffnen, das ihm die Luft abschnürte. Als das Jackett aufgeknöpft war, erstarrte er vor Kälte. Er fluchte; sie mußten anhalten. Die Nacht war hereingebrochen, und aus dem öden Land um sie her stiegen tausend kleine Geräusche auf, nach denen sie umsonst die Ohren spitzten. Manchmal fuhr ein Auto vorbei, und Eugène seufzte jedesmal. Ungern und erst im letzten Moment trat er zur Seite. Platz machen zu müssen und sich an den Straßenrand zu stellen, verletzte tief seinen Stolz. Fanny liebkoste ihn, küßte ihn auf die Wange. Sie ging um ihn herum, glättete seine Haare am Hinterkopf und zog seinen Gürtel zurecht.

Sie hörte seine Klagen an und sagte sanft und fröhlich: Ja, ja. Sie ging auf das Ziel zu, und der Regen war ihr ganz gleichgültig.

Aber sie kamen nicht voran. Sie wollte Eugène einen Pullover leihen. Der ließ sich lange bitten und behauptete schließlich, er sei zu klein. Dann streikte er. Er stellte den Koffer ab, verschränkte die Arme und sagte, er gebe es auf. Ungehalten blickte er sie an, als habe sie ihn dadurch hintergangen, daß sie ihn auf solch beschwerliche Wege führte. Fanny wurde rot, sie zweifelte nicht mehr daran, daß sie ihn vorhin, ohne es zu wollen, belogen hatte, obwohl sie sich nicht daran erinnern konnte, wie. So gesehen war sie eine einzige Lüge, vom Kopf bis zu den Füßen. Hinter ihnen erklangen Schritte. Mit einer Taschenlampe in der Hand tauchte ein Mann in langem, schwarzen Ölzeug auf, ein Nachbar der Großmutter. Als schwebe er ganz allein in der Nacht, erschreckte sie sein plötzlich aufleuchtendes Gesicht. Eugène warf sich in die Brust und brachte es über sich, einen Schritt vorwärts zu gehen, wobei er seine Stiefel auf dem Boden nachzog. Der Mann hielt ihm auf einmal einen Packen mit eingerollten und von einem Gummi zusammengehaltenen Geldscheinen hin. Von deiner Mutter, und noch einmal soviel, wenn du zurückkommst, sagte er unwirsch. – Ich bin nicht zu kaufen! schrie Eugène. Er war drauf und dran, das Geld zurückzuweisen, als Fanny dazwischentrat, die einen leisen Schrei nicht hatte unterdrücken können. Sie schalt ihn verantwortungslos und flüsterte ihm zu, er solle das Geld nehmen, es verpflichte ihn zu nichts. Sie packte Eugènes Arm und lenkte seine Hand gewaltsam zu dem Päckchen. Nachdem er das Geld übergeben hatte, verschwand der Mann in der Nacht, so schnell, daß Fanny ihn nicht mehr darum bitten konnte, ihnen die Lampe zu verkaufen, denn auf einmal war ihr eingefallen, daß sie kein Licht hatten und nicht genügend Autos kamen, um ihnen auf die Dauer zu leuchten. Allerdings hatte Eugène seine Weigerung vergessen, den

Weg fortzusetzen. Geschmeichelt machte er sich über die furchtsame Tante Colette lustig. Ja, er war fast wütend, wenn er bedachte, daß ihr an seiner Zukunft so wenig gelegen war und daß sie es vorzog, ihn in diesem mittelmäßigen Dasein bei sich zu behalten, anstatt ihn weggehen und irgendeine Erfolgschance wahrnehmen zu lassen. Sie fürchtete sicher, er würde ganz verändert wiederkommen. Dann begann er sich Sorgen zu machen. Er schwieg, und Fanny glaubte nun in seinen halb geschlossenen Augen undeutlich einen Schimmer von Betrug, einen geheimnisvollen Ausdruck der Berechnung aufscheinen zu sehen. Doch schmiegte sie sich an ihn und dachte nicht weiter daran.

Jetzt beleuchtete der Vollmond ihren Weg, und da es weniger stark regnete, faßten sie neuen Mut und begannen fröhlich zu plaudern. Fanny beneidete Eugène, der immer das Gefühl hatte, ganz in Ordnung zu sein, so wie er war, und solide in einem festen Grund verankert zu sein, den er weder zu verlassen noch zu verleugnen fürchtete, weil er wußte, daß es sein eigener war. Eugène sprach viel und sorglos, machte Pläne und manchmal große Worte. Er beschrieb sein zukünftiges Leben, wie er es sich vorstellte, und träumte von einem breiten, bauchigen Schreibtisch mit Rolltür.

Auf Fannys Wunsch hin verglichen sie ihre Erinnerungen. Aber entweder sperrte Eugène sich absichtlich, oder die Bedeutung, welche die Ereignisse in ihren Augen hatten, war übertrieben, oder aber sie hatte im Grunde nur nichtige Dinge im Gedächtnis bewahrt, jedenfalls konnte Eugène sich an keine einzige der Szenen erinnern, die Fanny ausmalte. Diese verlor fast die Beherrschung, sie versicherte ihm, daß er während der vielen Ferien, die sie gemeinsam bei der Großmutter verbracht hatten, genau wie sie selbst an all dem teilgenommen hatte, was sie beschrieb. Wirklich, das sagt mir gar nichts, wiederholte Eugène immer wieder und blies dabei jedesmal die Backen auf. Peinliche Situationen, kleine Demütigungen, eine Diskussion, bei der sie sich lächerlich gemacht hatte, hatten Fanny jahrelang gepeinigt, während in dem glückseligen Gedächtnis Eugènes keine Spur davon zurückgeblieben war! Sie fühlte sich auf einmal schwer auf seinem Arm lasten, und beim Gedanken an die unnützen Gefühle der Reue und der Scham war sie ihm böse. Am meisten verwunderte sie allerdings, daß sie sich dann selber nicht im geringsten an das erinnern konnte, was Eugène mit vielen Einzelheiten zu erzählen begann, aber sie wagte das nicht einzugestehen, in der vagen Befürchtung, daß er sie der Falschheit oder des mangelnden Interesses an der Familie bezichtigen und sich vielleicht mit dem größten Widerwillen von ihr abwenden würde, während sie es nur seiner Unbekümmertheit zuschreiben durfte, daß Eugène das vergessen konnte, was sie selbst erzählt hatte, denn bei Eugènes Geburt waren die Traditionen aufs schönste befolgt worden. War er nicht im übrigen ansehnlich genug an Körper und an Geist, um auch ohne das alles auskommen zu können, und strahlte er nicht vor Vollkommenheit?

Vorsichtig vermied Fanny das Thema der Erinnerungen. Da sie nun keinen Gesprächsstoff mehr hatten, wanderten sie schweigend weiter. Von Zeit zu Zeit drückte Fanny Eugènes Arm so fest, daß sie ihn fast zerquetschte, und das brachte Eugène auf. Um sich zu rächen, drohte er, den Koffer unter die Räder eines Autos zu werfen. Fanny flehte ihn an, sie umschmeichelte ihn, und sie fühlten sich einander wieder näher.

Müde machten sie an einer Tankstelle halt, wo Eugène Kekse und eine Knoblauchwurst erstand und Fanny eine mondäne Illustrierte, von der sie seit Jahren keine Nummer verpaßte, denn sie verglich gern ihre eigene unsägliche Existenz mit der berühmter Personen und verlor sich in etwas trübsinnigen Träumereien. Sie folgten den Angaben des Tankwarts und gingen zu einer nahegelegenen Herberge. Von dort aus konnten sie am nächsten Morgen zeitig wieder aufbrechen und noch vor dem Mittagessen bei Fannys Vater sein.

Das mit grellem Neonlicht erleuchtete Gasthaus am Straßenrand war voll besetzt mit Handelsreisenden, die mit weißen Servietten unter dem Kinn beim Essen saßen und alle gleich aussahen. Sie starrten Fanny neugierig an, und ihr Blick war so ernsthaft, ihre Miene so eindringlich, daß es ihr vorkam, als sei ihr eigenes Dasein auf einmal von außerordentlicher Geschmacklosigkeit. Eugène an ihrer Seite trafen nur gleichgültige Blicke. Nachdem sie sich mit ihm an einem abseits stehenden Tisch niedergelassen hatte, rückten manche sogar ihren Stuhl herum, um Fanny bequemer zu mustern. Wenn sie dann ihre Mahlzeit beendet hatten, schlugen sie die Beine übereinander und zündeten sich eine Zigarre an, und der Rauch verdunkelte allmählich ihre runden Gesichter, die hartnäckig immer noch auf Fanny gerichtet waren, er vermischte sich mit dem Durcheinander der Unterhaltungen. Eine mürrische Bedienung nahm ihre Bestellung entgegen. Es schien, als hätte sie sich soviel Zeit gelassen wie möglich, bevor sie endlich lässig zu ihnen kam, in der Hoffnung vielleicht, die beiden würden, eingeschüchtert, von selbst wieder verschwinden, ohne etwas zu verlangen. Aber Eugène hatte Hunger; und was Fanny betraf, verbot ihr, auch wenn sie es gewollt hätte, die geballte Aufmerksamkeit der Handelsreisenden, sich zurückzuziehen, denn sie war hier gewissermaßen bei ihnen zu Gast. Eugène bestellte gleichzeitig eine Fischsuppe, in Olivenöl gebackene Calamari, Palmenmark in Salatsauce, ein Aalragout sowie zwei oder drei Nachspeisen. Fanny begnügte sich mit einer Scholle und einem Gläschen Rotwein. Sie sprach leise und mit gesenktem Kopf, die Bedienung jedoch wiederholte ihre Bestellung mit laut dröhnender Stimme, und unter den Handelsreisenden entstand eine Art Bewegung. Fanny warf Eugène einen verlegenen Blick zu. Schämte er sich nicht einer solchen Gesellschaft? Eugène war jedoch so mit der Lektüre der Speisekarte beschäftigt, daß er nichts merkte. Er stieß entzückte Schreie aus, rief: Muß das gut sein! und schlug sich mit der Hand auf den Schenkel.

Später dann lag er kaum in dem großen Bett, als er auch schon einschlief, und Eugène brauchte so viel Platz, daß sein kleiner, spitzer Hintern Fanny bis zum Morgen störte. Und im Traum sprach er mit einem breiten, glückseligen Lächeln von einem Mädchen, das Fanny nicht kannte.

Viertes Kapitel
Bei Fannys Vater

Nach der Kälte des Vortages war es nun drückend heiß. Im Dorf ihres Vaters erfrischten sie sich an einem Brunnen. Es war die Zeit der Siesta und Eugène schmollte, weil er nichts zu Mittag gegessen hatte. Am Morgen hatte er die Wurst und die Kekse verschlungen und dann ein Schneckentempo angeschlagen und sich beklagt, Fanny gehe zu schnell. Um seine Kräfte zu schonen, wie er sagte, warf er den Koffer erst weit voraus, nahm ihn dann wieder auf und schleuderte ihn aufs neue nach vorn. Fanny hatte ihn gewähren lassen, denn sie befürchtete, daß ein Zank sie noch mehr aufhalten würde. Aber ihre Wut war groß. Eugène ist doch ein grober Klotz, sagte sie sich, er versteht einfach den Sinn dieser Reise nicht, und er hat keine Vorstellung von der gebotenen Würde, Feierlichkeit und Demut. Mein Vetter Eugène ist nur ein ganz gewöhnlicher Schmarotzer!

Als sie in dem stillen Dorf ankamen, griff sie wieder ziemlich unsanft nach Eugènes Arm und lockerte ihren Griff erst, als sie vor dem Haus des Vaters angelangt waren. Sie hatte im übrigen den Eindruck, daß Eugène eine Art willenlosen Vergnügens empfand, sich derart festgehalten zu fühlen. Sie legte einen hellroten Lippenstift auf, ließ Eugène etwas hinter sich, klingelte und versuchte zugleich vergeblich, irgendein Geräusch hinter der hohen Mauer zu vernehmen, die das Haus umgab, in dem der inzwischen reich gewordene Vater schon seit langem lebte. Sie hatte ihn viele Jahre nicht mehr gesehen, und nun fragte sie sich, ob er sie überhaupt wiedererkennen oder bei ihrem Anblick nur skeptisch die Stirn runzeln würde. Jetzt, wo er reich und angesehen war, konnte er sie doch durchaus verdächtigen, sich aus Berechnung als seine Tochter auszugeben, und sie empört vor die Tür setzen! Sie bereute, daß sie nicht den Mut gehabt hatte, sich das Foto wieder zu nehmen, das Onkel Georges ohne jedes Recht zerrissen hatte und auf dem man sie in den Armen ihrer Mutter sah. Dieses im übrigen recht dürftige Foto war der einzige Beweis, den sie hätte vorbringen können, es sei denn, ihr heute von allen geachteter Vater hätte das Mißtrauen oder die Böswilligkeit so weit getrieben, auch Fannys Mutter nicht wiedererkennen zu wollen, die damals hübsch und fröhlich war und von ihm zärtlich geliebt wurde. Fanny ihrerseits zweifelte nicht daran, daß sie das Haus ihres Vaters vor sich hatte. Es war das größte und modernste des Dorfes, dasjenige, das am besten den Blicken entzogen war.

Nach längerer Zeit öffnete ein Diener mit auffälliger Uniform. Sie sind sicher Fräulein Fanny, sagte er mürrisch. Aber das ist nicht mein richtiger Name! rief Fanny überrascht und entzückt. Der Diener zuckte mit den Achseln. Seine rote Jacke war mit dicken Kupferknöpfen zugeknöpft. Er nahm Eugène, der neugierig näher gekommen war, den Koffer aus der Hand, und zu dritt durchquerten sie den dürren, mit knorrigen Sträuchern bewachsenen Garten. Ohne ein Wort zu verlieren, ließ der Diener sie im Marmorvestibül stehen. Dann ging eine Tür auf, und Fannys Vater stand vor ihnen. Durch den Spalt der angelehnten Tür erkannte sie ein großes, ungemachtes Bett, eine Frau, die sie ausdruckslos ansah, ein kleines, weißes, in die Laken verheddertes Hündchen. Sie wußte weniger vom Leben ihres Vaters als von dem eines ihr gänzlich Fremden! Das also bist du, sagte Fannys Vater. Er umarmte sie steif und gedankenlos, während Fanny ihn ungestüm in die Arme nahm und ihn erleichtert, von einem alten, vergessenen Gefühl überwältigt und weil sie Eugène beeindrucken wollte, zum Spaß am Bart zog. Der war so lang und dicht, wie sie ihn in Erinnerung hatte. Aber aber, machte Fannys Vater mit verdrossener Miene. Wie wär's, wenn wir etwas essen würden? meinte Eugène. Auf einmal sehr bereitwillig, geleitete der Vater sie in die Küche, befahl dem Diener, die Reste des Mittagessens wieder aufzuwärmen und verschwand dann, glitt lautlos hinaus. Fanny fiel, als er sich entfernte, die Handbewegung auf, mit der er seine besonders dichten, glänzenden und gewellten Haare zurechtstrich. Ärgerlich überließ sie Eugène ihr Stück Fleisch.

Wer hat Ihnen gesagt, Sie sollten mich Fanny nennen, fragte sie den Diener, der gähnend in der Küche auf und ab ging und an seinen Knöpfen spielte.

Es wurde dieser Vorname genannt, wenn ich von Ihnen sprechen hörte, sagte er gleichgültig. Es sei denn, ich verwechsle das, und man hat nicht von Ihnen gesprochen, als von Fanny die Rede war. Und war es überhaupt Fanny? Ich erinnere mich nicht genau.

So ein Esel! rief Fanny wütend. Wie kann man nur ein so kurzes Gedächtnis haben?

Der Diener kniff die Lippen zusammen und sagte nichts weiter. Er gab nicht einmal Eugène eine Antwort, der sich wegen der Nachspeise Sorgen machte, und er nahm dessen Teller so eilig weg, daß etwas Sauce auf seine Hose spritzte. Weiß mein Vater überhaupt, wer ich bin? fragte Fanny sich bang. Er hatte sie zwar wiedererkannt, aber war das wirklich sie, die er zu umarmen glaubte? Fanny, so wie sie in Wirklichkeit war? Und wenn er nun seinen Irrtum einsah, wenn Fanny sich als ganz anders herausstellte, als er gedacht hatte, und ihm die Familienbande auf einmal sehr unwahrscheinlich, sehr unbeständig vorkamen (so daß er sich sogar fragen würde: und wenn schon, was beweist das?), könnte er sie dann nicht, wenn schon nicht des Betruges, so doch des Verrats, der Heuchelei bezichtigen und ihr das lange Schweigen vorhalten, mit dem sie sich willentlich von ihm, von der engsten Familie losgesagt hatte? Glaubte sie etwa, es genüge, niemals etwas Böses über die Familie zu äußern, damit diese ihr einen rauschenden Empfang bereitete?

Spricht man oft von mir? fragte Fanny den Diener. Sie beugte sich vor, und um ihre Roheit von vorhin wiedergutzumachen, berührte sie leicht sein Knie.

Ich habe Ihnen bereits gesagt, brummte er, daß ich nicht sicher bin, ob von Ihnen die Rede ist, wenn von einer gewissen Fanny gesprochen wird.

Das muß ich sein, sagte Fanny nach einigem Nachdenken, ich heiße ja Fanny.

Ich bin nicht einmal sicher, setzte der Diener hinzu, daß es sich wirklich um Fanny handelt oder daß dieser Vorname hier jemals gefallen ist. Woher soll ich also wissen, ob Sie gemeint sind? Und wer sind Sie überhaupt?

– Ich bin Fanny! rief Fanny gereizt.

– Fanny, das besagt gar nichts! rief er seinerseits.

Ich bin nichts weiter als Fanny, sagte sie verstockt, das würde Ihnen ja auch reichen, wenn Sie meine Geschichte in einem Buch lesen würden.

– Zweifelsohne, sagte der Diener überzeugt.

Er schwieg nun, und sein Gesicht nahm einen Ausdruck ruhiger Zufriedenheit an, als hätte er das Problem zu seinen Gunsten gelöst und als sei es sinnlos, noch ein weiteres Wort zu verlieren. Ganz leise schalt Fanny ihn einen Ignoranten. Wo du dich mit deinem Vater unterhältst, sagte Eugène, lege ich mich ein bißchen aufs Ohr. – Das ist doch nicht mein Vater, das ist der Diener! Fanny lachte empört und erstaunt. Beleidigt kehrte der Mann ihr den Rücken zu und tat, als schaue er aus dem Fenster. Eugène seinerseits zuckte die Achseln und gähnte lange: ihm war es egal, wer hier Fannys Vater war. Er sah in einer Ecke der Küche ein Sofa und legte sich darauf. Die Augen fielen ihm zu, er begann leise zu schnarchen. Seine halb geöffneten Lippen waren voll und satt.

Fünftes Kapitel

Vor dem Fernsehapparat

Fanny ging zu ihrem Vater in den Salon. Er hatte sie rufen lassen, um den Nachmittagstee mit ihr zu trinken. Das war er seiner zu Besuch gekommenen Tochter immerhin schuldig. Barsch schickte er dreimal hintereinander den Diener mit den Kupferknöpfen wieder hinaus, weil er ein zu trübes Wasser gebracht hatte oder die falschen Tassen oder zu wenig Tee, und als Fanny sah, daß ihr Vater so schwer zufriedenzustellen war, daß er so kaltblütig autoritär war, wo sie sich doch nicht daran erinnerte, daß er je irgend jemand einen Befehl gegeben hatte oder auch nur laut geworden wäre, empfand sie plötzlich den Stolz einer richtigen Tochter. Allerdings bedeutete dies keineswegs, daß sich das Ansehen des Vaters auf die Tochter übertrug, von der man nicht einmal mit Bestimmtheit den richtigen Vornamen kannte, und es war auch nicht zu verlangen, daß der Diener sie nun bediente, sie, die er gerade noch in der Küche mit so demütigem Respekt hatte essen sehen. Es war nicht sicher, dachte Fanny, daß der Diener mit den Kupferknöpfen wirklich wußte, wer sie war, obwohl er sie Fanny genannt hatte, wie jeder es nun tun mußte, aber vielleicht war das bei ihm nur ein Irrtum gewesen, eine Verwechslung, und vielleicht hielt er sie für einen x-beliebigen Gast. Wenn ich doch nur das Foto behalten hätte, sagte sich Fanny und versuchte mit erhobenem Kopf, eine Haltung zu gewinnen.

Fannys Vater schaltete den Fernsehapparat ein. Es wurde gerade ein wichtiges Fußballspiel übertragen. Sie saßen beide in dem großen Salon mit den schweren Möbeln, unter dem Seestück, das einen großen Teil der Wand bedeckte und auf dem ein untergehender Ozeandampfer zu sehen war. Fannys Vater verfolgte aufmerksam das Spiel, rief manchmal etwas dazwischen und nahm Fanny gedankenlos zum Zeugen, ohne daran zu denken, wer sie war und wie wenig sie sich für Fußball interessierte. Verblüfft betrachtete Fanny ihn im Profil. Er war ihr so unvorstellbar fremd! Ja alles, was sie umgab, schien ihr fremd, rätselhaft und störend, als riefen die Dinge ihr voll boshafter Schadenfreude zu: was hast du denn hier verloren? Fanny wollte ihre Rechte geltend machen! Aber sie konnte unmöglich beweisen, daß sie ein Band geheimnisvollen Einverständnisses mit ihrem Vater verknüpfte oder daß sie zur Zeit des Fotos glückliche Augenblicke zusammen verlebt hatten, die heute ihrem Gedächtnis entfallen waren und von denen das Foto ein ganz klein wenig hätte zeugen können durch sein warmes Licht, die sanfte Entspannung, das liebevolle Lächeln der Mutter. Wer konnte heute behaupten, daß der Vater einst in Fanny die größten Hoffnungen gesetzt hatte, ja daß sie wirklich seine Tochter war, fassungslos, wie sie auf einmal war, daß er eine so lange Nase hatte? Sie erinnerte sich an nichts aus ihrer gemeinsamen Vergangenheit und hatte ihm nicht das geringste vorzuwerfen.

Der Vater trank schweigend seinen Tee. Er stellte den Fernseher lauter. In Hauskleidung ließ sich schüchtern die Frau in der Tür blicken, das kleine Hündchen an die Wange gedrückt. Willst du ..., begann sie, anscheinend ohne Fanny zu sehen. Der Vater jedoch verscheuchte sie mit einer Handbewegung und blickte sie nicht einmal an. Er streckte sich in seiner ganzen Länge und gähnte. Mit lauter Stimme erzählte Fanny ihm sodann von ihrem Vorhaben, sie bat ihn, ihr alles anzuvertrauen, was er über Tante Léda, seine Schwägerin, wußte. Hatte ihr Vater ihr je die kleinste

Geschichte erzählt oder ihr, um ihren Lebensweg zu ebnen, etwas von seiner eigenen Erfahrung mitgeteilt? Hatte er ihr je von ihren gemeinsamen Vorfahren berichtet?

Ich nehme an, du könntest eine Vorstellung davon haben, wo Léda sich aufhält, sagte Fanny. Hatte ihr Vater ihr schon einmal beigestanden, indem er ihr andere Erfahrungen schilderte? Und hatte er sie jemals, wie es seine Pflicht gewesen wäre, über die Familiengeschichte aufgeklärt? Fanny schmiegte sich an ihn, gespannt auf seine Antwort. Der Blick ihres Vaters aber war so kühl, daß sie den Eindruck einer großen Unanständigkeit hatte, als hätte sie sich schamvergessen und ohne jedes Recht dazu zu haben, an einem Unbekannten gerieben. Und doch war er ihr Vater. Er bewohnte dieses große Haus, das sie sofort wiedererkannt hatte. Ich habe immer für dich getan, was ich tun mußte, sagte er schließlich verdrossen. Ich habe die größte Sorgfalt auf deine Erziehung verwandt, und an Geld hat es dir nie gefehlt. Während er das sagte, schaute er auf den Bildschirm und wand sich hin und her, um sich Fanny unmerklich zu entziehen. Stets habe er nur in seinem eigenen Interesse gehandelt, rief Fanny, zu seinem eigenen Vergnügen, und nach der guten Meinung seiner Kollegen geschielt, dagegen seien selbst die selbstverständlichsten Gebräuche aus Geringschätzung und Faulheit vernachlässigt worden, sowie er selbst nichts davon hatte. Sein Pflichtbewußtsein sei nie so weit gegangen, etwas zu tun, was nicht sofort seine Früchte trug, etwas, was sie auf einen seit alter Zeit vorgezeichneten Weg hätte leiten können, von dem aus sie mit klarem, entschlossenem Blick die Umgebung überschaut hätte, einen Weg, von dem sie in Kenntnis der Sachlage hätte abweichen und sagen können: Das ist der nicht, den ich einschlagen möchte, und das sind auch nicht die Überlieferungen, die ich weiterführen möchte, wohingegen sie sich in verhängnisvoller Blindheit nach dem verzehre, was ihr vorenthalten worden sei. Von ihren Vorfahren wußte sie nur das eine, nämlich daß sie sie leidenschaftlich vermißte. Und die zwar stumpfsinnige, aber rechtschaffene Familie betrachtete sie als eine Unreine, als einen Eindringling mit maßlosen Ansprüchen. Und an all dem war ihr Vater schuld mit seiner Sorglosigkeit.

Was für ein Unfug! rief ihr Vater gereizt. Aber da beging die Mannschaft, deren begeisterter Anhänger er war, einen Fehler nach dem anderen, dann folgte eine Bildstörung, und man hörte nur noch undeutliches Geschrei. Geräuschvoll stellte der Vater seine Tasse ab und wandte sich nach Fanny um. Wie sonderbar er auf einmal aussah! Nichts stimmte mit ihrer so deutlichen Erinnerung überein! Wenn das so ist, dann geh', sagte er barsch. Du siehst, daß du mir nichts bedeutest. Und seine Wut war so groß, daß er Fanny beim Arm packte, um sie zum Aufstehen zu bewegen. Mit der anderen Hand klopfte er auf dem Fernseher herum. Sein wirrer und erbitterter Blick ging von dem Bildschirm zu Fannys Gesicht; er ließ sie unvermittelt los, sagte: Geh' schon! und wandte sich dann ab, die Angelegenheit war für ihn erledigt. Fanny beeilte sich hinauszukommen. Aus einer Ecke des Vestibüls hörte sie ein Glucksen und Stöhnen. Ich dachte, du schläfst, sagte sie zu Eugène, den sie dort fand und der mit zerzausten Haaren noch nach der Tür hin lächelte, durch die die Frau mit dem Hündchen unauffällig verschwunden war, als sie Fanny sah. – Nimm meinen Koffer, wir gehen. Fanny versetzte Eugène einen Stoß. Unsanft strich sie seine Haare zurecht, säuberte stumm und mit zusammengekniffenen Lippen sein Gesicht mit ihrem Taschentuch. Eugène war untröstlich, ein Haus, wo man ihn so gastlich empfangen hatte, schon wieder verlassen zu müssen. Im Grunde war es ihm ganz egal, ob er Léda fand, wo es doch so einfach war, sein Dasein zu genießen. Sein zufriedener Gesichtsausdruck und die leicht geröteten Wangen widerten Fanny an. Dennoch fürchtete sie, ihn zu verlieren. Und dein Schreibtisch mit Rolltür? fragte sie ernst. Sie wartete Eugènes Antwort nicht ab, denn von der anderen Seite des Vestibüls rief jemand nach ihr. Es war der

Diener mit den Kupferknöpfen. Er hielt den Finger vor den Mund und übergab ihr mit vielen Umständen eine alte, zerknitterte Ansichtskarte. Vor allem bat er Fanny inständig, ja nichts dem Herrn des Hauses zu sagen. Seinen Worten zufolge war diese Karte vor ein paar Jahren von Léda aus einer kleinen Stadt geschickt worden, in der sie sich aufgehalten hatte. Er konnte dies freilich nicht weiter begründen, denn es stand nichts auf der Rückseite der Karte, und Léda hatte nicht einmal unterschrieben. Sie wissen nicht genau, wer ich bin, flüsterte Fanny, ob ich wirklich die bin, die zu dem Vornamen gehört, den Sie mir gegeben haben, noch ob Sie diesen Namen überhaupt je gehört haben, und doch sind Sie sicher, daß meine Tante Léda diese unbeschriebene Karte geschickt hat, dieses schmuddelige Stück Karton! Wie ist das möglich? – Ich weiß es nicht, sagte der Diener und zuckte die Achseln. Es ist anzunehmen, daß darin meine Rolle besteht. Dann ging er und verschwand in der Küche. Zufrieden und aufmerksam betrachtete Fanny die Karte. Man sah eine Kirche auf einem sonnenbeschienenen Platz, der sie an das Dorf der Großmutter erinnerte mit seinen engen Bürgersteigen, seinen wenigen, unfreundlichen Läden vor den grau verputzten Fassaden, die aus Mangel an Vorstellungskraft oder aus Geiz niemals auch nur von der kleinsten Geranie aufgeheitert wurden, deren brennendes Rot hier wie ein verdächtiger Frohsinn erschienen wäre, und auch Fanny war es lieber, daß es so war, ohne alle Blumen. Bewegt steckte sie die Karte ein und folgte Eugène, der gerade hinausging. Sagst du denn deinem Vater nicht auf Wiedersehen? fragte Eugène verwundert. – Er hat mich rausgeworfen, sagte Fanny. – Trotzdem, es wäre besser, du würdest dich verabschieden. – Weißt du jetzt, wer mein Vater ist? fragte Fanny. Es ist nicht dieser Mann mit den Kupferknöpfen und dem weißen Backenbart, den du in der Küche gesehen hast. Eugène jedoch dachte schon wieder an etwas anderes. Er hatte einen verträumten Gesichtsausdruck angenommen, und Fanny rief:

Du Klotz! Im Haus meines Vaters! Wo glaubtest du denn, daß du gewesen bist? Sie kniff ihn grimmig in den Hals, während Eugène immer wieder mit der Zunge über seine Lippen fuhr. Seine Jacke war zerknittert, seine Hose glänzte; steif von dem Fett, mit dem er seine Haare einschmierte, damit sie glänzten, standen ein paar Locken von seinem Kopf ab und bildeten eine Art speckigen Kamm. Da wurde Fanny auf einmal freundlich, nahm ihm den Koffer ab und faßte ihn beim Arm. Entgegenkommend erklärte sie ihm, wo sie jetzt hingehen würden.

Sechstes Kapitel
Die Busfahrt

Der Weg war so weit bis zu der Stadt, aus der Tante Léda die Ansichtskarte geschickt hatte, es war so heiß und schwül in der Gegend, wo der Vater wohnte, und man mußte zudem damit rechnen, daß man nur langsam in dem roten Staub und der drückenden Luft vorankam und über weite Strecken keinen Ort finden würde, wo es etwas zu trinken gab und man sich ausruhen konnte, daß Fanny sich bereit erklärte, den Bus zu nehmen. Außerdem hätte Eugène nicht mehr mitgemacht. Er meldete jetzt Ansprüche an, vielleicht war er überheblich geworden durch den guten Empfang beim Vater, wo man sie selbst, Fanny, doch ohne Händedruck vor die Tür gesetzt hatte. Mußte die so unterschiedliche Aufnahme nicht den Anschein erwecken, als sei er der Sohn und Fanny eine Fremde? Er scheute sich jetzt auch nicht mehr zu behaupten, daß ihm wenig daran gelegen sei, Direktor oder gar Generaldirektor von was auch immer zu werden, und daß er gar nicht sicher sei, Tante Léda, falls sie diese je finden sollten, um Hilfe angehen zu wollen, sonst hätte er ja Rechenschaft abzulegen, müßte sich als seriös und arbeitsam erweisen und letzten Endes auch verdient haben, was man für ihn tun würde. Sein einziger Wunsch war, in Ruhe gelassen zu werden und manchmal etwas Glück zu haben. Er wäre ohne weiteres für immer bei Fannys Vater geblieben, wo er in der kühlen Küche mit dem Diener in der roten Jacke gegessen und diskutiert hätte, wo er sich mit der sanften Frau mit dem Hündchen amüsiert und an nichts weiter einen Gedanken verschwendet hätte. Und ich, sagte Fanny, liebst du mich nicht ein wenig? – Ich würde dich schon lieben, sagte Eugène, wenn du nur nicht so selbstsüchtig wärst, wenn du mich nicht allein deswegen mitgenomen hättest, um Gesellschaft zu haben und damit jemand deinen Koffer trägt.

Eugènes Stimme war heiter und gelöst, er betrachtete die Umgebung und sie selbst mit ruhigem Blick, und so gab Fanny lieber keine Antwort. Sie begnügte sich damit, seinen Arm unter dem ihren zu drücken, und dachte dabei, daß ihr Vetter Eugène einen begrenzten Verstand und sehr kümmerliche Ambitionen hatte. Träumte er nicht tatsächlich davon, seine Lebensstellung beim Vater zu finden und es in einer Küchenecke zu etwas zu bringen? Er wäre es genauso zufrieden gewesen, der Sohn oder der Diener zu sein. Fanny dagegen beurteilte ihren Vater mit äußerster Strenge und sagte sich jetzt: Es wäre besser gewesen, er hätte mich gar nicht wiedererkannt und mich dadurch davon überzeugt, daß ich mich in der Haustür geirrt habe!

Am Straßenrand warteten sie lange auf den Bus. Eugène hatte sich auf den Koffer gesetzt, Fanny ging auf und ab. Ihre Augen taten ihr weh von den grellen Farben der Häuser des Dorfes, und sie war unzufrieden mit irgend etwas, sie wußte selbst nicht, womit. Da ließ der Gedanke sie auf einmal innehalten, daß das Haus der Großmutter sicher später einmal an Eugène fallen würde. Sie selbst bekäme vielleicht ein paar Möbel, alte Sachen, die schon zu Staub zerfallen würden, wenn sie gerade erst ihre Familiengeschichte voller geheimer, ergebener Leiden nachgezeichnet hatte, und sie würde sich dann des Eindrucks nicht erwehren können, daß sie es nicht verstanden hatte, sie zu bewahren. Da Eugène mehr Rechte hatte als sie selbst, würde man ihm das alte Haus zusprechen, denn seine Anfänge im Leben stellten keinen Verstoß gegen das Übliche oder die gebührende Schicklichkeit dar, und die Familie liebte ihn unbesehen. Sie fragte genausowenig danach, ob sie ihn überhaupt kenne, als sie daran zweifelte, daß sie ihm vertrauen könne. Und doch hat das so seine Richtigkeit, sagte Fanny sich hilflos und betrachtete die arglose Gestalt ihres Vetters. Die Hitze und die Langeweile machten Eugène schwerfällig. Er hatte seine enge Jacke zusammengerollt, sein knapper Pullover hatte Schweißränder und Fettflekken von der Wurst. Er atmete geräuschvoll. Fanny wollte es scheinen, daß sie ihm eine dauerhafte Zuneigung entgegenbringe, aber noch mehr liebte sie den unbezweifelbaren Grad ihrer Verwandtschaft, obwohl ihre Kindheitserinnerungen am Vortag nicht übereingestimmt hatten und sie dadurch beunruhigt war und fast annahm, daß Eugène ihr irgendeinen Traum von früher erzählt hatte.

Vor ihnen hielt ein alter Bus, und sie setzten sich in eine der hinteren Reihen, wo noch zwei Plätze frei waren. Sie waren verwundert über die Fahrgäste: Frauen mit lauten Stimmen und starken Nacken, ein paar Männer, die schweigend rauchten, Geflügel mit zusammengebundenen Beinen in Körben, die in tiefe Schöße gezwängt waren, hier und da ein stilles Kind, und über allem ein ihnen unbekannter Geruch. Eingeschüchtert, wagten sie nicht zu reden. Die Sprache, die sie vernahmen, war ihnen fremd. Und doch kam es Fanny, in der schemenhaft eine ungreifbare Erinnerung aufstieg, so vor, als hätte sie einst oder in einem voraufgegangenen Leben diese Sprache vielleicht gekannt, und sie empfand auf einmal eine Art Heimweh danach. Aber war es früher gewesen oder in einem anderen Dasein, war wirklich sie es, oder war es irgendeine Gestalt aus den zahllosen Büchern, die sie gelesen hatte, mit der sie sich durch die diffuse Erinnerung an eine ähnliche Situation unwillkürlich identifizierte? Es war ihr, als verstehe sie fast, was da geredet wurde, obwohl sie selbst bei diesem Eindruck nicht eigentlich wußte, ob er auf Wirklichkeit beruhte oder nicht etwa auch erfunden war, und im Gedanken an das Dorf der Großmutter, an das ganz einfache, ärmliche Haus am Ende der Hauptstraße, schmerzte sie dieses Durcheinander. Sie faßte Eugène um die Hüfte und flüsterte ihm ins Ohr: Verstehst du irgend etwas von dem, was sie sagen? – Nein, natürlich nicht, sagte Eugène, wie sollte ich denn? Das ist ja nicht meine Sprache. Und er zuckte die Achseln, erstaunt über eine solche Frage. Da waren sie auf einmal von einem Schwarm Frauen umgeben. Seit einiger Zeit schon hatten sie sich nach Fanny umgedreht, und sie neugierig begutachtet, miteinander gelacht und ihr dabei zugleich ratlose Blicke zugeworfen. Sie waren aufgestanden und kamen jetzt näher, um sie zu berühren, und sie klammerten sich an Fannys Arm und an ihrer Schulter fest, wenn das Geholper des Busses sie umzuwerfen drohte. Fröhlich stellten sie Fragen. Fanny hörte den Namen ihres Vaters heraus. Die Frauen blickten sie freundschaftlich und aufmerksam an. Wie um sie zu betören, stiegen aus ihren farbenprächtigen Röcken undefinierbare Düfte auf. Wollten sie ihr zu verstehen geben, daß sie ihren Vater kannten und wußten, wer sie war? Fanny bekam Angst und preßte sich an Eugène. Wenn sie diesen Frauen, die sich mit einer befremdlichen Unbefangenheit an ihr festhielten, bekannt war, so hieß das, daß sie selbst etwas mit diesem Ort zu tun hatte, obwohl sie ihn vergessen hatte und nie zu ihrem Vater gekommen zu sein glaubte, auf dessen Haus – das schönste des Dorfes – sie jedoch ohne zu zögern, von ihrem Instinkt geleitet, zugegangen war.

Die Frauen stellten weiter geduldig ihre Fragen; sie wunderten sich, daß Fanny nicht antwortete, in ihrer Sprache, die wie Traumstücke eigentümlich mit vertrauten Geheimnissen angefüllt war. Fanny lag halb auf Eugène und wurde ganz steif; ihre weit geöffneten Augen erblickten die Gestalten einer feindlichen Welt, die sich liebenswürdig und mit großem mütterlichen Entgegenkommen über sie beugten, gewillt, sie an sich zu ziehen und sie zu einer der ihren zu machen. Eugène bekam keine Luft mehr und begehrte auf. Schließlich blickte Fanny so kühl wie möglich geradeaus, so daß die Frauen sich eine nach der anderen enttäuscht zurückzogen. In den Falten ihrer Kleider, in dem Schmuck, mit dem sie behängt waren, spürte Fanny eine leise mitschwingende Grausamkeit. Hatte ihr Vater nicht eine ähnliche Frau bei sich aufgenommen, die sich von Eugène in eine Ecke hatte ziehen lassen und die vielleicht begierig auch von Fanny Besitz ergriffen und sie dazu gebracht hätte, ihre Familie und das geliebte Dorf der Großmutter zu verleugnen? Fanny hätte ihren Vater nicht besuchen sollen, denn mit Ausnahme des Dieners mit den glänzenden Knöpfen hatte er sich mit Fremden umgeben, die Fanny im Grunde feindlich gesinnt waren, auch wenn vielleicht, wic bei diesen Frauen, die Absicht bestand, sie zu verlocken, sie womöglich in ihren Bann zu schlagen. So wie sie wirklich war, haßte man sie überall! Ich bin noch einmal davongekommen, murmelte sie Eugène zu. Und in einem Anflug von Zuneigung fügte sie hinzu: dir kann ich vertrauen. Wir sind aus demselben Holz.

Als sie durch die Scheibe blickte, veränderte sich unversehens die Landschaft. Regen fiel auf die Schieferdächer, auf den schlammigen Weg und in die kleinen, umzäumten Gärten. Die Tankstellen waren schon beleuchtet, und manchmal kamen sie an weiten, öden Flächen vorbei, auf denen lauter Wohnwagen mit geschlossenen Türen standen, oder es waren endlose Autofriedhöfe, und Eugène nannte irgendein prächtiges Autowrack mit Namen, oder aber Fanny war bezaubert von den hell erleuchteten Supermärkten am Eingang der Städte, Geschäften, die wiederholt in riesigen Lettern auf Plakaten angekündigt worden waren, auf welchen Festessen zu sehen waren und sattes

Glück sich breitmachte, und sie lächelte leise, weil sie alles wiedererkannte. Der Bus leerte sich allmählich, bald waren sie allein. Fanny drückte ihre Nase an die Scheibe, neben die von Eugène. Sie war jetzt froh darüber, daß ihr Vater sie vor die Tür gesetzt hatte wie einen lästigen Eindringling. Wohl hatte die Gefühlskälte der Familie im Dorf der Großmutter, die Bösartigkeit der Hunde sie zuerst verwirrt und schließlich zur Verzweiflung gebracht. Nun aber leuchtete ihr das alles ein, denn die Evidenz dieser Vorfälle war unumstößlich geworden.

Die Nacht brach herein. Der Fahrer stellte das Radio an, und ein Chanson, einer der Lieblingsschlager Eugènes, übertönte das Prasseln des Regens. Fanny machte ihrem Cousin die folgende Mitteilung:

Siehst du, eines ist für mich unbezweifelbar, ich werde keine Ruhe geben, bis ich unsere Tante Léda gefunden habe. Neben diesem Wunsch, angesichts dieser Aufgabe ist alles andere nur Mittel zum Zweck. Und siehst du, manchmal habe ich den Eindruck, ich bin einzig auf der Welt, um Léda zu suchen. Und so scheint es mir denn auch, daß all meine kleinen Niederträchtigkeiten von vornherein nicht ins Gewicht fallen. Allerdings drängen sich mir ein paar Fragen auf: Es hat mir niemand den Auftrag dazu gegeben; habe ich mich also vielleicht vertan, als ich beschloß, mich auf die Suche nach Léda zu machen? Hatte es nicht etwa so sein sollen, daß meine Eltern damals Léda nicht einluden? Lag es nicht in der Natur der Dinge, daß Léda von dieser Familienangelegenheit ferngehalten wurde? Könnte es nicht sogar zu meinem Besten sein – was niemand ahnt, aber wozu jeder tut, was er muß –, daß Léda nicht da war? Und bin ich nicht dabei, eben das durcheinanderzubringen, was mir am meisten am Herzen liegt, die schöne Ordnung des Bestehenden, die Überlieferungen, gerade deshalb, weil ich mir einbilde, man habe ihnen zuwidergehandelt? Siehst du, all diese Fragen gehen mir durch den Kopf. Denn wenn ich mich in dieser Angelegenheit verrechne, bin ich verloren. Ja, Eugène, wenn ich mich irre, bleibt mir nur noch der Tod. Wie, wenn Tante Léda selbst Unglück über mich brächte? Wenn sie sich als eine gewaltige, eine fürchterliche Enttäuschung herausstellen sollte? Und ist sie auch wirklich meine Tante? Wie kann ich Gewißheit darüber erlangen? Ach, im Augenblick bin ich nur die, welche Tante Léda sucht, genannt Fanny.

»Ziehst du weit von mir, so macht es keine Freude mir...« trällerte Eugène im Chor mit dem Busfahrer, dessen Rücken sie zucken sahen. Eugènes Gesicht zeigte eine wollüstige Konzentration. Bei dem Refrain, den die Sängerin mit hoher Stimme herausschmetterte, konnte er ein Lächeln nicht unterdrücken, so groß war sein Vergnügen.

Siebtes Kapitel

Die Busfahrt (Fortsetzung)

Der Fahrer hielt am Eingang eines Dorfes, und Tante Colette stieg zu. Sie trug einen Einkaufskorb voller Gemüse und hatte das blaue Paillettenkleid an, das Fanny am Geburtstag an ihr gesehen hatte. Wegen des Regens glitzerte es jetzt noch mehr, und Fanny bemerkte, daß es mit einem dezenten Halbmondmuster versehen war. Tante Colette setzte sich im vorderen Teil des Busses. Sie hat uns nicht gesehen, flüsterte Fanny. – Sie ist meinetwegen hier, brüstete sich Eugène. Ich kann hingehen, wo ich will, sie läßt mich nicht aus den Augen. – Ich sage dir, sie hat uns nicht gesehen, beharrte Fanny.

Die breiten Schultern von Tante Colette vibrierten unter dem dünnen Stoff des Kleides, man ahnte die Farbe ihres weichen Fleisches, in dem Eugène sich manchmal noch wiegte, wenn die Sorge um seine Zukunft ihn plagte. Beklommen fragte Fanny sich, was Tante Colette denn in diesem abgelegenen Winkel zu suchen hatte. Sie hatte Gemüse bei sich, als käme sie gerade vom Markt! Aus dem Einkaufskorb, den sie in den Gang gestellt hatte, hingen drei bluttriefende Makrelenköpfe heraus. Da wischte Fanny die beschlagene Scheibe ab und erkannte das Dorf der Großmutter. Sie fuhren gerade an der Kirche vorbei, die man nicht verwechseln konnte, denn sie war bis zum Turm hinauf mit Zementverputz verkleidet und würde daher sicher noch ein paar Jahrhunderte überdauern. Wir sind wieder bei der Großmutter! flüsterte Fanny verblüfft. – Mama ist also nicht nach Hause gefahren, bemerkte Eugène ruhig. – Das ist aber doch gar nicht unsere Richtung! rief Fanny. Als sei sie taub, hatte Tante Colette sich nicht umgedreht, sie hatte nicht einmal den Kopf bewegt. Sie saß vollkommen regungslos da in ihrem Festtagskleid, das sie unbeirrbar und weniger aus Koketterie, denn aus Achtung für die gesellschaftlichen Spielregeln der jeweiligen Mode entsprechend jedes Jahr kürzer oder länger machte; sie schien nicht zu frieren, obwohl sie ganz durchnäßt war. Beim nächsten Halt, unweit vom Haus der Großmutter, stieg sie im Regen aus und verschwand rasch in einer kleinen Straße. Sie lief und schien dahinzugleiten wie ein Schatten.

Mama wird darauf warten, daß ich zurückkomme, sagte Eugène mit plötzlicher Wehmut. Sicher ist sie deswegen bei der Großmutter geblieben. Seufzend fügte er hinzu: Wenn wir reinschauten, um ihnen guten Tag zu sagen? – Unmöglich, sagte Fanny, wir dürfen sie nicht wiedersehen, bevor wir gefunden haben, was wir suchen. Bedenke nur, daß du als Direktor zurückkommen wirst oder als Bürochef oder wenigstens als Werkmeister, während du bis jetzt nicht einmal imstande warst, einen Posten als Angestellter zu halten.

Eugène machte ein saures Gesicht. Fanny lehnte sich an ihn und streckte ihre Beine in den Gang. Begierig betrachtete sie die düsteren Fassaden, jedes einzelne Gitter, jedes

Gesicht, in dem sie, auch wenn es ganz rot und verschlossen war, die Züge eines Verwandten auszumachen glaubte, und sie hätte gewünscht, daß sie selbst ihm ähnelte. Es kam ihr nicht mehr unnormal vor, daß der Bus gerade durch das Dorf der Großmutter fuhr, während sie doch geglaubt hatte, sich in der entgegengesetzten Richtung zu entfernen. Aber als sie an den bevorstehenden Tod der Großmutter dachte, fragte sie sich ängstlich, ob es ihr überhaupt gelingen würde, das Dorf zu betreten, wenn die Großmutter erst einmal nicht mehr da sein würde, deren unbestreitbare Autorität sie lange Zeit beschützt hatte, deren Anwesenheit sie, wenn sie zu zweit durch die Straßen gegangen waren, immer vor mißtrauischen Fragen bewahrt hatte. Und wenn die Großmutter nicht mehr da wäre, wie würde Fanny dann beweisen, daß sie ihre Enkelin gewesen war, und womit sollte sie ihr Recht auf dieses Dorf als ihren einzigen Heimatort begründen? Auf keinem der Fotos, welche die Großmutter in ihrem Schlafzimmer aufgestellt hatte, war sie zu sehen! Man würde ihr ins Gesicht lachen, falls sie behaupten sollte, daß sie hier geboren sei und das kleinste Sträßchen, jede Unebenheit an einer Wand, besser kenne als alle anderen und daß das Dorf in ihren Träumen mit einer übernatürlichen Präzision gegenwärtig sei.

Fanny stand auf. Sie ging zu dem Fahrer und fragte ihn, ob er sie auch wirklich zu dem Ort fahre, aus dem Tante Léda vor einigen Jahren die Postkarte geschickt hatte. Er nickte bejahend und trat auf die Bremse: Da sind wir übrigens!

Sie waren nur wenige Minuten von dem Dorf entfernt, dessen nahen Kirchtum man sah.

Achtes Kapitel

Ein Dorf

Weder Eugène noch Fanny kannten diese kleine Stadt. Der Bus hatte auf dem Kirchplatz haltgemacht, und Fanny erkannte die Kirche von der Ansichtskarte wieder. Sie war gerührt, als sei dies der schlagende Beweis dafür, daß Tante Léda wirklich existierte und ihre Reise eine unumgängliche Notwendigkeit besaß, wie auch immer sie ausgehen mochte. Sie schüttelte Eugène, der in einem mürrischen Schweigen verharrte, und rieb ihm trotz seines Murrens das Gesicht mit ihrem Taschentuch ab. Was für ein Dreck! sagte sie fröhlich. Sie konnte es sich nicht verkneifen, einen dicken Kuß auf seine glänzende, rosarote, etwas mollige Wange zu drücken, was Eugène gleichgültig über sich ergehen ließ; er hatte seine Daumen in die Taschen der eng anliegenden Jacke gesteckt. Die Nacht brach herein. Es hatte aufgehört zu regnen, aber Eugène zitterte vor Kälte; er wollte sofort etwas essen. Fanny machte sich seine Zerstreutheit zunutze, um ihn erneut zu küssen, und Eugène schien es nicht einmal zu merken. Seine Lippen waren so sanft, daß Fanny sie nimmermüde tausend Mal hätte küssen mögen – sie waren so drall wie kleine Kissen! Wie in einem Taumel sah sie sich plötzlich auf geheimnisvolle Weise an Eugène gebunden, ihre eigenen Lippen an die überdrüssigen Lippen von Eugène gefesselt, und sie hatte in ihrer Hingabe sogar Tante Léda vergessen, ihren eigenen Vornamen und das, wofür allein es sich zu leben lohnte. Da empfand sie einen momentanen Widerwillen, löste sich von Eugène und schob ihm mit der Fußspitze den Koffer hin. Er nahm ihn folgsam auf, und sie bogen in die erste Straße ein, die vor ihnen lag.

Aber was Fanny für einen ausgedehnten Marktflecken gehalten hatte, erwies sich als ein Dorf, kaum größer als das der Großmutter, dem es in fast allen Punkten vergleichbar war. Es gab dort die gleiche Hauptstraße, durch die vom Einbruch der Dunkelheit an eine immer größer werdende Zahl von Lastwagen donnerte, so schwer, so schnell, daß ihr Fahrtwind Eugène und Fanny, die dicht an den Häuserwänden entlanggingen, fast umwarf, und manchmal waren die Lastwagen so lang, daß die beiden, taub vor Lärm, den Eindruck hatten, durch einen engen Gang zu gehen. Die Geschäfte waren schon zu, und Eugène geriet in Verzweiflung. Seine Lust auf eine Scheibe Leberpastete mit einem tüchtigen Stück Brot wurde so groß, daß ihm Tränen in die Augen traten. Er brauste sogar auf und warf Fanny vor, daß sie mit keinem Gedanken an den Proviant dachte und daß sie das Geld, das ihnen allen beiden gehörte – denn er hatte ihr die Scheine von Tante Colette anvertraut –, in einem ihm unbekannten Versteck verwahrte. Fanny gab sich Mühe, ihn mit schonenden Worten und vagen Versprechungen zu beruhigen. Sie machte halt, angeblich um ihn zu besänftigen, und küßte ihn gierig mitten auf den Mund, was sie sich gleich darauf selbst übelnahm: Würde sie denn je bei ihrer Suche nach Tante Léda Erfolg haben, wenn Eugènes Lippen sie bei jedem Schritt aufhielten, wenn sie ihren Wunsch großwerden ließ, sich mit Eugène in irgendein kleines, unzugängliches Gemach zurückzuziehen, wo sie nicht einmal mit ihm zu sprechen oder ihm in die Augen zu sehen brauchte, wo es ihr genügen würde, sich an ihn zu klammern, an seinen weichen und zarten, wie mit Plüsch gepolsterten Körper? Würde sie sich auf diese Weise dem Ziel auch nur nähern, bestand die geringste Hoffnung, daß sie endlich zu jenem wahrhaften Dasein gelangen würde, nach dem sie sich sehnte und dessen minuziöse Darstellung sie in jedem Buch gelesen hatte, das sie aufgeschlagen, in jeder Illustrierten, die sie durchgeblättert hatte, wo doch ein Individuum wie Eugène imstande war, sie zu lähmen, nur weil seine etwas schlaffe Nonchalance, seine zarten und passiven Lippen sie anzogen? Tante Léda war vielleicht in weiter Ferne, so weit weg, daß Fanny ihre ganze

Energie brauchen würde, um sie zu finden und um sie zu erkennen! Außerdem mußte es ihr gelingen, daß auch Tante Léda sie wiedererkannte, was sich als schwierig oder vielleicht unmöglich herausstellen mochte, und in diesem Fall blieb Fanny nur noch eins: zu verschwinden.

Sie gingen die Hauptstraße entlang und gelangten bald ans Ende des Dorfes, wo die Reihe der Laternen abbrach. Schon hörten sie das Klappen der Fensterläden, die für die Nacht zugeschlagen wurden. Manchmal, wenn sie unter einem Fenster vorbeigingen, vernahmen sie das undeutliche Geräusch harmonischer Stimmen, aber nach einem Augenblick der Illusion wurde ihnen klar, daß sie aus einem Fernsehapparat kamen. Dann heulten ein paar Hunde, als ein Lastwagen vorbeifuhr, der die Erde erbeben ließ. Da sie noch niemand getroffen hatten, sprang Fanny auf einen Knaben zu, der ihnen entgegenkam, sie packte ihn an der mageren Schulter und bückte sich nieder, um ihm so nah wie möglich in die Augen zu sehen. In ihrer Freude, einen Dorfbewohner vor sich zu haben, so schwächlich, so flüchtig er auch sein mochte, begann sie fast zu schreien und ließ ihre Hand auf ihm ruhen, als wolle sie ihn beschwören, sie ja nicht zu enttäuschen: Kleiner, hast du von Léda gehört, meiner Tante? Während auch Eugène mit gellender Stimme den Jungen bestürmte: Sag mir, kennst du in der Nähe ein Gasthaus, wo man etwas zu essen kriegt? wiederholte Fanny ihre Frage und schüttelte den Jungen ein wenig, um sich zu vergewissern, daß er sie auch richtig verstanden hatte, was Eugène mit noch schrillerer Stimme ihr sofort nachmachte, und als er gebieterisch seine Hand auf die andere Schulter des Jungen niederfallen ließ, hatte Fanny plötzlich den Eindruck, daß Eugène, ohne daß es ihm überhaupt zum Bewußtsein kommen würde, ihr schlimmster Feind werden könnte, wenn sie nicht auf der Hut war und ihn an seinen Platz verwies, ihn hinter sich gehen ließ und ihn so wenig wie möglich ansah, ja sogar seine Gesichtszüge vergaß. Denn es wollte ihr scheinen, die rosarote Haut Eugènes habe es darauf angelegt, sie ins Unglück zu stürzen, genau wie seine Klagen und seine Gefräßigkeit. Und doch war er ihr so unentbehrlich wie ihr eigener Schatten! Ruhig antwortete der Junge Fanny, sie brauche ihm nur zu folgen, er gehe ebendahin, wo oft von einer gewissen Léda die Rede gewesen sei, die durchaus diejenige sein könnte, die sie suchte. Dann wandte er sich Eugène zu und versicherte ihm, daß sich dort für ihn ein Platz am Familientisch finden werde. Er öffnete weit eine Art Einkaufstasche, die er am Arm trug – ein Dutzend helleuchtender Eier, die er für das Omelett zum Nachtessen mitbrachte. Gehen wir! meinte Eugène beflügelt. – Ja, gehen wir, sagte Fanny entschlossen. Eugène sollte sich nicht einbilden, die Entscheidung sei von ihm ausgegangen, und sie schob den Jungen vor sich her in Richtung Dorf, der aber bog wendig ab und schlug die finstere Landstraße ein, ging auf die Felder zu, aus denen, wie der wahrhafte Schrei des Landes, wie das Geschrei des Kornes, das unaufhörliche Tosen des Verkehrs erklang. Der Junge ging leichtfüßig voran, unmittelbar gefolgt von Fanny, die Eugènes Atem in ihrem Haar spürte und befürchtete, er würde sie überholen, sobald sie langsamer ginge. Denn er stellte Fragen an das Kind, die es nicht hörte, Fragen über das Essen und das Bett, das man ihm vielleicht ebenfalls zur Verfügung stellen würde. Er war erschöpft und verwünschte Fanny. Er ärgerte sie mit kleinen absichtlichen Schikanen, trat ihr auf die Fersen oder ließ sich auf sie fallen, um sie zum Stolpern zu bringen, wobei er glucksend behauptete, er sei irgendwo hängengeblieben. Fanny stieß ihn wütend zurück – fast haßte sie ihn jetzt, wo sie ihm den Rücken kehrte und nichts sie daran erinnerte, wer Eugène war, ihr Cousin, von dem sie einst, in den glücklichen Ferienzeiten bei der Großmutter, vielleicht geträumt hatte, sie werde einmal seine Frau werden; sie wußte damals nicht, daß man ihr gerade bei der Großmutter eines Tages den Zutritt verweigern würde, sogar die gefühllosen Hunde. Und dabei, dachte Fanny, habe ich sie so oft ausgeführt und versorgt! Wo Onkel Georges ihr allerdings die Tür vor der Nase zugeschlagen hatte, war es gut möglich, daß die Hunde nur den stillschweigenden Befehlen der Familie gehorchten, und da diese so vollständig von der Notwendigkeit durchdrungen war, Fanny auszuschließen, hatte sie es auch fertiggebracht, Fannys Dasein und ihren Vornamen zu vergessen, ebenso wie die Hochachtung, die sie immer an den Tag gelegt hatte, denn sie war besser auf dem laufenden über die Geschichte eines jeden als der Betroffene selbst, und sie brachte der Familie eine blinde Zuneigung entgegen!

Sie waren an einem Schweinestall vorbeigekommen, durchquerten dann, noch lange betäubt von dem Grunzen der verängstigten Tiere, ein Erbsenfeld, dann ein weiteres, über das sie schneller ans Ziel gelangen sollten, wo Eugène aber, von dem Koffer behindert, sich in den hohen Stengeln verfing. Sie mußten anhalten und ihn losmachen, wobei er von seiner kläglichen Lage profitierte, um Fanny die bittersten Vorhaltungen zu machen, daß sie es ihm nicht einmal erlaubt hatte, seiner Mutter im Bus guten Tag zu sagen. Er erinnerte sie daran, daß sie selbst das Haus ihres Vaters verlassen hatte, ohne sich zu verabschieden, eine Unbedachtheit, die er aus tiefstem Herzen verabscheute, ganz gleich ob Fannys Vater der dicke Mann mit den Kupferknöpfen war oder sonst irgend jemand. Wütend kniff Fanny ihn in die Hüfte, und Eugène lachte herausfordernd. Sie hätte ihn noch heftiger mißhandelt, wenn sie sich nicht entsonnen hätte, daß sie trotz alledem doch nicht das Risiko eingehen durfte, ihn zu verlieren; ihr Cousin Eugène, der hinter ihr herging oder an ihrem Arm hing, stellte nämlich ihre sicherste Verbindung mit der Familie dar.

Neuntes Kapitel

Der Pastis

Sie folgten dem Jungen in einen Hof, wo an den verschiedensten Ecken Berge von Abfällen, altem Eisen und ausgedientem Spielzeug aufgehäuft waren, zwischen denen das Kind, das die Eier sorgfältig in die Höhe hielt, trotz der Dunkelheit wendig hindurchsteuerte. Aus einem Autowrack, das halb im Schlamm versunken war, sprang bellend ein großer, gelber Hund heraus. In einem schäbigen, ganz schiefhängenden Stall waren ein paar Kaninchen, es roch so stark nach Urin, daß Fanny sich die Nase zuhielt. Stolz rief der Junge: Hier wohnen wir! Dann sprang er die paar Stufen hinauf, die zu dem Haus hinaufführten, und er schien auf einmal so ungeniert, daß Fanny und Eugène sich vergessen fühlten. Hatten sie den Knaben nicht selbst herbeigezaubert, hatten sie sich nicht an seine Schulter geklammert, als gehöre er ihnen allein, und ihm in die Ohren geschrien, ohne sich darum zu kümmern, ob sie ihm zur Last fielen?

Etwas verärgert betraten sie ihrerseits das kümmerliche Haus mit seinen auf einem nackten Sockel aus Hohlblocksteinen errichteten Fertigwänden. Eine dicke Frau kam ihnen schlurfend entgegen. In dem grellen Licht der Dekkenbirne schien sie so breit und von so maßlosem Umfang, und ihre Arme, die nackt aus dem geblümten Kittel hervorquollen, schienen so dick, daß Fanny zurückwich: sie glaubte Tante Colette vor sich zu sehen und in ihre Falle gegangen zu sein. Sie suchte den Jungen mit den Augen, aber der war in der Menge der Kinder untergegangen, die herumliefen, oder -sprangen oder einfach mit heimtückischer Miene in einem Winkel des Raumes kicherten, sich gegenseitig anrempelten und Fanny freche Blicke zuwarfen. Die Hände im Rücken, rieben sie sich an der Wand, wölbten mit höhnischer Unverschämtheit ihre magere Brust oder wälzten sich auf dem unappetitlichen Plattenfußboden, streckten die Glieder aus wie auf einer wonnigen Wiese und stießen ein lustvolles Gekreisch oder kleine ungehörige Seufzer aus. Jeder von diesen aufgedrehten Bengeln konnte der Junge sein, denn sie wirbelten so zahlreich und so quirlig durcheinander, daß man nirgendwo hinblicken konnte, ohne einen zu Gesicht zu bekommen, und daß man nie sicher war, ob das Kind, das man seit ein paar Sekunden beobachtete, nicht unmerklich mit einem anderen vertauscht worden war, das ihm ähnlich war, das schrie, hämisch lachte oder im gleichen Tonfall wimmerte wie das erste. Auf den Dutzenden von Fotos, die überall an die bedruckte Tapete geheftet waren, fanden sich gewiß all diese Kinder wieder.

Es waren nur zwölf Eier, murmelte Eugène niedergeschlagen. Fanny aber, der das Omelett ganz egal war und die nur an Tante Léda dachte, ging vertrauensvoll auf die Frau zu, legte ihren Zeigefinger auf deren gewaltige, unförmige Brust und fragte eigensinnig: Jetzt sagen Sie mir bitte, Madame, wo Léda hingegangen ist, meine Tante. Es sei denn, fügte sie in einer jähen, ängstlichen Hoffnung hinzu, sie ist hier noch ganz in der Nähe? – Das nun wirklich nicht, sagte die Frau. Sie zuckte ruhig mit den Achseln, bewegte ihren trägen Körper in Richtung Küche und rief dabei in den Lärm hinein, man möge ihr die Eier bringen. Als ein Kleiner sich an ihren Waden festklammerte, schüttelte sie, ohne ihn dabei anzuschauen oder ihren leutseligen Gesichtsausdruck zu verlieren, ihr Bein, um ihn abzuwerfen, und sie überließ ihm dann freundlich ihren Hausschuh. Sie war vollkommen heiter und noch jung; ein langer brauner Schopf reichte ihr bis zur Hüfte, und zwei sich halb totlachende Jungen taten so, als wollten sie daran ziehen. Als Eugène die beiden sah, preschte er vor und versetzte ihnen eine Ohrfeige. Die Aussicht auf ein recht mageres Abendessen – wo er doch am Verhungern war – ließ ihn vor Wut und Erregung zittern.

Da sie am Eingang des Raumes standen, hatten sie den Mann nicht gesehen, der im Hintergrund am Ende eines mit vielerlei Dingen bedeckten Tisches saß und sich durch ein Hüsteln und sodann durch die Aufforderung, sich ein Gläschen zu genehmigen, bemerkbar machte. Es war ein magerer, schmaler und kleiner Mann. Fanny war geradezu verblüfft darüber und empfand eine leise Verachtung, denn ihr eigener Vater hatte immer eine breite Brust und feste Muskeln gehabt.

Ohne zu fragen, schenkte der Mann vier Pastis aus. Eugène und Fanny setzten sich, und Fanny legte die Karte von Léda mit dem Kirchplatz und seinem kargen Friedhof auf den vollen Tisch. Aber so flink, daß sie es nicht verhindern konnte und noch bevor der Mann den Hals recken und einen Blick darauf werfen konnte, griff ein Kind, das wie ein Teufel unter dem Tisch hervorgeschossen war, laut lachend nach der Karte und verschwand damit auf allen vieren, gefolgt von einer fröhlichen Bande, die sich bald wie eine Traube um es scharte und es den Blicken entzog. Fanny konnte einen Wutschrei nicht unterdrücken. Sie stand jedoch nicht auf, denn der Mann fand das ausgesprochen lustig, und seine Frau, die aus der Küche zurückkam, lachte gleichfalls, womit sie auch Eugène ansteckte, der schallend wieherte und dabei mit der Faust leicht auf den Tisch schlug. Da fühlte sich Fanny angenehm durchdrungen von der munteren Eintracht des Hauses. Sie lächelte und schüttete ihren Pastis in einem Zug hinunter. Ihr Cousin und der Mann mit den blutunterlaufenen Augen erzählten jetzt schlüpfrige Geschichten, was die Frau sehr amüsierte, obwohl ihr Mann von seiner eigenen Jugend sprach, wo er einigen Erfolg bei den Frauen gehabt hatte. Eugène tat sich gleichfalls hervor und zerrte dabei an seinem engen Pullover. Fanny bedachte ihn regelmäßig mit liebevollen oder aufmerksamen Gesten oder mit etwas schroffen Bemerkungen; man sollte glauben, Eugène gehöre ihr. Aber ihm war es einerlei, ob sie ihn liebkoste oder anschnauzte, und er dachte im Augenblick nur daran, das Ehepaar durch die Erzählung seiner Großtaten zu verblüffen. Er fuhr mit der Hand über seinen Oberkörper und über seine klebrigen Haare; in seinem Überschwang wand er sich hin und her, warf mit gespielter Natürlichkeit mit obszönen Wörtern um sich.

Man goß noch einmal vier Pastis ein, und die Frau riß eine Tüte Kartoffelchips auf. Ein paar Hände voll warf sie großzügig den Kindern zu, die sich mit lautem Geschrei darüber hermachten, so daß man sein eigenes Wort nicht mehr verstand und ihnen mit dem Teppichklopfer drohen mußte (Ich hol' gleich meinen besten Freund raus! sagte die Frau) oder mit Tritten in den Hintern. Kampfgewohnt und respektlos lachten die größeren. Sie schienen aus einem dicken Leder, das gegen Schläge und Stürze unempfindlich war, als hätten sie schon so viel durchgemacht, daß die Aussicht auf Gewaltanwendung sie erheiterte, und über ihre kleinen, spitzen, mageren Gesichter glitt manchmal ein häßlicher Ausdruck verschlagener Begehrlichkeit. Sie drückten sich an den Wänden entlang, ohne den Tisch aus den Augen zu lassen, wo die Gefahr lauerte. Aber man dachte nicht mehr an die Blagen, sondern trank geruhsam den Aperitif, und je weiter die Gläser sich leerten, desto intimere Dinge vertraute man sich an. Fanny kam stets wieder auf Léda zu sprechen. Schließlich sagte die Frau mit einem tiefen Seufzer, sie hätten Léda vor ein paar Jahren gut gekannt. In einem Moment der Ausweglosigkeit habe sie eine Zeitlang bei ihnen gewohnt und im Zimmer nebenan gebe es noch ein Foto von ihr beim Lesen. Fanny sprang vor Freude auf und wollte hinlaufen. Die Frau fügte noch hinzu, Léda sei damals so dick gewesen, daß man Mühe gehabt habe, sie ganz auf ein Foto zu bringen, und Fanny rief bestürzt: Mir hat man gesagt, sie sei genauso schlank wie Mama! Der Mann widersprach dem jedoch energisch. Er hatte, wie er mit pfiffiger Miene und rotem Gesicht bekannte, durch den größten aller Zufälle eine von Lédas Brüsten zu Gesicht bekommen. Begierig neigte sich Fanny ihm zu und fragte, wie die Brust ihrer Tante Léda denn ausgesehen habe. Es gelang dem Mann nicht, sie zu beschreiben, es fehlten ihm die angemessenen Worte. Seine erhobenen Hände begannen dann eine unsichtbare Form zu streicheln, während er mit dem einen Auge zwinkerte und Eugène zulächelte, aber Eugène, der immerhin Tante Lédas Neffe war, wandte den Blick ab. Fanny dagegen freute sich sehr und war gerührt darüber, daß der Mann Lédas Brust gesehen und vielleicht sogar berührt hatte, wodurch er besser als jeder andere den Beweis für Tante Lédas leibliches Vorhandensein erbrachte, wo doch selbst die Großmutter, kurz bevor Fanny von ihr weggegangen war, eingestanden hatte, daß sie zu ihrer Schande bisweilen an Lédas Existenz zweifelte, obwohl sie sie in ihren Träumen mit gebieterischem Nachdruck an ihre Fensterläden klopfen hörte.

Unter dem Vorwand, das Foto ansehen zu wollen, richtete sie es so ein, daß sie am Ende des Gangs, der in das Zimmer führte, mit dem Mann allein war. Währenddessen deckte Eugène den Tisch, und die Frau schlug die Eier auf. Leise und mit einem einladenden Lächeln auf den Lippen, drang Fanny in ihn, er solle ihr doch alles erzählen, was er von dem unbekannten Körper von Tante Léda wisse, und sie gab ihm ein paar Ausdrücke vor, die ihm helfen oder seine Erinnerung auffrischen sollten. Dabei sah sie zu, daß ihr eigener, dem Mann entgegengeneigter Körper hell von der Birne erleuchtet wurde, die an einem langen, nackten Draht von der Decke hing. Ihr Herz schlug stark; sie spürte, daß dieser schwächliche Mann Léda nähergekommen war, als er es in Gegenwart seiner Frau zuzugeben gewagt hatte. Hatte er nicht vielleicht sogar Léda gegen die alte Blumentapete dieser Wand gedrückt, hatte er nicht seine Finger, sein glühendes Gesicht in Lédas unergründlichem Körper vergraben, dessen Geheimnis nun auf Fanny eine schwindelerregende Anziehung ausübte?

Der Mann jedoch hatte getrunken und redete zusammenhangloses Zeug. Er streckte die Hand nach Fanny aus, die sich aufrichtete und sich ihm ungehalten entzog. Aus Ihnen ist wirklich nichts herauszuholen, brummelte sie. Er seinerseits hatte an ihre Bereitwilligkeit geglaubt und war nun unangenehm überrascht. Er sei zwar nur Eisenbahner, rief er, aber sie sei ein verdammtes Flittchen, sich erst an ihn ranzuschmeißen und dann zu kneifen, sobald er ihr näher komme. In seinem Zorn verhaspelte er sich vollständig beim Reden. Wütend stampfte Fanny mit dem Fuß auf, stürzte dann in das Zimmer und schloß sich ein. Sie murmelte Verwünschungen wider den Mann und alle Bewohner des Hauses, die mit Tante Léda Umgang gehabt hatten und doch unfähig waren, etwas über sie zu sagen, denen nicht einmal die einfachsten Worte zur Verfügung standen. Fanny verlangte nur ein paar präzise Ausdrücke, um sie sich vorstellen zu können! Mit wachsender Eifersucht dachte sie an den Mann. Was hatte er zwischen seinen breiten Händen gehalten, und wie hatte Léda ihn angeblickt, als er sie mit dem Rücken gegen die Blumentapete oder gegen die Tapete des Wohnzimmers mit ihren verblichenen Jagdszenen gedrückt hatte? Fanny ballte die Fäuste und nahm sich vor, Eugène mit Gewalt für sich zu gewinnen, selbst wenn er dann zu dem Schluß kommen sollte, daß die Familie recht daran getan hatte, sie wie einen schädlichen Fremdkörper auszustoßen.

Als sie merkte, daß man sie allein ließ, nahm sie das Schlafzimmer in Augenschein, das einfach möbliert war, mit einem Bett, über das eine orangefarbene Baumwolldecke gebreitet war, sowie mit zwei grünen Plastikhockern und zwei dazu passenden Nachttischen. Eine große Jahrmarktspuppe mit weit ausladendem Kleid in der Mitte des Bettes verlieh dem Ganzen in den Augen der Frau vielleicht einen gewissen Charakter. Fanny öffnete eine Schublade. Sie nahm das eingerahmte Foto heraus, das darin lag und auf dem nichts als eine undeutliche graue Masse zu sehen war. Am unteren Rand stand der Namen Léda. Das also ist meine Tante! rief sie unwillkürlich. Sie kniff die Augen zusammen und versuchte, die Züge, die Silhouette dieser vor einem weißen Hintergrund hingegossenen Gestalt auszumachen, bis sie schließlich begriff, daß eine Art weit auseinandergefaltete Illustrierte das Gesicht und den Oberkörper Lédas verbarg, von der man mit der größten Mühe gerade die Finger, den unteren Teil des Rocks und eine oben herausschauende Locke erkennen konnte. War es möglich, daß Léda dieselben Illustrierten las wie Fanny, die von Prinzessinnen und Kinostars berichteten? Etwas enttäuscht, aber in großer Aufregung riß Fanny das Foto aus dem Rahmen, faltete es zusammen und steckte es in die Tasche. Wieder im Wohnzimmer, setzte sie sich neben Eugène an den Tisch, an dem die ältesten Kinder Platz genommen hatten, und sich mit Omelett und Brot vollstopften, während die Kleinen beim Essen auf der Erde saßen oder auf einem alten Kanapee vor dem Fernsehapparat herumlümmelten. Schweigend und vornübergebeugt schob Eugène gewaltige Bissen in den Mund. Er ignorierte Fanny, als habe die Art, wie sie mit dem Mann mit dem Hühnerhals umgesprungen war, ihn persönlich beleidigt, oder aber, dachte Fanny, ihr Cousin Eugène, der gern plauderte und dröhnend lachte, nahm es ihr übel, daß ihr Gastgeber jetzt ein mürrisches und nachtragendes Schweigen bewahrte, eine gespielte Gleichgültigkeit voll gehässiger Verachtung. Freundlich lächelnd servierte die Frau Fanny ihre Portion Omelett. Auf ihrem Rücken hüpfte ihr langer Haarzopf so fröhlich hin und her, daß Fanny von Eugène ab und zu der Frau hin rückte, deren müdes, verbrauchtes Gesicht bisweilen einen Anflug von unendlicher Sanftmut zeigte und nun auch, wie bei den schlüpfrigen Geschichten von vorhin, eine aufmerksame Ruhe, manchmal jedoch den flüchtigen Ausdruck eines sicheren und vollkommen bewußten Endes – manchmal so etwas wie den unversehens aufsteigenden Gedanken, daß das elende Dasein in dem Elend von einst und immer enden werde, zum Verhängnis der Frau. Dennoch besaß sie genügend souveräne Gleichgültigkeit, um das Omelett mit Bedacht zu servieren, die Pfanne auszukratzen, sich aus einem unerfindlichen Grund über irgend etwas zu freuen, die Kleinen zu liebkosen oder denen, die beruhigt werden mußten, ein paar kräftige Tritte mit dem Hausschuh zu versetzen. Aber daß dies wie auch alles übrige nicht ins Gewicht fiel in Anbetracht des armseligen Lebens, das nun vergangen war, unwiderruflich gelebt, und der erlittenen Gewalt, von der noch eine gewisse Zerrüttung des Gesichts zeugte, das bekräftigte sie nun mit einer traurigen und resignierten Miene, und, in die Ferne schauend, sagte sie zu ihrem Mann: Was soll's denn auch ... Jetzt ließ sie sich auf ihren Stuhl fallen und kratzte sich langsam und in plötzlicher Hoffnungslosigkeit die Wade.

Zehntes Kapitel
Ein Traum

Nach dem Omelett tranken die Kinder große Schalen Milchkaffee, dann bedeutete die Frau Fanny, ihr ins Schlafzimmer zu folgen. Sie setzten sich nebeneinander auf das Bett, vor die verstaubte Jahrmarktspuppe. Die Frau umschlang Fanny mit den Armen und drückte ihren Mund an ihr Ohr. Sie seufzte, denn sie hatte ihr etwas zu entdekken, was sie lieber für sich behalten hätte. Und zwar ist es so, sagte die Frau mit einer pfeifenden und für Fannys Ohr unangenehmen Stimme, da sie fürwahr in der letzten Nacht von Léda geträumt habe, sehe sie sich genötigt, Fanny diesen Traum zu erzählen, denn es wären darin vielleicht zahlreiche Hinweise aufgetaucht, die Fanny mühelos identifizieren könnte und die sie bei ihrer Suche nach Léda weiterbringen mochten. Schnell, sagte Fanny voll plötzlicher Hoffnung, ich finde schon, was ich brauche! Da beugte sich die Frau zu einem der Nachttische und entnahm ihm ein Blatt Papier voller Flecken, das sie aus einem Heft herausgerissen hatte. Um den Traum ja nicht zu vergessen, hatte sie ihn noch am Morgen in großen Linien aufgezeichnet. Aber woher wußten Sie denn, daß es mich gibt und daß Sie mir begegnen würden? – Ich glaubte eben, daß es zu meiner Rolle gehört, das zu wissen, sagte die Frau ruhig und machte Fanny überglücklich. Sie dachte nicht mehr an den leichten Schmerz, den die helle, durchdringende Stimme ihrem Trommelfell zufügte. Die feuchten Lippen der Frau kitzelten ihr Ohr und reizten den blonden Flaum, den sie dort hatte, ihr molliger Körper erdrückte sie ein wenig. Die Frau hielt in ihrer Erzählung inne, warf ratlose Blicke auf ihr Papier und versuchte, ihre eigene Schrift zu entziffern. In diesem Traum, gestand sie, sei sie selbst Léda gewesen, obwohl sie weder Lédas Körper noch ihre Züge hatte, aber sie habe ganz bestimmt gewußt, daß sie Léda war, die nicht weit von hier im Dorf M. wohnte und dabei, diesen einen Unterschied ausgenommen, in allem dasselbe Leben führte wie hier, wo sie sich um die Kinder und um den Haushalt kümmerte. Man nannte sie jedoch Léda, und das habe sie gar nicht überrascht, sagte sie. Ja sie habe sogar gedacht wie Léda, ohne daß sie das verändert hätte. Ihr Mann war ebenfalls derselbe? fragte Fanny angewidert. Als die Frau dies bejaht hatte, ging es Fanny durch Mark und Bein, und sie starrte sie mit einem langen vorwurfsvollen Blick an. Mit welchem Recht nahm diese Fremde es sich heraus, ihre Tante dadurch zu beleidigen, daß sie ihr ungeniert einen Gemahl wie den ihrigen beigab, ja schien sie nicht sogar – ihr Gesicht lächelte jetzt halb, ihre Stimme wurde dumpfer – eine amüsierte Befriedigung daraus zu schöpfen?

Fanny seufzte. Der leicht parfümierte Schweiß der Frau tropfte von deren Hals auf den ihren, und da die Frau ihr einen großen Dienst erwies, beschloß sie, ihr zu verzeihen.

Allerdings war das Ende des Traumes, mehrere Zeilen noch, unleserlich. Über das Papier gebeugt, stellten sie gemeinsam Vermutungen an über die Form eines Buchstabens, das Geschlecht eines Wortes, Hypothesen, welche die Frau mit einer ostentativen und stolzen Gebärde gleich von sich wies. Fanny regte das um so mehr auf, als ihre Gastgeberin behauptete, nicht die leiseste Erinnerung an das bewahrt zu haben, was sie geträumt und dann niedergeschrieben hatte, wobei sie auf das bereits verschmutzte Blatt klopfte und mit betrübter Stimme rief: Es steht doch alles da! Das ist die Wahrheit! Schließlich entschuldigte sie sich für ihre Nachlässigkeit und räumte das Papier weg, als ob seine Nutzlosigkeit ihm jetzt einen besonderen Wert verliehe. Wo ist das Dorf M.? Ich habe diesen Namen noch nie gehört, sagte Fanny und stand auf. Es sei aber ganz in der Nähe, versicherte die Frau, und es sei seltsam, daß Fanny, die doch vorgebe, aus der Gegend zu sein, es nicht kenne. Eben nicht, sagte Fanny herausfordernd, ich kenne es nicht! Dann vermeinte sie, in den Augen der Frau ein Mißtrauen aufschimmern zu sehen, und ihr ganzer Stolz fiel auf einmal von ihr ab. Sie setzte sich wieder hin, drückte sich an die Frau, die jetzt etwas steif und mit erhobenem Kopf dasaß, und flehte sie fast an, ihre Worte nicht wegen eines trügerischen Anscheins, wegen nichtssagender Widersprüche in Zweifel zu ziehen, so etwa wenn sie behaupte, nichts von der Welt zu wissen außer dem, was diese Region betreffe, und im Grunde keine Gegend mehr zu lieben als diese hier. Was solle sie noch hinzufügen, da die Familie doch alles daran gesetzt habe, sie zu verkennen? Und wie solle sie ihre Gutwilligkeit noch weiter unter Beweis stellen, denn auch wenn sie, Fanny, friedfertig sei, bescheiden und respektvoll, weigere sich die Familie, aus Furcht vor Zwietracht, wie sie bei ihrem besonderen Dasein, ihrer ziemlich unklaren Geburt nicht ausbleiben könne, sie anzuhören – auch wenn sie eigentlich mehr Vertrauen und Zuneigung verdient hätte als ihr Cousin Eugène, der ungestraft lästere und die Großmutter schon einmal (Fanny zitterte darüber vor Scham, vor Schmerz) eine alte Zicke genannt habe? Aber, beharrte die Frau, wenn Sie nie von dem Dorf M. gehört haben, das alle hier kennen, dann stimmt doch irgend etwas nicht. Eugène kennt es sicher, dieses Dorf, dachte Fanny mit grimmiger Eifersucht. Trotz seiner Gleichgültigkeit und seines höhnischen Lachens. Während man in meiner Gegenwart diesen Namen nie erwähnt hat! Würde sie schließlich ihren eigenen Worten nicht mehr trauen können? dachte sie beklommen. Wenn die Großmutter gestorben wäre, würde die Familie Fanny von den Hunden zerreißen lassen, gelangweilt und mit taktvoll abgewendetem Blick! Um sie von ihren unerträglichen Ansprüchen zu heilen!

Elftes Kapitel

Eugène ergreift die Flucht

Als es dunkel geworden war, führte man Fanny und Eugène liebenswürdig in ein Kinderzimmer, wo zwei Rangen aus einem kleinen, quietschenden Bett vertrieben wurden, das man ihnen mit der Entschuldigung anbot, daß etwas Besseres leider nicht da sei. Sie zwängten sich hinein, nur halb entkleidet, denn es schliefen etwa zehn von den größeren Kindern in dem Zimmer, die sie im Licht des Vollmondes alle neugierig beobachteten, und sie hatten es nicht gewagt, ihre ganzen Kleider abzulegen, so gern Fanny dies getan hätte. Die Kinder flüsterten und lachten ganz leise. Eins von ihnen stieß ein Eulengeschrei aus, das von zehn erregten Stimmten sachte aufgegriffen wurde. Danach spielten sie Furzen. Eugène brüllte: Himmel noch mal, wartet nur ab, bis ich aufstehe … – Das hat keinen Zweck, murmelte Fanny, wir müssen sie ertragen, bis sie einschlafen. Sie selbst war von einer fröhlichen Lebhaftigkeit, von einer fiebrigen Hitze erfüllt. Als wolle sie Eugène daran hindern, das Bett zu verlassen, oder als sei es für sie allzu unbequem, so an den Rand gequetscht zu sein, umschlang sie ihn mit ihren Armen und Beinen, bedeckte sein Gesicht mit ihren Haaren, packte ihn an den Ohren und glitt dann unter ächzenden Lauten des ganzen Bettes auf den Bauch ihres Vetters, wo sie wie eine Kröte hocken blieb, sich schwer machte und ihre Wange so fest zwischen Eugènes Lippen drückte, daß er weder sprechen noch atmen konnte. Eugène, ich liebe dich, sagte Fanny fröhlich. Sie war nun so glücklich, ihren Cousin zu umschlingen, daß sie gar nicht an das Unbehagen dachte, das er doch verspüren mußte. Ja sie sagte sich sogar, daß sie gern den Rest ihres Lebens so verbracht hätte, und verstärkte langsam ihren Druck auf Eugènes molligen Körper. In ihrer Freude zog sie an seinen Ohren, biß ihn unbedacht überall in den Hals. Wie sehr sie ihn liebte! dachte sie betört. Es schien ihr, als umarme sie den mächtigen Körper von Tante Colette und das kalte Skelett der Großmutter, ja sogar das Gerippe der alten struppigen Hunde! Wie sehr sie sie alle liebte! Ein heftiger Schlag auf den Rücken benahm ihr den Atem. Eugène, der seine Fäuste freibekommen hatte, versetzte ihr wütende Hiebe. Sie spannte ihre Kinnbacken, rieb sich an ihm, bis es ihr weh tat. Eugène bäumte sich auf, und ineinander verschlungen stürzten alle beide zwischen das Bett und die Wand. Sogleich sprangen die Kinder von ihren Lagern auf und scharten sich lärmend um sie, blieben jedoch in einiger Entfernung. Diese zehn Silhouetten im Pyjama, schmal, leicht wie ein Windhauch, ungreifbar und deutlich, sprangen mit den langsamen Gebärden irrealer Gestalten auf und ab, doch bewahrten sie eine eigentümliche Zurückhaltung. Eugène schlug weiter zu und versuchte vergebens, in Fannys Wange zu beißen, die seinen Mund ausfüllte. Schließlich – nicht wegen des Schmerzes, der war ihr gleichgültig, sondern weil ihre Freude verflogen war und auch die berauschende Gewißheit erlosch, daß sie Eugène festhalte, und mit ihm die ganze Familie und die Hunde und alle Toten von einst –, stand Fanny schnell auf, fuchtelte mit den Händen, um die Kinder zu verjagen, und stieg dann wieder in das Bett, in das Eugène sich kurz darauf schweigend emporzog. Sie wollte ihn küssen, aber er stieß sie angewidert zurück, und Fanny schlief ein.

Am Morgen schlug das Fenster im Wind. Eugène war über die Erbsenfelder auf und davon und hatte das im Koffer verwahrte Geld mitgenommen. Die Verzweiflung raubte ihr die Sinne, so daß Fanny, barfuß noch, aus dem Fenster kletterte und kreuz und quer durch die Felder lief und schrie: Eugène, komm zurück! Hast du denn alles vergessen? Eugène! Stolpernd und mit schmerzgeschütteltem Körper sprang sie von Beet zu Beet, und von weitem gesehen schien sie Freude auszudrücken. Die Kinder lachten, als sie sie so ulkige Bocksprünge machen sahen. Den ganzen Tag über weinte Fanny oder bekam Wutanfälle und brach gleich darauf wieder in Tränen aus, und ihr Schmerz, Eugène verloren zu haben, wurde noch gesteigert durch das Lächerliche und Ungereimte einer solchen Reise ohne Gefährten, denn sie konnte sich nicht erinnern, je gelesen zu haben, daß solches in der wirklichen oder in einer fiktiven Vergangenheit schon einmal vorgekommen wäre.

Zwölftes Kapitel
Im Dorf M.

Obwohl Fannys Gastgeber kein Geheimnis daraus gemacht hatten, daß sie ihre zahlreiche Nachkommenschaft mit etwas geringeren Mitteln ernähren und erziehen mußten, als vonnöten gewesen wären, um selbst nicht auf den Hund zu kommen, bestanden sie darauf, ihr das Geld für die Reise in das Dorf M. zu geben, wo in dem Traum der Frau Léda gelebt hatte und wo Fanny hoffte, Nachrichten von ihrer Tante zu erhalten oder sie gar selbst anzutreffen. Nachdem sie alle umarmt hatte, machte sie sich mit ihrem Koffer zu Fuß auf den Weg. Manchmal beschlich sie noch der Kummer, wenn sie an Eugènes seidenweiche Lippen dachte, an ihre eigene unschickliche Einsamkeit, oder wenn sie stehenblieb, um ihre von dem Koffergriff schmerzende Hand zu massieren, und sich daran erinnerte, mit welch rührender Folgsamkeit Eugène trotz seiner Faulheit die ganze Zeit den Koffer getragen hatte. Was hatte sie ihm nur angetan, das ihn zur Flucht getrieben haben könnte? fragte sich Fanny. Sie hatte sich in ganzer Länge auf ihn gelegt und ihm etwas hart zugesetzt, aber hätte er nicht spüren können – er war doch ihr Cousin –, wie sehr sie ihn auf einmal liebte, ihn und die ganze Familie, wie brennend sie ihr eigenes unvollkommenes Fleisch mit dem seinen zu vermischen wünschte, ihr eigenes trübes Blut mit dem Eugènes? Sie hätte so sehnlich gewünscht, als sie sich an ihn schmiegte, selber Eugène zu werden, Onkel Georges und Tante Colette als Eltern zu haben, von denen man nichts weiter sagte, als daß sie rechtschaffene Leute waren! Vielleicht einer der treuen Hunde zu werden...

Weinend setzte Fanny sich auf einen Kilometerstein. In einem kleinen Spiegel, den sie bei sich hatte, betrachtete sie voll Widerwillen ihr Gesicht. Dabei hatte man ihr oft gesagt, wie hübsch sie sei (allerdings niemand von der Familie, denn für die war Fannys Gesicht nur befremdlich). Wegen der Kälte ging sie weiter, und sie machte sich Sorgen um Eugène. Hatte er sich auch warm genug angezogen? Sie bemitleidete ihn jetzt, weil er nicht fest genug an die Notwendigkeit, Léda zu suchen, hatte glauben können, um dabeizubleiben um jeden Preis, weil er seine Gedanken nicht auf dieses alleinige Ziel hatte ausrichten können, das zumindest die Anfechtungen der Schwermut vertrieb. Eugène hatte von einem Schreibtisch geträumt, der so breit war wie ein Bett, von respektvollen Angestellten, die er gütig behandelt hätte, von rötlichen, über den Wolken schwebenden Hügeln! Armer, armer Eugène, dachte Fanny wütend.

Sie ging geschwinden Schrittes am Rand der Landstraße und hielt mit einer Hand ihren Kragen zu. Der Wind fegte über die öde Weite der eintönigen Weizen-, Rüben- und Maisfelder, über die trübsinnige Seichtheit der endlosen Erbsenfelder und der gigantischen, monotonen Felder einsamer Sonnenblumen mit ihrer untröstlichen Verneigung. Fanny fürchtete, daß es regnen würde, denn es gab hier nicht das kleinste Wäldchen und keinen einzigen Baum, wo sie sich hätte unterstellen können. Aber sie sah schon den Friedhof des Dorfes M. vor sich liegen, der nur durch ein Stück Landstraße von der Gemeinde, aus der Fanny kam, getrennt war und sicher kaum weiter vom Dorf der Großmutter entfernt lag, aus dem Fanny vor ein paar Tagen in dem Glauben fortgegangen war, es weit hinter sich zu lassen. Sie beeilte sich, beflügelt von der Hoffnung, Léda zu finden. Sie erinnerte sich so farbig und genau und mit so vielen Einzelheiten an den Traum der Frau, mit einer Präzision, die diese selbst ihm nicht zu geben vermocht hätte, daß sie jetzt irgendwie den Eindruck hatte, es sei ihr eigener, der unbegreiflicherweise in die Hände einer Unbekannten geraten war. In diesem Traum war Fanny also Léda! Ich will alle Dorfbewohner fragen, und vielleicht stellt sich heraus, daß einer von ihnen Tante Léda ist oder sie gut gekannt hat. Ich weiß so wenig über Léda und man hat mir so unterschiedliche Dinge über sie erzählt, daß Léda genausogut auch ein Mann sein könnte oder sonst irgend etwas. Was weiß ich von Tante Léda? Wo habe ich je ihr Gesicht gesehen? Nichts ist wirklich sicher! Nur das eine: Man hat bei meiner Geburt ihr gegenüber einen Fehler begangen, der das Unheil auf mein armes Haupt gelenkt hat.

Der Himmel bezog sich; dicke Tropfen fielen, die verlassene Straße glänzte, Fanny fing unbeholfen an zu laufen. Gegenüber dem Friedhof mit seinen hohen Zementmauern war eine Siedlung, deren noch ganz neue Häuser allesamt graue Fensterläden und ein Dach aus bräunlichen Ziegeln und in ihrem schmalen Hof einen Hundezwinger hatten, in dem, als Fanny vorbeikam, trotz des Regens Köter auf sie zustürzten und lange danach noch bellten.

Die Straße war leer und die Wände grau verputzt wie im Dorf der Großmutter. Hinter den Fenstern ohne Sims waren die Vorhänge, die keinen Blick durchließen, sorgfältig zugezogen, das Trottoir war so schmal, daß Fanny ihren Koffer mit beiden Händen vor sich her tragen mußte. Und da die Straße wie im Dorf der Großmutter über den Kirchplatz verlief, war es niemand eingefallen, dort ein paar Bänke aufzustellen oder einen Baum zu pflanzen, unter dem man sich hätte zusammenfinden können. Ach, wie gut ich das alles hier kenne, dachte Fanny zufrieden, wie vertraut mir hier alles ist! Sie betrat das der Kirche gegenüberliegende Café mit dem Namen *Au Coq Hardi*, in dem man, wie zu lesen stand, auch speisen konnte. Der Gastraum war leer. Fanny schüttelte den Regen ab und knarrte mit ihrem Stuhl. Ein Anflug von Verzweiflung überkam sie, als sie an Eugène dachte, dann aber verachtete sie ihn mit Nachdruck.

Schleppenden Schrittes kam ein Mädchen. Ich heiße Fanny, sagte Fanny liebenswürdig, und ich hätte, bitte sehr, gern zwei Spiegeleier, eine Wurst und ein Bier. Ein Ausdruck des Widerwillens erschien auf dem sauertöpfischen Gesicht der Kellnerin, die sich, als sie Fanny erblickte, keine Mühe gegeben hatte, bis zu ihrem Tisch zu gehen, und die jetzt laut seufzte und dabei mit dem Ende ihrer Schürze die Theke abwischte. Sie schüttelte ihre glanzlosen Haare mit einem Ausdruck so starker Ermattung, und ihre ganze etwas schwerfällige, etwas mollige Gestalt (das Fleisch ihrer Arme, ihrer Hüften erzitterte leicht) schien auf einmal von einer so schweren Last niedergedrückt zu werden, daß Fanny rot wurde und sich besorgt fragte, ob sie etwa daran schuld sei. Das Mädchen machte jedoch eine unbestimmte Handbewegung, zuckte mit den Achseln und verschwand in der Küche. An ihrem schmutzigen Kleid hing hinten der Saum herunter. Ich bin ihr lästig, sagte sich Fanny demütig, aber warum nur? Oh, ich muß mir hier Freunde machen, damit mir alle ihre Tür aufschließen. Ich werde ihnen schon zu zeigen wissen, daß ich aus der Gegend bin. Eines Tages wird mir strahlend jemand sagen: Hier ist Ihre Tante Léda! Bei diesem Gedanken schloß Fanny vor Glück unwillkürlich die Augen, aber dann fragte sie sich in einem Schauer der Ratlosigkeit: Und wer werde ich dann sein, mit Tante Léda an meiner Seite? Wie wird die Familie reagieren? Was ist, wenn sie selbst Léda nicht wiedererkennen will? Wenn die Hunde (Fanny erzitterte und verjagte diese Schreckensvision rasch wieder) bei Lédas Ankunft knurrend auf das Gitter einstürzen?

Fanny schob ihren Koffer unter den Tisch und bemühte sich, ein ungezwungenes Gesicht zu machen, damit man ihr die Beklommenheit nicht ansah, die mit der Behauptung, daß sie hier fast zu Hause sei – so sehr ähnelte das Dorf dem der Großmutter – nicht zusammengestimmt hätte.

Wie kommt es aber, daß ich selber noch zweifle? fragte sich Fanny. Ist es, weil man mit einer rätselhaften Hartnäckigkeit, die mich aus der Fassung bringt, alles daran setzt, mich davon zu überzeugen, daß ich gar nicht hierher gehören kann, oder bin ich mir meiner Behauptung nicht ganz sicher und erwecke eben dadurch das Mißtrauen der anderen? Ach, woher soll ich das wissen? Meine eigenen Interessen sind so groß; es ist gut möglich, daß ich mir manchmal etwas vormache. Wenn mir nämlich all diese Dörfer zu verstehen geben, daß ich auf keinen Fall zu ihnen gehöre, einfach weil das gar nicht sein kann, und egal welche Beweise ich auch immer vorlegen und wie gut ich über alle

Vorkommnisse Bescheid wissen mag – ja dann werde ich nie irgendwo hingehören. Und wenn ich Tante Léda nicht wiederfinde, dann brauche ich erst gar nicht ins Dorf der Großmutter zurückzukehren: mit der geballten Wucht ihrer Böswilligkeit wird die Familie das zum Vorwand dafür nehmen, daß sie recht gehabt hat.

Fanny blickte sich in dem Raum um, der von dem Regenwetter stark verfinstert war. Obwohl noch früher Nachmittag, war es so dunkel wie bei Sonnenuntergang. Dies hatte jedoch nichts Melancholisches, sondern es war brutal und phantasielos wie im Dorf der Großmutter, wo ein dumpfes Grau in Grau die Gestalten zu Boden zu drücken schien. Von der niedrigen und schmutzigen Decke hingen Bänder von Fliegenpapier herunter, Neonröhren starrten vor Dreck, eine alte, vergessene Girlande schwang in einem Luftzug träge hin und her. Die hellgrünen Wände waren in Tischhöhe übersät von gelblichen Flecken, auf den Tischen lagen Wachstuchdecken mit einem Würfelmuster in verblichenem Blau und Weiß. Durch die schmalen Fenster war nur die Seitenwand der reizlosen Kirche auf der anderen Straßenseite zu sehen. Ein penetranter Geruch von angebranntem Fett, schwarzem Tabak, unsauberen Hunden verpestete die Luft, und Fanny wurde fast übel, denn in dem Stehcafé des großmütterlichen Dorfes, *Chez Georgette*, das zugleich Tabakladen war, war sie niemals so lange geblieben wie in diesem hier, dem *Coq Hardi*, wo sie nun schon seit einer halben Stunde wartete.

Als die Bedienung wiederkam, war Fanny eingenickt. Das Mädchen weckte sie mit einem Fußtritt gegen ihren Stuhl und knallte einen Krug Bier auf den Tisch, sowie in einem angeschlagenen Teller zwei Spiegeleier und ein Frankfurter Würstchen. Fanny bedankte sich überschwenglich, streckte die Hände aus, um zu helfen, lehnte sich zurück und zog den Hals ein, um nicht im Weg zu sein.

Dreizehntes Kapitel

Lucette

Das starke und stolze, stämmige Mädchen mit breiten Schultern und festem Schritt, aber recht feinen und regelmäßigen Gesichtszügen, einer geraden Nase, schmalen Lippen und großen, weit auseinanderliegenden Augen begann nun, mit wütenden, langen Schritten in dem kleinen Saal auf und ab zu gehen, ohne darauf zu achten, daß sie, wenn sie gegen die Tische rannte, auch den von Fanny zum Wackeln brachte, so daß diese immer wieder im Essen innehalten und warten mußte, bis die Bedienung gerade durch eine hindernisfreie Ecke ging, um schnell und diskret einen Bissen hinunterzuschlingen. Ihre grimmige Miene schüchterte Fanny ein, sowie eine bestimmte Art, die Lippen aufzuwerfen oder die Haare nach hinten zu schnellen, als wolle sie, daß ihr Kopf mit davonfliege. Die Bedienung würdigte sie allerdings keines Blicks; sie schien sogar absichtlich keine Notiz zu nehmen von Fanny, an der sie manchmal gleichgültig vorbeistrich, gegen deren Tisch und Stuhl sie stieß oder an deren Koffer sie bei ihrem wütenden Vorwärtsstürmen hängenblieb. Als Fanny fertig gegessen hatte, nicht ohne Mühe, so schlecht hatte die Wurst geschmeckt, lehnte sie sich auf ihrem Stuhl zurück und fragte zaghaft: Wie heißen Sie, wenn ich fragen darf? – Lucette, rief das Mädchen. sie blieb unvermittelt stehen, näherte sich Fanny, schwang sich mit einem Schenkel auf den Tisch und kreuzte die Arme. Sie müssen verstehen, sagte Lucette schnell und ohne daß sich ihre ungehaltene Miene verändert hätte, sie müssen verstehen, daß ich nicht zur gleichen Zeit in der Mühle und am Ofen sein kann, ich kann nicht im Saal bedienen und gleichzeitig in der Küche arbeiten. Nein, so kann das nicht weitergehen. Ich bin Bedienung, und das reicht schon, ich kann Ihnen ein Lied davon singen, was das heißt, vor allem abends. Das Kochen ist mir zuwider, ich kann es nicht ausstehen, Nahrungsmittel zu befummeln, und dafür bin ich auch nicht angestellt worden. Ich bin gern in der Gaststätte, nehme die Bestellungen auf und bediene, und wenn ich nicht hin und her laufe, sitze ich auf dem großen Stuhl dort hinten, breite meinen Rock aus und beobachte, was vorgeht, und ich mache Scherze mit den Kunden, gerade das Nötige. Oh, mir entgeht nichts. Ich falte die Hände über dem Bauch, so, ich schließe halb die Lider wegen dem Rauch, und ich beobachte alles, ohne daß es den Anschein hat. Sobald ein Kunde etwas will, manchmal sogar noch bevor er den Mund aufgemacht hat, stehe ich schon neben ihm, und meistens weiß ich genau, was er bestellt; ich habe ihn mir nämlich so genau angesehen, daß ich seinen Wunsch schon im voraus kenne.

– Wirklich! rief Fanny voller Bewunderung.

– Ja, ja, genau so ist es, sagte Lucette, die auf einmal wieder an Fannys Gegenwart erinnert wurde. Die Küche geht mich gar nichts an, und wenn das so weitergeht, werd' ich hier nicht alt, da führt kein Weg dran vorbei, wenn die Chefin partout niemand einstellen will.

– Wenn Sie gehen, wird es ihr sicher nicht leichtfallen, eine andere Bedienung zu finden, die genauso tüchtig ist wie Sie.

– Eben das sag ich ihr ja, sie weiß es ganz genau. Nur kann sie sich nicht entschließen, sie kann sich einfach nicht dazu aufraffen. Sie bringt es nicht über sich, ihr Geld lokkerzumachen!

– Kann sie uns denn nicht hören? murmelte Fanny.

– Sie schläft, sagte Lucette abschätzig. Und wenn schon, das würde mich am Reden nicht hindern. Ich hab' tatsächlich geglaubt, ich raste aus, als Sie Eier und eine Wurst bestellt haben! Meinen Sie denn, es ist gut für den Ruf eines Lokals, wenn die Bedienung nach altem Fett riecht? Sehen Sie nur, da ist Eiweiß auf meine Bluse gespritzt. Glauben Sie, das sieht gut aus, wenn ich den Aperitif serviere?

– Ganz bestimmt nicht, pflichtete Fanny ihr bei, die allerdings der Ansicht war, daß die Gaststube des *Coq Hardi* dreckig genug war und auch übel genug roch, als daß man Lucettes Haare da hätte herausriechen oder an ein paar Flecken auf ihrer schäbigen Kleidung hätte Anstoß nehmen sollen.

– Jetzt bin ich am Ende! rief Lucette und schlug auf den Tisch. Ihnen kann ich es ja sagen, ich habe geheult, als ich Ihre Eier machte, so jämmerlich kam mir meine Lage vor, so meilenweit entfernt von dem, wofür ich geschaffen bin. Ich schäme mich! Ja, sobald man mich in diese ekelhafte Küche schickt, habe ich den Eindruck, ich sterbe vor Scham.

– Das ist ja furchtbar! rief Fanny aufrichtig betroffen. Sie wollte nach Lucettes Hand greifen, aber die machte beim Reden weit ausladende, empörte Handbewegungen; sie verstand im übrigen nicht, was Fanny wollte und blickte über sie weg. Sie war ganz mit ihrem Unglück befaßt, und unter dem hellen Nylonstoff ihrer Bluse wogten ihre robusten Schultern, hob und senkte sich heftig ihr formloser Busen. Der Regen prasselte immer wilder gegen die Fensterscheiben. In dem Raum, der schon so dunkel war, daß die Gesichtszüge Lucettes kaum mehr zu erkennen waren, blieben ein paar dicke Schmeißfliegen an dem honigfarbenen Band kleben und knisterten lange; andere kreisten um den Teller oder saugten an einer kleinen Pfütze Bier. Da setzte Fanny ihre grenzenlose Hoffnung auf Lucette, denn sie zweifelte nicht mehr daran, daß Lucette, die so stark war und im Dorf arbeitete, Tante Léda kannte, wer auch immer sie sein mochte. Mit vor Erregung hüpfendem Herzen malte sie sich aus: Und wenn Lucette sogar wie durch ein Wunder ... Sie besann sich zugleich, daß Eugène ja alles mitgenommen hatte und daß sie praktisch kein Geld mehr hatte – es reichte gerade für ihre Mahlzeit – und kein Bett zum Schlafen. Und sie konnte hier keinesfalls die Stellung räumen!

– Ich kann Ihnen helfen, sagte sie und wagte sich etwas näher an Lucette heran.

– Helfen, was denn helfen ... Lucette hatte Fanny ganz vergessen. Zerstreut schaukelte sie im Takt der gegen die Scheiben und die niedrige Tür trommelnden Tropfen und ließ ihren Unterschenkel hin und her baumeln, der mit einem schwarzen Strumpf bekleidet war, aus dem, wie erwürgt, oben ihr blasses, rundes, fettes Knie hervorquoll. Sie war so tief in ihren rachsüchtigen Gedanken verloren, daß sie ganz verblüfft war, als ihr Blick nun zufällig auf Fanny fiel, und sie verzog ungeduldig das Gesicht. Unter Lucettes etwas stupidem Blick fühlte Fanny sich erdrückt und herabgesetzt, und nichts schien ihr wichtiger, als diesem einflußreichen und schwierigen Mädchen zu gefallen. Um sich Mut zu machen, fixierte sie ein Motiv des Rankenmusters von Lucettes Kleid.

– Gegen Unterkunft und Verpflegung, sagte sie sehr schnell, könnte ich Sie in der Küche vertreten. Wenn die Chefin einverstanden ist, verlange ich nichts weiter, das dürfte nicht viel kosten.

– Nanu! Und Sie würden das hinkriegen? staunte Lucette.

– Ich kann das alles, sagte Fanny mit bescheidener Miene.

– Auch bestimmte Gerichte von hier? Skeptisch und fast verächtlich zog Lucette die Stirn in Falten; sie hatte die Arme verschränkt und ließ ihr mit einem klobigen Schnürschuh beschwertes Bein weit ausschwingen.

– Ich habe nämlich oft meiner Großmutter zugeschaut, sagte Fanny, ohne die Augen zu heben. Und als komme man jetzt auf die ernsthaften Dinge zu spreche, fragte Lucette trocken:

– Kalbskopf?

– Mit dem Gekröse, ich lasse ihn gut drei Stunden kochen, bei schwacher Hitze, mit Thymian, einer ordentlichen Portion Thymian.

– Gulasch?

– Im eigenen Saft schmoren, Kartoffeln, ein Schuß Rotwein.

– Die hausgemachte Hasenpastete ist bei uns eine Spezialität, und dann die Marmeladen.

– Oh, rief Fanny begeistert, erst letztes Jahr habe ich im Sommer bei der Rhabarbermarmelade geholfen. Und bei der Pastete weiß ich, wie man dem Hasen das Fell abzieht, und daß man zur Hälfte Schweinefleisch dazugibt und Petersilie.

– Ja, sagte Lucette, aber der gestürzte Pudding, gelingt Ihnen der, der gestürzte Pudding?

– Den habe ich oft gemacht.

– Sie müssen Königinpasteten füllen.

– Mit Kalbsbröschen, Pilzen, in einer leicht gewürzten Béchamelsoße.

Fanny war fast enttäuscht, daß Lucette keine weiteren Fragen mehr stellte, so sehr rührte und freute es sie, sich an all die Gerichte zu erinnern, die sie die Großmutter so oft hatte zubereiten sehen und die ihre eigene Mutter vergessen hatte, welche für diese alten, ehrfürchtig überlieferten Fertigkeiten nur eine gereizte Geringschätzung aufbrachte. Hatte man nicht versucht, sie, Fannys Mutter, die dem Dorf schon so früh entronnen war, gewaltsam festzuhalten, indem man sie in diesen Rezepten unterwies und verlangte, daß sie sie genau befolgte, um sie auf diese Weise an den Ort zu binden, von dem sie fortwollte? Fannys Mutter fand denn jetzt auch – aus Langeweile, Widerwillen und unbestimmter Befürchtung – immer irgendeinen Vorwand, um der Geburtstagsfeier der Großmutter fernzubleiben. Das belastete Fannys schuldbewußtes Gewissen noch mit einer weiteren Schmach, weshalb sie es sich, zumal in Gegenwart von Tante Colette, angewöhnt hatte, sich in Ehrfurchtsbezeugungen zu überbieten.

Lucette allerdings schien gewonnen zu sein. Sobald die Chefin aufwachte, wollte sie mit ihr sprechen, und sie glaubte Fanny bereits versichern zu können, daß sie zu den

Bedingungen, die sie vorgeschlagen hatte und die sehr vernünftig waren, genommen werden würde. Lucette, bemerkte Fanny mit einem Anflug von Bitterkeit (da die Angelegenheit so mühelos zum Abschluß gekommen war, warf sie sich jetzt ihre übertriebene Bescheidenheit vor), Lucette schien von der Aussicht äußerst angetan zu sein, daß ihre Leiden in der übelriechenden Küchenhitze nun ein Ende nehmen würden, und sie war fast stolz, als hätte sie erst Fannys Bedenken ausräumen müssen oder als sei diese Fanny mit ihrem fügsamen Eifer ihr Werk. Sie hatte nun einen Ausdruck liebenswürdiger Überlegenheit angenommen, der sie noch weiter von Fanny abrückte. Sie saß auf dem Tisch, zog in tiefem Ernst mit beiden Händen neben ihren Schenkeln am Stoff ihres Kleides und überlegte. Ihr Kopf war leicht zurückgeworfen, ihre kümmerlichen Haare fielen steif und spärlich über ihren Rücken, als sollten sie die Stufen eines Wasserfalls vorstellen. Auf ihr nacktes, blondes und blasses Knie legte Fanny sanft ihr Kinn, ohne daß Lucette es merkte. So hatten früher die Hunde der Großmutter ihre Schnauzen auf Fannys Schenkel geschoben, im sommerlichen Garten, in stiller, aufopfernder Hingabe. Sie verachtet mich bereits ein wenig, dachte Fanny, weil ich eine Aufgabe übernehme, die sie anwidert. Aber gleichviel. Das tut nichts zur Sache. Ich werde sie schon dazu bringen, Léda zu kennen…

Ich muß Ihnen erklären, was Sie zu tun haben, sagte Lucette, ohne den Kopf zu senken. Ich kann das, das geht klar, die Chefin hat ihre Zicken, aber abgeschlagen hat sie mir noch nie etwas, wenn sie das keinen Pfennig kostet und es mir hilft. Es ist ganz einfach. Sie stehen um sieben Uhr auf. Sie begleiten die Chefin zum Markt, in die Geschäfte, zum Bauernhof wegen der Eier. Unterwegs legen Sie mit ihr das Menü fest. Sie kommen unverzüglich zurück. Sie kehren den Gastraum aus, Sie wienern die Theke, Sie wischen die Tische ab. Sie vergewissern sich, ob in allen Flaschen noch etwas drin ist. Sie binden sich die Küchenschürze um, die neben der Tür hängt. Sie bereiten die Gerichte für das Mittagessen zu. Gegen Mittag dann notieren Sie auf einen Block, was ich Ihnen vom Saal aus zurufe. Sie stellen die vollen Teller auf die Treppenstufen, damit ich diese Küche gar nicht mehr zu betreten brauche! Um Zeit zu gewinnen, spülen Sie zwischendurch ab. Sie machen sauber, Sie räumen auf, Sie ziehen die Schürze aus, es ist ungefähr vier Uhr. Sie haben anderhalb Stunden frei. Sie ruhen sich aus, das ist das beste. Ziehen Sie sich nicht aus. Behalten Sie die Schuhe an! Sie könnten sonst einschlafen. Sie kommen wieder runter, um das Abendessen zuzubereiten. Alles wie gehabt, nur daß mehr Leute da sind. Um elf sind Sie fertig. Und dann, Fanny, bevor Sie hochgehen, wenn Sie Lust dazu haben, trinken Sie hier noch ein Gläschen mit den Gästen. Eins! Auf Kosten der Chefin! Lucette brach in ein fröhliches Lachen aus. Sie sprang auf den Boden, faßte Fanny am Ellbogen, fuhr sich mit der anderen Hand geziert durch das Haar, losgelöst nun von den niederen Problemen, mit denen Fanny sich in Zukunft abgeben würde, und sagte: Ich zeige Ihnen jetzt die Küche – mit einer von Vergnügen und Abscheu so selbstsüchtig entstellten Stimme, daß Fanny vor Scham purpurrot wurde und sich auf einmal aus einem sehr viel minderwertigeren Stoff fühlte als Lucette. Diese geleitete sie in der Nähe der Theke zu einer kleinen Tür, die um die Klinke herum ganz schwarz war vor Dreck. Ein paar Stufen führten zu einer Art winzigem Keller hinunter, in den Fanny sich allein hineinwagte. Lucette steuerte sie von oben und verstellte noch das zur Neige gehende Licht. Niemals, rief sie mit wollüstiger Unbekümmertheit, niemals mehr werde man sie in der Küche sehen! Dann vernahm man hinter ihr ein Geräusch. Lucette wandte den Kopf und sagte ein paar begrüßende Worte. Sie schloß sorgfältig die Tür, bevor sie sich entfernte, und Fanny mußte sich an fettigen Wänden entlangtasten, um den Lichtschalter zu finden. Wenn Lucette mich, wie durch ein Wunder, eines Tags zu Tante Léda führen sollte ..., dachte sie niedergeschlagen. Und wenn wie durch ein Wunder Lucette selbst vielleicht... Sie setzte sich auf eine Stufe, weinte ein wenig und dachte dann unwillig an Eugène. Wie bedrohlich und unzugänglich sie diese Lucette fand! In ihrer beunruhigenden, egoistischen Fröhlichkeit schien sie göttliche Kräfte zu besitzen, die ihr, der erbärmlichen Fanny vorenthalten worden waren. Aber Fanny zweifelte nicht daran, daß sie Lucette so lange fürchten und achten mußte, als sie keinen anderen Kontakt im Dorf hatte, denn Lucette kam ihr im Augenblick wie dessen Königin und Türhüterin vor. Und genauso schnell wie Lucette sie an diesem Ort eingeführt hatte, konnte sie sie vielleicht auch daraus vertreiben, falls Fanny auch nur ihr leisestes Mißfallen erregen sollte.

Von einer Schmutzschicht gefiltert, strömte das unerquickliche Neonlicht von der Decke. Ein mit Gitterstäben verbarrikadiertes Kellerfenster in der Höhe des Bürgersteigs war die einzige Öffnung des Raums. Gerade gingen ein Paar Beine vorüber, und gummibekleidete Füße patschten auf einmal in eine Pfütze, schlammiges Wasser spritzte gegen die Scheibe. In der Ecke befanden sich ein alter Kochherd mit verkrusteten Platten sowie ein Spülstein, in dem Berge von fettigem Geschirr standen, das Fanny sofort abzuspülen begann. Der Fliesenboden war so glitschig, daß sie sich nur mit äußerster Vorsicht bewegen konnte. Als sei auf diese Weise eine verborgene Intimität Lucettes ans Licht gekommen, empörte sie die atemberaubende Unsauberkeit der Küche und gefiel ihr doch gleichzeitig auch irgendwie, obwohl sie sich an diesem Ort, in den sie ohne Vorwarnung hineinkatapultiert worden war, noch mehr verachtet fühlte als sie es, wegen der Ungehörigkeit ihres Daseins, von der Familie gewesen war. Manchmal verzweifelte Fanny, wenn sie an die Familie dachte. War es im Grunde nicht sogar weniger schwierig, Tante Léda wiederzufinden, als jemals von der Familie in Ehren aufgenommen zu werden, als von Onkel Georges mit dem Ausruf: Und da ist ja auch meine Nichte! begrüßt zu werden, als von Tante Colette mit ihrem wirklichen Vornamen angeredet zu werden, weniger schwierig, als von den Hunden irgendwann ein Zeichen der Dankbarkeit zu erhalten?

Vierzehntes Kapitel

Die Chefin akzeptiert Fanny

Fanny machte sich gerade daran, den Fußboden zu scheuern, als eine lange, dürre Frau die Tür öffnete. Es kann nicht schaden, wenn die Chefin mich mitten in der Arbeit antrifft, dachte Fanny zufrieden. Auf allen vieren im Seifenwasser, errötete sie leicht und tat so, als sei sie zu beschäftigt, um etwas zu bemerken. Die Frau musterte sie. Nicht einmal Tante Colette, dachte Fanny, deren Blick geschwind hin und her flog, hat mich jemals so von oben herab angesehen, und auch nicht mit so ratloser Skepsis. In dem Ort kommt es eben selten vor, daß man jemand nicht kennt. Hoffentlich glaubt Léda an meine Existenz, wenn ich erst vor ihr stehe, ich habe doch nichts mehr, um sie zu beweisen (Georges, dieser verdammte Idiot, hat das einzige Foto zerrissen, das ich besaß). Mein Vater dagegen hat mich für niemand anderen gehalten als für seine Tochter, ob er mich nun wiedererkannt hat oder nicht, ob ihm bewußt geworden ist oder nicht, daß ich erst seit fünf Tagen Fanny heiße und daß er mir ehemals einen ganz anderen Vornamen gegeben hat, den, außer der Großmutter, niemand in der Familie je korrekt aussprechen konnte...

Die Frau forderte sie auf hochzukommen. Fanny wischte noch eine Weile und trocknete sich dann die Hände ab, die bereits geschwollen waren. Mit gefletschten Zähnen stemmte sich ein gräßlicher Hund gegen das Fenster und blickte sie an, wütend darüber, daß er nicht durch die Scheibe springen konnte. Voller Entsetzen und Zorn wandte Fanny sich ab.

Oben saß Lucette auf ihrem Lieblingsstuhl, von dem aus sie den Saal überschaute. Sie hatte ihr Kleid mit den grünen und gelben Ranken weit auseinander gebreitet und zeigte ein wenig von ihren Schenkeln. Sie schenkte Fanny ein zerstreutes Lächeln und bedachte eine Tischgesellschaft von Fernfahrern, die sie Lulu nannten und ihre Scherze mit ihr machten, mit einem breiten, sonoren Lachen. Die vor dem Café geparkten Lastwagen hatten den Raum vollständig verdunkelt. Die Chefin zündete ein weißes Licht an. Fanny kam demütig näher und sagte zu der großen, hageren Frau mit dem düsteren und mißtrauischen Blick: Meine Verwandten wohnen ganz in der Nähe. Ich versprechen Ihnen, daß Sie mit mir zufrieden sein werden.

Die Frau zuckte mit den Achseln und legte ihre Hand auf Fannys Kopf, drehte sie vorsichtig herum, machte manchmal »hm« und untersuchte dabei ihren Rücken, ihre Taille und ihre Lendengegend, die sie mit einem Finger berührte, dann warf sie Lucette einen Blick zu: die saß unbeteiligt und majestätisch da, unempfindlich gegen das, was in jenem Teil des Raumes vor sich ging. Die Frau sagte mit tonloser Stimme und indem sie Fanny, die sich aufrichtig bedankte und sich nun in ihrem Besitz wußte, einen kleinen Klaps auf den Nacken gab: Das geht in Ordnung. Drüben lachte Lucette befriedigt. Keiner von den drei Männern hatte sich nach Fanny umgedreht, und doch stimmten sie in Lucettes Lachen ein, und einer sagte: Sie behauptet also, daß ihre Familie in der Gegend wohnt! Erzählen kann man ja viel, nicht wahr? Wer wird das schon nachprüfen?

Fünfzehntes Kapitel

Auf dem richtigen Weg

Fanny machte sich den unvermuteten Aufbruch der Fernfahrer und dann der Chefin zunutze. Sie huschte zu Lucette, nahm das Foto heraus, auf dem von der lesenden Tante Léda ein Büschel Haare und der untere Teil eines Kleides zu sehen waren, und streckte es flehentlich Lucette entgegen:

– Lucette, kennen Sie jemand, der dieser Frau, meiner Tante, ähnlich sieht?

– Ja, das ist gut möglich, antwortete Lucette nach einem schnellen Blick auf das Bild. Sie hob ihren gewieften, abschätzigen Blick, nahm ihre übergeschlagenen Beine auseinander und klemmte dabei, ohne es zu merken, unter ihrem schweren Oberschenkel Fannys Hand ein, da diese sich an dem Sitz festhielt. Lucettes Stuhl war so hoch, daß ihre Beine mehr als einen Meter über dem Boden in der Luft baumelten. Ja, das ist möglich, wiederholte sie gleichgültig. Am Ende des Dorfes wohnt eine Frau, die heißt Léda, das könnte durchaus die sein, die Sie mir da zeigen. Vor Rührung brach Fanny fast in Tränen aus. Sie klammerte sich an dem Sitz fest, stammelte ein paar übertriebene Dankesbezeigungen, während Lucette großmütig lächelte und das Foto gedankenlos in die Tasche steckte und es dabei zerknitterte. Fanny wagte nicht, es zurückzufordern, obwohl sie betrübt war, es schon so bald wieder zu verlieren. Sie beklagte sich auch nicht, als sie merkte, daß ihr Koffer verschwunden war. Sie drehte sich sogar um, damit Lucette nicht sah, wie sie rot wurde, und sie schämte sich der mißtrauischen Gedanken, die in ihr aufstiegen, denn war sie hier nicht in mehrfacher Hinsicht zu Dank verpflichtet, hatte man sie nicht, nach den üblichen Vorsichtsmaßregeln, weniger fremd behandelt als ihre eigene Familie beim Geburtstag der Großmutter?

Zweiter Teil

Erstes Kapitel
In der Küche

Gebratene Schweinskoteletts, Rinderschmorbraten, Hasenklein, fettes Huhn im Topf, Putenbraten, gebratene Lachsforelle, gekochtes Hirn, gemischte Salate, Eier mit Mayonnaisefüllung sowie Karamelpudding, Schokoladenmousse, Apfel- und Pflaumenkuchen und sonntags eine waghalsige Crème anglaise, unvorstellbare Pfirsichmelbas wurden, ohne jeden Ruhetag, allwöchentlich im *Coq Hardi* angeboten. Fanny lief am Morgen durch das Dorf mit seinen harten Gehsteigen aus gestampfter, nun aber gefrorener Erde und sprang dann, immer unter Zeitdruck und in steter Sorge, nicht fertig zu werden und dadurch Mißfallen zu erregen, in ihre Küche, wenn Lucette übelgelaunt gerade erst aufstand, lautstark nach ihrem Frühstück verlangte und oft kritische Anfälle von Melancholie hatte, Regungen bestialischer Wut, für die sie keine Erklärung abgab. In dem schmutzigen Neonlicht, das bei Tagesanbruch das Kellerfenster in ein finsteres Loch verwandelte, war Fanny mit Schneiden, Tranchieren und Schälen beschäftigt, sie wusch und scheuerte mit ängstlichem Eifer. Und wenn Lucette gegen Mittag dann anfing, die Namen der bestellten Gericht herunterzurufen, von der Höhe der Treppe aus und ohne Fanny je mehr von sich sehen zu lassen als ihre ungeduldigen, gestrengen Füße in den hohen Schuhen, so wartete das Fett schon in den Pfannen, bereit, die Steaks und Grillgerichte aufzunehmen; das Tagesgericht köchelte leise vor sich hin. Fanny stellte sich neben die erste Stufe und beugte sich vor, um Lucette besser zu hören, die die Bestellung auf keinen Fall wiederholt hätte. Bisweilen stützte sie sich in ihrer ganzen Länge auf die Treppe, und wenn sie dann ihr besorgtes Gesicht so weit wie möglich vorstreckte, berührte sie leicht mit der Stirn Lucettes Schuhe, sah unter dem staubigen Kleid mit dem Rankenmuster ein kleines Stück von Lucettes kessem, festem und unregelmäßigem Fleisch. Es kam jedoch schon einmal vor, daß Fanny nicht am Fuß der Treppe sein konnte, wenn Lucette gerade die Bestellungen durchgab, oder daß diese zu schnell sprach oder ihr Gesicht dem Gastraum zuwendete und daß Fanny also nicht verstanden hatte, was von ihr verlangt wurde. Selbst wenn sie aber den Mut gehabt hätte, Lucette um die Wiederholung ihrer Bestellung zu bitten, wie hätte sie das schaffen sollen, bevor Lucette, die nie verweilte, die kaum stehenblieb, wieder bei ihren Gästen war? Im übrigen hätte sie sich ein klein wenig von ihrer Küche entfernen und die paar Stufen bis zu Lucette hinaufsteigen müssen, denn sie hatte keine sehr laute Stimme. Hätte sie dann, so fragte sie sich, ein derartiges Wagnis überzeugend genug zu rechtfertigen gewußt? Und die Überraschung Lucettes, wenn sie auf einmal die Köchin vor sich gesehen hätte, wie sie einen kleinen Mangel in ihrer Organisation anprangerte, wäre diese Überraschung nicht so groß gewesen, daß Lucette jede Beherrschung und ihre ganze Nachsicht ihr gegenüber verloren hätte? Fanny kam zu dem Schluß, daß sie sich hier noch nicht die kleinste Anregung leisten konnte, wo sie sich hier doch, obwohl sie nützlich war und umsonst arbeitete, aus Großherzigkeit geduldet fühlte. Zweifellos beneideten viele Mädchen aus dem Dorf sie um ihre Stelle, sie, die doch weniger Rechte hatte und von wer weiß woher kam. Und es dämmerte ihr, daß die Macht Lucettes, die sogar die Chefin beherrschte, grenzenlos war.

Wenn sie also manche Worte nicht verstanden hatte, stürzte Fanny sich – nach einem ersten Moment des

Schreckens und der Verwirrung, in dem sie ein schmerzliches Heimweh überfiel (und das Dorf der Großmutter schien ihr auf immer verloren) – auf das erstbeste Gericht und füllte einen Teller, den sie oben auf der Treppe abstellte, und sie hoffte dann nur, daß sie das Richtige getroffen hatte. In der verräucherten Gluthitze der Küche lauerte Fanny auf Lucettes Kommen, die Hände über ihrer fettigen Schürze gefaltet und resigniert auf ihren Bauch gedrückt. Denn wenn nicht das Gewünschte auf dem Teller war, stieß Lucette ihn einfach mit der Fußspitze die Treppe hinunter. Dann wartete sie wortlos auf das nächste Angebot von Fanny, die sich so sehr beeilte, daß sie dabei zu atmen vergaß. Sie erstickte in den schwülen Gerüchen, und doch hastete sie durch die kleine Küche und dachte nur daran, Lucette zufriedenzustellen, die in beleidigtem, verächtlichem Schweigen oben an der Treppe verharrte. Der zweite Teller konnte genauso herrisch zurückgestoßen werden wie der erste, oder sogar noch heftiger. Fanny trat zur Seite, um nicht vollgespritzt zu werden. Eine solche Schmach aber, sagte sie sich, hätte selbst Tante Colette ihr nicht angetan, nicht einmal, um sie auf die Probe zu stellen; sie fragte sich, was Lucette dazu gebracht hatte, auf diesem Gebiet die Familie zu übertreffen. Fanny sah hier einen engen Bezug zwischen Lucette und ihrer Suche nach Tante Léda. Vielleicht, sinnierte sie dann, war dieses Dorf wirklich Tante Lédas Dorf. Lucette selbst … Solche Gedanken bewegten Fanny. Sie nahm sich vor, Lucette in Zukunft noch ergebener zu sein, denn diese konnte sie direkt zum Ziel führen durch den Einfluß, den sie ausübte, durch ihre Kenntnis des Dorfes oder das bloße Geheimnis ihrer Person, die in gewissen Punkten zum Beispiel Tante Colette so ähnlich war, welche in ihrem blauen, mit kleinen Monden gemusterten Kleid Fanny nicht aus dem Kopf gehen wollte.

Sobald Lucette sich umgedreht und das verlangte Gericht würdevoll weggetragen hatte, las Fanny hastig die herumliegenden Scherben zusammen, wischte die Soße auf und legte die Fleischstücke wieder in den Kochtopf. Aber Lucette war schon wieder da, wollte dies, forderte jenes, und Fanny mußte also zum Geschirrschrank springen und unter den unbarmherzigen Rufen der unsichtbaren Lucette, die ungeduldig mit den Füßen trampelte, zum Herd laufen. Fanny nahm sich kaum Zeit zum Essen. Sie ekelte sich vor den Speisen und knabberte, um sich bei Kräften zu halten, lediglich einen Kanten Brot, den sie in ihrer Schürzentasche verwahrte und an dem sie zwei Tage lang aß. Sie trat ihren eigenen Anteil gern an Lucette ab, die niemals satt wurde.

Wenn Fanny zum Kellerfenster hinaufschaute, sah sie an der Scheibe den mächtigen gelben Hund liegen, der sie am ersten Tag erschreckt hatte und der ihr die Zähne zeigte, sobald sie ihn ansah. Das spärliche Winterlicht, das durch die Öffnung drang, wurde von dem Hund ganz verdeckt. Schon beim Morgengrauen war er da, jeden Tag. Fanny begegnete ihm allerdings nie bei ihren Besorgungen im Dorf, aber sie zweifelte nicht daran, daß er unbarmherzig über sie herfallen würde, jedenfalls nach dem bösen Blick zu urteilen, mit dem er sie den ganzen Tag über durchbohrte, und danach, wie er mit seiner Pfote feindselig an der Scheibe kratzte und unaufhörlich ein dumpfes Knurren von sich gab. Dich werd' ich noch in den Kochtopf stecken, du wirst schon sehen! schrie Fanny aufgebracht, wenn sie am Morgen von der Treppe aus die dunkle Masse des gelben Hundes hinter der Scheibe sah. Dann dachte sie nicht weiter an ihn, denn die Arbeit nahm sie voll in Anspruch. Aber der Blick des Hundes lastete auf ihrem Nacken, und Fanny zitterte, wenn sie an den Tag dachte, an dem er sie endlich bestrafen würde, er oder ein anderer. Und was kann man den Hunden schon erklären? murmelte sie. Ich habe mit ihnen gespielt, ich habe mich nicht gescheut, ihr Lager zu säubern, aber sobald die Familie mir den Rücken zukehrt, zerfleischen sie mich…

Mit der Zeit wurde Fanny kühner. Wenn Lucette nicht da war, kroch sie die ganze Treppe hinauf und warf vorsichtige Blicke in die Gaststube, zu der sie tagsüber keinen Zutritt hatte. Hinter die angelehnte Tür gekauert, kam sie zu der Erkenntnis, daß die Stellung einer Bedienung im *Coq Hardi* viel geeigneter wäre, ihr durch den Umgang mit so vielen Menschen Auskünfte über Tante Léda zu verschaffen – weit mehr als ihre den Blicken entzogene Küchenarbeit, die sie zwar trotz allem langsam liebgewann, die sie aber zugleich vom Dorfleben fernhielt. Es stiegen hier jeden Tag so viele Fernfahrer ab, so viele Handelsreisende waren in der Gegend unterwegs, daß es Fanny vor den Augen flimmerte und ihr Verstand ganz umnebelt war, wenn sie in der kleinen, verräucherten Gaststube das beständige Hin und Her dieser vielen verschiedenen Leute beobachtete, die unablässig aus und ein gingen, sich gegenseitig etwas zuriefen und es so eilig hatten, daß sie kaum saßen, als sie auch schon wieder aufstanden und, noch während sie die letzten Bissen hinunterwürgten, sich zum Gehen schon den Mund abwischten. Manche waren auch beim Mittagessen noch so geschäftig, daß die Tische mit Akten übersät waren, Papiere aufrecht an Flaschen lehnten und Wein- und Soßenspritzer abbekamen, ohne daß dies die dicken, unauffälligen, hurtigen und schweigsamen Männer zu stören schien, die schweigend ihre Schriftstücke durchgingen und, ohne einen Blick auf ihren Teller zu werfen, alles hinunterschlangen, was Lucette ihnen vorsetzte. Nie erkannte Fanny jemand wieder, obwohl die Menge sich durchweg aus denselben Gästen zusammensetzte und Lucette oft jeden mit seinem Vornamen anredete.

Wo sie nur noch Bedienung war, war Lucette jetzt sehr aufgeräumt und auch sorgfältiger frisiert (ihre Haare wurden von einem alten Band mit Schottenmuster zusammengehalten); sie war liebenswürdig und flink, pflichtbewußt und rigoros, und wenn sie mit ihren schweren, schnellen Schritten den Raum durchquerte, leuchteten ihre weit auseinanderstehenden Augen vor Zufriedenheit und Wachsamkeit. Die Chefin, die sich ganz auf Lucette verließ, döste hinter der Theke. Fanny verspürte Neid. Was nutzt es mir überhaupt, daß ich hier bleibe, wenn ich nicht Bedienung werde, sagte sie sich … Und der Saal des *Coq Hardi*, in dem Lucette mit stolzer Miene auf und ab ging, war für Fanny ein Gegenstand des Begehrens mit seinen fleckigen Wänden, seiner niedrigen Decke, seinem dichten Qualm billiger Zigaretten, seiner spärlichen Beleuchtung, die durch die direkt vor den Fenstern geparkten Lastwagen noch verringert wurde. Sie begann, ihre kleine Küche zu hassen, in die nie jemand herunterkam. So ließ sie sich denn auch manchmal zu unüberlegten Kühnheiten hinreißen. Sobald Lucette nicht mehr da war, stieg sie hinauf und legte sich oben an der Treppe auf die Lauer. Eines Tages hatte sie den Eindruck, in einer Gruppe von Vertretern Onkel Georges höchstpersönlich zu erkennen. Er hielt eine große Frau mit dem Akzent der Hauptstadt fest an sich gedrückt, und in dieser unbequemen Stellung speisten beide. Da ihr Onkel Reisender in Toilettenartikeln war, war es durchaus möglich, daß es sich um ihn handelte. Fanny sah ihn allerdings nicht richtig, nur seinen Rücken. Sie schloß ein paar Sekunden ihre brennenden Augen, und just in dem Moment brachen Onkel Georges und seine Gefährten auf, zu Fannys lebhaftem Bedauern, denn sie war schon drauf und dran, auf ihn zuzulaufen und ihn zu umarmen, und sie kostete bereits im voraus ihren kleinen Überraschungseffekt aus. Ich werde Tante Colette noch so manches über ihren werten Gemahl erzählen, dachte sie aufgeregt. Wenn sie es noch nicht weiß, bin ich ihrer Dankbarkeit sicher.

Aber auf einmal fiel Lucettes Blick auf sie. Sie setzte ihr Tablett ab und stürzte sich auf Fanny, packte sie an den Schultern und stieß sie die Treppe hinunter, ohne sich um die dort abgestellten Teller zu kümmern, in denen ein Hammelragout dampfte und die jetzt scheppernd hinunterflogen. Die heiße Soße spritzte auf Fanny. Du darfst deinen Posten nie verlassen, schrie Lucette empört, du darfst nie im Dienst heraufkommen! Willst du denn alles verderben, willst du das, Unruhe stiften, damit man hier nicht mehr zurechtkommt? Sie stemmte die Fäuste in die Hüften und stieß in ihrer Wut mit dem Fuß auf den Boden. Es entstand ein Auflauf. Mit der Serviette am Kinn reckten ein paar Gäste den Hals und warfen einen vorsichtigen Blick auf die zusammengebrochene Fanny. Lucette nahm sie zu Zeugen. Ein diffuses Gemurmel der Zustimmung umgab sie, und Lucette beruhigte sich. Fanny machte sich diese vorübergehende Windstille zunutze, und obwohl ihr ganzer Körper derart schmerzte, daß sie nur mit Mühe den Mund öffnen konnte, fragte sie:

– Sag mal, Lucette, kennst du Georges R., der vorhin da war?

– Georges, ja, das ist ein Stammgast, natürlich, er ist Reisender in Toilettenseife, sagte Lucette und zuckte mit den Achseln.

– Das ist mein Onkel! rief Fanny hoffnungsfroh.

– Dein Onkel? Ach ja! Lucette lachte laut und verächtlich, ohne daß Fanny erraten konnte, ob diese Geringschätzung sich auf die Person von Onkel Georges bezog oder ob sie einfach nicht glauben konnte, daß Fanny die Wahrheit sagte. Mit einer Handbewegung verjagte sie die Gäste, kauerte sich dann nieder und flüsterte:

– Wie kannst du denn diesen Mann zum Onkel haben? Das glaube ich nicht!

– Und doch ist es wahr, sagte Fanny herausfordernd.

– Er hat mir zwar oft von seiner Familie erzählt, aber von dir nie.

– Weil ich jetzt einen neuen Vornamen habe, antwortete Fanny verlegen, schwieg aber dann und schlug die Augen nieder, als sie sah, wie Lucettes breites Gesicht sich verfinsterte. Lucette ließ ein undefinierbares »Hm« vernehmen. Als sage sie es gedankenlos einfach so dahin, fügte sie noch hinzu, bevor sie wieder aufstand: Der Georges ist wirklich von hier.

Ich muß Bedienung werden, dachte Fanny, die mit besudeltem Antlitz auf den kalten Fliesen lag, oder ich komme zu nichts. Wer wird mich schon hier unten in diesem Loch besuchen, wer kann sich auch nur an mein Dasein erinnern außer diesem dreckigen, bösartigen Köter? Aber bin nicht auch ich, genau wie Onkel Georges, wirklich von hier? Wird man das je von mir sagen? Dabei trifft das auf mich noch eher zu als auf meinen Vetter Eugène, der vor nichts Respekt hat ... Beim Gedanken an Eugène geriet Fannys Blut in Wallung. Sie hatte ihn nach Lust und Laune und zu den ungelegensten Momenten so stürmisch abgeküßt, daß er davon manchmal ins Wanken gekommen war, und wie viele Knüffe und Püffe hatte sie ihm versetzt, die er bereitwillig hingenommen hatte! Fanny hätte Eugène gern geheiratet, schon immer. Kein Zweifel jedoch, daß Tante Colette sich diesem Unterfangen mit aller Macht widersetzt hätte. Brachte Fanny aber Tante Léda mit nach Hause, dann konnte die Feindschaft doch nur zerrinnen, dann wäre ein grausamer Irrtum wiedergutgemacht und die Nachlässigkeit von Fannys Eltern endlich getilgt, denen die Familie und ihr Wohlwollen, ja selbst die Großmutter ganz egal waren und die für das Dorf nur eine gelinde Verachtung und einen gereizten Widerwillen aufbrachten.

Zweites Kapitel
Der Abend im Dorf

Nach der Arbeit ging Fanny nicht hinauf, um vor dem Schlafengehen mit Lucette noch ein Gläschen Schnaps zu trinken; obwohl es schon nach Mitternacht war, beschloß sie, die Frau aufzusuchen, die angeblich Léda hieß. Nun brachte es Fannys Tätigkeit mit sich, daß es immer entweder zu früh oder zu spät war, aber an diesem Abend war zudem die Chefin gerade nicht da, die Fanny zwar nicht am Ausgehen hätte hindern können, die sie jedoch, weil das unziemliche Benehmen ihrer Angestellten dem Geschäft schaden konnte, sicher mißtrauisch gefragt hätte, was sie denn vorhabe. Was auch immer sie tat, Fanny fand sich damit ab, daß sie mehr als eine andere mißbilligt wurde, mehr als Lucette. Sie war dieser Frau, die sie nicht bezahlte, dankbar: Sie hatte sie bei sich aufgenommen, ohne von ihr zu verlangen, daß sie aus dem Dorf war, ohne sie darum zu mißachten. Fanny war deshalb auch nicht beleidigt, daß man sie zuerst eingestellt hatte und nun schlecht behandelte, sie war doch ohne jeden Beleg oder Ausweis einfach dahergekommen; sie hatte ja nicht einmal ein Familienfoto. Deswegen liebte sie Lucette und war selbst der Chefin zugetan, obwohl weder die eine noch die andere ihr Glauben schenkte, wenn sie von ihren Beziehungen zu Georges oder zur engsten Familie sprach. Beide lächelten dann verschmitzt, Lucette pfiff impertinent oder wurde ungehalten, nannte Fanny eine Lügnerin und wollte sie wegen ihrer Ansprüche, ihres besorgten Gehabes beschämen. Denn eigentlich war es Lucette ziemlich egal, daß Fanny keine Verwandten in der Gegend hatte, das stand für sie aufgrund von zahlreichen Besonderheiten, die ihre Gestalt, ihre Sprache, ihre Denkweise betrafen, fest. Fanny war nämlich in allen Punkten so verschieden von Lucette, daß sie nicht einmal von der Geographie der Umgebung jene intime und genaue Kenntnis hatte, welche Lucette besaß, die im Dorf geboren war und es doch nie verlassen hatte.

Fanny zog hastig einen alten Regenmantel über und verließ das Haus. Sie bekam dabei Lucettes Sticheleien zu hören, die so tat, als habe Fanny eine Verabredung mit irgendeinem Geschäftsreisenden. Es regnete stark. Hoch aufragende Straßenlaternen tauchten die Mitte des Dorfes in ihr weißes Licht, die betonierte Kirche, die breite und frisch geteerte Hauptstraße und die jetzt einsam daliegende überdachte Bushaltestelle. Sie war einst von einer Bank gestiftet worden, und auf ihrem Dach stand noch der Firmenname, Fanny wohl vertraut, denn die Großmutter hatte immer ihr Erspartes dort hingetragen. Dahinter die schwarzen, schweigenden Häuser mit ihren geschlossenen Fensterläden. Bevor Fanny losging, verweilte sie einen Augenblick vor einem Reklameplakat an der Fassade des *Coq Hardi*. Ihr Cousin Eugène, er und kein anderer mit seinen glänzenden Haaren, seinem engen Pullover, blickte sie darauf mit unverfrorener und schnittiger Haltung an. Ihr Cousin Eugène! Mit seinen vollen Lippen, die man leicht geschminkt hatte! Fassungslos erinnerte Fanny sich daran, daß Eugène davon geschwärmt hatte, Schauspieler zu werden, und nun zeigte er dem ganzen Dorf seine strahlenden Zähne, nun deutete er in stupidem Entzücken mit ausgestrecktem Zeigefinger auf ein Geschäft für Heimwerker und klebte dort fröhlich und unerschütterlich im Regen, nun endlich hatte Eugène Erfolg, und zwar ohne den Beistand Fannys oder irgendeiner ominösen Tante Léda. Fanny kannte den guten Ruf des Geschäftes, in dem außer ihrem Vater alle Männer der Verwandtschaft einkauften. Eugène hatte wirklich ein unverschämtes Glück, dachte Fanny verdrossen, und es wurmte sie ein wenig, daß er es geschafft hatte, so groß herauszukommen und mit nichts als seinem Bild und seinem stummen, liebenswerten Gesicht die Vorzüge eines Geschäftes zu preisen, dessen allmonatlicher Besuch für Fannys sämtliche Onkel ein ganz besonderes Vergnügen war.

Sie riß sich von dem Plakat los und lief fast in den großen gelben Hund vom Kellerfenster hinein, der unversehens auf seinen kahlen Beinen knurrend vor ihr stand. Er war aufgetaucht, ohne daß sie ihn gehört hatte. Sie stieß einen spitzen Entsetzensschrei aus, ging schnell weiter und zog die Kapuze ihres Regenmantels in die Stirn. Der prasselnde Regen machte sie taub für jedes andere Geräusch. Fanny warf einen beklommenen Blick hinter sich: trotz des Unwetters kam der Hund ihr nachgelaufen, und seine mageren Weichen schwappten hin und her. Er war auf einmal so häßlich, daß Fanny Selbstvertrauen gewann. Sie blieb stehen und ließ ihn herankommen. Sie versetzte ihm einen heftigen Tritt unter die Kiefer und dachte dabei: ein anderer wird ihn rächen, dann warf sie ihn mit einem Stoß um, ohne auf sein Gekläff zu achten. Der Hund kam ihr jetzt sehr alt und verbraucht vor. Hatte er sie wirklich bedrohen wollen, oder hatte sie sich getäuscht? Vielleicht wäre er ein zuverlässiger Gefährte geworden, vertrauenswürdiger als Eugène, der alle möglichen Hintergedanken gehegt hatte. Erschöpft von all den Tritten, die sie ihm schon versetzt hatte, erledigte sie den Hund, indem sie ihm ihren Absatz in den Bauch stieß. Anschließend schob sie dann mit der Fußspitze den regenschweren Kadaver in den Rinnstein, wo das abfließende Wasser ihn träge davontrieb. Verstört rannte sie weg; doch war sie erleichtert bei dem Gedanken, daß sie nun keine Angst mehr zu haben brauchte, zu dem Kellerfenster hinaufzuschauen. Diese gräßliche Bestie hatte ihre mühselige Arbeit in der Küche noch beschwerlicher gemacht! Außerdem: hatte sie nicht eines Tages Onkel Georges dabei beobachtet, wie er kaltblütig seinen treuesten Jagdhund niedergeschossen hatte, weil er ihm gerade drei Hühner weggefressen hatte? Und hatte er nicht den toten Körper auf einen Misthaufen geworfen? Deshalb hatte er auch nicht mit geringerem Appetit zu Mittag gespeist, und die Hunde der Großmutter, dachte Fanny und legte einen Schritt zu, leckten ihm immer noch die Hände, wenn er kam, und hüpften vor Freude, sobald sie ihn erkannten. Wenn Onkel Georges, der wußte, wie man mit Hunden umzugehen hatte, ohne Bedenken das Todesurteil über sie verhängte, dann konnte weder er noch sonst ein Familienmitglied ihr Vorhaltungen machen, weil sie dieses ekelhafte Tier getötet hatte.

Es regnete immer heftiger, als sie vor Lédas Haus stehenblieb, das außerhalb des Dorfes gelegen war. Von Zeit zu Zeit fuhr tosend ein Lastwagen vorbei, ein einsames Auto, das hinter Fanny verlangsamte und sie mit Nachdruck zum Einsteigen aufforderte, und sie wäre auch – so sehr fror sie jetzt – ohne Scham und ohne nach dem Aussehen des Fahrers zu fragen hineingesprungen (es hätte ja genausogut auch Georges sein können), wenn da nicht ihr Wunsch gewesen wäre, jemanden kennenzulernen, der den Namen Léda trug, vielleicht sogar ihre Tante (konnte Tante Léda denn nicht überall sein?). Lédas Haus stand in einer Neubausiedlung und hatte beige verputzte Wände, ein paar Gartenzwerge werkelten in den Beeten des Gartens. Grelles Licht drang durch die Fenstertür und fiel auf die Straße. Fanny trat näher und erblickte ein überladenes Wohnzimmer, eine Frau im Bademantel vor dem Fernseher, einen Wellensittich. Sie stellte sich unter das Vordach und klingelte lange. In der Ferne bellte ein Hund. Wie lange wird es dauern, dachte Fanny, wie lange werde ich brauchen, bis ich Tante Léda erkannte habe, falls sie es ist, oder woher weiß ich, daß ich mich nicht irre, wenn ich behaupte, daß sie es ist – aber sicher wird ein inneres Gefühl mir zu Hilfe kommen. Ach, wenn Lucette wenigstens das Foto nicht behalten hätte! Wenn ich nur gewagt hätte, es wieder zurückzuverlangen!

Endlich öffnete jemand. Zitternd, aufgewühlt und vor Kälte erstarrt, wäre Fanny fast über dem Busen der Frau zusammengebrochen, die mit einer Hand ihren Bademantel geschlossen hielt, aber sie beherrschte sich und grüßte bedächtig. Um vertrauenerweckend zu wirken, vergrub sie ihre Fäuste tief in den Taschen, bedauerte es dann aber, daß sie ihre Kapuze nicht zurückgeschlagen hatte, die ihre Stirn bis zu den Augenlidern verdeckte.

– Wäre es möglich, fragte sie mühsam und von der Kälte ganz verkrampft, wobei sie sich jedoch zu lächeln bemühte, daß Sie selbst Léda sind, meine Tante? Ich heiße Fanny.

– Ich kenne keine Fanny, murmelte die Frau mißmutig.

Sie war etwa vierzig, hatte leicht gekräuselte Haare und sah weder Fannys Mutter noch Tante Colette ähnlich, aber sogar das brachte Fanny nicht wirklich aus dem Konzept.

– Ich habe allerdings Nichten, sagte die Frau, die sich Mühe gab.

– Oh, rief Fanny, das reicht, daß Sie meine Tante sein könnten, meinen wirklichen Vornamen habe ich Ihnen nämlich nicht genannt. Vielleicht ist es der einer Ihrer Nichten, und die bin ich vielleicht selbst. Sehen Sie, ich kann meine Tante Léda hier wie anderswo finden, es spricht deshalb gar nichts dagegen.

Ganz aufgeregt streifte Fanny mit einer etwas brüsken Bewegung ihre Kapuze zurück und streckte die Hände aus, als wolle sie nach denen der Frau greifen. Ihre Wangen röteten sich vor Rührung. Ihre zerzausten Haare standen in kleinen, spitzen Strähnen vom Kopf ab, und in der Hoffnung, jetzt eingelassen zu werden, scharrte sie leise und ohne es zu merken mit den den Füßen.

– Aber wie heißen Sie denn nun wirklich? fragte die Frau argwöhnisch.

– Ach, das darf ich Ihnen nicht sagen! Ich darf nur Fanny sein, verstehen Sie? Sagen Sie sich einfach, daß dieser Vorname Ihnen vorgesetzt wird wie in einem Film oder einer Fernsehserie, und zerbrechen Sie sich darüber nicht mehr den Kopf als vorhin vor Ihrem Fernseher.

Sie neigte sich nach vorn und murmelte mit einer etwas zerknirschten Miene:

– Mein wirklicher Vorname ist außerdem so seltsam, daß Sie die größte Mühe hätten, ihn überhaupt zu verstehen, und noch mehr, ihn auszusprechen.

– Wenn es so ist, seufzte die Frau, kann ich auch nicht wissen, ob ich Ihre Tante bin oder nicht. Sie schickte sich an, die Tür wieder zuzumachen, aber Fanny rief:

– Wenn die Großmutter aber Ihre Mutter ist…

– Meine Mutter ist vor kurzem gestorben.

– Großer Gott, und wenn Großmutter in meiner Abwesenheit gestorben ist? jammerte Fanny niedergeschlagen. Beschämt und schuldbewußt, denn sie hatte sich keine Gedanken mehr darüber gemacht, erinnerte sich Fanny auf einmal wieder, wie nah die Großmutter an ihrem Geburtstag dem Ende zu sein schien. Es wurde ihr angst und bange bei der Vorstellung, daß die Großmutter vielleicht schon unter der Erde sein könnte, ohne daß sie von der Bestattung erfahren hatte, ohne daß es ihr, aus Fahrlässigkeit oder Zerstreutheit, überhaupt in den Sinn gekommen war, dies zu befürchten. Sie wollte die Frau darum bitten, sie einzulassen, aber die hatte die Geduld verloren und die Tür schon zugeworfen. Fanny lehnte sich dagegen und brach fast zusammen. Die Großmutter hatte ihren Platz auf dem Friedhof schon bestimmt gehabt, ein dürres, rechteckiges Fleckchen Erde in einem Winkel unter der Mauer aus Betonsteinen, von keinem Laubwerk, keiner Zypresse beschattet, sondern von einem wuchtigen Granitkreuz, das von überall her im Ort zu sehen war, weder Sträucher noch Hecken, nur ein paar genügsame Blumen. Fanny hatte die Großmutter nie für unsterblich gehalten. Das letzte Mal hatte sie den Schrecken in ihren Augen wahrgenommen, aber sie hatte doch irgendwie geglaubt, die Großmutter würde mit dem Sterben warten, bis sie Tante Léda zurückgebracht hatte und bis sie, Fanny, ihre Enkelin immerhin, zugegen war, damit sie sie noch einmal sehen konnte, wie sie mit geschlossenen Augen und verschränkten Armen dalag, damit sie vor den Augen der aufmerksamen und traurigen Tante Colette würdig ihre Stirn küssen konnte, ganz wie es sich gehörte. Dagegen hatte Tante Colette, falls die Großmutter schon beerdigt war, jetzt leichtes Spiel und konnte – mit gutem Grund! – auf Fannys Abwesenheit hinweisen. Fanny rang ihre eiskalten Hände. Sie kauerte neben der Tür, und ihre Scham erdrückte sie so sehr, daß sie, ohne es zu merken, ein wenig zu winseln begann. So hatte sie sich vielleicht zwiefach an der Großmutter vergangen, an ihrem Geburtstag und bei ihrem Tode. Und sie hatte sich noch gewundert und war beleidigt gewesen, weil sie kein Foto von ihr im Zimmer hatte! Und selbst wenn die Großmutter nicht gestorben war, so war Fanny doch nicht weniger verdammungswürdig, denn es war ihr nicht einmal eingefallen, sich deshalb Sorgen zu machen. Und doch liebte sie niemanden so sehr wie die Großmutter! Wenn sie nicht mehr da wäre, würden dann nicht alle in Fanny eine Fremde sehen? Sie konnte doch nicht mehr auf das Haus zeigen und sagen: Da wohnt meine Großmutter, da hat sie schon immer gewohnt.

Es fiel ihr schwer, sich wieder aufzurichten. Durch das breite Fenster sah sie die Frau wieder vor dem Fernseher sitzen. Daß sie ihr den Einlaß verwehrt hatte, schien ihr zu beweisen, daß sie nicht ihre Tante Léda sein konnte, auch eine wirklich allzu wenig vertraute Miene, etwas an ihrem Aussehen, das dem Menschenschlag der Gegend nicht entsprach. Fanny machte sich trotz des Regens wieder auf den Weg und durchquerte das öde Dorf. Da kam ein Mann ihr entgegen, der den Leichnam des gelben Hundes trug. Überrascht und verwirrt sprang Fanny beiseite. Er wollte etwas zu ihr sagen, aber sie senkte den Kopf und lief mit großen Schritten davon.

Die folgenden Abende

Sobald die Chefin zu Bett gegangen war, zog Fanny ihren Regenmantel und die großen, schwarzen Gummistiefel von Lucette an. Sie scherzte ein wenig mit ihr, und um sie in gute Laune zu versetzen und ihr für ihre Verschwiegenheit und für die Leihgabe der Stiefel zu danken, tat sie, als finde sie es sehr komisch, wenn Lucette, die sich vor Lachen bog, von einem Geschäftsreisenden mit hängendem Schnurrbart erzählte, einem Stammgast, mit dem Fanny heimlich jeden Abend bei der überdachten Bushaltestelle, wo eine Sitzbank war, eine Verabredung haben sollte, die sie sich nicht einzugestehen getraue. Sie kam schließlich dahinter, daß dieser Vertreter, den Lucette für Fannys Geliebten halten wollte, ihr Onkel Georges war. Laß nur, du brauchst mir gar nicht zu erzählen, daß es dein Onkel ist, sagte Lucette amüsiert und von oben herab, ich kann so was schon verkraften, weißt du! Fanny warf sich vor, vielleicht ein unglückliches, unvermutet zweideutiges Wort fallengelassen zu haben, das den schalkhaften Geist ihrer Freundin Lucette auf diese schockierende und ihr zugleich irgendwie schmeichelnde Vermutung gebracht hatte. In Gedanken entschuldigte sie sich daher bei Tante Colette (aber von da an verschwand das mitleidlose Gesicht ihrer Tante fast nicht mehr aus ihren Träumen).

Sie ging unauffällig hinaus, warf einen Blick auf das große, weiße, noch unversehrte Gesicht Eugènes und lief dann die Straße hinunter. Zu dieser Jahreszeit regnete es den ganzen Tag. Wenn ich alle Einwohner des Dorfes frage – es dürften etwa zweihundert sein –, dann muß ich unfehlbar irgendwann auf Tante Léda stoßen, egal wer sie ist, vorausgesetzt, daß sie wirklich hier wohnt, oder auf jemand, der mir weiterhelfen kann, überlegte Fanny zuversichtlich. Sie ging schnell, und ihre Gummistiefel quatschten laut. Das vom Regen gedämpfte Licht der Straßenlaternen warf Flecken auf die grauen Wände, und die schmalen, braunen, niedrigen Türen versanken im Schatten. Jedesmal wenn sie zwischen den Ritzen eines Fensterladens ein orangefarbenes oder bläuliches Licht hervorleuchten sah, blieb Fanny stehen und hämmerte fest gegen den Flügel. Oft ertönte von drinnen das bedrohliche Bellen eines Hundes.

Fanny stört bei einer Fernsehsendung

Ein ungehaltenes Gesicht zeigte sich hinter der Fensterscheibe, eine Hand stieß mißtrauisch den Fensterladen einen Spalt weit auf. Als sie ihren Kopf mit der Kapuze vorstreckte, nahm Fanny den großen Bildschirm eines Farbfernsehers wahr, nach dem die Person, während Fanny noch ihr Anliegen erläuterte, sich mehrfach umdrehte. Sie hörte nicht mehr zu und zog den Fensterflügel zu sich heran, so daß Fanny rasch zurückweichen mußte, um dem drohenden Schlag zu entgehen. Gereizt über die Unterbrechung, wandte sie sich dann Fanny wieder zu, und diese wiederholte standhaft ihr Sprüchlein (Falls Sie nicht meine Tante Léda sind, können Sie mir dann wenigstens sagen, ob Sie sie kennen oder sonst jemand hier, der mir Auskunft über sie geben könnte), ohne Erfolg. Man murmelte argwöhnische Verneinungen, das Fenster, der Laden schlugen zu. Fanny zog sich eilig zurück.

Fanny darf hereinkommen

Da sie Licht gesehen hatte, öffnete Fanny die Gittertür eines Bauernhofes. Mit einem Regenschirm über dem Kopf durchquerte ein Junge den Hof. Er ging, ohne sie zu sehen, schnell an ihr vorbei und fuhr zusammen, als Fanny ihn am Ärmel zog. Kennen Sie …, fing sie an. Der Junge ging weiter, und Fanny lief hüpfend hinter ihm her. Sie mußte dem Gestänge des Regenschirms ausweichen und konnte kein Wort sagen wegen der schnellen Gangart des Jungen, der mit gesenkter Stirn auf das Haus mit den erleuchteten Fenstern zusteuerte. Plötzlich packte er Fanny am Ellbogen und stieß sie in eine Art Hütte neben dem Haus. Warten Sie da drin, sagte er, ich hole jemand. Fanny war froh über dieses Versprechen und auch, daß sie zum ersten Mal zum Eintreten aufgefordert wurde, wenn auch nur in diesen übelriechenden Schuppen. Im Hintergrund schliefen drei angekettete Hunde. Fanny hockte sich neben die Tür und beobachtete sie aus den Augenwinkeln. Offenbar wurden sie jedoch von ihrem unverwandten Blick geweckt. Sie knurrten erst und kamen dann so weit an Fanny heran, wie die kurze Kette es ihnen erlaubte, weit genug allerdings, um sie schon zu berühren. Fanny regte sich nicht. Sie wußte nur zu gut, wie unverhofft die Einladung, sich in der Hütte zu gedulden, gewesen war, als daß sie es gewagt hätte, dem Schicksal zu trotzen oder einen Hofbewohner dadurch zu verärgern, daß sie sich woanders hin flüchtete oder im Regen wartete. Die Hände im Rücken, preßte sie sich gegen die Wand und reckte den Hals nach oben, so weit es ging. Einer der Hunde bellte und versuchte, in ihre Stiefel zu beißen. Fanny rührte sich nicht. Sie war viel zu froh, hier zu sein. Sie zog die Zehen ein, um nicht verletzt zu werden, falls es den Hunden, die unablässig an ihren Ketten zerrten, schließlich doch gelingen sollte, das Ende eines von Lucettes Gummistiefeln zu erwischen, auch wenn sie sich dabei halb erwürgten. Sie jaulten jetzt, als hätte Fannys sonderbare und unvermutete Gegenwart einen alten Haß in ihnen geweckt. Nicht anders hatten die vertrauten Hunde der Großmutter Fanny am Geburtstag verbellt, obwohl sie sie einst geliebt hatten und Fanny an jenem Tag ganz dieselbe gewesen war.

Stunden verstrichen, die Hunde wurden müde, und grau dämmerte der Morgen herauf. Es war niemand gekommen, und der Moment rückte näher, wo Fanny wieder in der Küche des *Coq Hardi* sein mußte. Nachdem sie jede Hoffnung aufgegeben hatte, glitt sie aus dem Schuppen in den kalten, fahlen Nieselregen des frühen Morgens. Mit einem Eimer in der Hand ging der Junge über den asphaltierten Hof. Fanny lief zu ihm hinüber und faßte ihn an der Joppe.

– Ach Sie sind das, sagte der Junge, ich habe Sie gestern abend vergessen.

– Und Léda? murmelte Fanny bescheiden.

– Léda, das ist unsere Hündin, sagte der Junge in belehrendem Ton.

– Und sonst? flehte Fanny.

– Also sonst kenne ich wirklich keine. Der Junge sah sie aufmerksam an. Er lächelte leise, fuhr sich mit der Zunge über die Lippen, und um deutlich zu machen, daß Fanny unter ihrer Kapuze ihm nicht gleichgültig war, wiegte er sich in den Hüften, quietschte mit dem Eimer und bemühte sich, vielsagend mit den Augen zu zwinkern.

Fanny begegnet einer anderen Tante

Der Fensterladen, gegen den Fanny schon seit mehreren Minuten trommelte, öffnete sich einen Spalt, und das kleine, verkniffene Gesicht von Tante Clémence schaute heraus, mißtrauisch und umrahmt von den rosaroten Fransen einer altmodischen Nachtmütze. Vor Überraschung stieß Fanny einen Schrei aus. Tante Clémence erkannte gefaßt ihre Nichte, vermied es allerdings, sie bei ihrem Vornamen zu nennen. Äußerst zurückhaltend, aber höflich blickte sie auf Fanny, doch war Tante Clémence auch sonst nie sehr zärtlich gewesen. Sie bevorzugte Eugène, der sich – wegen eines Anflugs von Schnurrbart, den sie hatte – freilich stets geweigert hatte, ihr einen Kuß zu geben.

– Es ist ein bißchen spät für einen Besuch, sagte Tante Clémence vorwurfsvoll.

– Du bist also umgezogen? rief Fanny.

– Aber ich wohne doch schon seit zwanzig Jahren hier. Sie lachte kurz auf, so sonderbar fand sie die Annahme, daß sie ihr Dorf verlassen haben könnte.

– Das hatte ich vergessen, sagte Fanny verlegen, es sieht sich alles so ähnlich. Aber bitte, beruhige mich schnell: die Großmutter lebt doch noch?

– Selbstverständlich! Tante Clémence war schockiert, ihre dünnen Lippen preßten sich zusammen.

– Kann ich reinkommen? fragte Fanny.

– Es ist schon nach Mitternacht, dein Onkel schläft.

Fanny erging sich in Entschuldigungen. Unter dem Vorwand, daß es in ihr Wohnzimmer regne, schloß Tante Clémence, blaß und schmal wie ein Geist, dann den Fensterladen. Sie hatte nicht daran gedacht, Fanny für den nächsten Tag einzuladen.

Fanny stößt auf Lucette

Lucette hatte nur einen Unterrock an, als sie sich mit zerwühlten Haaren, aber mit vollen Backen und gerötetem Gesicht trotz der Kälte mit den Ellbogen auf die Fensterbank lehnte und sich wunderte, daß Fanny gerade an den Laden ihres Verehrers geklopft hatte, den sie doch gar nicht kannte, und auch noch zu so später Stunde. Wo hast du deinen Vertreter gelassen? fragte Lucette mit einem breiten Lächeln. Fanny stammelte irgend etwas. Sie hatte nicht gewußt, daß hier ein Verehrer von Lucette wohnte. Hinter ihr, in dem hell erleuchteten Zimmer, lag der junge Mann mit nacktem Oberkörper auf dem Sofa und verfolgte die schweigenden Bilder eines Fernsehschirms. Ist der Junge aus dem Ort? Fanny konnte sich diese Frage nicht verkneifen. Er war es. Es war ein angenehmer und stiller junger Mann, für den Lucette einiges übrig hatte. Neidisch ging Fanny weiter und dachte an ihren Cousin Eugène. Der kam so gut ohne sie aus, daß er in dem Dorf, in dem er mit seinen Eltern wohnte, vielleicht schon irgendeine Lucette gefunden hatte, die Tante Colette mit dem größten Vergnügen bei sich aufnehmen würde.

Die Weihnachtsnacht

Obwohl das ein ganz besonderer Abend war und Lucette darauf bestanden hatte, ihr etwas Anständiges zum Anziehen zu leihen, ließ Fanny sich nicht davon abbringen, wieder ihren alten Regenmantel und die schwarzen Gummistiefel anzuziehen, denn es schneite, und die Bürgersteige waren voller Matsch. Die ganze Straße entlang bis zum Ende des Dorfes hatte man die Fensterläden weit offengelassen und an den wuchtigen Kronleuchtern sämtliche falschen Kerzen angezündet. Viele Menschen bewegten sich hinter den Vorhängen, und Fanny sah fröhliche, herausgeputzte Gestalten aufspringen, Kinder in glänzenden Gewändern aus einem Zimmer ins andere galoppieren. Schreie gellten durch die leere Straße. Leicht berauscht von dem allgemeinen Frohsinn, stelzte Fanny hochbeinig mit ihren Gummistiefeln einher. Da bemerkte sie in einem weiten, blauen, von kleinen silbernen Monden übersäten Kleid und mit einer auf ungewohnte Weise aufgesteckten Frisur Tante Colette höchstpersönlich oder aber eine starke Frau, die ihr ausgesprochen ähnlich sah und die mit einer anmutigen Bewegung auf ein Fenster zuging und sich dann, die Arme in die Hüften gestemmt, wieder abwandte. Fanny drückte ihre Nase an die Scheibe und rief, aber die Frau verließ gerade wieder den Raum, ein Wohnzimmer, in dem sich fröhliche und geschäftige Leute drängten. Es war Tante Colettes Festtagskleid und dieselbe zugleich schwerfällige und flinke Art zu gehen! Fanny sah weder Tante Clémence noch sonst irgend jemand, den sie kannte; sie erinnerte sich jedoch, wie sehr sie das letzte Mal bei der Großmutter von den neuen Kindergesichtern überrascht gewesen war. Die Familie war so groß, daß es in einem entfernten Zweig immer irgendeinen Cousin gab, dem man noch bei keiner Gelegenheit begegnet war. Auch Tante Clémence konnte in diesem Augenblick in einem anderen Teil des Hauses beschäftigt sein, in der Küche zum Beispiel, wo sie an den Tagen, wo viele Leute kamen, immer gern aushalf. Da sie sich jedoch nicht blicken ließ und auch Tante Colette noch nicht wieder aufgetaucht war, klopfte Fanny, die vom Kopf bis zu den Füßen vor Kälte schlotterte, erst zaghaft und dann heftig an die Fensterscheibe, aber zu ihrer großen Enttäuschung brachte das weder die eine noch die andere ihrer Tanten zum Vorschein. Neugierige Gestalten wandten sich dem Fenster zu; ein gestrenger Herr marschierte auf Fanny zu und rückte dabei zugleich seinen Krawattenknoten zurecht, ein Mann, der Onkel

Georges hätte sein können, wäre nicht sein enormer Bauch gewesen. Das Wohnzimmer, genau wie das der Großmutter und fast aller Verwandten von Fanny, war mit einem erstikkenden, dunklen Rankenmuster austapeziert, das unsinnig kompliziert bis zu der erdrückenden Decke hinaufwucherte, die Wände zierten nach berühmten Gemälden, emsig gestickte Kanevas, daneben hingen Schmuckteller, in die dicke Muscheln und lackierte Seesterne hineingearbeitet waren. Für mich gibt es nichts Schöneres, sagte sich Fanny. Auch bei der Großmutter besteht der Kronleuchter aus einem echten Joch mit acht kleinen, flammenförmigen Glühbirnen!

Der Mann wischte den Beschlag von der Scheibe. Ohne das Fenster zu öffnen, schrie er ungehalten ein paar kurze Worte, aus denen Fanny »Familienfeier« heraushörte; dann zog er die Vorhänge zu, und obwohl sie diesmal keine Gefahr lief, erschlagen zu werden, zog Fanny sich eilig zurück. Die Kirchenglocken läuteten nun zur Messe. Mit einem Mal füllte sich die erleuchtete Straße, eine plötzlich aus den Häusern hervorquellende Menschenmenge strömte über die schlammige Straße. Fanny sah Lucette am Arm ihres jungen Mannes. Sie hatte rosa Pailletten im Haar. Um nicht angerempelt zu werden, drückte Fanny sich gegen eine Tür, und die Chefin, die unvermutet in großer Aufmachung an ihr vorbeirauschte, warf ihr einen mißbilligenden Blick zu. Das ganze Dorf pilgerte zur Kirche; die Kinder zogen ihr Spielzeug hinter sich her, ein paar losgelassene Hunde tollten in dem grau gewordenen Schnee herum, niemand achtete auf Fanny. Welche Freude hatte es ihr einst bereitet, die Großmutter zur Mitternachtsmette zu begleiten! Die ganze Familie brach gemeinsam auf, Onkel Georges stichelte unterwegs gegen den alten Pfarrer, und Fanny, die noch nicht zum Abendmahl durfte, wartete in ihrer Bank, etwas eifersüchtig, aber zugleich dankbar dafür, daß die Gemäuer der kleinen Kirche sie mit so verhaltener Güte aufnahmen und daß ihr Vetter Eugène sich gesenkten Blicks zu ihr setzte, mit gefalteten Händen, aufgeblasenen Backen und einem Ausdruck gespielter Demut auf dem Gesicht.

Fanny trat aus dem Türrahmen heraus und ging nun allein zur Kirche hinüber. Das Portal war geschlossen, der Vorplatz lag wie ausgestorben. Sie zog einen Flügel auf und hätte fast einen jungen Mann zu Fall gebracht, der sich von innen dagegenlehnte. Bleiben Sie draußen, es ist kein Platz mehr, man kriegt keine Luft mehr, schnaufte er herrisch. Er schloß eigenhändig die Tür und ließ Fanny draußen stehen.

Am nächsten Morgen

Als sie unter einem Himmel, der Schnee verhieß und noch dunkler war als die monotonen grauen Fassaden, das Dorf durchquert hatte, das schwer vor Schläfrigkeit und geruhsamer Familienbehaglichkeit dalag, klopfte Fanny am frühen Morgen bei den Leuten an, bei denen sie gestern geglaubt hatte, Tante Colette flüchtig durch das Wohnzimmer gehen zu sehen. Sie wartete sehr lange, bis ein kleines Mädchen im Pyjama ihr mit entschlossener Miene die Tür öffnete. Auf die Fragen, die Fanny mit strengem Gesichtsausdruck stellte, um das Kind zu beeindrucken, antwortete es sehr bereitwillig, und es ergab sich, daß die Frau mit dem königsblauen Kleid eine gewisse Tante Paulette war und das Mädchen, das ihre Nichte war, sie sehr liebte. Sie war schon bei Tagesanbruch in ihr nahe gelegenes Dorf zurückgekehrt, wo sie mit ihrem Sohn und ihrem Mann lebte, deren Vornamen das Mädchen allerdings nicht kannte, denn sie war ihnen aufgrund eines alten Zwistes mit ihrem Vater, noch nie begegnet. Wäre es möglich, daß du dich ein wenig irrst und daß die Tante nicht Paulette heißt, sondern Colette? Ach, das verstehst du nicht, fügte sie verärgert hinzu, als sie die Verblüffung des Mädchens wahrnahm. Aber es wäre doch gut möglich, nicht wahr, man verwechselt so vieles in deinem Alter! Komm, sag mir, daß du eine Tante Colette hast, überleg doch mal! Das Gesicht der Kleinen wurde hart, und plötzlich schrie sie, indem sie Fanny ihr Kinn entgegenreckte: Paulette, Paulette, Paulette! Dann knallte sie mit einem Schlag die Tür zu. Fanny ging weg. Eigentlich suche ich ja auch Tante Léda, sagte sie sich. Wäre sie jetzt auch nicht eher entsetzt als erfreut gewesen, Tante Colette zu begegnen, wo sie sich doch nur einer kümmerlichen Stellung als Köchin des *Coq Hardi* rühmen konnte und nichts mehr von der Familie wußte, nicht einmal, wie es der Großmutter ging, die sie schwer krank zurückgelassen hatte, um in diesem Dorf zu bleiben, wo man sie mit noch größerer Herablassung behandelte als irgendwo sonst und wo sie niemand sah, der ihr ähnlich war? In Anbetracht von soviel Inkonsequenz hätte Tante Colette sicher ihre ungeteilte, unwiderrufliche Verachtung zum Ausdruck gebracht und sich glücklich gepriesen, daß Eugène sie verlassen hatte, auch wenn er unbestreitbar ein Vetter ersten Grades von Fanny war.

Drittes Kapitel
Im Schlafzimmer

Das schmale, flurartige Zimmer lag nach der Straße zu, und man hörte den ganzen Lärm des Verkehrs. Es war gerade breit genug für das große Bett, das sich nur vom Fußende aus besteigen ließ. Fanny und Lucette schliefen gemeinsam darin; für ein zweites Bett wäre kein Platz gewesen, und Fanny war dies zunächst ein wenig unangenehm. Ein Plastikstuhl in knalligem Rosa, eine weiße Holzkommode, ein beiger Hirtenteppich, dessen Zotteln jetzt plattgedrückt waren und vor Schmutz starrten, waren das ganze Mobiliar des Zimmers, in dem man trotzdem keinen Schritt machen konnte, ohne an irgend etwas anzustoßen. Die alte, mit braunen Rhomben und orangefarbenen Kreisen bedruckte Tapete warf an der Decke Blasen. Das Fenster war hoch, wegen des Lärms hielt man es stets geschlossen. Am ersten Tag hatte Lucette Fannys Koffer genommen und ihn, da sie nicht die geringste Lust verspürte, die enge Kommode mit ihr zu teilen, einfach unter das Bett geschoben, von wo Fanny ihn jedesmal mühsam hervorzog, wenn sie ein Kleidungsstück brauchte. Schon bei einem leichten Druck auf die Matratze war es unmöglich, den Koffer herauszuziehen; wenn Lucette schlief, konnte Fanny deshalb nicht an ihre Sachen, und da sie es nicht wagte, sie zu stören, konnte sie es auch nicht, wenn Lucette einfach nur auf dem Bett saß, ohne etwas von Fannys Schwierigkeiten zu ahnen. Es kam sehr selten vor, daß Fanny in Lucettes Abwesenheit im Zimmer war; andererseits hielt sich Lucette, wenn sie sich im Zimmer befand, eigentlich nur im Bett auf, so daß Fanny fast die ganze Zeit über keinen Zugang zu dem Koffer hatte. Der Aufwand für ihre Toilette war denn auch minimal. Sie zog jeden Tag dieselbe alte graue Stoffhose sowie einen Pullover an, der penetrant nach Küchenfett roch, was Lucette ihr vom Bett aus auch unverblümt zum Vorwurf machte. Ihre respektvolle Zuneigung zu Lucette verbot es Fanny, ihr ein boshaftes Vergnügen an ihrer Mühsal zu unterstellen oder auch nur anzunehmen, Lucette könne vielleicht nicht so gewissenhaft und aufmerksam sein, wie Fanny es gern glauben wollte, weil sie doch nie bemerkt hatte, daß Lucette sie etwa absichtlich am Gebrauch des Koffers gehindert hätte.

Lucette schien das Zimmer im übrigen weiter als ihr Reich zu betrachten. Sie überließ Fanny das bißchen Platz, das sie zu belegen vergaß oder das ihrem Bedürfnis nach Bequemlichkeit nicht entsprach. Fanden sie sich während der stillen Zeit des Nachmittags beide zu einer kurzen Ruhepause im Zimmer ein, so war es selbstverständlich, daß Lucette, die gern Platz hatte und sich nach Belieben auf ihrem Lager herumwarf, allein in dem großen Bett lag und daß Fanny sich mit dem zwischen Stuhl und Kommode liegenden Teppich begnügte, wobei sie sich dicht an die Wand legte, wo er noch am dichtesten war. Sie behauptete, sich an dieses Plätzchen so gut zu gewöhnen, daß Lucette laut seufzte, als beneide sie sie um dieses Vorrecht, wenn sie sah, wie Fanny sich dort einrichtete. Fanny verwirrte das. Sie wollte von Lucette nicht beneidet werden. Wenn diese ihr jedoch nachts gestattete, an ihrer Seite zu schlafen, so war die Qual so groß, daß Fanny sogar ihr Stück Teppich noch vorgezogen hätte, wäre nicht die Befürchtung gewesen, Lucette dadurch zu beleidigen. Diese hätte ihr schließlich nicht nur das Bett, sondern auch den Teppich verbieten und sie zur Strafe zwingen können, sich auf dem Stuhl zusammenzukauern. Wenn Lucette nämlich schlief, vergaß sie vollständig, daß Fanny überhaupt existierte; sie zwängte, schob, drückte und wälzte sie gegen die Wand, walzte sie dort mit ihrem gesamten Körpergewicht nieder, erstickte sie mit ihrem Ellbogen, preßte ihre Wangen gegen die Trennwand, daß ihr fast der Schädel platzte; sie trat um sich, warf ihre gnadenlosen Hüften unversehens auf Fannys Unterleib und stieß im Traum Schreie aus, die Fanny noch lange wach hielten. Fanny bekam keine Luft mehr in Lucettes Bett; der Körper ihrer Freundin füllte den Raum aus, sie schien ihre Glieder überall zu haben, so daß Fanny im Bett nicht mehr wußte, wo sie selbst hingekommen war, sie verschwand in oder unter Lucette, die keine Grenzen zu haben schien und einen starken Geruch ausströmte. Mehrmals glaubte Fanny, an der Wand zu erstikken. Und dennoch war sie Lucette irgendwie erkenntlich, daß sie keine Abneigung zeigte, daß es ihr gleichgültig war, ob dieser Körper aus dem Dorf war oder nicht: nie zögerte Lucette, wenn sie sich auf Fanny wälzte, und allein dafür liebte Fanny sie, trotz der Qualen, die sie ausstand.

Lucette hatte wenig Sinn für Ordnung. Seitdem Fanny da war, war sie noch nachlässiger geworden. Jeden Abend blieben ihre Kleider da liegen, wo sie sie gerade hingeworfen hatte. Trotz der lächerlichen Ausmaße des Zimmers fiel es Fanny manchmal nicht leicht, Lucettes Haarschleife, ihren Schlüpfer oder ihren Büstenhalter wiederzufinden, die Lucette in die unwahrscheinlichsten Ecken schleuderte. Später war sie dann nicht mehr in der Lage, Fanny bei ihrer Suche zu helfen. Sie lag auf dem Bett, winkte mit den Händen und zeigte lustlos in eine beliebige Richtung: Schau doch mal da … oder vielleicht da …, und es amüsierte sie, Fanny zuzusehen, wie sie unter dem Bett herumkroch oder den Teppich in alle Richtungen schüttelte. Fanny leistete ihr gern diese kleinen Dienste, die Lucette in gute Laune versetzten und deretwegen sie es zweifellos – obwohl Fanny sich da nie ganz sicher war – nicht eine Sekunde lang bedauerte, Fanny in das Dorf eingeführt zu haben. Sie wusch auch Lucettes Wäsche, rieb ihr unter der Dusche den Rücken und die Beine ab, schminkte ihr die Augen und machte ihr dabei Komplimente.

Viertes Kapitel
Lucettes Verachtung

Lucette war nach wie vor außerstande, die Bedeutsamkeit von Fannys Vorhaben einzusehen. Diese mußte sich damit abfinden, daß sie in den Augen ihrer Freundin nur die bedauernswerte Köchin des *Coq Hardi* war und daß sie folglich von ihr mit der ganzen Herablassung behandelt wurde, die eine von Lucette früher so sehr verabscheute Stellung unweigerlich mit sich brachte. Was sollte Fanny dagegen tun?

Dritter Teil

Erstes Kapitel
Lucette verschwindet

Eines Abends war Fannys Platz in Lucettes Bett von deren Verehrer belegt. Sein Kopf, sein strahlendes Gesicht ragten aus den Laken heraus, während Lucette sich mollig in den Decken vergraben hatte und nur ihre Nase hervorblickte. Sie blinzelte Fanny zu, die kein Wort sagte. Was hätte Tante Colette wohl jetzt von ihrer Nichte gehalten, dachte Fanny, wenn sie hätte sehen können, wie vertrauensvoll Lucette durch allerlei Gebärden Fanny dazu aufforderte, zu ihnen ins Bett zu steigen, und mit einer gebieterischen Geste die Decke zurückschlug, damit Fanny sich neben sie legte? Auch der Junge, ein Bursche aus dem Dorf, wandte sich um, lächelte Fanny zu und empfing sie mit einem ermutigenden, gastfreundlichen Blick. So groß ihre Angst vor Lucette aber auch sein mochte, und so liebenswürdig die Einladung des jungen Mannes war, all das reichte nicht aus, um in ihr das Bild der strengen Tante Colette zum Erlöschen zu bringen. Tante Colette, wie sie dastand und sagte: Kannst du mir sagen, was jetzt werden soll und was du von mir erwartest? Tante Colette, die an die entsetzte Großmutter und an die ganze Familie appellierte. Fanny schaute nicht mehr auf das Bett und legte sich auf den Teppich, erbittert über ihre Tante, der es sicher nicht gelänge, den intimen Verkehr zwischen Eugène und irgendeinem Mädchen aus dem Dorf, mit dem er vielleicht liiert war, durch die Erinnerung an ihre gestrenge Erscheinung zu stören. Kein Zweifel, Tante Colette ließ nur Fanny keine Ruhe! Und doch hatte die Tante sie nicht wiedererkannt, sie mit einem falschen Vornamen angeredet und nichts unversucht gelassen, um sie aus der Familie auszuschließen!

Das Bett geriet in heftige Bewegung. Lucette und der Junge waren auf einmal auf den Beinen. Die nackte, lichte Lucette brüllte Verwünschungen, riß das Fenster in die Kälte auf und begann, während der junge Mann vergeblich versuchte, sie daran zu hindern, dessen Sachen auf die Straße zu werfen. In ihrer Wut lehnte sie sich sehr weit aus dem Fenster. Die Hose flog hinaus, ein Schuh, der Verehrer versuchte, Lucette um die Taille zu fassen. Da sah Fanny die Gelegenheit, sich ihrer Freundin gefällig zu erweisen. Sie stand gleichfalls auf, warf sich mit äußerster Wucht auf den Burschen und versetzte ihm einen Schlag auf den Rükken, der ihn aufstöhnen ließ. Er brach über Lucette zusammen, Fanny preßte sich auf ihn, ein Durcheinander entstand. Fanny bearbeitete das Kreuz des Verehrers, drückte so fest zu, als wolle sie ihn zermalmen, da kippte Lucette mit einem Schrei über die Fensterbank.

Zweites Kapitel
Fanny wird Kellnerin

Nach dem Tod ihrer Freundin Lucette, die zur Mittagessenszeit auf dem dürren und öden Friedhof beigesetzt worden war, der am Ausgang des Dorfes an das Neubaugebiet und einen kleinen, soeben eröffneten Supermarkt mit blinkender Leuchtreklame stieß, übernahm Fanny Lucettes Stellung, diesmal gegen Bezahlung. Sie setzte es auch durch, daß in der Küche ein vor kurzem erst im Dorf angekommenes Mädchen angestellt wurde, das kaum seine ferne Heimat verlassen hatte und einen Mann aus der Gegend, einen Verwandten der Chefin, heiraten sollte. Fanny gab sich ihr gegenüber kaum weniger herrisch als Lucette es gewesen war, denn sie hatte wenig Interesse an dieser Fremden. Am meisten ärgerte es sie, daß die junge Frau behauptete, Fannys Vater zu kennen; sie war nämlich in derselben Provinz geboren und aufgewachsen. In dem Glauben, Fanny zu schmeicheln, trieb sie die Taktlosigkeit sogar so weit, ihr vertraulich zuzuraunen, daß sie auf den ersten Blick erraten hätte, in welcher Beziehung Fanny zu der überragenden Person stehe, die Fannys reicher Vater in den Augen der unscheinbaren jungen Frau war. Nie wäre sie auf den Gedanken gekommen, daß Fanny aus einem nahe gelegenen Dorf stammen könnte, das diesem hier ganz ähnlich war, oder daß sie dort eine liebe Großmutter mit Hunden hatte! Ihr Erstaunen verletzte und ängstigte Fanny. Sie gab sich grob und hochmütig, schaffte es jedoch nicht, die junge Frau zum Schweigen zu bringen, für die Fannys Anliegen nicht nachzuvollziehen war, weshalb sie sie weiter mit gerührten Anspielungen überhäufte. Würde sie etwa im ganzen Dorf herumerzählen, welch sonderbar trockene oder fleischige Sträucher im Garten von Fannys Vater wuchsen oder wie eigenartig rot die Erde dort war, was ein diskretes Staunen auslösen würde? Weil sie glaubte, damit im Interesse ihrer neuen Freundin zu handeln und zudem gern von dieser Gegend sprach, nach der sie sich bereits zurücksehnte, war der jungen Frau durchaus zuzutrauen, daß sie eine minutiöse Beschreibung des hier unbekannten Gewandes gab, das Fannys Vater trug. Das würde zurückhaltende Neugier und höfliche Aufmerksamkeit hervorrufen und jedenfalls die Anstrengungen Fannys, sich für eine Einheimische auszugeben, zunichte machen. Die junge Frau kannte nämlich nicht die geringste Scham! Ja sie war sogar richtig stolz auf ihre Herkunft und legte Wert darauf, daß jeder erfuhr, aus welcher geheimnisvollen Gegend sie kam und daß auch Fanny von dort war, durch ihren berühmten Vater. Um sie so weit wie möglich in Schranken zu halten, verbot Fanny ihr denn auch, in die Gaststube heraufzukommen, und wenn die junge Frau abends nach der Arbeit auf dem Weg nach Hause das Café durchquerte, dann folgte Fanny ihr bis zur Tür und nahm ihr durch ihre unbewegliche Miene den Mut, auch nur eine Silbe von sich zu geben. Anschließend ließ sie in beschwingtem Tonfall ein paar abschätzige Bemerkungen über sie fallen, denen man jedoch keine Aufmerksamkeit schenkte, so wenig kümmerte man sich um die Köchin des *Coq Hardi*.

Fanny fand Gefallen an ihrem Beruf als Kellnerin. Sie hatte Lucettes beige Hemdbluse angezogen und, nach einer Änderung, auch den grünen und gelben Rock mit den vielen Falten, den ihre Vorgängerin auf ihrem hohen Stuhl so gern um sich gebreitet hatte. Fanny scheute keine Mühe, sie merkte sich die Vornamen der Stammgäste, sie war fügsam und ausgeglichen.

Zweimal im Monat stieg Onkel Georges zum Mittagessen hier ab und parkte sein kleines Vertreterauto vor dem Fenster. Er setzte sich stets an denselben Tisch und bestellte ein Kalbsragout. In dem stahlgrauen Anzug sah er etwas anders aus, als Fanny ihn in Erinnerung hatte, die ihn sonst immer nur an den Festtagen gesehen hatte. Er holte Seifenmuster aus seinem Köfferchen und verteilte sie großzügig an die Umgebung. Nie gab Onkel Georges zu erkennen, daß er seine Nichte Fanny wiedererkannt hatte. Wahrscheinlich nimmt er es mir noch übel, daß ich Eugène entführt habe, dachte Fanny, das ist seine Art, mich zu bestrafen. Aber wie gleichgültig und unbeteiligt doch sein Blick ist, wenn er zufällig auf mich fällt! Wo nimmt er die Kraft her, seine eigene Nichte so kühl anzusehen? Sie strich um Georges herum, streifte ihn mit ihrem Ärmel, machte sich einen Spaß daraus, ihm Seifenmuster abzuluchsen und sie ihm dann laut lachend wieder zurückzugeben. Eines Tages redete sie ihn mit »mein Onkel« an, und das löste nicht die geringste Reaktion bei ihm aus. Ich bin

Fanny, Lucette ist nicht mehr da! rief sie, als er sie mit Lucette angeredet hatte. – Ach ja, nickte Georges höflich. War es denn möglich, daß dies wirklich ihr Onkel Georges war, fragte sich Fanny. Sie beobachtete ihn aus allen Ecken der Gaststube, und trotz der musterhaften Zuverlässigkeit, der sie sich allezeit befleißigte, hing die Bedienung der anderen Gäste doch, wenn ihr Onkel zum Mittagessen da war, ganz und gar von seinen Wünschen, vom Rhythmus seiner Mahlzeit ab. Fanny ließ ihn nicht aus den Augen und riß sich erst nach langem Zögern von seinem Tisch los. Aber selbst wenn er, um seiner Unzufriedenheit Ausdruck zu verleihen, so tat, als sehe er Fanny gar nicht, war es doch denkbar, daß er zu Hause voller Befriedigung versicherte, er sei von seiner Nichte mit vorbildlicher Hochachtung umsorgt worden, und dadurch Tante Colette in Erinnerung rief, daß Fanny sich nie anders verhalten hatte, daß sie sich, ihrer unvollkommenen Geburt schon seit langem bewußt, stets bemüht hatte, Vergebung zu erlangen und durch ihre willfährige Demut die Unterlassungen ihrer Eltern wiedergutzumachen.

Allmählich faßte Fanny sich ein Herz. Sie redete Georges nur noch mit »mein Onkel« an und duzte ihn demonstrativ. Er schien das jedoch nicht wahrzunehmen, denn wenn er nicht gerade aß, widmete er seine ganze Aufmerksamkeit den bunten Seifenstücken, die er vor sich auf den Tisch legte und nach einer bestimmten Ordnung stapelte. Er beugte dabei den Kopf so tief auf sein Werk herab, daß man nur noch seinen kahlen Schädel sah. Seit dem letzten Mal hatte Onkel Georges noch eine ganze Menge weiterer Haare verloren! Fanny konnte es sich nicht verkneifen, vor der Chefin und der Köchin die Verdienste ihres Onkel Georges zu rühmen, zur großen Verwunderung der jungen Frau, die Fannys Vater weitaus stattlicher fand als diesen unscheinbaren Handelsreisenden. Keine wollte denn auch glauben, daß dieser Gast Fannys Onkel war, die eine, weil sie nie bemerkt hatte, daß er ihr eine besondere Aufmerksamkeit geschenkt hätte, die andere, weil es ihr einfach nicht in den Kopf wollte, daß Fanny mit einer so nichtssagenden Person verwandt sein sollte, deren Züge sich bei so vielen Männern dieser Gegend wiederfanden.

Ein Gewitter brach los, die Neonlampen, die man in dieser Jahreszeit schon gegen Mittag anzünden mußte, erloschen, Onkel Georges aß gerade einen Karamelpudding auf. Er machte sich die Dunkelheit zunutze, um die Hand nach der neben ihm stehenden Fanny auszustrecken, und Fanny, die meinte, er wolle nun endlich mit ihr reden, erbebte vor Freude. Sie neigte sich zu ihrem Onkel, und dieser flüsterte: In meinem Auto, jetzt. Sie verließen die Gaststube, und Georges drückte den Ellbogen der entzückten Fanny. Sie gingen um das Restaurant herum, in dessen engem Hof er an jenem Tag sein Auto geparkt hatte, und auf Georges' Anregung setzten sich beide auf den Rücksitz, wo ein paar zerdrückte Seifenstücke herumlagen. Jetzt sagte Onkel Georges nichts weiter, sondern umschlang Fanny keuchend. Er preßte sich so fest an sie, daß es ihr weh tat. Sie empfand einen stechenden Schmerz in der Nase, die in den unbekannten Geruch von Onkel Georges' Hals vergraben war. Verblüfft ließ sie es jedoch mit sich geschehen. Onkel Georges sollte sich ja auf keinen Fall bei Tante Colette über sie beschweren können. Mußte er sich nicht eines Tags dazu durchringen, sie wiederzuerkennen, und würde er das nicht viel bereitwilliger tun, wenn Fanny ihm in allem stets ihren guten Willen zeigte? Stumm zermalmte Georges Fannys Knochen, und am Ende sabberte er ein wenig auf ihre Schulter. Sie machte sich sanft los, während er, die Hand auf dem Herzen, wieder Atem schöpfte. Wenn du mit meiner Tante sprichst, vergiß nicht zu sagen, daß ich meinen Dienst verlassen habe, um dir hierher zu folgen. – Natürlich, selbstverständlich, antwortete Onkel Georges mit abwesendem Blick.

Onkel Georges schien nicht mehr dieselbe Reiseroute zu haben, denn zu ihrem großen Bedauern sah Fanny ihn nicht wieder. Sie tröstete sich mit dem zweifellos ausgezeichneten Bericht, den er Tante Colette sicher über sie erstattet hatte. Aber genausowenig, wie es ihr gelungen war, irgendeine Auskunft über ihre Tante Léda einzuholen, vermochte sie von irgendeinem der Stammgäste des *Coq Hardi*, denen Georges doch so oft Seifenmuster geschenkt hatte, zu erfahren, was aus ihm geworden war, und es wußte auch keiner sonst irgend etwas über ihn. Fanny nützte ihre neue Stellung also weniger, als sie gehofft hatte.

Drittes Kapitel
Fanny hat ein Verhältnis

Der junge Mann, der Fanny an einem regnerischen Abend in den Hundeschuppen eingelassen und ihr, obwohl er die ganze Nacht über nicht mehr an sie gedacht hatte, dann doch mit Nachdruck in die Augen geblickt hatte, erinnerte sich an sie, und da er zu dieser Jahreszeit wenig zu tun hatte, besuchte er sie im *Coq Hardi*, wo er schließlich ganze Nachmittage verbrachte. Er setzte sich in die hintere Ecke der Gaststube, bestellte ein Bier und folgte Fanny mit den Augen. Diese empfand eine wachsende Freude, ihn dort zu sehen, obwohl seine verdrossenen Gesichtszüge ihr nicht wirklich gefielen. Sie erkundigte sich bei ihm, ob er auch tatsächlich schon immer im Dorf gewohnt habe. Er hatte ein etwas rötliches Gesicht und wirkte wegen einer Art langen, spärlichen Backenbartes, der seine Wangen ganz bedeckte und an dem er unablässig zog, älter, als er war. Meistens war er nicht sehr gesprächig. Daß er aus dem Dorf war, stellte für Fanny allerdings eine Qualität dar, die jede andere Legitimation aufwog. Von welchem Nutzen wäre auch ein Fremder für sie gewesen, der sie auf alle Zeiten von den Dörfern entfernt hätte, den die Familie sicher höflich empfangen hätte, der jedoch indirekt die Erinnerung an Fannys Defekt wachhalten würde? So oft sie es wagte, lächelte Fanny dem jungen Mann zu. Sie glaubte wahrzunehmen, daß sein trüber Blick von seiner besonderen Qualität erhellt wurde. Es schmeichelte ihr, daß sie ihm trotz allem gefiel, und sie war ihm dankbar dafür. Da er sich lange Zeit einfach nur ins Café setzte, sie wortlos beobachtete und sonst nichts weiter unternahm, beschloß sie, die Dinge zu beschleunigen. Unbeholfen, aber entschlossen legte Fanny ihre Hand auf den Schenkel des jungen Mannes. Sie paßte auf, daß sie von den Gästen nicht gesehen wurde, und warf ihm vielsagende Blicke zu, obwohl ihr sein Gesicht aus der Nähe noch weniger anziehend vorkam und auch seine besondere Qualität nicht mehr so deutlich von dem Grund seiner blassen Pupille abzulesen war, wo jetzt nur ein träges Begehren aufschimmerte.

– Führ' mich zu deinen Eltern, flüsterte Fanny.

– Sie erwarten uns nicht, sagte er überrascht.

– Ich kann unmöglich mit dir ausgehen oder auch nur mit dir reden, wenn du mich nicht sofort bei dir zu Hause vorstellst, sagte Fanny resolut.

Schon wollte sie ihre Hand zurückziehen, aber der junge Mann begann verdutzt zu überlegen.

– Sieh mal, setzte Fanny hinzu, die Gesichter deiner Eltern, ihre Umgangsformen und wie es überhaupt bei euch zu Hause aussieht, das ist für mich genauso wichtig wie der Charme deiner Person, die mir gleichgültig werden würde, wenn bestimmte äußere Bedingungen nicht erfüllt wären. Siehst du, ich muß deinen Eltern genauso gut gefallen wie dir selbst.

– Danach fragt doch niemand! rief der Junge ein wenig beleidigt.

– Leute wie ihr können am besten beurteilen, worauf ich in meiner eigenen Familie Anspruch erheben kann, hier, wo meine Heimat ist, die man mir aberkennen will. Gefalle ich deinen Eltern, dann gefalle ich aus den gleichen Gründen auch Tante Colette. Hast du mich gern, dann kann ich auch meinen Cousin Eugène für mich einnehmen, der Irrtum meiner Geburt ist vielleicht nicht endgültig, rief Fanny schrill. Was aber, wenn ich Tante Léda nie wiederfinde? Gibt es noch andere Mittel und Wege? Durch all das muß ich hindurch.

Sie ließ dem Jungen auf einmal eine brutale Liebkosung zuteil werden, denn sie befürchtete, zuviel gesagt zu haben, und ihm damit Angst zu machen.

– Unsere Hündin heißt Léda, murmelte er vor sich hin.

– Sie kann ja schlecht meine Tante sein, sagte Fanny und lachte auf.

– Es wäre schön, wenn unsere Hunde dich liebgewinnen würden, sagte er weiter, du wirst sehen, es sind brave Tiere.

– Ach, Hunde sind viel zu undankbar, seufzte Fanny.

Dann kamen Leute. Fanny lief durch den Saal und setzte das Lächeln auf, das sie von Lucette gelernt und sich angeeignet hatte, genau wie den Rock und die Hemdbluse. Es kam nicht selten vor, daß ein zerstreuter Gast noch Lulu zu ihr sagte; er ließ sich wahrscheinlich, dachte Fanny, die sich nichts vormachte, von dem grünen und gelben Rankenmuster täuschen: sie selbst war nämlich niemand anderes als Fanny.

Später richtete sie es so ein, daß sie das Café zur selben Zeit wie der Junge verließ. Sie packte ihn am Arm, drängte sich an ihn und folgte ihm bis zu dem Bauernhof. Wenn nur alle Leute im Dorf sie jetzt sehen könnten! Fanny war so stolz, daß sie absichtlich langsam ging und sich nach allen Seiten umschaute.

Die Eltern saßen am Küchentisch. Sie hatten die Hände unbeschäftigt vor sich auf den Tisch gelegt und schienen geduldig auf die Rückkehr ihres Sohnes und auf Fanny zu warten, die sich schweigend hinsetzte. Der junge Mann holte Gläser und eine Flasche Dessertwein herbei. Die Eltern entsprachen bis in die kleinsten Einzelheiten dem Bild, das Fanny vorgeschwebt hatte, denn sie hatte an die

Mitglieder ihrer eigenen Familie gedacht, der die Eltern des jungen Mannes hätten angehören können, ohne daß sich dadurch irgend etwas geändert hätte. Sie sah in ihren regelmäßigen, etwas griesgrämigen und mißtrauischen Gesichtern die vertrauten Züge von Onkeln und Tanten, und sie mußte sogar mit Gewalt an sich halten und sich ihre Rührung verbeißen, damit ihr wieder bewußt wurde, wer sie wirklich waren. Die Mutter trug eine Schürze mit einem Blumenmuster, das Fanny bestens kannte, der Vater einen Arbeitsanzug aus blauem Leinenstoff, und auf einem Schulterträger stand der Name eben des Geschäfts, auf das Eugène mit seinem einladenden Finger auf der Fassade des *Coq Hardi* noch immer hindeutete. Und auf dem Küchenschrank mit seinen abgerundeten Formen war, neben einem kleinen, von einem Beerdigungsinstitut gestifteten Barometer und ein paar Häkeldeckchen, ein mit Kätzchen geschmückter Kalender aufgestellt sowie ein vergoldeter Rahmen mit dem Foto des jungen Mannes als strahlender Soldat. Selbst in der Küche der Großmutter hätte Fanny nicht mehr zu Hause sein und sich nicht wohler fühlen können. Sie lehnte sich auf ihrem Stuhl zurück und lächelte den Eltern begeistert zu. Sie mußte so schnell wie möglich diesen Jungen heiraten, dachte sie. Die beiden Alten, die noch immer nichts gesagt hatten und lediglich mit einer Handbewegung den Wein abgelehnt hatten, den ihr Sohn ihnen hingestellt hatte, grummelten einer nach dem anderen irgend etwas über Fanny, was ihn verlegen zu machen schien und was Fanny nicht verstand, so sehr sie sich auch bemühte. Sie spitzte zwar die Ohren, aber wegen des starken Dialekts, ausgeprägter noch als der der Großmutter, gelang es ihr nicht, einzelne Wörter zu unterscheiden. Sie hatte zudem den Eindruck, daß die Eltern nur von dem jungen Mann verstanden werden wollten. Fannys bemühtes Lächeln blieb ohne Antwort, und ihre liebenswürdigen Blicke prallten an einer Wand der Zurückhaltung und Voreingenommenheit ab.

– Sie fragen, bemerkte der junge Mann etwas grob, warum du eines Nachts einen von unseren Hunden umgebracht hast. Mein Vater hat dich gesehen.

– Ach, wenn ich gewußt hätte, daß es eurer war, hätte ich mich lieber von ihm auffressen lassen!

Bestürzt versuchte sie, eine Entschuldigung vorzubringen. Die Mutter jedoch hatte die Arme über der Schürze verschränkt, während der Vater sich am Ellbogen kratzte und auf den Tisch starrte.

– Sie wollen auch wissen, setzte der Junge hinzu und blickte dabei ins Leere, warum du dich genauso anziehst wie die vorige Kellnerin. Sie finden es nämlich sonderbar, daß du dich für sie ausgeben willst. Wenn meine Mutter dich hinter den Scheiben des Cafés sieht, hat sie stets einen Moment lang den Eindruck, es sei Lucette, und das irritiert sie und macht sie wütend auf dich.

– Es war doch, um die Gewohnheiten nicht zu stören, murmelte Fanny.

Die Mutter ließ einen vorwurfsvollen Pfeiflaut vernehmen und schüttelte mit verkniffenen Lippen langsam den Kopf; ihr Urteil stand fest. Der Vater streckte die Hand aus, verschob die Flasche um ein paar Millimeter, und der Sohn stand auf: Er bot Fanny an, sie nach Hause zurückzubegleiten.

In dem Café, das inzwischen geschlossen hatte, umarmte sie ihn stürmisch. Vielleicht war doch noch nicht alles verloren. Wäre der gelbe Hund, so hinfällig wie er damals war, jetzt nicht schon längst eines natürlichen Todes gestorben und vergessen? Sie spürte wohl, daß er nicht so recht wollte, aber sie lockte den jungen Mann, nicht in ihr kleines Zimmer, wo jedes Geräusch die Chefin hätte wecken können, aber in die Küche, die noch warm war von den tagsüber darin gekochten Speisen. Sie hieß ihn sich auf die Fliesen legen und schmiegte sich an ihn. Der Geruch gebratenen Fettes erfüllte die Küche, sogar die Haut des jungen Mannes roch schon danach. Da kratzte etwas am Fenster. Fanny glaubte die Gestalt eines großen, unbeweglichen Hundes wahrzunehmen, der sie mit hängender Zunge anstarrte. Sie schloß die Augen, öffnete sie wieder und sah, wie sie gehofft hatte, keinen Hund mehr, sondern nur das kalte Licht der Straßenlaternen und ein paar Regentropfen auf der Scheibe. Sie rüttelte den jungen Mann, der wegen der stickigen Hitze der Küche in ihren Armen eingeschlafen war. Er wachte beschämt auf, und Fanny konnte ihn nicht dazu bewegen, noch etwas zu bleiben. Er küßte sie nicht einmal, als er ging: Die Schmutzspuren auf seinen Kleidern widerten ihn an, sein Rücken war mit Zwiebelschalen und Fettflecken übersät.

Er ließ sich im Café nicht wieder blicken. Fanny begann um den Bauernhof herumzustreichen, nicht etwa, weil der Junge ihr fehlte, sondern weil der Gedanke sie quälte, daß ihr so viel entgangen war. Der Eltern wegen wagte sie es allerdings nicht, den Hof zu betreten. Sie sah den jungen Mann, lief auf ihn zu und warf sich ihm an den Hals.

– Laß das, sagte er und machte sich los, du mußt doch einsehen, nicht wahr, daß das nicht geht, nach dem, was du getan hast.

– Mein Onkel Georges macht es nicht anders! rief Fanny.

Der Onkel Georges könne ihn mal, erwiderte der junge Mann und ging ruhig seines Weges.

Viertes Kapitel
Georges

In dem Moment, als Fanny es einfiel, daß sie ja einen Verehrer gehabt hatte, mit dem sie vor ihrer Abreise nicht eigentlich gebrochen, den sie vielmehr ganz einfach vergessen hatte, kam er herein, nicht anders angezogen als das letzte Mal, genau so, wie er aus einem unerfindlichen Grund plötzlich aus Fannys Erinnerung aufgestiegen war. Er hieß mit Vornamen Georges und war genauso alt wie Fanny. Sie wurde puterrot, als er mit einem stolzen und glücklichen Lächeln auf sie zukam. Seine Brust war breit, er hatte ein schönes, selbstsicheres Gesicht und sah Fanny so ähnlich, daß man sie oft für Bruder und Schwester gehalten hatte, was für sie heute schwer zu ertragen gewesen wäre. Die demütigende Erinnerung daran stieg in ihr auf, und weil er mitten im Weg stand und sie nicht an ihm vorbei konnte, flüsterte sie mit scharfer Stimme und abgewendetem Blick:

– Und, was gibt's?

– Ich bin's, erkennst du mich denn nicht wieder?

Er nannte sie bei ihrem einstigen Vornamen und kostete langsam und zärtlich jeden Konsonanten aus. Ich will das nicht mehr hören! rief Fanny entsetzt. Vorsichtig blickte sie um sich. In dem Lärm und dem Durcheinander des Mittagessens hatte außer ihr wohl niemand mitbekommen, was Georges gesagt hatte. Jetzt bin ich Fanny. Merk dir das ja, sagte sie bitter. Georges nickte entgegenkommend und wollte dann – Fanny hatte auf ihre viele Arbeit hingewiesen – unauffällig auf einen freien Tisch zugehen. Sie hielt ihn jedoch mit einer Hand zurück und erklärte, daß er sich auf keinen Fall in die Gaststube setzen könne, seine Anwesenheit würde sie allzusehr aus dem Konzept bringen. Schon wandte die Chefin ihnen ihren undurchdringlichen Blick zu. Ein paar Gäste sahen die beiden ruhig an und warteten auf ihr Essen. Wie würden ihre Kunden reagieren, wenn sie erfuhren, daß dieser Junge Fannys Verlobter gewesen war und sich zweifellos noch als solchen betrachtete? Würden sie dem, was Fanny alles über das Dorf der Großmutter und ihre eigene Familie behauptete, auch nur eine Sekunde länger Glauben schenken? Zwischen ihm und Onkel Georges gab es Unterschiede, die sich kaum rechtfertigen ließen. Von woher stammte Georges überhaupt? Fanny hatte es nie genau gewußt, und sie hatte jetzt zu große Angst, er könnte irgendeinen absurden und weit entfernten Ort angeben, als daß sie es gewagt hätte, ihn danach zu fragen. Georges, ihr Verlobter, kam von nirgendwoher! Da sie nicht wußte, was sie im Augenblick mit ihm anfangen sollte, führte sie ihn auf ihr Zimmer. Obwohl er seine Fügsamkeit beteuerte, schloß sie die Tür ab, um ganz sicherzugehen, daß er sich unten nicht zeigte.

Er sei gekommen, sie zu holen, erklärte ihr Georges. Er war bei Fannys Vater gewesen; dessen Diener hatte ihn in das Dorf auf der Postkarte geschickt. Von dort aus war er direkt hierhergekommen, und er hatte dieselben Leute getroffen wie Fanny und Eugène und war nur ein wenig verwundert, daß eine so weite Reise ihn wieder ganz in die Nähe des Dorfes der Großmutter zurückgeführt hatte, von wo Fanny, wie er wußte, aufgebrochen war. Georges ging in größter Sorge in dem Zimmer auf und ab. Er rief Fanny in Erinnerung, daß sie ja heiraten wollten, bevor sie dann ausgerissen war; er führte ihr ihre verschiedenen Versprechungen und Liebesbezeigungen vor Augen; sie waren Fanny jedoch entfallen, und ihrer Meinung nach konnte sie sie unmöglich geäußert haben. Nun mach aber halblang, du übertreibst, sagte Fanny immer wieder, mit einem leisen, nachsichtigen Lächeln. Das einzige, woran sie sich von Georges noch erinnerte, war eine Bemerkung Tante Colettes, als sie ihr eines Tages ein Foto ihres Verlobten gezeigt hatte: Wenn du mir nicht gesagt hättest, wer das ist, hatte Tante Colette ausgerufen, hätte ich geglaubt, das wärst du!

Georges' Gesicht flößte Fanny jetzt nur noch Abscheu ein. Aber Georges wollte einfach nicht gehen. Außer sich vor Enttäuschung, warf er sich auf Fanny, nannte sie eine Verräterin, redete sie mit ihrem richtigen Vornamen an und rüttelte und schüttelte sie. Wie fremd Georges' Benehmen, wie fremd seine ganze Art zu reden ihr doch war! stellte Fanny befriedigt fest. Trotzdem weigerte sich Georges zu gehen; er hatte die Hoffnung noch nicht aufgegeben. Er schlief auf dem Teppich am Fußende von Fannys Bett und ließ sich in dem Zimmer einschließen, wenn sie morgens wegging. Sie legte Wert darauf, daß man ihn auch im Dorf nicht auf der Straße sah, wo man seine Beziehung zu ihr hätte ahnen oder sich einbilden können, er gehöre zu ihrer Familie, falls man ihn nicht sogar für Fanny selbst gehalten hätte. Wenn sie Zeit hatte, brachte sie ihm die Reste des Mittagessens aufs Zimmer. Sie kanzelte ihn ab und stieß ihn mit den Füßen herum, wenn sie kam und er auf dem Boden lag, und zu ihrer großen Erleichterung verschwand Georges schließlich, ohne daß sie ihn hätte weggehen sehen. Da keine Spur seiner Anwesenheit zurückgeblieben war, vergaß Fanny ihn so vollständig, als habe sie nie etwas mit ihm zu tun gehabt.

Fünftes Kapitel
In Tante Colettes Dorf

Seitdem Fanny im *Coq Hardi* war, hatte der Regen nur an den wenigen Tagen ausgesetzt, an denen armselige, kurzlebige Schneeflocken niedergegangen waren, und es regnete unablässig weiter: Das ohnehin schon spärliche Licht schien noch mehr abzunehmen, und die Tage schienen noch kürzer werden zu wollen.

Ein Lastwagen parkte vor dem Café, und ein Fanny unbekannter Fernfahrer kam herein, dem sie einen guten Tag wünschte. Als sie auf seinen Tisch zuging, warf sie einen Blick nach draußen. Auf dem Lastwagen stand in großen braunen Lettern: *LEDA Transporte*. Fanny zog einen Stuhl heran, setzte sich dem Mann gegenüber und bedachte ihn mit ihrem verführerischsten Lächeln, worauf er mit freudiger und geschmeichelter Überraschung reagierte. War da nicht, fragte sich Fanny voll Verlangen, in seinem roten Gesicht eine Spur von dem interessierten, gierigen und väterlichen Ausdruck, den Onkel Georges gehabt hatte, als er sich ihrer auf dem Rücksitz des kleinen Autos bemächtigt hatte, wo er Fanny zum ersten Mal gewissermaßen in Aussicht gestellt hatte, daß sie vielleicht eines Tages trotz allem seine Nichte sein würde – daß man ihr letzten Endes verzeihen könne? Denn er hatte sie nicht ohne ein gewisses häusliches Zartgefühl umschlungen, sagte Fanny sich jetzt.

Sie bestürmte den Mann mit Fragen und erfuhr, daß das Stammhaus der *LEDA Transporte* sich in demselben Dorf befand, in dem auch Tante Colette und Onkel Georges schon seit jeher wohnten! Er war im übrigen unterwegs dorthin und hatte nichts dagegen, Fanny, die ihn mit bewegter Stimme darum bat, jetzt gleich mitzunehmen.

– Was ist das, diese *LEDA Transporte*? fragte Fanny und klammerte sich an den Ärmel des Mannes. Woher stammt dieser Name?

– Es ist der Name meines Chefs.

– Und wenn Ihr Chef meine Tante Léda wäre? rief Fanny.

– Das glaube ich nicht, sagte der Mann verständnislos.

Weil er aber auch etwas sagen wollte, das er wußte, fügte er noch hinzu, daß eine Nebenfigur in der Fernsehserie »Weiße Blusen«, die im Moment lief und von der er keine Folge ausließ, Léda heiße, eine schöne, reife Frau mit roten Haaren. Dann stand er auf, und Fanny holte schnell ihren Koffer. Sie verließ unbehelligt das Haus – die Chefin war nicht in der Nähe – und setzte sich neben den Fernfahrer, für den sie bereits eine tiefe Dankbarkeit empfand sowie jene besondere Zuneigung, die sie den breiten, purpurroten Gesichtern der Gegend entgegenbrachte (so anders als Georges' feines und schmales Gesicht!).

Auf der Fahrt in Tante Colettes Dorf war sie froh darüber, dieses hier zu verlassen. Man hatte ihr nichts über Tante Léda gesagt, was zu ihrer Verwirrung nicht ein wenig beigetragen hätte, zum Beispiel als man ihr von einem Hund dieses Namens berichtet hatte, und sowohl Tante Clémence als auch Onkel Georges, deren Gegenwart im Dorf sie in Verlegenheit gebracht hatte, hatten sich letzten Endes als enttäuschend und wenig respektvoll erwiesen, was Fanny mehr betrübte, als wenn sie ihr gegenüber eine offene Feindseligkeit an den Tag gelegt hätten. Sie hatte nämlich vor, wenn sie erst einmal dort wäre und falls Onkel Georges nichts gesagt hatte, Tante Colette reinen Wein einzuschenken und ihr zu erzählen, wie sie sich ihrem Gemahl aufgeopfert hatte, indem sie während des Mittagessens ihren Dienst verlassen hatte. Im übrigen würde sie es bei ihrem nächsten Besuch bei der Großmutter auf keinen Fall versäumen, diese ungeschminkt über das unfreundliche Verhalten von Tante Clémence zu unterrichten. Fanny freute sich schon im voraus, wenn sie daran dachte, was sie einem jeden von ihnen alles zu sagen hatte. Daß sie sich für jede Einzelheit im Verhalten der Familienmitglieder interessierte und daß sie die Großmutter und Tante Colette darüber auf dem laufenden hielt, konnte ihr nur zum Vorteil gereichen. Dagegen nützte Eugène die Familie lediglich aus und ließ ihr nicht einmal die Achtung zuteil werden, auf die sie ein Anrecht hatte.

Fanny saß bequem auf ihrem Sitz, der Koffer lag auf ihren Knien, der Kragen ihres Regenmantels war sorgfältig im Nacken hochgeschlagen. Ohne bei dem heftigen Regen die Straße aus den Augen zu lassen, plauderte der Mann, und Fanny, die ihm nicht zuhörte, antwortete mit ein paar Ausrufen und kurzen Schreien. Er machte dann auf einem Feldweg halt und wandte sich mit breitem, wohlwollenden Lächeln und liebevollem Blick Fanny zu. Dadurch wurde er Onkel Georges so ähnlich, daß Fanny ganz durcheinander kam. Er packte sie unbeholfen, und Fanny fragte sich in aller Eile, was sie dieser unerwarteten neuen Beziehung wohl abgewinnen könne, vielleicht den Umgang mit dem Chef namens Léda. Der Mann preßte Fanny gegen die Scheibe, genau wie Onkel Georges es getan hatte oder wie Lucette sie gegen die Zimmerwand gedrückt hatte, und er schüttelte sie in alle Richtungen mit weiten, ungeschickten Bewegungen, die Fanny sich zu bremsen hütete. Jeder hier kann mir nützlich sein, und obwohl ich in dieser Gegend zu Hause bin, darf ich nicht bestimmen, wie man sich zu verhalten hat. Ich muß die Unterwürfige und Bescheidene spielen, die schon zufrieden sein kann, wenn sie kein Mißfallen erregt. Der Himmel war so grau, und es regnete so stark, daß man fast nichts sah. Die Züge des Mannes verschwammen, und als er sich wieder aufrichtete und Fanny endlich losließ, konnte sie nicht mehr unterscheiden, wen sie wirklich vor sich hatte, eine ganze Reihe von Gesichtern vermischte sich in ihrer Erinnerung und gaukelte ihr die unmöglichsten Kombinationen vor. Damit nicht etwa der Name ihres Onkels Georges oder ihres eigenen Vaters oder der ihres Vetters Eugène über ihre Lippen kam, sagte Fanny kein Wort. Der Mann redete zufrieden vor sich hin. Er fuhr schnell und gab sich nun ganz sorglos. Sie kamen durch das Dorf der Großmutter und an ihrem Haus vorbei. Die Fensterläden waren geschlossen, und der besorgten Fanny kam es öde und wie verlassen vor. Sie wollte sich, sobald es ging, nach der Großmutter erkundigen. Im Moment allerdings hatte sie eine dringendere Aufgabe zu bewältigen, mußte sie sich beschämt eingestehen, denn sie näherte sich Tante Colettes Dorf, wo die *LEDA Transporte* beheimatet waren, eine so ermutigende Übereinstimmung, daß Fanny sich fast schon am Ziel ihrer Mühen gesehen hätte.

Ein paar Minuten nachdem sie das Dorf der Großmutter durchquert hatten, kamen sie in Tante Colettes Dorf an. Es lag inmitten ebener Felder und war von Getreidesilos umstellt. Direkt an der Durchgangsstraße, die die Bürgersteige verschlungen hatte, erhob sich ohne Wetterfahne die Kirche. Tante Colettes Dorf sah den Nachbarorten so ähnlich, daß Fanny den Eindruck hatte, sie habe sich überhaupt nie von der Stelle bewegt, bis sie dann die graublauen Wände des Hauses ihres Onkels und ihrer Tante erblickte, wo sie als Kind oft gewesen war. Der Lastwagenfahrer setzte sie dicht davor ab, und Fanny bedauerte, daß er schon wieder weg war, noch bevor er sehen konnte, wie sie an die Tür klopfte und damit den Beweis dafür erbrachte, daß sie wirklich überall dort Verwandte hatte, wo sie es behauptet hatte! Um sich vor dem Regen zu schützen, lief sie unter das Vordach. Die Straße war still und menschenleer. Die Autos, die beim Vorbeifahren einen breiten Wasserschwall aufspritzen ließen, änderten nichts an der allgemeinen, nie enden wollenden, eingefleischten Betäubung; es war, als ginge sie von den großen rechteckigen Feldern aus, die man ringsumher ahnte und die nur noch von den einsamen Mähdreschern durchmessen wurden. Sie drückte auf die Klingel. Tante Colettes Tür ging auf, und ein Mädchen, das Fanny nicht kannte, antwortete auf ihren Gruß.

– Ich bin Tante Colettes Nichte! rief Fanny sofort.

– Sie ist nicht da, und Georges und Eugène auch nicht, sagte das Mächen mit dem hübschen, gewöhnlichen Gesicht.

– Aber wo sind sie denn?

Fanny schien so enttäuscht, daß das Mädchen auf einmal ganz besorgt war. War sie etwa Eugènes Verlobte, fragte sich Fanny und musterte dabei ihr Verhalten und den Ausdruck ihres freundlichen Gesichts. Ist es möglich, daß sie schon hier wohnt? Das Mädchen hatte nämlich Pantoffeln an, und seine Haare waren auf dicke, bunte Lockenwickler gerollt. Liebenswürdig erklärte sie, daß Tante Colette am Vorabend in die Hauptstadt gefahren sei, wo sie bei ihrer Schwester, Fannys Mutter wohne. Niemand hat mir etwas davon gesagt! rief Fanny ärgerlich. Und Onkel Georges sei beruflich unterwegs, und man erwarte ihn erst in einigen Tagen zurück. Eugène seinerseits sei auf der Suche nach irgendeiner Anstellung außer Haus. Auf den Vertrag mit dem Bastlergeschäft, erzählte das Mädchen, das vor Enttäuschung unwillkürlich die Lippen zusammenkniff und die Stirn in Falten legte, sei kein weiterer gefolgt. Wenn er doch auf mich gehört hätte, sagte Fanny, wenn er nur bei mir geblieben wäre! Das Mädchen allerdings zuckte gleichgültig die Achseln und bekundete dadurch so unmißverständlich, wie wenig sie die Aussicht auf eine Rivalität mit der in ihren alten Regenmantel eingeschnürten Fanny berührte (und mußte sie nicht Dinge über sie gehört haben, die dazu angetan waren, sie zusätzlich zu beruhigen?), daß Fanny darüber ganz wehmütig wurde. Sie blickte die andere, die sicher Tante Colettes Wohlgefallen gefunden hatte, mit bewundernder Hochachtung, mit einer jähen, demütigen Zuneigung an. Sie wurde aufgefordert einzutreten. Das Mädchen bot ihr einen Tee an und schlurfte unbefangen in seinen Pantoffeln herum. Fanny nahm in der Küche Platz, an dem mit einem Wachstuch bedeckten Tisch, und sie erkannte trotz der gründlichen Abnutzung das Motiv aus Blättern, Eicheln und Pilzen wieder, dem sie zusammen mit Eugène so gern bis in alle Verästelungen nachgegangen war, wenn man sie sonntags manchmal zu ihrem Cousin zum Spielen gebracht hatte.

Das Mädchen hantierte schweigend. Es bediente sich mit größter Unbefangenheit eines jeden Gegenstandes, nicht anders als Tante Colette es getan hätte. Fanny wagte nicht, sich zu rühren, obwohl sie größte Lust hatte, nachzusehen, ob in Tante Colettes Wohnzimmer die Sammlung kleiner Trachten-Puppen, die allesamt in runde Plastikschachteln eingesperrt waren, noch in der Vitrine stand, ob über der Anrichte mit dem kostbaren Sonntagsgeschirr, einem ehemaligen Hochzeitsgeschenk, noch die drei Gewehre von Onkel Georges an der Wand hingen, vor der Tapete mit den ländlichen Motiven, und hauptsächlich, ob man auf dem Fernsehapparat ein bestimmtes Kinderfoto von Fanny stehengelassen hatte, auf dem sie lachend einen Hund der Großmutter umarmte. Das Mädchen forderte Fanny allerdings nicht auf, die Küche zu verlassen und sich ins Wohnzimmer zu setzen. Und wenn Fanny jetzt aufgestanden wäre und ohne Erlaubnis in der Wohnung herumgestöbert hätte, dann wäre das Mädchen sicher schockiert gewesen, und vielleicht hätte sie den Vorfall höhnisch Tante Colette hinterbracht. Das Mädchen servierte den Tee in einer Tasse mit Stechpalmenmuster, schob sie Fanny hin und begann mit lauten Seufzern die Lockenwickler herauszunehmen. Sie legte sie einen nach dem anderen auf das Wachstuch, und mit den leicht gekräuselten Locken sah sie auf einmal viel älter und abgespannt aus. War das nicht Tante Colette selbst in dem Halbschatten des sich neigenden Tages? Wie berechtigt war es doch, daß dieses Mädchen anstatt Fanny – die aber doch auch zur Familie gehörte! – mit Georges verlobt war und von Tante Colette geliebt wurde, dachte Fanny geknickt und voller Neid. Denn war es nicht Tante Colette in eigener Person?

Nachdem sie das Mädchen, das ein höfliches Interesse vorschützte, davon in Kenntnis gesetzt hatte, daß sie nun auch zu ihrer Mutter in die Stadt fahren und dort Tante Colette treffen werde, ging Fanny wieder und machte sich auf die Suche nach den *LEDA*-Transporten, deren Geschäftsstelle sich, wie der Fernfahrer gesagt hatte, am Ausgang des Dorfes befinden sollte. Fanny mußte einen guten Kilometer im Regen zurücklegen, bevor sie am Ziel war. Es war eine Art baufälliger Schuppen, der neben einem Maisfeld an der zweispurigen Straße stand, flankiert von einer kleinen Hütte, die als Büro diente. Mehrere Lastwagen standen davor, aber Fanny sah niemand. In der Baracke tippte eine Frau allein auf einer Schreibmaschine. Eine Glühbirne an der Decke gab ihr Licht. Sie war ganz in ihre Arbeit vertieft und warf Fanny kaum einen flüchtigen Blick zu.

– Ich hätte gern mit Ihrem Chef gesprochen, begann Fanny, eingeschüchtert von dem Schweigen, ich habe gehört, er heißt Léda.

– Ach woher denn!

Verärgert über die Unterbrechung bei ihrer Arbeit, sagte die Frau schnell und keine Widerrede duldend:

– Man nennt ihn so, aber Léda ist der Name der Firma

und nicht der unseres Chefs. Es handelt sich um Anfangsbuchstaben. LEDA bedeutet: Loyalität, Energie, Disziplin, Ausdauer. Da hat man Sie falsch informiert.

– Léda ist also überhaupt nichts und niemand? fragte Fanny überrascht.

– Nichts und niemand, antwortete die Frau befriedigt.

– Und doch existiert Léda, auch wenn Sie mir nichts über sie sagen können, protestierte Fanny.

– Was für eine Léda? Ich wohne seit dreißig Jahren hier und habe noch von keiner Léda gehört.

Die Frau brach die Unterredung ab und wandte sich wieder ihrer Arbeit zu. Sie schien Fannys Anwesenheit schon ganz vergessen zu haben. Diese verließ das Büro und kehrte in der bereits einbrechenden Dunkelheit langsam zum Dorf zurück. Erschöpft und starr vor Kälte kam sie an Tante Colettes Haus vorbei, in dem ein bläuliches Licht schimmerte. Die Bürgersteige waren noch immer menschenleer; das einzige Café und der kleine Lebensmittelladen, dessen Scheiben mit unleserlichen Kritzeleien verschmiert waren, waren geschlossen.

Sechstes Kapitel

Fanny geht

Sie ging zum Bahnhof, kaufte einen Riegel Schokolade sowie eine Fahrkarte und wartete auf dem verlassenen Bahnsteig auf den nächsten Zug in die Hauptstadt, wo sie zuammen mit ihrer Mutter ihre ganze Jugend verbracht hatte. Fanny konnte sich nicht daran erinnern, daß irgendein Familienmitglied je zu Besuch gekommen wäre. Um so schwerer fiel es ihr, sich Tante Colette dort vorzustellen. Zudem verabscheute Tante Colette das Reisen. Sie haßte es, ihr Haus allein zu lassen und unnütz Geld auszugeben.

Fanny wagte nicht zu hoffen, daß sie diese Reise ihretwegen angetreten hatte. Das hätte bedeutet, daß Onkel Georges seines Wiedersehens mit ihr im *Coq Hardi* keine Erwähnung getan hatte und daß Tante Colette sich so sehr nach ihrer Nichte sehnte, daß sie sich sogar zu einer Zugfahrt entschlossen hatte, um sie wiederzusehen, und das war kaum anzunehmen. Tante Colette verurteilte die Lebensweise ihrer Schwester zwar nicht offen, aber es war doch auch wohl nicht zu erwarten, daß sie zu ihr fuhr, allein um des Vergnügens willen, mit ihr zusammenzusein. Fanny brannte darauf, den wahren Grund für Tante Colettes Reise zu erfahren. Und da sie alles mit Tante Léda in Verbindung brachte, malte sie sich verhängnisvolle Zusammenhänge zwischen dieser und Colettes Expedition aus.

Sie war der einzige Fahrgast, der den Zug bestieg. Ein paar Leute dösten auf den orangefarbenen Plastikbänken. Da sie befürchtete, man könnte ihr den Koffer stehlen, setzte Fanny sich darauf und nickte ein. Als sie aber kurz vor Morgengrauen aufwachte, lag sie auf dem Boden, mitten zwischen Apfelgriebs, Einwickelpapier und plattgedrückten Kaugummis, ihr Koffer war verschwunden, genau wie der Regenmantel, den sie doch gar nicht ausgezogen hatte. Es hatte ihr geträumt, Eugène habe ihn ihr behutsam abgestreift! Sie rannte durch die drei Wagen, die jetzt leer waren, denn alle Reisenden waren noch vor der Hauptstadt ausgestiegen, und sie watete in so viel Unrat aller Art herum, daß ihre Schuhe schon ganz besudelt waren. Durch die schmutzigen Scheiben dämmerte über den endlosen Vorstädten sacht der Tag herauf. Die Luft schauerte und fröstelte in dem Sprühregen. Neue Hochhäuser schienen zu schwanken, Baukräne bewegten sich bereits, dann ging neben dem Bahndamm in einem Fenster das Licht an, und Fanny sah flüchtige Gestalten, einen Mann in seiner Küche, während der Zug laut tutete und mit seinem Fahrtwind entlang der geschwärzten Fassaden die Vorhänge zum Flattern brachte. Fanny war wie vor den Kopf geschlagen und zitterte vor Kälte. Und falls Eugène ihr tatsächlich den Regenmantel ausgezogen haben sollte, wie sie es im Traum gesehen hatte, und wenn er ihr dabei auch noch den Koffer entwendet hätte, bevor er sich dann diskret wieder aus dem Staube gemacht hätte, gab es denn überhaupt irgendeinen plausiblen Grund dafür, dies anzunehmen und sich an seine Sohlen zu heften? Dichte, von einer Müllhalde aufsteigende Rauchschwaden verfinsterten die Morgenröte. Der Zug überquerte nun eine Autobahn, und Fanny lehnte sich hinaus, weil sie hoffte, in der Flut grauer Autos vielleicht das von Onkel Georges zu entdecken. Von oben gesehen schienen sie still und langsam dahinzuziehen, wie in einem Traum! Man sah außerdem gleichförmige, flache Häuschen, propere Gärtchen mit dichten Hecken, befremdliche, unvermittelt auftauchende neue Städte, die mit ihren ungleichmäßigen Konstruktionen weit bis in den Horizont ragten, danach verbarg eine voluminöse Betonstatue einen Augenblick das Licht – sie stellte einen leidenden Menschen in Gefangenschaft dar –; dann rätselhafte Lagerhallen aus gleichförmigem Wellblech auf öden Geländen mit kargem Grasbewuchs am Ufer des Flusses. Vor den Supermärkten, die nach und nach aufmachten, harrten in Reihen ineinandergeschobene Einkaufswagen, Autos fuhren schon vor, die Kofferräume klafften weit auf und wurden systematisch mit Waren gefüllt. Es folgte ein ohrenbetäubender Tunnel, und der Zug fuhr im Nieselregen in das hallende gläserne Bahnhofsgelände ein. Fanny sprang auf den Bahnsteig hinunter, auf dem lauter Arbeiter aus den Vorstädten dem Ausgang zustrebten. Von dem Strom der Menschen mitgerissen, machte sie ein paar Schritte und stieß auf einmal mit ihrer Mutter zusammen. Es war tatsächlich niemand anders als Fannys Mutter, und sie trug einen neuen braunen Pelzmantel! Sie brauchten ein paar Sekunden, um sich wiederzuerkennen und waren noch zu überrascht, um sich gleich zu umarmen. Fanny fand, daß ihre Mutter in diesem Mantel, den sie zu ihrer größten Verwunderung noch nie an ihr gesehen hatte, wie eine elegante Bärin aussah.

– Ich muß leider gleich weg, mein kleines Mädchen, rief die Mutter und schwang einen Koffer mit Schottenmuster, in einer Stunde geht mein Flugzeug!

– Aber du bist doch noch nie mit dem Flugzeug geflogen, sagte Fanny verdutzt.

– Ja, ja, aber so geht es nun mal, heute nehme ich das Flugzeug.

Sie zog einen Schlüssel aus der Tasche und drückte ihn Fanny in die Hand. Geh nach Hause. Tante Colette ist auch dort. Ich selbst weiß noch nicht, wann ich wieder da bin. Auf Wiedersehen, mein kleines Mädchen. Hätte ich geahnt, daß ich dir hier begegnen würde.

Siebtes Kapitel
Zu Hause

Fanny ging auf den Bahnhofsausgang zu und sagte sich, daß sie gern wie früher ihre Mutter auf allen Wegen begleitet hätte, daß es aber normal sei, wenn diese ihr das nicht angeboten hatte, zumal sie vielleicht von Tante Colette erfahren hatte, daß Fanny auf der Suche nach Tante Léda war, und sie vor einem solchen Vorhaben nur respektvoll zurücktreten konnte. Fanny fuhr, ohne zu zögern, in den Norden der Stadt, wo ihre Mutter neben dem Autobahnring in einer ausgedehnten Siedlung mit bunt bemalten, heruntergekommenen Wänden wohnte, im ersten Stock eines hohen Hauses, nicht weit von einem Automobilwerk – ein Viertel, in dem man alle Bequemlichkeiten hatte, wie ihre Mutter gern betonte. Die Großmutter hatte diesen Umstand übrigens oft voller Befriedigung erwähnt, auch wenn sie selbst nie dort gewesen war. Aber die kluge Wahl, die Fannys Mutter getroffen hatte, als sie einen so praktischen Ort ausgesucht hatte, wo sie gar nicht extra auszugehen brauchte, um Besorgungen zu machen, sich einen Film anzuschauen oder sich an ihren Arbeitsplatz, einen schmucken Frisiersalon, zu begeben, fiel in Anbetracht der brummigen Großmut, welche die Familie ihr entgegenbrachte, nicht wenig ins Gewicht, denn soviel Findigkeit, soviel Vernünftigkeit, eine so rühmenswerte Schlauheit wogen viele frühere Fehler wieder auf (hob man nicht stolz hervor, obwohl man zugleich so tat, als messe man dem keine weitere Bedeutung bei, daß Fannys Mutter wirklich wisse, wo es langgehe und daß sie sich nichts vormachen lasse?). Wieviel hatte Fanny sich früher darauf eingebildet, wenn sie in das Dorf zurückkam, daß sie in dieser idealen Stadt lebte! Denn damals war sie ganz umhüllt gewesen von dem Ruhm ihrer Mutter, die sich in der geheimnisvollen Stadt ihren Weg gebahnt hatte – selbst wenn sie zu bestimmten Zeiten ein wenig ihren Kopf, ihren untrüglichen gesunden Menschenverstand verloren hatte.

Fanny eilte durch die breiten Straßen des Viertels, beflügelt von dem Gedanken, Tante Colette so bald schon wiederzusehen. Sie rannte fast und verspürte in diesem Augenblick nicht die geringste Müdigkeit oder Besorgnis. Als sie ankam, war die Wohnung allerdings leer. In ihrem eigenen Zimmer, in dem ihre Mutter wahrscheinlich Tante Colette untergebracht hatte, war nur noch ein Einkaufskorb zurückgeblieben, den Fanny wiedererkannte, weil sie ihn schon am Arm ihrer Tante gesehen hatte. Fanny machte ihn sofort auf und war enttäuscht, als sie nur ein zerknittertes Foto entdeckte. Auf einem Sofa halb sitzend, halb liegend, war darauf undeutlich und mit einem eigenartig verjüngten Gesicht Tante Colette zu sehen. Sie trug einen dicken Pelz, der dem von Fannys Mutter ähnelte, und hielt die beiden Hälften des Mantels mit Daumen und Zeigefinger zusammen. Obwohl sie dieses Foto nicht mochte, steckte Fanny es in ihre hintere Hosentasche. Mußte sie jetzt nicht annehmen, daß sie bei der Suche nach Tante Léda an Tante

Colette auf keinen Fall vorbeikommen würde, daß gar keine Hoffnugn bestand, Léda aufzuspüren, solange sie nicht wußte, wo Colette sich herumtrieb, deren unvermutete Abwesenheit sie im übrigen bedrückte? Und auch wenn es ihr gelingen sollte, irgendeine Tante Léda ausfindig zu machen (Fanny lachte bitter bei dem Gedanken, daß sie der Familie auch eine Hündin hätte vorstellen und sagen können: Das ist Léda, ohne daß man sich sonderlich daran gestoßen hätte, wenn das Tier sich nur als ein guter und folgsamer Jagdhund erwiesen hätte), was sollte sie mit einem Sieg anfangen, wenn Tante Colette nicht da war, um ihn zu honorieren? Fanny wußte nicht mehr, in welcher Himmelsrichtung sie noch nach Léda suchen sollte; aus den voraufgehenden Nächten war ihr kein einziges Indiz aus einem Traum in Erinnerung geblieben. Vielleicht würde Tante Colette ihr weiterhelfen, die Fanny jetzt sicher besser gesonnen war als bei dem Geburtstagsessen der Großmutter. Aber Fanny fragte sich besorgt, ob Colette überhaupt zurückkommen werde, denn sie hatte keine Kleider dagelassen, nichts, was an ihren Aufenthalt erinnert hätte, als den alten Einkaufskorb und das Foto. Wie üblich hatte Fannys Mutter sie getäuscht, oder sie hatte sich aus Nachlässigkeit und Übereilung wieder einmal vertan. Fanny hätte es übrigens nichts ausgemacht, wenn ihre Mutter überhaupt nicht wieder zurückgekommen wäre: Ohne es zu wollen, hatte diese ihr bis jetzt mehr Unannehmlichkeiten bereitet als Gutes getan, so grenzenlos war ihre Gleichgültigkeit. Andererseits hätte Fannys Scham jedes Maß überschritten, falls ihre Mutter etwa vorhaben sollte, von ihrer Reise nicht mehr zurückzukehren und jede Verbindung mit der Familie abzubrechen. Ein Glück, daß diese mehr Macht über Fanny bewahrte, als ihre Mutter es sich träumen ließ!

Fanny beschloß, auf Tante Colette zu warten. Sie überließ ihr ihr Zimmer und transportierte ihr eigenes Bett ins Wohnzimmer.

Achtes Kapitel

Das Viertel

Die Wohnung. – Zu der Befriedigung, die Fannys Mutter empfand, an diesem Ort zu wohnen, trug nicht wenig der Umstand bei, daß sie für dieses Privileg allmonatlich weit mehr ausgeben mußte als ihre Verwandten auf den Dörfern. Dort hätte sie nichts gefunden, auch etwas sehr Geräumiges nicht, was genausoviel Miete gekostet hätte wie ihre kleine, dunkle und laute Wohnung. Die Großmutter betonte hin und wieder noch voll Stolz, daß ihre Tochter für eine solche Behausung die Hälfte ihres Gehaltes auf den Tisch legen müsse. Sie selbst hätte ein solches Opfer nicht zu bringen vermocht, genausowenig wie die übrige Familie, die aus dem Staunen nicht herauskam und sich zu ihrem eigenen Glück gratulierte, obwohl sie diesem Umstand doch ihre Bewunderung nicht versagte oder ihn gar mit Neid betrachtete, denn er schien den Beweis dafür zu erbringen, daß es nicht jedem vergönnt war, an einem derartigen Ort zu wohnen, daß man dies verdient haben oder aber über ganz besondere Fähigkeiten verfügen mußte, die es geheimnisvollerweise erlaubten, ihn jedem anderen vorzuziehen. Und wenn die Familie tatsächlich zu Besuch gekommen wäre, hätte sie es sicher ihrer Unwissenheit und ihrer Roheit zugeschrieben, daß sie nicht den geringsten Vorteil darin erblickt hätte, in einem der Gebäude eines weitläufigen, heruntergekommenen Stadtviertels, mitten in dem Lärm und dem Gestank der Straßen zu wohnen. Vom Wohnzimmer aus sah man den Autobahnring. Aus diesem Grund hielt Fannys Mutter ihn trotz des Krachs für das angenehmste Zimmer der Wohnung, denn sie genoß es, vom Sofa aus die Autos auf die Stadt zuflitzen zu sehen und manchmal einen sagenhaften Unfall mitzuerleben: in diesem modernen Wohnzimmer mit seinen tiefen, weichen und hellen Sesseln, mit seinen Regalen, auf denen überall naive exotische Nippsachen standen, konnte man zwar die Fenster nicht aufmachen, aber man langweilte sich nie.

Der Supermarkt. – Gleich unten vor dem Wohnblock – und das war für Fannys Mutter bei der Wahl ebendieser Wohnung ausschlaggebend gewesen und rief denn auch den Neid sämtlicher Frauen der Verwandtschaft hervor – befand sich der riesige, unerschöpfliche Supermarkt. Schon bei Tagesanbruch bildeten sich geduldige Menschengruppen, die vor den verschlossenen Türen warteten und in der Kälte des Wintermorgens vor den Schaufenstern erstarrten, als hätten sie, obwohl sie genau wußten, daß sie jeden Tag wieder zu früh da sein würden, und ihnen auch die gigantischen Ausmaße des Geschäfts bekannt waren (wer könnte behaupten, wirklich jeden Winkel davon zu kennen?), als hätten sie sich aber doch eines Platzes versichern oder aber das lebhafte und erhebende, ganz besondere Vergnügen empfinden wollen, vor allen anderen über die kühlen, sauberen und wie neuen Fliesen zu gleiten, ungehindert und ein wenig zu fest den noch leeren Einkaufswagen mit den verklemmten Rädchen durch die berauschende Weite der Gänge zu schieben, zwischen den Auslagen hindurch, die seit dem Vorabend auf geheimnisvolle Weise aufgefüllt und bereichert worden waren – als hätten sie, und das war noch eher anzunehmen, die jeder Erfahrung widersprechende Hoffnung gehabt, unter den ersten zu sein, die die Kassen erreichten, noch bevor sich dort die endlosen Schlangen gebildet hatten, die jedesmal, gleich zu welcher Zeit und egal wieviel Leute man in das Geschäft hineinströmen sah beziehungsweise zu sehen glaubte, von einem Ende des Geschäfts bis zum anderen reichten oder zu verwickelten Schlangenlinien aufliefen, ohne daß man sich erklären konnte, woher denn so viele Menschen, so viele unterschiedliche Gestalten kamen und aus welchem eigenartigen Grund sie sich plötzlich hier zusammenfanden, wenn die Sonne gerade erst aufgegangen war, Menschen, die stets vor einem an der Kasse waren, obwohl es so viele Kassen gab, daß man mit einem Blick nicht einmal alle umfassen konnte, so daß auch ein ganzes Leben, das man in diesem Viertel verbracht hätte, nicht ausgereicht hätte, um glaubwürdig behaupten zu können, man habe wenigstens an jeder schon einmal bezahlt. Für Fanny hatte es kein größeres Vergnügen gegeben, als ihre Mutter zum Supermarkt zu begleiten. Sobald er aufmachte, waren sie dort. Sie blieben bis zum Abend und aßen in der Cafeteria im Obergeschoß zu Mittag: es war ein richtiges Fest (hätte Fanny überhaupt zu sagen vermocht, welches Fest, das im Supermarkt oder das bei der Großmutter, das köstlichere war?).

Der Frisiersalon. – Ein nicht weniger großes Vergnügen war es für Fanny früher gewesen, wenn sie gegen Ende des Tages zu ihrer Mutter in den Frisiersalon gekommen war. Das Gebäude des Salons befand sich unter den Gleisen einer S-Bahn-Linie auf demselben weiten Areal aus gestampfter Erde wie der Supermarkt, und wenn Fannys Mutter zu Vergnügungen aufgelegt war, kam es vor, daß sie nach dem Frisiersalon noch gemeinsam in den Supermarkt gingen, nur weil es ihnen Spaß machte, sich irgendein neues Produkt oder einen neuen Gegenstand anzusehen und dann dort zu Abend zu essen, obwohl das Essen nicht gerade berühmt war (aber auch Fannys Mutter schätzte die beschwingte musikalische Atmosphäre der Cafeteria sehr).

Der Frisiersalon war immer voll. Es kamen tatsächlich zu jeder beliebigen Zeit so viele unterschiedliche Leute, alt und jung, daß es sich als unerläßlich erwiesen hatte, hinter dem Eingang einen Gang zu bauen, so eng, daß zwei Personen darin nicht nebeneinander stehen konnten, um auf diese Weise eine Menschenmenge zu kanalisieren und in den Griff zu bekommen, die sich, wenn sie sich im Vorraum drängte, unweigerlich zu ärgerlichen Übergriffen hinreißen ließ. Am Ende des Ganges befand sich eine Klappe, und die Aufgabe von Fannys Mutter bestand darin, diese so fachgemäß wie möglich zu bedienen: das war ihre Arbeit. Sobald sie merkte, daß eine Friseuse mit einem Kunden fast fertig war, drückte sie einen Hebel herunter und ließ genau so viele Personen heraus wie Friseusen frei waren, die sich allein um ihre Aufgabe zu kümmern und nicht einmal zur Seite zu blicken hatten. Fannys Mutter wurde eine ununterbrochene Aufmerksamkeit abverlangt, und sie brauchte einen scharfen Blick, denn in dem Salon arbeiteten über fünfzig Friseusen. Acht Stunden lang stand sie in einer eleganten hellgrünen Uniform neben der Klappe und hielt eine Hand am Griff des Hebels, ohne daß man ihr – das war ihr Stolz und der der Großmutter, die über die kleinsten Kleinigkeiten Bescheid wußte – auch nur eine Spur von Müdigkeit auf ihrem lächelnden, angenehmen Gesicht angemerkt hätte. Zu einem unmerklichen Gruß neigte sie es jeder Person zu, die leicht taumelnd aus dem Gang hervorquoll, aus dem sie bei geöffneter Klappe durch den Druck der in dem Kanal aufgestauten Menge herausgeschleudert wurde, die stets ein unzufriedenes Gemurmel hören ließ, sobald sie den unerbittlichen Knall der wieder zuschlagenden Klappe vernahm.

Das Kino. – Für das Kino galt dasselbe wie für den Supermarkt und den Frisiersalon: Wenn sie an manchen Samstagabenden ins Kino gingen, brauchten Fanny und ihre Mutter nur die Straße zu überqueren, und schon waren sie da. Sie schauten nicht auf das Programm, denn sie wußten ja, welche Art von Filmen, wenn nicht sogar welcher Film im Eldorado gespielt wurde, und zum Glück mochten beide die knallharten Geschichten von Karatekämpfern oder heldenmütigen Polizisten mit kernigen, gestählten Gesichtern. Sie kamen immer viel zu früh, um die besten Plätze in der Mitte einzunehmen, und Fannys Glück hatte dann seinen Höhepunkt erreicht, wenn ihre Mutter nach ein paar förmlichen Ausflüchten die Platzanweiserin herbeizitierte und Fanny großzügig ein Eis am Stiel mit Haselnüssen spendierte und ihr empfahl, den Genuß recht lange hinauszuziehen. Die mit einem alten, orangefarbenen Stoff bezogenen Sessel waren mit kleinen, gelblichen Flekken sowie mit sorgfältig eingezeichneten Tinteninschriften übersät. Die schrillen und lauten Stimmen der jungen Leute, die hinten im Saal allmählich in Fahrt kamen oder ein unbegreifliches, nicht enden wollendes Gelächter von sich gaben, übertönten manchmal die Dialoge. Daher hatten Fanny und ihre Mutter auch nie etwas dagegen, sich am folgenden Samstag denselben Film noch einmal anzusehen, dessen ganze Bedeutung sie auszuschöpfen suchten. Es amüsierte sie sehr, wenn ihnen dann aufging, daß sie einen Film vielleicht dreimal hintereinander angeschaut hatten, ohne zu merken, daß es immer noch derselbe war.

Die Anlagen. – Die Großmutter wußte allerdings nicht, daß der schon seit langem angekündigte Plan, zwischen dem Supermarkt und der Hochbahn eine Grünfläche anzulegen, aus schwer zu erklärenden Gründen nicht zur Ausführung gekommen war. Fannys Mutter beklagte sich kaum darüber. Sie hätte keine Zeit gehabt, in dem Park herumzuflanieren, auch sonntags nicht, wo sie die Wäsche für die ganze Woche bügelte und sich im Fernsehen eine besonders erheiternde Sendung ansah.

Neuntes Kapitel

Tante Colette kommt nicht wieder

Fanny wartete so lange auf Tante Colette, wie die Vorräte im Eisschrank und in den Küchenschränken reichten. Aus Vorsicht verließ sie nie die Wohnung; denn wenn Tante Colette in ihrer Abwesenheit zurückgekehrt wäre, um sich zum Beispiel das Foto zu holen, auf dem man sie in einem befremdlichen Pelzmantel sah, und wenn sie dann noch vor ihrer Rückkehr wieder fort gewesen wäre, so hätte Fanny sich das nie verziehen. Sie hätte Tante Colette das Foto übrigens ohne Bedauern ausgehändigt, sogar ohne sie um eine Erklärung zu bitten, so sehr verwirrte sie ein solches Bild ihrer auf einem unbekannten Sofa sitzenden Tante. Im Augenblick hob Fanny das Foto allerdings auf. Und sie empfand eine zu große Verantwortung dafür, um es woanders als an ihrem Körper, in einer ihrer Hosentaschen zu verstauen.

Weder Tante Colette noch Fannys Mutter gaben ein Lebenszeichen. Ihre Mutter mußte die Arbeit im Frisiersalon aufgegeben haben. Ein Glück noch, daß Fanny sie am Bahnhof getroffen hatte, sonst hätte sie gar nichts über ihren Verbleib gewußt – ihre Mutter, die es sich herausnahm, einfach ins Flugzeug zu steigen, sich aus dem Staub zu machen und darüber ihre Tochter ganz zu vergessen; denn obwohl sie nicht darüber informiert gewesen war, daß Fanny vorgehabt hatte, nicht so bald zurückzukommen, war keine Spur von einer Nachricht auf dem Küchentisch zu finden gewesen. Das hatte Fanny gekränkt. Sie hatte es einem wachsenden Leichtsinn zugeschrieben. Wie hatte Tante Colette reagiert, als sie die Lebensumstände ihrer Schwester in Augenschein genommen hatte? Hatte es sie zu größerer Nachsicht gegenüber Fanny bewogen? Aber Fanny wußte, daß die Verzeihung, die man ihrer Mutter gewähren mochte, noch lange nicht beinhaltete, daß man auch gewillt war, ihr selbst irgendein Zugeständnis zu machen, ungeachtet ihrer schmerzlichen Bemühungen, sich der Familie gegenüber eines tadellosen Betragens und einer respektvollen Liebe zu befleißigen. Obwohl sie sich selten etwas hatte zuschulden kommen lassen, war Fanny in allem um ein vielfaches schuldiger als ihre eigene Mutter. So lautete das harte Gesetz der Familie.

Zehntes Kapitel

Eine Arbeitsstelle

Fanny hatte kein Geld mehr, und es gelang ihr, in der Schnellgaststätte des Viertels eine Stelle zu bekommen. Im Erdgeschoß eines kürzlich fertiggestellten Hochhauses, an einem großen, mit Steinplatten bedeckten Platz, über den der Wind fegte, machte das Restaurant durch eine bis zur Stadtmitte sichtbare Blinklichtreklame in großen, rosafarbenen Lettern sowie durch einen riesigen Ballon auf sich aufmerksam, der, leicht und phantastisch und mit denselben überdimenionsalen Lettern beschriftet, über dem höchsten Punkt des grazilen Hochhauses schwebte, das einzig dazu gebaut schien, ihm diesen hohen Flug zu ermöglichen. Der Ballon hatte Fanny schon immer als Anhaltspunkt gedient, und als sie Arbeit suchte, war sie ganz selbstverständlich auf ihn zugegangen. Sie hatte Zutrauen zu diesem so lustigen, knallrosa Ballon, der anmutig und wie von Versprechungen gebläht dort oben schwebte. Fanny entfernte sich jedoch nur ungern aus der Wohnung. Sie zweifelte nicht daran, daß Tante Colette genau diesen Augenblick wählen würde, um zurückzukehren und gleich wieder zu gehen. Es sei denn, die anhaltende Kälte bewog sie dazu, noch ein wenig zu verweilen? Aber wenn sie sah, daß Fanny dort wohnte, würde Tante Colette ihr dann nicht lieber aus dem Weg gehen? Falls sie ihr nicht irgendeinen Vorwurf zu machen hatte, verspürte sie wahrscheinlich nicht die geringste Lust, Fanny zu begegnen. Fanny sah nun allerdings nicht, was Tante Colette ihr hätte ankreiden können, nachdem sie sich Onkel Georges gegenüber so aufmerksam gezeigt hatte und wo Eugène doch jetzt wieder zu Hause war (einmal ganz abgesehen davon, daß Eugène ihr vielleicht, wie Fanny weiterhin glaubte, im Zug den Koffer und den Regenmantel gestohlen hatte, obwohl sie es nicht wirklich gesehen hatte und für diese kühne Tat auch keine plausible Erklärung fand). Es blieb ihr also nichts anderes übrig als zu versuchen, jeden Abend so früh wie möglich nach Hause zu kommen, auch wenn sie dabei den ganzen Weg über laufen mußte, durch Straßen, die alle vollkommen gleich aussahen, und es kam manchmal immer noch vor, daß sie sich zwischen den schmuddeligen Gebäuden verlief. Ihr Dienst, der gegen elf Uhr morgens begann, dauerte allerdings bis spät in die Nacht, nicht etwa, weil ihr Arbeitsvertrag dies vorgesehen hätte, sondern weil es den denkbar schlechtesten Eindruck gemacht hätte, wenn sie, wo doch immer noch weitere Gäste das Restaurant betraten, auf einmal mit der Arbeit aufgehört und unter Berufung auf das im übrigen schon vor langer Zeit schriftlich Niedergelegte den reibungslosen Fortgang der Arbeit behindert hätte. Fanny sah ein, und man hatte es in ihrer Gegenwart auch extra betont, daß das Geschäft Opfer verlangte. Man hatte sie, wie etwa dreißig weitere junge Leute, die dort schon beschäftigt waren, mit der Herstellung der Hamburger betraut. Sie trug eine weiß und rosa gestreifte Bluse und auf dem Kopf eine Haube mit wippenden Ohrklappen, auf denen ihr Vorname Fanny und der Name des Restaurants zu lesen waren. Sie stand hinter einer langen Theke, direkt hinter den Kassen, von denen es fast genauso viele gab wie im Supermarkt, und wenn sie zufällig einmal aufblickte, hatte sie einen vollständigen Überblick über den Saal. Andererseits konnten die Gäste ihr nach Belieben beim Arbeiten zusehen, und sie ließen sich dieses Vergnügen auch selten entgehen. Manche gingen sogar so weit, daß sie auf die Stühle stiegen und dabei ganz langsam weiterkauten, obwohl es nicht nur verboten war, seine Füße auf das solide rosa Plastikmobiliar zu stellen, sondern auch, seine Mahlzeit ungehörig hinauszuziehen. Fanny garnierte die Brötchen, die ihre Nachbarin mit einer Frikadellenscheibe gefüllt hatte, mit Tomaten und Gurken. Dabei herrschte ein solcher Lärm, verstärkt noch durch die jaulenden Refrains (Fanny gingen sie am Abend nicht aus dem Kopf, und sie kamen auch in ihren Träumen vor), die von einer eigens von dem Restaurant eingerichteten Rundfunkstation ausgestrahlt wurden, daß es unmöglich war, das kleinste Gespräch zu führen, was der Arbeit im übrigen zugute kam. Eine in etwas dunkleres Rosa gekleidete junge Frau überwachte emsig und streng die Anfertigung der Hamburger, und auf eine schwere Schiefertafel, die sie um den Hals hängen hatte, schrieb sie mit weißer Kreide den Vornamen der Angestellten, deren Arbeitseifer, Schnelligkeit, Sauberkeit und gute Manieren ihr am lobenswertesten erschienen waren, wobei jedoch stets die Gefahr bestand, daß man beim geringsten Nachlassen mit dem dicken Schwamm, den sie in der anderen Hand hielt und »meine kleine Seele« nannte, wieder ausgewischt wurde. Den solcherart ausgezeichneten Angestellten wurde nun die besondere Ehre zuteil, eines Morgens in einem mit falschem Lorbeer verzierten goldenen Bilderrahmen ihr Gesicht über allen Kassen prangen zu sehen und zehn Tage lang ein spezielles Gewand zu tragen: eine silberne Bluse, die von einem Gürtel zusammengehalten wurde, dessen Schnalle aus zwei Engelsflügeln bestand. Vor allem aber durften sie von da an hoffen, schneller an die Kasse zu kommen, eine Stellung, die von allen begehrt wurde, weil man darin eine höhere Würde erblickte. Deshalb wurde die junge Frau auch von allen einmütig umschwärmt und umschmeichelt. Auf dem großen Fest, welches das Restaurant jeden Sommer organisierte und auf dem zahllose Buttons und T-Shirts verteilt wurden, gab es daher auch keinen Untergebenen, keine Angestellte, die sich nicht darum gerissen hätten, sie beim Arm zu fassen, ihr eine Tüte Eis zu holen oder sie durch Witze oder Klatschgeschichten zum Lachen zu bringen.

Elftes Kapitel
Tante Colette?

Als sie den Kopf hob – sie tat das ein oder zwei Mal pro Stunde, um sich zu entspannen –, sah Fanny plötzlich, wie jemand das Restaurant betrat und auf die Kassen zuging: Tante Colette im Pelzmantel, unter dem zeitweilig, wenn der Mantel vorne auseinanderklaffte, das unvorstellbare Blau von Tante Colettes Sonntagskleid hervorleuchtete. Fanny konnte einen Schrei nicht unterdrücken. Trotz der verwunderten Proteste ihrer Kollegen ließ sie Brötchen, Tomate und Zwiebel fallen und schickte sich an, hinter der langen Theke hervorzukommen, die kein Ende nehmen zu wollen schien. Fanny ließ Tante Colette nicht aus den Augen. Bestellte ihre Tante nicht gerade einen Hamburger? Mit einer Geste, die Fanny nie an ihr gesehen hatte, hielt sie mit einer Hand den Mantel zusammen, wobei zugleich ein Ausdruck der Ungeduld, den Fanny allerdings bestens kannte, auf ihrem feisten, mißmutigen Gesicht lag. Fanny rannte, aber sie kam nicht voran. Immer wieder tauchte ein neues Hindernis auf, das ihr Tempo verlangsamte: Eine Gruppe von Angestellten, die das für witzig hielten, verstellten ihr den Weg, ihre Haube fiel herunter und rutschte unter ihren Fuß, und die Theke wurde immer länger, während Tante Colette immer kleiner wurde und sich mit jedem Schritt weiter entfernte! Bald sah Fanny sie nicht mehr. Als sie endlich auf der anderen Seite angelangt war, war Tante Colette verschwunden. Sicher hatte sie ihre Mahlzeit mitgenommen, denn Fanny sah sie an keinem der Tische sitzen. Sie war verzweifelt und ging langsam an ihren Posten zurück. Ihr Ausbruch trug ihr einen strengen Verweis ein, und ihr Name wurde von der Schiefertafel gelöscht. Aber wie kam es, daß Fanny jetzt immer Tante Colette sah, wenn sie den Kopf hob? Sie war stets auf die gleiche Weise gekleidet, kam herein und ging gleich darauf wieder hinaus, so schnell, daß Fanny nicht einmal die Zeit hatte loszulaufen, und sie schien immer verdrossen und ungehalten zu sein, als ärgere es sie, sich an einem solchen Ort zeigen zu müssen, woran sie freilich nichts zu ändern vermochte. Obwohl sie unablässig im Fast-food-Restaurant auftauchte, ließ Tante Colette sich doch nie in der Wohnung von Fannys Mutter blicken, genausowenig übrigens wie diese selbst. Und doch mußte Tante Colette ganz in der Nähe wohnen, sonst hätte sie nicht so oft am gleichen Ort erscheinen können, von Absichten bewegt, die Fanny nicht erahnen konnte, wenn sie auch die ganze Zeit darüber nachgrübelte. War es denn denkbar, daß Tante Colette von der Beschäftigung ihrer Nichte erfahren hatte und sich jetzt einen Spaß daraus machte, sie zu foltern, indem sie ihr nicht zuwinkte, so tat, als kenne sie sie nicht, und wieder weglief, bevor Fanny bei ihr sein konnte? Zehnmal, zwanzigmal am Tag kam Tante Colette herein und ging hastig, breit und schwer in dem langen Mantel, den sie auf keinen Fall vorne aufspringen lassen wollte, wieder hinaus. Fanny befürchtete, daß man das Verhalten ihrer Tante, das bereits Aufsehen erregt haben mußte, verdächtig finden könnte und daß die Schande eines Verweises auf sie selbst zurückfallen würde. Aber wie schwer war es, den Blick weiter gesenkt zu halten!

Zwölftes Kapitel
Fanny und ihre Kollegen

Als Fanny dort angefangen hatte, war niemand besonders neugierig auf sie gewesen. Die meisten Angestellten, die in dem Viertel wohnten, ähnelten ihr in vielen Zügen, so daß sie sich oft sogar einbildete, in irgendeinem Kollegen Georges oder sich selbst wiederzuerkennen, und sie mußte dann mit den Augenlidern blinzeln oder kurz nachdenken, damit dieses täuschende Spiegelbild sich wieder auflöste. Immerhin verwunderte es ihre Kollegen, daß sie Fanny hieß. Man lachte sehr, als sie versuchte, das Dorf der Großmutter zu beschreiben, und keiner wollte ihr jemals abnehmen, daß dies ihr Heimatdorf war oder daß sie eine so urwüchsige Gestalt zur Großmutter hatte. Lachend forderte man sie auf, mit ihrem richtigen Vornamen herauszurücken. Ich bin Fanny, niemand anders als Fanny, rief sie rot vor Hilflosigkeit. Daß zahlreiche Mädchen um sie herum den von ihr verheimlichten Vornamen trugen, einen Namen, den ihre unbesonnenen Eltern für sie ausgewählt hatten und den Tante Colette vergessen hatte, wäre allein schon Grund genug gewesen, ihn geheimzuhalten, denn nach Fannys Empfinden unterschieden die Gesichter dieser Mädchen sich so wenig von ihrem eigenen, daß sie unweigerlich, ja ohne es überhaupt zu merken und ohne noch daran zu denken, daß sie mit ihrer wahren Natur ja Fanny, Tante Colettes Nichte und Eugènes Cousine war, in der Menge dieser Mädchen aufgegangen wäre, wenn man sie mit diesem Vornamen angeredet hätte. Man legte sicher großen Wert darauf, daß sie diese Familienbande vergaß, sonst hätte man sich doch nicht so sehr darauf versteift, nicht daran glauben zu wollen! Und während die Mädchen mit den schalkhaften Gesichtern verschiedene Hamburgervarianten zusammenstellten, lachten sie Fanny wegen der Erfindung einer so extravaganten Verwandtschaft aus. Sie redeten sie mit »Schwester« an und weigerten sich zu bezweifeln, daß Fanny eine der ihren war. Nie hatte Eugène »meine Cousine« zu ihr gesagt! Man nahm an, daß eine dumme Eitelkeit, ein unrühmlicher Widerwillen gegen sich selbst Fanny dazu bewegte, sich so viele Geschichten und Komplikationen auszudenken. Das gereizte Mitleid, das sie bei den nachsichtigsten ihrer Kollegen erntete, verstärkte sich noch, als Fanny das zerknitterte und zusammengefaltete

Foto von Tante Colette im Pelzmantel aus ihrer Tasche zog und es als armseligen Beweis für ihre Behauptungen vorlegte.

Dreizehntes Kapitel
Kurze Rückkehr

Zur Zeit des Mittagessens sah Fanny plötzlich ihre Mutter hereinkommen. Sie war genauso gekleidet wie auf dem Bahnhof und schwang ungezwungen ihren schönen Koffer mit dem Schottenmuster. Sie stellte sich hinter einer Kasse in die Schlange und blickte auf die erleuchtete Tafel, wo alle Sorten von Hamburgern abgebildet waren, die sich im Angebot befanden. Fanny, die diesmal nicht ohne Erlaubnis ihren Platz verlassen hatte, stand neben ihrer Mutter, noch bevor diese bestellt hatte. Sieh da, mein kleines Mädchen, rief die Mutter, kaum daß sie Fannys Hand spürte. Sie wollte sie umarmen, wurde jedoch von dem Koffer und den weiten, haarigen Ärmeln des neuen Mantels daran gehindert. Lächelnd machte sie ein paar Küsse in die Luft.

– Hätte ich geahnt, daß ich dich hier finden würde!

– Wo ist Tante Colette? fragte Fanny und verschränkte die Arme vor ihrer Schürze.

– Hör mal, ich hab' keine Ahnung! Ich komme gerade vom Flughafen, und in zwei Stunden bin ich wieder weg.

– Besuchst du denn nicht die Großmutter?

– Keine Zeit! Wozu auch? Hat sie sich verändert?

– Sie wird bald sterben! keuchte Fanny, und ihre Knie zitterten vor Wut.

– Du übertreibst!

Fannys Mutter kaufte zwei dicke Hamburger und zwei Portionen Pommes frites, dann schaute sie auf ihre Armbanduhr, stellte ihren Koffer ab, um Fanny einen kleinen, spitzen Kuß auf die Wange zu geben und hielt dabei die Hand mit der Papiertüte weit in die Höhe. Sie wandte sich ab und ging zum Ausgang, wo ein Mann, den Fanny nicht kannte und der ein bißchen wie ihr Vater aussah, ihr den Arm reichte. Sie gingen hinaus. Die lockigen Haare von Fannys Mutter wippten fröhlich über ihrem Kragen. Da kam flüchtig Tante Colette herein. Die beiden Schwestern schienen einander nicht zu sehen. Fanny war schon wieder an ihrer Theke, und da sie wußte, daß Tante Colette schon nicht mehr da sein würde, wenn sie im Dauerlauf bei den Kassen angelangt wäre, rührte sie sich nicht vom Fleck und versuchte, leidend und mit brennendem Gesicht, nicht mehr zu ihr hinüberzusehen.

Vierzehntes Kapitel
Fanny wird Kassiererin

Fannys Verhalten und ihr Arbeitseifer waren sehr positiv vermerkt worden, und aufgrund des ungeschriebenen Gesetzes, wonach man die jungen Leute mit den hübschesten Gesichtern nie allzulange bei der Zubereitung der Hamburger beließ – obwohl das Aussehen eigentlich schon eine unverzichtbare Bedingung für die Einstellung war und unansehnliche Gestalten gnadenlos wieder weggeschickt wurden –, kam Fanny an die Kasse Nummer zehn, wo sie eine höhere Haube erhielt und sich einer größeren Liebenswürdigkeit und Gefälligkeit zu befleißigen hatte. Es war verboten zu lächeln, ohne die Zähne sehen zu lassen, die so makellos wie ein Opal zu sein hatten, das Wort nein auszusprechen, ganz egal aus welchem Anlaß, sich zur Entspannung an die Kasse zu lehnen und schließlich irgend etwas zu sagen, was den Kunden, dem nicht mehr als fünfundvierzig Sekunden zugestanden werden durften, auch nur eine Sekunde länger als nötig aufgehalten hätte. Fanny war begierig, diese neue Funktion zu übernehmen. Ein entmutigender Zufall wollte es jedoch, daß von dem Tag an, wo sie frisch und höflich an ihrer Kasse saß, Tante Colette nicht mehr in das Restaurant kam, in welcher Kleidung auch immer. Dagegen hatte Fanny sie noch am Vortag etwa dreißigmal gesehen, im Mantel oder ganz einfach in ihrem blauen Kleid: sie war ohne Grund hereingekommen, hatte ein paar Schritte gemacht und war eilig wieder gegangen. Jetzt, wo Fanny mit ihr hätte sprechen können, war Tante Colette wie vom Erdboden verschwunden! Obwohl ihre Mutter nicht wiedergekommen war, konnte Fanny nicht umhin, eine Verbindung herzustellen zwischen ihrem kurzen Besuch und Tante Colettes plötzlichem Ausbleiben, auch wenn dieses nicht sofort eingetreten war, wie Fanny einräumen mußte. Aber Fanny traute es ihrer Mutter zu, daß sie ihr in dieser Angelegenheit geschadet hatte, entweder dadurch, daß sie aus einer unbestimmten Vorsicht heraus ihrer Schwester angeraten hatte, nicht weiter mit Fanny zu verkehren, vielleicht weil sie davon gehört hatte, wie Fanny sich am Geburtstag der Großmutter aufgeführt hatte, und weil sie sich vielleicht einbildete, Fanny werde ihrer Tante unangenehme Fragen stellen, oder aber dadurch, daß sie ihr verboten hatte, Fanny weiter zu belästigen, falls dies Tante Colettes Absicht gewesen sein sollte. Mein kleines Mädchen hat nichts mehr abzubüßen! hatte Fannys Mutter vielleicht naiverweise gesagt. Sie liebt und achtet die Familie weit mehr als ich, sie sorgt sich um die Großmutter, während ich mich mit dem ersten besten ins Flugzeug setze, ohne jemand etwas davon zu sagen! – Gewiß, gewiß, wer kümmert sich mehr um die Familie als Fanny, hätte Tante Colette darauf geantwortet.

Fanny war es leid, umsonst aufzupassen, und da Colette sich immer noch nicht blicken ließ, gewöhnte sie sich daran, sich zuerst zaghaft und dann gezielt bei allen Gästen nach ihren beiden Tanten Léda und Colette zu erkundigen, denn sie sagte sich, daß es dumm gewesen wäre, so viele Leute an sich vorbeiziehen zu lassen, ohne den Versuch zu machen, davon zu profitieren. Kennen Sie Tante Léda? Und: Wo ist Tante Colette jetzt? flüsterte sie eilig und mit einer kaum merklichen Bewegung der Lippen, während sie das Wechselgeld herausgab. Es herrschte allerdings ein solches Getöse, daß man sie nur selten verstand, ja meistens merkten die Leute nicht einmal, daß Fanny überhaupt etwas gesagt hatte. Hatte aber jemand sie verstanden, dann schüttelte er den Kopf und blies die Backen auf. Nie hatte einer auch nur jemanden getroffen, der so hieß. Nicht einmal ein Tier? bohrte Fanny enttäuscht nach. Nicht einmal einen Hund, nicht einmal eine Hündin? Die hämmernde Musik verschluckte ihre Worte oder aber eine fröhliche, witzige Werbung für das Restaurant, die alle Leute ringsum zum Lächeln brachte. Nicht einmal eine Hündin? wiederholte Fanny, aber die beiden Vornamen kannte keiner. Wenn sie den Mut dazu hatte, zeigte sie auch das Foto von Tante Colette. Ein Mann wollte ihr Sofa wiedererkennen und machte einen anzüglichen Witz darüber; von da an hielt Fanny das Foto zurück. Übrigens war das Bild unscharf, es hätte ebensogut ihre Mutter darstellen können, deren Züge zwar feiner waren, sich aber doch nicht allzusehr von denen Tante Colettes unterschieden. Fannys Mutter hatte das gutmütige, liebenswürdige, breite Gesicht der Familie geerbt, während Fanny, einem Ausspruch der Großmutter zufolge, ihrem Vater nachgeschlagen war, und nie hatten Tante Colette oder Tante Clémence sie für genauso hübsch gehalten wie irgendeine Nichte mit fahlen Wangen und stolzer, frecher Stupsnase, die ständig: Ist was? zu sagen schien. In Gegenwart von Tante Colette hätte Fanny es sich nie herausgenommen, eine solche Unverschämtheit auch nur zu murmeln!

Fünfzehntes Kapitel

Man findet sich wieder

Mit entschlossenem Blick stand auf einmal Georges vor Fanny und hielt sich an der Kasse fest. Schon wieder du! rief Fanny, die schon den Satz über ihre Tanten auf den Lippen hatte und Georges jetzt verärgert auf die Finger schlug.

– Welche Auskünfte kannst du mir geben? zischte sie verächtlich.

– Ich bin gekommen, dich abzuholen, sagte Georges ruhig.

Sein vertrautes und entschlossenes Gesicht brachte Fanny auf. Er legte die Stirn genauso in Falten wie Fanny auch! Sie beugte sich vor und versetzte ihm eine Ohrfeige, errötete dann, weil die Direktorin das vielleicht gesehen hatte. Dann ließ sie Georges, der sich nicht von der Stelle gerührt hatte, links liegen und nahm die Bestellung des nächsten Kunden entgegen. Ihre eigene Wange brannte! Wirst du wohl verschwinden? murmelte sie, sobald sie konnte. Georges war zwar leicht zurückgetreten, aber er machte keine Anstalten zum Gehen. Vor Scham tat Fanny dann, als sehe sie ihn nicht mehr, denn sie befürchtete, man könnte irgendeine Verbindung zwischen ihnen vermuten.

Am Ausgang packte Georges sie dann am Arm und zog sie auf die Seite. Sie wurde umgänglicher, denn es war jetzt Nacht: niemand hätte sie wiedererkannt oder Georges überhaupt von ihr selbst unterschieden.

– Komm zu uns, meine Mutter und meine Schwestern erwarten uns.

– Aber, mein armer Georges, du wirst mir doch nie etwas über Tante Colette sagen können!

– Doch, doch, darum geht es ja.

Er lächelte selbstsicher und ließ Fanny nicht los. Nicht anders als früher trug er eine hellblaue Nylonjacke, die dicht unter dem Kinn geschlossen war und seine schmale Taille eng umschnürte, eine weite, knielange Kordhose und Stiefel mit schmal zulaufenden, nach oben gebogenen Spitzen wie Eugène. Fanny zögerte, seufzte und folgte ihm dann, fest umfangen von Georges' Arm, den er um ihre Schultern gelegt hatte.

Sechzehntes Kapitel
Die lieben Verwandten?

Am äußersten Ende des Viertels wohnte Georges in einem großen waagerechten Block, der in jedem Stock von engen und so langen Galerien unterteilt war, daß man sich vom einen Ende zum andern kaum sehen konnte. Die Kinder hatten in diesen dunklen Gängen, in denen vom frühen Morgen an elektrisches Licht brannte, ihre Spielplätze eingerichtet, denn draußen konnten sie nicht spielen: Vor dem Haus befand sich ein weitläufiger Parkplatz, auf dem ständig Hunderte von Autos abgestellt waren, und dahinter war der Autobahnring. Georges geleitete Fanny bis in die fünfte Galerie. Trotz der späten Stunde lungerten dort noch ein paar Bengel herum, die sich ihnen großspurig und breitbeinig in den Weg stellten, mit den Augen blinzelten und Fanny arrogant musterten, heimtükkisch und unbeschäftigt.

Die vier kleinen Schwestern von Georges, die sich ganz schön verändert hatten, seitdem Fanny sie das letzte Mal gesehen hatte, fielen ihr um den Hals. Georges' Mutter umarmte sie gerührt. Guten Abend, mein Kind, sagte sie, und redete Fanny dann mit ihrem richtigen Vornamen an. Fanny schwieg. Georges zeigte ihr begeistert die Veränderungen in der Wohnung. Er war ungezwungen und fröhlich, als hätte man sich erst am Vorabend das letzte Mal gesehen. Georges' Mutter umsorgte Fanny äußerst liebevoll. Sobald Fanny auch nur einen Schritt machte, folgte sie ihr auf dem Fuß, um ihr jeden Wunsch sofort zu erfüllen. um ihr näher zu sein, hockte sie sich auf die Lehne des Sessels, in den sie Fanny gesetzt hatte, den besten im ganzen Wohnzimmer, und von Zeit zu Zeit strich sie ihr ganz leicht über den Kopf. Sie erkundigte sich liebevoll nach Fannys Eltern. Ihr war nichts entfallen von deren Lebensumständen, und sie war besonders begierig darauf, Neues über den Vater zu hören, obwohl sie ihm nie begegnet war. Die vier Schwestern vor dem Fenster neigten Fanny ihre reizenden Gesichter zu, und es war, als seien diese richtig schwer davon geworden, daß sie ihr bei jeder Gelegenheit zulächelten. Fanny aß zu Abend. Ihr zu Ehren blieb man auf.

– Und Tante Colette? flüsterte sie Georges ins Ohr, als die Mutter gerade in der Küche war.

– Ja, ja, später, sagte er und verzog ein wenig das Gesicht.

Trotz ihres Widerwillens schlief Fanny in Georges' Zimmer. Er war einverstanden, ihr sein Bett zu überlassen, und legte sich selbst neben seine Mutter, nicht ohne Fanny zuvor ein paar Küsse abverlangt zu haben, die sie anekelten. Wie stolz war sie einst gewesen, von einem der schönsten Jungen des Viertels geküßt zu werden, denn Georges zählte zu den begehrtesten! Ihr Widerwillen war in dem Augenblick zutage getreten, als sie eingesehen hatte, daß sie für die Verwandten eine Fremde war, mit deren Gegenwart man sich lediglich abgefunden hatte, und als sie dann beschlossen hatte, sich auf die Suche nach Tante Léda zu machen. Sie hatte Georges nichts davon gesagt: er hätte versucht, sie zurückzuhalten, nicht weil er sie liebte, obwohl das immerhin anzunehmen war, auch wenn es Fanny ziemlich egal war, sondern weil er vielleicht befürchtet hätte, daß sie sich Zutritt zu einer Welt verschaffte, wo er selbst trotz seines blendenden Aussehens schlechter abgeschnitten hätte. Was aber bedeutete Georges für Fanny im Vergleich zu Eugène, der nicht allein Tante Colettes Sohn war, sondern auch eines Tages in dem Haus der Großmutter wohnen würde?

Allerdings hatte Fanny schon seit langem nicht mehr so gut geschlafen. Jeden Abend wartete Georges am Ausgang des Restaurants auf sie, und sie ging folgsam mit ihm zu seiner Mutter, wo sie zu Abend aß und freundschaftlich verwöhnt und umsorgt wurde. Die vier Mädchen drängten sich um sie. Fanny umarmte und liebkoste sie gern, so glatt und hübsch waren sie. Zu Fannys großer Besorgnis schob Georges den Augenblick aber immer weiter hinaus, in dem er ihr offenbaren würde, was er über Tante Colette wußte. Georges verlangte immer längere Küsse!

Als Fanny eines Abends von den Dörfern sprach und von der Großmutter, schenkte Georges' Mutter ihr nicht die gleiche ungeteilte Aufmerksamkeit wie sonst, sondern sie beschränkte sich in ihren Antworten auf ein paar höflich zustimmende Gebärden, stellte ihr keine Fragen, unterbrach sie schon bald, ohne es zu merken, und fragte sie, ob Fanny in der letzten Zeit ihren Vater gesehen habe und ob es ihm gutgehe. Und wenn er im Sterben läge! sagte Fanny ungeduldig. Mir liegt allein daran, daß die Großmutter durchkommt. Georges' Mutter nahm schweigend Anstoß an dem, was Fanny da gesagt hatte. Sie kniff die Lippen ein wenig zusammen. Ihrer Ansicht nach beging Fanny einen offensichtlichen Verrat. Aber was konnte Fanny denn schon verraten? Georges' Mutter nahm sie bei den Schultern und drückte sie an ihren Busen.

– Ach hör doch jetzt auf von diesen Leuten, sagte sie streng.

– Ich habe sonst keine Familie! empörte sich Fanny.

– Du hast uns, sagte Georges' Mutter.

Die vier Schwestern stürzten sich auf Fanny, klammerten sich an ihren Kleidern fest, hängten sich an ihren Hals, eine von ihnen schlang ihre Beine um Fannys Beine, und während sie ihre kleine, gewölbte Stirn an Fannys Wangen rieben, riefen sie fröhlich:

– Du hast doch uns, du hast doch uns, du hast doch uns!

– Meine richtigen Verwandten wohnen dort auf den Dörfern, beharrte Fanny, die wegen der stürmischen Zärtlichkeit der Gören fast keine Luft mehr bekam.

– Ja schon, sagte Georges' Mutter und nahm einen abwesenden Gesichtsausdruck an.

– Ich weiß, was deine richtige Verwandtschaft von dir hält, sagte Georges dann und lächelte pfiffig, deine Tante hat mich nämlich besucht.

– Tante Colette war bei dir? rief Fanny.

– Oh, deswegen ist sie ja gekommen.

Fanny befreite sich etwas schroff aus der Umarmung der Mädchen und faßte Georges an den Ohren, wie sie es früher aus Scherz oft getan hatte. Sie schüttelte ihn und drückte seine Nase ganz fest an ihre.

– Und was hat sie gesagt? herrschte sie ihn mit entstellter Stimme an.

– Sie will, daß du mich heiratest, wie geplant, und daß du aufhörst, ihrem Sohn nachzulaufen.

– Aber Eugène ist mein Cousin! wimmerte Fanny.

– Du sagst es, meinte Georges kühl.

Vierter Teil
Tante Colettes Anschuldigungen

Auf dem großen, in dieser Jahreszeit verlassen daliegenden See, umgeben von blau verglasten Hochhäusern und ehrwürdigen alten Villen, fuhren Tante Colette und Fanny bei schwachem Sonnenschein in einem Ruderboot. Tante Colette hatte die Ruder ergriffen. Mit kräftigen Schlägen steuerte sie den müden und ein wenig lecken Kahn von der Baracke weg, wo man die Boote mietete. Sie hatte ihren Pelzmantel hochgeschlagen und ihre Füße in den schweren Halbstiefeln so breit auf das Querbrett gestellt, daß Fanny keinen Platz mehr hatte und ihre Schuhe in der Pfütze standen. Fanny zitterte vor Kälte, aber es war ihr im Augenblick ganz egal, ob sie krank wurde, selbst dem Tod hätte sie lachend ins Auge geblickt. In ihrem dikken Pelz, dessen Haare stellenweise zu einer Art Fladen zusammengepappt waren, wurde es Tante Colette schnell warm, und sie übergab Fanny die Ruder. Als sie in der Mitte des Sees angekommen waren, befahl sie ihr anzuhalten. Sie waren allein, der See war wie leergefegt, im Winter brachte man die Schwäne und Enten an einen geschützten Ort. Kein Gesicht zeigte sich in den Fenstern der Gebäude am Seeufer. Die neumodischen Glasfassaden spiegelten und entzogen die Büroangestellten dem Blick, obwohl man wußte, daß sie dort waren und durch die Gänge hasteten, in den Aufzügen hinauf- und hinunterfuhren und hinter der schimmernden Spiegelfassade hin und her liefen; eine entfernte Verwandte, glaubte Tante Colette sich zu erinnern, arbeitete in einem dieser Hochhäuser als Sekretärin. Sie lehnte sich zurück, legte die Arme auf das Dollbord und musterte Fanny mit strengem Blick.

– Ich muß dir die Gründe darlegen, begann Tante Colette, die mich zu einer bestimmten Entscheidung im Hinblick auf dich veranlaßt haben, einer Entscheidung, die ich dir dann am Ende mitteilen werde. Nein, nein, frage mich jetzt nicht, was es ist: Du mußt erst verstehen, worin dein Verschulden besteht, und dann wirst du das, was ich beschlossen habe, nur recht und billig finden. Wenn dies nicht der Fall sein sollte, hast du mich falsch verstanden. Aber dieser Entschluß ist unumstößlich. Ich versuche ihn dir gegenüber lediglich zu rechtfertigen, damit du dich hinterher nicht beklagst und etwa behauptest, man hätte dich schikaniert, um dir, kurz gesagt, den Mund zu stopfen. Es gibt auch nichts zu diskutieren.

Die Notwendigkeit, über endgültige Maßnahmen dich betreffend nachzudenken, ist mir durch den Umstand zur Gewißheit geworden, daß du in unserer Verwandtschaft Unfrieden stiftest, und wie du weißt, braucht sich das keine Familie bieten zu lassen. Aus dem folgenden Grund sind wir deshalb der Ansicht, daß wir für dein schlechtes Benehmen keine Verantwortung tragen: von Anfang an haben wir dich ganz selbstverständlich, da du ja die Tochter meiner Schwester bist, als eine von uns betrachtet, als ein vollwertiges Familienmitglied, nicht etwa weil wir an dir etwas Abweichendes bemerkt hätten und doch übereingekommen wären, darüber hinwegzusehen, sondern ganz einfach, weil uns nichts aufgefallen war, was dich von uns unterschieden hätte. Für uns alle warst du die Tochter deiner Mutter und außerdem ein recht reizendes Kind, jedenfalls warst du in nichts anders als deine Cousinen. Auf dem Foto hier ist das deutlich zu sehen.

Tante Colette zeigte Fanny eine Aufnahme, auf der sie mit anderen Mädchen zu sehen war, am Rand eines Brunnens, gekleidet wie diese und – wie Tante Colette gerade gesagt hatte – ihnen so ähnlich, daß man sie für deren Schwester hätte halten können. Freilich war das Bild unscharf, und bestimmt hätte jedes beliebige Mädchen, so gekleidet und frisiert, nicht anders ausgesehen.

– Wahrhaftig, ich war damals kaum anders als sie! rief Fanny entzückt.

Zu spät zur Freude, sagte Tante Colette und steckte das Foto weg. Aber du hast mich verstanden: wir hatten nicht den geringsten Grund, dich als eine Fremde zu betrachten; nichts wies uns nämlich darauf hin, daß du es sein könntest. Ob wir nur nicht gemerkt haben, wie die Dinge eigentlich lagen, oder ob du wirklich damals nichts Besonderes an dir hattest, tut nichts zur Sache. Auch heute noch kann ich das nicht entscheiden, obwohl ich zu der ersten Annahme neige. Wir haben dich geliebt und bei uns aufgenommen, wie es unsere Pflicht war. Eigenartigerweise hast du aber, je älter du wurdest, ein immer lebhafteres Bewußtsein von deiner Besonderheit entwickelt, die wir gar nicht sahen, und du hast uns – gegen unseren Willen – gezwungen, sie ebenfalls wahrzunehmen. Du hast uns auf die verschiedenste Weise genötigt, dich von den anderen auszunehmen! Während wir noch gar nichts anderes wollten, als dich weiter unvoreingenommen zu behandeln, während es uns, besser gesagt, gar nicht eingefallen wäre, uns anders zu verhalten, weil wir überhaupt keinen Grund dazu hatten! Es ist mir schleierhaft, was dich zum ersten Mal dazu gebracht hat, dich dessen zu schämen, was du warst – oder sollte ich nicht besser sagen, dessen, was du zu sein glaubtest, was du von dir zu glauben anfingst? Denn wer warst du damals wirklich? Wer erinnert sich überhaupt noch daran? Nicht einmal deine Mutter wüßte es genau zu sagen! Du hast uns durch eine übertriebene Demut bestürzt und verlegen gemacht. Du hast es so eingerichtet, daß man dich auf den Fotos nur halb sah. Du wolltest als letzte bedient werden und schienst dich immer für die Mühe entschuldigen zu wollen, die du uns machtest, dafür, daß du uns unter die Augen tratest, von mir meine Nichte genannt wurdest, kurzum für deine ganz selbstverständliche Gegenwart im Schoß der Familie, der gegenüber du insgeheim den Wunsch zu hegen schienst, daß sie dich ausschließen möge, obwohl du zugleich Angst hattest vor einer solchen Möglichkeit, aber damals hättest du das ganz einfach gerecht gefunden. Dieses Verhalten fiel uns dann zur Last. Wir wußten nicht mehr, was wir davon denken sollten: was uns früher entgangen war, fiel uns nun auf, weil du unbedingt darauf bestandest, daß wir es spürten. Und wie hätte man es verhindern sollen, daß dein Gefühl von deiner eigenen Schande uns allmählich überzeugte? Wir sind dir gegenüber gezwungener geworden. Hat sie etwa recht, ist sie wirklich anders? mußten wir uns fragen, und wir wurden von deinem Verhalten sofort bestätigt. Vielleicht haben wir einen ersten Anflug von Verachtung, zu der du uns durch deine permanenten Selbstherabsetzungen ermächtigt hattest, sogar nur durch eine bestimmte lächerliche Art verspürt, die du hattest, wenn wir dich umarmen wollten, zu unserem Besten erst nach langem Widerstreben nachzugeben, als wärst du entsetzt über die Gefahr, die wir liefen, unsere Lippen auf deine Haut zu drücken. Und so hast du dann schließlich unser Urteil verzerrt: Wenn wir an dich denken, haben wir uns daran gewöhnt, dich vor allen Dingen für jemanden zu halten, der uns fremd ist und, wie ich gestehen muß, keine große Achtung verdient. Schau dir nur dieses Bild an!

Auf dem Foto, das Tante Colette ihr hinhielt, senkte Fanny mit einem ratlosen und ungehörigen Gesichtsausdruck den Kopf. Sie trug magere Zöpfchen und stand weit hinter Eugène und seinen drei Cousinen mit ihren langen und glatten Haaren. Nie hätte man geglaubt, daß sie mit den anderen Kindern verwandt war oder am gleichen Ort groß geworden sein könnte. Fanny seufzte, ohne etwas zu sagen, und Tante Colette fuhr fort:

– Und dann, als du uns endlich so weit gebracht hattest,

dich in unseren Gedanken ins Abseits zu drängen und zu mißachten, da hat der Stolz dich gepackt, da wolltest du auf einmal die mißtrauische Herablassung nicht mehr hinnehmen, mit der wir das Wort an dich richteten. Nachdem du alles getan hattest, um dir unsere Zuneigung zu verscherzen, nahmst du es uns übel, daß wir dich nicht mehr so selbstverständlich liebten wie früher und von nun an in dir einen Eindringling sahen, was du ja unweigerlich geworden bist. Schweigend klagtest du uns an, wir hätten dich fallengelassen! Du hast versucht, die Großmutter auf deine Seite zu ziehen, weil sie schwächer und nachgiebiger war. Durch tausend Liebkosungen und Schmeicheleien wolltest du ihr Liebling werden. Gleichzeitig hast du dich bemüht, uns nachzuahmen, um wieder in die Familie aufgenommen zu werden, und du wolltest, daß wir jenes Etwas vergaßen, das dich gegen deinen Willen von uns unterschied. Eine pure Illusion! Meine arme Nichte, wie jämmerlich hast du uns nachgeäfft! Du hast von deiner ältesten Cousine den Tonfall angenommen und von der anderen die Art, sich an der Nase zu kratzen. Du hast geflucht wie dein Onkel. Du wolltest die abgelegten Kleider von Eugène tragen, in denen du furchtbar albern aussahst. Und obendrein warst du auch noch empfindlich und stolz! Und wen hast du damit hinters Licht führen können? Die Großmutter vielleicht, der du das im übrigen hättest ersparen können. Aber diese Entgleisungen haben die übrige Verwandtschaft noch mehr gestört als deine übertriebene Bescheidenheit. Wir sahen nur noch das, was dich von uns trennte. Und wenn wir dich manchmal an unserem Tisch sahen, fragten wir uns verdutzt, was du denn bei uns verloren hattest, bis es uns dann wieder einfiel, daß du ja die Tochter meiner Schwester warst. Das war zwar nicht zu leugnen, kam uns aber doch immer mysteriöser vor. Du Unglücksrabe warst eine Anomalie gewesen, und du bist zu einer Schuld geworden, deren Schande irgendwie auf uns alle zurückfiel. Weißt du, daß wir, sooft wir konnten, deine

Existenz verheimlicht haben? Du gingst zwar mit der Großmutter im Dorf spazieren, aber weißt du überhaupt, wie sie ihre Bezeihung zu dir darstellte? O nein, ich sage es dir nicht. Bin ich etwa grausam? Ich will dir nur die Augen öffnen. Deshalb lasse ich das auf sich beruhen.

– Ich habe vor nichts größere Achtung als vor der Familie, murmelte Fanny automatisch, ihre Hände in Kniehöhe über den Rudern verkrampft.

– Das ist aber nicht genug! Für dich wird das nie genügen, rief Tante Colette, die die Geduld verlor. Sieh nur, was aus dir geworden ist, schau, wie du genau das hast groß werden lassen, was dich von der Familie entfernte!

Ein weiteres Foto zeigte Fanny im vollen Glanz ihrer Besonderheit, als junges Mädchen neben ihrer zerbrechlichen und blassen Cousine, die sie mit ihrem hohen Wuchs, den frischen Farben ihres Gesichts, der Originalität ihrer Züge in den Schatten stellte. Tante Colette ereiferte sich und brachte den Kahn zum Schaukeln.

– Du wirst nun, glaube ich, einsehen, daß wir als Gegenleistung für das, was man doch wohl unsere Aufopferung nennen muß, doch, doch, denn wir haben dich bei uns geduldet, wir haben dich immer höflich empfangen – ach, willst du das jetzt abstreiten? –, daß wir als Belohnung für diese Bemühungen von dir wenigstens ein gewisses bescheidenes Zurücktreten erwartet hätten, eine gewisse Diskretion, ja ich möchte fast sagen: ein vollkommen unscheinbares Wesen, damit wir dich zumindest ein wenig vergessen konnten. Diese Art von Vollkommenheit hätte so manche Fehler wieder gutgemacht. Wer weiß? Vielleicht wären wir dir dafür sogar dankbar gewesen. Welchen anderen Ehrgeiz hättest du denn haben sollen? Aber deine blinde Arroganz hat dich zu jeder nur denkbaren Maßlosigkeit verleitet. Du hast meinen Eugène mit deinen schulischen Ergebnissen an die Wand gedrückt, anders kann man das nicht ausdrücken. Und was hattest du davon? Hat es dir die Wertschätzung der Verwandtschaft eingetragen?

Wir verlangen das genaue Gegenteil von dir! Anstatt deinen Cousin vorpreschen zu lassen, hast du ihn mit Erfolgen lächerlich gemacht, bei denen er nicht mithalten konnte und die uns nur noch mehr verbittert haben. Man fand dich hübsch. Aber deinen Cousinen hat kaum jemand Komplimente gemacht. O ja, wahrscheinlich sagte man von dir, daß du eine »pikante Schönheit« seist. Die wahre Schönheit deiner Cousinen stach weniger ins Auge. War es an dir, die hübscheste zu sein? Für uns war in deinem Gesicht nichts, was wir hätten verstehen oder schätzen können. Du siehst uns kaum ähnlich, das war das einzige, was wir sicher wußten. Du hast angefangen, Eugène nachzustellen und ihn in die Ecken zu ziehen. Du hast dich auf ihn geworfen und ihn abgeküßt. Und wehe, er hätte sich dir entziehen wollen, ach geh, ich hab' euch doch gesehen. Ansprüche auf meinen Eugène! Dich an unsere Tafel zu laden ist eins, aber dir unseren Sohn zu geben, war das nicht unvorstellbar? Jedenfalls kannst du dich rühmen, mir ganz schönen Kummer gemacht zu haben!

– Davon wußte ich nichts, wagte Fanny einzuwerfen.

– Das tut nichts zur Sache. Meine Gesundheit ist von den Sorgen, die du mir bereitet hast, nicht besser geworden. Wie habe ich darum gebangt, du könntest meinen Eugène so weit bringen, daß er alles, was ihm seine Liebe zu mir und sein Respekt vor der Familie gebieten, über den Haufen wirft! Kurz darauf hast du uns einen jungen Mann aus deinem Bekanntenkreis vorgestellt, Georges, der dir erstaunlich ähnlich sah und ganz offensichtlich für dich wie geschaffen war, ein netter Junge außerdem. Aber wie sehr hast du ihn verachtet, nachdem du dich für ihn entschieden hattest. Du schämtest dich seiner, wie wir im Dorf uns deiner schämten, doch war diese Verlegenheit deinerseits durch nichts als deine unbegründete Anmaßung gerechtfertigt: du hattest den Eindruck, daß die Anwesenheit von Georges für deine Familienzugehörigkeit kein gutes Zeugnis ablegte, und du hast dir ja eingebildet, daß du sie ständig beweisen mußtest. Was kümmerte dich unser Wunsch, daß du bei Georges bleiben mögest, denn da war dein Platz. Warum soll man vermengen, was nicht zusammengehört? Nicht etwa, daß Georges dir deiner unwürdig schien, aber in deinen Augen schadete er dir, während dein Vetter Eugène dir nützen konnte.

– Wie soll ich auf Eugène verzichten? keuchte Fanny mit jäh aufflammender Kühnheit. Tante Colette beugte sich plötzlich nach vorne, ein paar Haarsträhnen, die ihrem Knoten entronnen waren, standen steil von ihrem Schädel ab, und sie überließ sich ganz ihrer wieder aufflackernden Wut:

– Unverschämte Göre! Wer bist du denn eigentlich? Was bist du denn heute? Wie soll man eindeutig definieren, was du bist? Bist du denn überhaupt irgend etwas? Bist du jemand, von dem man wenigstens genau angeben kann: Sie ist so und so, aus dieser Gegend, sie hat diese ganz bestimmte Herkunft? Muß man nicht annehmen, daß es gar nicht zu sagen ist, was du bist? Du willst also meinen Eugène? Aber du weißt genau: ich habe dich am Geburtstag nicht einmal wiedererkannt, und ich habe dir den ersten besten Vornamen gegeben, der mir einfiel und den ich am Vorabend in einem jämmerlichen kleinen Schundroman gelesen hatte. So ist das, und vielleicht bist du auch nichts weiter, vielleicht bist du auch nicht wirklicher als die Nebenfigur Fanny in diesem dämlichen Buch, das ich übrigens nicht zu Ende gelesen habe und das wohl noch unter meinem Bett liegt, zwischen den Staubflocken und den Zeitschriften deines Onkels! Wie hast du früher geheißen? Ich erinnere mich nicht einmal mehr daran. Hattest du einen Namen? Siehst du, nicht einmal davon bin ich überzeugt.

– Ich habe ihn ebenfalls vergessen, sagte Fanny schnell, um Tante Colette zu gefallen.

– Mein armes Mädchen!

Die erbitterte Tante Colette schien nicht mehr zu wissen,

wo sie hinblicken sollte. Mit einer Handbewegung befahl sie Fanny, die Ruder wieder aufzunehmen.

– Du hast noch einen letzten Fehler begangen, den ich für unverzeihlich halte, fuhr sie ruhig fort, als du es dir nämlich in den Kopf gesetzt hast, meine Schwester Léda zu suchen. Was daran schlecht war? Oh, eigentlich ist das nur deshalb etwas Schlimmes, weil du es tust, so ist das nun mal. Daran kannst du nichts ändern, meine Liebe, so ist das Leben. Alles, was du unternimmst, wird dem strengsten Urteil unterzogen. Du hättest in den Grenzen einer unzugänglichen Neutralität bleiben sollen. Bist du im Dorf zu Hause? Du bist die einzige, die das so sieht. Und als du dann Léda suchen wolltest, hast du deine Mutter der Nachlässigkeit bezichtigt. Damit aber nicht genug. Implizit hast du damit behauptet zu wissen, wer Léda ist, denn du hast ja gehofft, sie an irgendeinem Ort dieser Welt aufzuspüren und sie zu überreden, dich anzuhören. Woher nahmst du aber diese Gewißheit? Wer hatte dir je etwas über Léda gesagt? Antworte bitte auf diese Frage.

– Niemand, murmelte Fanny.

Wußtest du denn überhaupt, ob wir Léda wiedersehen wollten und ob es uns nicht kränken würde, daß du sie zu uns zurückbringen wolltest?

– Nein, aber…

– Wußtest du, ob wir sie in Wirklichkeit nicht die ganze Zeit über jeden Tag gesehen haben?

– Nein.

– Wenn wir unter Lédas Schweigen litten, falls überhaupt von Schweigen die Rede sein konnte, war es deshalb normal, daß die Ehre, sie wieder zu uns zurückzuholen, dir, der Fremden, zukommen sollte?

– Ich weiß es nicht, sagte Fanny.

– War es nicht fehl am Platz, daß du dich selbst zur Vermittlerin zwischen Léda und ihrer Familie aufwerfen wolltest?

– Vielleicht.

– Wenn es sich nämlich herausgestellt hätte, daß Léda unsere Zuneigung gar nicht verdiente, wäre es dann an dir gewesen, dies an die große Glocke zu hängen?

– Das weiß ich nicht.

– Und außerdem, glaubst du denn nicht, daß du dir das Recht, dich mit dieser Frage zu befassen, nur angemaßt hast?

– Léda ist meine Tante und ich dachte, daß …

– Du bist zu selbstsicher, unterbrach Tante Colette sie schroff. Léda ist so lange deine Tante, wie uns das behagt, und du warst meine Nichte, bevor ich es anders beschlossen habe. Das ist es, worauf ich hinaus wollte: Wir verbieten dir, Fanny, unserer Familie noch einmal unter die Augen zu treten, und wir haben zu unserem eigenen Schutz beschlossen, daß du ihr nicht mehr angehörst.

Fanny ließ eine Art Glucksen vernehmen. Sie wagte nicht, im Rudern innezuhalten, und konnte ihre Tränen nicht abwischen, die ihr aufs Kinn tropften, ihre Nase anschwellen ließen und Tante Colette, die ihren Blick auf das Ufer richtete, ein wenig ärgerten.

Der Roman, sagte sie dann, hieß übrigens: *Die Geliebten ohne Vaterland*.

Als Fanny und Tante Colette den Kahn zurückgegeben hatten, nachdem sie einmal den ganzen See umrundet und eine Weile auf einer in der Mitte angelegten Insel gerastet hatten, ging Tante Colette, die mit der Spazierfahrt zufrieden war, mit Fanny in ein in der Nähe gelegenes Gasthaus, wo ein paar Kinder in Begleitung ihrer Eltern Kakao tranken. Sie spendierte ihr auch einen Kakao und, großzügiger noch, eine Sahnetorte. Als Fanny so neben ihrer Tante am Fenster saß, genoß sie diesen Moment. Es verwunderte sie, denn vor kurzem hatte sie sich noch ins Wasser stürzen wollen.

Fünfter Teil

Erstes Kapitel
Wieder im Dorf

Als Fanny im Dorf der Großmutter ankam, mit einem neuen Koffer, in dem sie all ihre Siebensachen verstaut hatte, war der Kresse-Markt, eine alljährliche Jahrmarktsveranstaltung, in vollem Gang. Riesengestalten aus Pappmaché stapften schwerfällig durch die Straßen, brachten die Leute zum Lachen oder jagten den aufgedrehten Kindern Angst ein, kündigten mit tiefer Stimme das Veranstaltungsprogramm an oder brachten ein paar Werbesprüche für den Supermarkt zu Gehör, der endlich ganz in der Nähe seine Tore öffnen sollte. Vor der Kirche war ein Bassin zum Forellenangeln aufgebaut, und auf dem Dorfplatz befanden sich ein Autoskooter und ein Schießstand. Auf den angespannten Gesichtern der Männer, die einen Schuß wagten – bis sie dann endlich abfeuerten, zielten sie so lange, daß sie die Geduld des Zuschauers arg strapazierten, den ein solches Zeremoniell allerdings von ihrem Schießtalent überzeugt hatte –, erkannte Fanny nicht ohne Rührung den virilen Ausdruck von Ernst und gleichzeitiger Kaltblütigkeit wieder oder aber von Gelassenheit und Mißmut, wenn sie dann die Mitte der Zielscheibe verfehlt hatten und der erbärmlichen Qualität der Waffe die Schuld gaben; einen Ausdruck, den sie an den Männern dieser Gegend kannte, egal wer sie waren, und den sie, kaum verändert dadurch, daß weniger auf dem Spiel stand, auf den erhitzten Gesichtern der jungen Burschen wiederfand, die, halb stehend, mit lockerer Hand ihre Boxautos chauffierten und auf der Fahrbahn ihre Kreise drehten, als seien sie lediglich daran interessiert, die Zeit totzuschlagen, jedoch in Wahrheit einen Heidenspaß daran hatten, mit voller Wucht das Auto eines Mädchens zu rammen, das sie zum Lachen zu bringen und zu beeindrucken suchten. Die Mädchen mit gebleichtem und leicht onduliertem Haar eilten in ihren Stöckelabsätzen trippelnd auf die Autos zu, ohne die Hände aus den Taschen ihrer Jacken zu nehmen. Wenn ein Junge sie begleitete, unterwarfen sie sich seinem männlichen Willen, das Steuer zu übernehmen, und ließen sich durchschütteln und kreischten ein wenig, um ihm zu schmeicheln; denn er setzte dann seine ganze Ehre darein, sich im Kampf hervorzutun. Andere, rosa geschminkte Mädchen warteten am Rand und kauten Kaugummi. Von der Musik wie benommen, genossen sie den Augenblick und schienen für immer dort bleiben zu wollen, manche machten es sich bequem und zogen die Schuhe aus.

Fanny drängte sich durch die träge und satte Menge hindurch. Hier und da erkannte sie ein paar Gesichter wieder, die sich ihr gleichgültig oder mit einer Art stumpfer, erinnerungsloser Neugier zuwandten. Wieso kennen sie mich nicht, ich weiß doch auch noch, wer sie sind? dachte Fanny verblüfft; und es ist noch gar nicht so lange her, daß sie mich gesehen haben! Da ließ ein Gedanke sie vor Angst erstarren: die Großmutter war in der Zwischenzeit bestimmt gestorben. Sie bog zum Friedhof hin ab und rannte schon fast. Dieser Teil des Dorfes war menschenleer, und Fanny hörte, genau wie früher, immer bei warmem, sonnigem Wetter, in der Schwüle des beginnenden Nachmittags, vom Hof der Großmutter aus das geheimnisvolle Gurren der Turteltauben, die sie nie zu Gesicht bekam. Dieses vertraute Geräusch entmutigte sie. Es konnte ja gar kein Zweifel daran bestehen, daß die Großmutter gestorben war und daß Fanny dadurch mit einem Mal nicht mehr ins Dorf gehörte. Da sie nun wußte, was sie erwartete, hielt Fanny jäh in ihrem Lauf inne und machte kehrt. Sie ging zum Haus der Großmutter. Die Gittertür ließ sich nicht öffnen. Sie klingelte. Kein Hund bellte. Da stand auf einmal Tante Colette am anderen Ende des Hofes auf der Schwelle, die Arme vor ihrer Schürze mit dem Blumenmuster verschränkt.

– Und, was gibt es! rief sie.

– Ich bin es, Fanny.

– Sieh an! Aber jetzt ist Eugène hier zu Hause, sagte Tante Colette stolz.

– Ich möchte gern hereinkommen, sagte Fanny.

– Wir legen keinen Wert darauf.

Tante Colette ging wieder hinein und warf die Tür zu. Fanny sah in einem Winkel eine schöne und ganz neue Hundehütte; ihr kleines, steiles Dach täuschte einen Ziegelbelag vor und war mit falschem Lorbeer geschmückt. Da sie den Hund nicht sah, nahm sie an, daß er sich im Haus befand, eine Gunst, die die Großmutter ihren eigenen Tieren nie gewährt hatte. Eugène hat die Stellung genommen, murmelte Fanny. Ist es schon zu spät? War er etwa schon verheiratet? Als sie die Fenster nach irgendeinem Anhaltspunkt absuchte und sich auf dem engen Bürgersteig auf die Zehenspitzen stellte, sauste ein Radfahrer an ihr vorbei und hätte sie fast umgeworfen, dann fuhren schwitzend und konzentriert Dutzende von weiteren Radfahrern vorüber, und Fanny war im Nu von der Menge umringt, die von den Buden herübergelaufen kam, um wie jedes Jahr dem Endspurt und dann der Siegerehrung beizuwohnen, wo der Gewinner aus der Hand des Bürgermeisters eine gute Flasche Wein und fünf Kilo Zucker entgegennahm und der Champion auch wieder derselbe war, ein Fleischer von Beruf, der mit seinen breiten, muskulösen Schenkeln auf einem im Vergleich dazu dünn, luftig, zerbrechlich, fast ungreifbar wirkenden Rad saß. Herumgestoßen, als sei sie Luft in ihren Augen, versuchte Fanny, sich aus der Gruppe von begeisterten Menschen herauszuarbeiten, die vor dem Gitter jubelten (sie hatten sich kaum verändert und waren Fanny bestens bekannt!). Niemand rief, als er sie sah: Aber das ist doch Fanny! oder irgendeinen anderen Vornamen, den sie ihr hätten geben können. Zwischen zwei Nachbarn der Großmutter eingezwängt, bekam Fanny kaum noch Luft. Einer von ihnen quetschte ihren Arm und merkte es nicht einmal! Monsieur Lagneau, ich bitte Sie! beklagte sich Fanny. Er blickte auf sie herunter, zog die Stirn in Falten und schien sich zu fragen, was sie wohl darstellen mochte. Ungehalten darüber, daß er Platz machen sollte, murmelte er etwas und ging gerade so weit beiseite, daß Fanny mit großer Mühe freikam. Wenn ich die Großmutter begleitet habe, flüsterte Fanny, habt ihr mich ganz anders angeschaut, es schien euch ganz natürlich, daß ich hier im Dorf war. Sie hob ihren Koffer auf, der etliche Tritte abbekommen hatte und auf der einen Seite ganz eingedrückt war. War nicht sogar die Lebensmittelhändlerin, eine leutselige und würdige Dame, bei der die Großmutter immer eingekauft hatte, gerade ohne jeden Grund mit beiden Füßen auf den Koffer gesprungen. Dabei zog sie nicht einmal ein besonderes Vergnügen daraus, denn sie schien es gar nicht zu merken? Fanny baute sich vor ihr auf, aber der Blick der Lebensmittelhändlerin glitt passiv und höflich an ihrer Stirn und ihren Wangen ab. Die liebenswürdige Geschäftsfrau, der Fannys Gesicht nichts sagte, obwohl sie sie letztes Jahr noch begrüßt hatte, war zu gut erzogen, um eine aufdringliche Neugier zu bekunden; sie zog es vor, sie nicht zu sehen. Nicht einmal die paar entschuldigenden Worte nahm sie zur Kenntnis, die Fanny an sie richtete, weil sie ihr die Sicht verstellt hatte.

Im Fenster des ersten Stocks tauchten dann Tante Colette, Eugène und Onkel Georges auf. Ihre drei Gesichter dicht aneinandergedrängt, blickten sie nach dem Podium hinüber, wo die Preise verteilt wurden. Eugène! rief Fanny fröhlich. Überrascht warf er ihr einen Blick zu und lächelte kurz, was Fanny zu Herzen ging und sie mit Freude erfüllte. Tante Colette aber rief mit barscher Stimme: Bist du immer noch da? Unglaublich! Willst du wohl abhauen? Fanny tat so, als hätte sie nicht verstanden. Sie kehrte dem Haus den Rücken zu und schaute aufmerksam nach dem Podium. Da zerplatzte eine faule Pflaume auf ihrem Hals und eine zweite in ihrem Haar. Pss, pss, machte Tante Colette, als wolle sie ein ekliges Tier verjagen, und bombardierte Fanny weiter mit alten Pflaumen. Eugène lachte so laut, daß er den Schluckauf bekam. Onkel Georges lächelte nachsichtig und strich seinen Schnurrbart glatt – sein Blick begegnete dem von Fanny ohne jede Spur von Verlegenheit. Auch die Schaulustigen ringsumher amüsierten sich köstlich. Man zweifelte nicht daran, daß Tante Colette sich diesen Spaß nicht mit jemandem erlaubt hätte, der es nicht verdiente. Man rückte von Fanny ab, die nach rechts und links hüpfte, um den Pflaumenwürfen auszuweichen, aber die geschickte Tante Colette verfehlte sie selten, und an Fannys Gesicht rann bereits der süßliche Saft herunter. Monsieur Lagneau lachte noch lauter als alle anderen. Jetzt schien es ihm endlich aufzugehen, was Fanny war und welcher Gebrauch sich von ihr machen ließ. Hatte Monsieur Lagneau ihr nicht einst einen Bogen und einen Köcher für die Pfeile gebastelt, war er nicht froh gewesen, ihr diese Freude zu machen und die Großmutter, seine Nachbarin, zu Dank zu verpflichten?

Monsieur Lagneau, ich bin Fanny! sagte sie keuchend, als ein Satz sie in seiner Nähe geführt hatte.

– Ich kenne keine Fanny! Er lachte schallend und hielt das für einen Scherz.

Endlich wurde Tante Colette des Spieles müde, oder sie hatte keine Pflaumen mehr, und leicht vornübergeneigt schlüpfte Fanny in eine kleine, menschenleere Straße. Den Koffer, dessen Griff abgegangen war, hatte sie unter den Arm geklemmt. Sie blieb schon bald stehen, um sich das Gesicht und die nackten Arme abzuwischen. Auf ihre klebrige Haut stürzten sich bereits die Fliegen, die im Sommer noch zahlreich waren, obwohl es schon seit langem im Dorf kein Vieh mehr gab. Ich sollte dieses Haus also nicht wieder betreten können? dachte Fanny. Es wird mir jetzt, wo die Großmutter tot ist, verschlossen bleiben, als wäre meine Verwandtschaft mit einem jeden hier null und nichtig geworden? Und was ist mit Mama?

Just in dem Augenblick, als Fanny den Blick hob, sah sie, wie ihre Mutter in der Hauptstraße am Ende des Gäßchens vorüberging, hastig wie immer, in einem frischen weißen Kleid, dessen Muster aus großen Blumensträußen bestand. Sie hatte ihren Koffer mit dem Schottenmuster dabei. Fanny lief ihr ungelenk hinterher, und als sie auf der Hauptstraße angekommen war, sah sie, wie die Mutter das Haus der Großmutter betrat. Sie wagte es nicht, ihr nachzurufen, aus Angst, Tante Colette könne sich zeigen. Daß sie in das Haus gegangen war, beruhigte Fanny allerdings: da ihre Mutter nun wußte, daß Fanny im Dorf war, mußte sie es doch sicher als ihre Pflicht ansehen, sich zu ihren Gunsten zu verwenden, auch auf die Gefahr hin, es sich mit Schwester und Schwager zu verderben. Es sei denn, sie fand sich doch lieber damit ab, daß Fanny draußen blieb, weil sich dadurch vermeiden ließ, was sie angewidert als »Theater« bezeichnete, oder sie maß dem Hereinkommen von Fanny eine geringere Bedeutung bei als diese selbst und stellte sich vor, ihre Tochter habe es so gewollt, weshalb sie mit Tante Colette kein Wort darüber verlor – oder aber es sagte ihr ganz einfach niemand, daß Fanny da war, was gleichfalls gut möglich war.

Fanny ging in den einzigen Gasthof im Ort, die *Auberge de la Plaine*. Als sie über den Jahrmarkt gegangen war, hatte sie sich daran erinnert, mit welcher Begeisterung Eugène und sie, wenn sie zu dieser Zeit bei der Großmutter in Ferien waren, früher von Stand zu Stand gezogen waren, ganz kribbelig, weil sie nicht alles auf einmal machen konnten. Heute kam ihr der Rummel erbärmlich vor! Recht besehen, hatte das Dorf wirklich nicht den mindesten Reiz.

Im dunklen Vorraum des Gasthofes glaubte Fanny hinter

der Theke eine ihr vertraute Gestalt zu erkennen. Isabelle! rief sie erstaunt. Isabelle deutete ein Lächeln an. Ich bin es, Fanny, deine alte Freundin! Sie umarmten sich, ohne daß Isabelle die geringste Verlegenheit zeigte oder etwa überrascht schien, daß Fanny einen anderen Vornamen hatte. Isabelle und Fanny hatten als Kinder miteinander gespielt. Fanny konnte sich nicht daran erinnern, daß Isabelle das Dorf je verlassen hätte. Sie war jetzt mit dem Sohn der früheren Wirtsleute verheiratet, und ihr Leben spielte sich in diesem kleinen, wenig besuchten Hotel ab, das sie mit ruhiger Hand leitete.

– Ich habe dich bei der Beerdigung deiner Großmutter nicht gesehen, sagte Isabelle mit ungewöhnlich strenger Stimme. Ich dachte schon, du wärst auch gestorben.

– Ich war es! schrie Fanny maßlos beschämt.

Über die Theke weg faßte sie Isabelles zarte, kalte Hände.

Glaub mir, wenn es stimmt, daß ich nicht auf der Beerdigung war (aber bist du dir da ganz sicher?), ja daß ich nicht einmal vom Tod der Großmutter benachrichtigt worden bin, dann muß ich doch einfach für einen Augenblick tot gewesen sein, sonst wäre so etwas doch gar nicht denkbar. Du weißt ja, wie sehr ich die Großmutter geliebt und geachtet habe. Und da hätte ich wegbleiben und ihr in ihren letzten Augenblicken keinen Beistand leisten sollen? Ich sollte nicht hinter ihrem Sarg hergegangen sein? Du kennst mich schon so lange, kannst du dir etwas derartiges vorstellen?

– Gewiß, du hast sehr an ihr gehangen, räumte Isabelle ein.

– Nicht wahr, sagte Fanny und streichelte ihre Hände.

Dann warf das Ausmaß ihrer Vergehen sie nieder. Die Großmutter war in dem Glauben gestorben, daß Fanny sie im Stich gelassen hatte! Aber hatte sie, wo doch auf dem Nachttisch, auf der Kommode kein einziges Foto von Fanny stand, das sie ihr hätte in Erinnerung rufen können, überhaupt ein Bewußtsein von Fannys Existenz bewahrt, hatte sie sie nicht genauso vergessen wie so viele Leute im Dorf oder sie mit ihren Traumgestalten vermengt und dann mit einem Kopfschütteln verscheucht und sich gesagt: So etwas Absurdes! Wenn sie sich aber nicht mit eigenen Augen hatte vergewissern können, daß Fanny tatsächlich existierte, bestand für sie dann überhaupt noch ein Grund, dies weiterhin anzunehmen, wo sie doch von Eugène und ihren zahlreichen Enkeln, die ihr so vollkommen ähnlich sahen, umgeben war? Womöglich hatte Tante Colette sich einen schwachen Moment zunutze gemacht und ihr ins Ohr geflüstert: Fanny ist nur ein Hirngespinst! und in diesem Gedanken war die Großmutter entschlafen. Falls sie nicht das bittere Empfinden gehabt hatte, daß Fanny sie vergessen hatte, so war diese Möglichkeit noch entsetzlicher.

Ich zeige dir dein Zimmer, es kostet hundertfünfzig Franc, sagte Isabelle zu Fanny, die den Blick gesenkt hatte und den Kopf auf die Brust herabhängen ließ. Sie folgte ihrer Freundin über eine dunkle Treppe und dann durch endlose, gewundene Gänge. Sie wunderte sich, daß Isabelle mit ihr so weit ging, wo das Hotel doch leer zu sein schien. Als sie das Zimmer sah, schrie Fanny auf: Aber das sind doch Großmutters Möbel und ihre Steppdecke! Dicht nebeneinandergestellt, füllten die drei großen Schränke der Großmutter zwei ganze Wände aus. Deine Familie hat sie uns überlassen, sagte Isabelle zufrieden. Sie hatten dort keinen Platz mehr dafür. In einem der Schränke hingen noch ein paar alte Kleider, eine Plastikhaube, die die Großmutter aufgesetzt hatte, um im Garten zu arbeiten. Der Saum war ganz steif vor Dreck.

Zweites Kapitel

Eine Jugendfreundin

Fanny besuchte Isabelle in ihren privaten vier Wänden. Sie bewohnte mit ihrem Mann zwei Zimmer im ersten Stock des Hotels. Vor kurzem hatte Isabelle sich den Wunsch erfüllt, die Möbel und die Tapeten zu erneuern und, wie sie sich ausdrückte, den unbequemen alten Plunder ihrer Schwiegereltern hinauszuwerfen. Nur ein Spinnrad hatte sie aufgehoben und in einen Blumenständer verwandelt, und ein altes Wagenrad war, bemalt und lackiert und mit kleinen Lampenschirmen mit baumelnden, bunten Perlenschnüren geschmückt, zu einem imposanten Kronleuchter geworden, genauso breit wie der darunter stehende Tisch, dessen billiges Holz von einer Glasplatte mit scharfen Kanten bedeckt war. Die Samtsessel der Schwiegermutter hatten einem rustikalen Wohnzimmer weichen müssen, das Isabelle und ihr Mann noch nicht abbezahlt hatten. Ihre Genugtuung jedoch, sich auf den dikken, mit Blumen und Arabesken bestickten Stoff des etwas harten Kanapees mit den Dackelbeinen setzen zu können, das sie im Katalog eines Kaufhauses ausgewählt hatten, war ihrer Ansicht nach die paar Unannehmlichkeiten und kleinen Opfer durchaus wert, und auch, daß sie alles in allem doppelt so viel dafür bezahlten, wie es eigentlich wert war, fiel nicht ins Gewicht, wo sie doch zu seiner sofortigen Benutzung berechtigt waren.

Fanny mußte vor allem einen langen Geschirrschrank aus dunklem Holz bewundern, dessen Lack so stark glänzte, daß man den Eindruck hatte, der Schrank sei mit einem sonderbaren Material, einer Art hartem und gewöhnlichem Plastik überzogen. Hinter seinen Türen aus gelblichem, geblasenem Glas, das wie ein Kirchenfenster rechteckig unterteilt war, ahnte man eine komplette Sammlung von Bierseideln, jedes mit einem anderen Wappen.

Stolz und bescheiden ging Isabelle von einem Möbelstück zum anderen und teilte Fanny seine kurze Geschichte mit, den Ort des Kaufs und den Preis, der stets erstaunlich hoch war. Daß sie aber für einen Partytisch aus Rauchglas mit vier Metallbeinen eine beträchtliche Summe hingeblättert hatte, schien für Isabelle den ästhetischen Wert ihres Kaufs zu verbürgen, deshalb glaubte sie, dieses Detail auch Fanny nicht ersparen zu dürfen, die sonst sicher, genau wie sie selbst, bevor sie sich nach dem Preis erkundigt hatte, das, was sie hier vor sich sah, falsch eingeschätzt hätte.

Isabelles ganzer Stolz war eine schöne Einbauküche aus hellem Resopal, einer Pinienholzimitation. Diese Küche führte sie als letztes vor und versuchte dabei, sich besonders ungezwungen zu geben. Sie lief in allen Richtungen hin und her, nur um das Vergnügen auszukosten, auf den kompliziert gemusterten Kacheln ihre Holzpantinen klappern zu hören. Ihre Schürze flatterte, ihre Wangen färbten sich bei der Beschreibung der zahlreichen Erleichterungen, die ihr Leben als Hausfrau nun verschönern würden. Sie hat ein mordsmäßiges Glück, ach, was für ein Glück sie hat, sagte Fanny sich immer wieder, während sie vor einer Tasse Kaffee saß, die Isabelle ihr hingestellt hatte.

Dann schlurfte auf Pantoffeln der Mann herein. Er war zwar dicker geworden, und sein noch junges Gesicht war nun breit und rot, aber Fanny erkannte ihn sofort wieder. Er für sein Teil wagte es nicht, einen bestimmten Namen auszusprechen. Als er sich dann aber wieder erinnerte, entfuhr ihm der Ausdruck, mit dem man Fanny früher im Dorf bezeichnet hatte und auf den sie, weil sie ihn bis dahin noch nie gehört hatte, mit Bestürzung und Betroffenheit reagierte. Etwas verlegen wies Isabelle ihren Mann zurecht. Auch bei Lebzeiten der Großmutter und obwohl man ihr Verwandtschaftsverhältnis zu ihr kannte, hatte man sie also insgeheim mit einer kühlen, vielsagenden und praktischen Vokabel bezeichnet, von der sie selbst nichts wußte! Aber so war es nun einmal, ganz egal, was sie tat und welche Mühe sie sich gab, die anderen zufriedenzustellen! Fanny blickte auf ihre Kaffeetasse herunter. Ihr Gesicht glühte vor Scham. Isabelle ging hin und her und schien Fannys schmerzerfülltes Schweigen dadurch respektieren zu wollen, daß sie eine übertriebene Zurückhaltung an den Tag legte. Nachdem sie jedoch ein Staubtuch in die Hand genommen hatte, mit dem sie behutsam über die glänzenden, sauberen Möbel fuhr, dachte sie nicht weiter daran und begann vor sich hin zu trällern. Die Hände in die Hüften gestützt, hielt sie manchmal inne, um einen kritischen Blick auf ihre Wohnungseinrichtung zu werfen, und mit einem etwas erzürnten Gesicht verschob sie die Sandrose auf dem Fernseher um ein paar Zentimeter oder korrigierte in einem jähen Streben nach Vollkommenheit den Neigungswinkel eines an der Wand befestigten Rehlaufs. Doch war sie auch jetzt nur halb besänftigt, in ihren künstlerischen Ansprüchen nicht voll befriedigt, und ihre Stirn lag noch lange in Falten. Der Mann, der in einem tiefen Sessel saß, war eingeschlafen und wurde plötzlich wieder wach. Ganz überrascht, Fanny zu sehen, murmelte er aus berufsmäßiger Höflichkeit unbestimmte Fragen über die Familie und über Tante Colette, die er kaum kannte. Laß unsere Freundin doch in Ruhe, sagte Isabelle vorsichtig, und Fanny verstand, daß sie ihr dadurch zu Hilfe zu kommen glaubte: sie ersparte ihr Antworten, die Isabelle zufolge nur peinlich sein konnten, nicht anders als Fannys bejammernswerte und unmögliche Situation selbst. Isabelle, die das Herz auf dem rechten Fleck hatte, bedauerte Fanny sicher, und um nichts auf der Welt hätte sie ihr Dasein gegen das ihrige eingetauscht. Pfui Teufel! dachte Fanny mit jähem Abscheu. Aber das Dorf hielt sie in seinem Bann, mitsamt seiner ganzen selbstzufriedenen Beschränktheit. Ach, es wird mich verschlingen, es wird mich vertilgen, dachte Fanny und folgte Isabelles Bewegungen mit einem unaussprechlichen Vergnügen.

Drittes Kapitel

Auf dem Friedhof

Vor Scham und Angst hatte Fanny erst lange gezögert, aber dann beschloß sie doch, einen Strauß kleiner Nelken zu kaufen und ihn auf das Grab der Großmutter zu legen. Sie verließ das Dorf in der Mittagssonne und gelangte zu dem an der frisch asphaltierten Landstraße gelegenen Friedhof. In der Ecke, wo die Großmutter beigesetzt worden war, hockte Onkel Georges mit einer Gießkanne in der Hand. Er schreckte auf, als er Fanny sah. Anstatt sich umzudrehen und sie zu umarmen, begnügte er sich damit, gezwungen guten Tag zu murmeln. Fanny kniete sich neben ihn.

– Ich freue mich, daß ich dich wiedersehe, Onkel, sagte sie heiter.

– Wo Eugène jetzt heiratet, da...

– Er heiratet! rief Fanny. Das Mädchen, das ich bei euch zu Hause gesehen habe?

– Genauso ist es, sagte er in drohendem Tonfall.

– Und sie wohnen dann bei der Großmutter?

– Bei Eugène jetzt, stellte Onkel Georges richtig.

– Könnte ich denn nicht ein letztes Mal durch das Haus gehen? flehte Fanny.

– Wir legen keinen Wert darauf, sagte er entschieden.

Verzweifelt lüftete sie wie aus Versehen ihren Rock und bot dem Blick von Onkel Georges einen guten Teil ihres Schenkels dar, wobei sie ihr Bein sanft gegen seine Hüfte schwingen ließ.

– Es schadet aber doch eigentlich nichts, fuhr Fanny fort, und ihr könntet mich ja überwachen.

– Wir legen keinen Wert darauf, wiederholte Onkel Georges.

Mit ostentativem Widerwillen rückte er von Fanny ab.

– Ich bin nicht gefährlich, murmelte Fanny.

– Aber du weißt dich nicht zu benehmen! platzte Onkel Georges heraus, rot vor Wut. Du setzt dich über die Regeln und Gebräuche hinweg und mißachtest die notwendigen Opfer, die man der Familie zu bringen hat, und die Pflicht zur Selbstverleugnung. Wer bist du denn überhaupt? In den Augen der Familie bist du jetzt gar nichts mehr! Die Großmutter ist tot, und deine Mutter bereut es, dich zur Welt gebracht zu haben, sie erkennt unsere Vorwürfe jetzt an und sieht endlich ihren Fehler ein. Aber du? Was kannst du schon beanspruchen? Verschwinde einfach, da tätest du einmal das, was von dir erwartet wird.

– Das Dorf ist aber doch meine Heimat! protestierte Fanny.

– Was können wir dafür, wenn du dir das einbildest?

Dieser Onkel Georges hier in Chemisette und Monteuranzug unterschied sich sehr von demjenigen, dem Fanny in das Auto gefolgt war, und selbst von dem Onkel Georges, der im Sonntagsanzug am Geburtstag der Großmutter so getan hatte, als erkenne er Fanny nicht wieder. Als er mit dem Gießen fertig war, stand er auf und entfernte sich wortlos.

Fanny bemühte sich, ihre Nelken harmonisch anzuordnen. Ein Geräusch von Stimmen ließ sie den Kopf wenden. Am anderen Ende des kargen und wie ein Gehege so regelmäßigen Friedhofes standen, unbeweglich und als seien sie in der Hitze erstarrt, Tante Colette, Fannys Mutter und zwei Frauen aus dem Dorf, alle vier in feschen Sommerkleidern. Das ihrer Mutter stach durch einen weiten Rock und seine zahllosen weißen Volants ab. Sie plauderten und schenkten Fanny nicht die mindeste Beachtung. In dieser sonderbaren Haltung, wie aufgepflanzt in der Nähe der Gittertür, schienen sie geduldig darauf zu warten, daß Fanny den Platz am Grab der Großmutter räumte. Von Tante Colettes Hand hing ein großes Rosenbukett herab. Fanny richtete sich auf und ging auf den Ausgang zu. Sie streifte Tante Colette. Ihr besorgter Blick begegnete dem ihrer Mutter, der sich aber im Leeren verlor, obwohl er zugleich lächelnd, frohgemut und höflich blieb. Und doch hatten Fanny und ihre Mutter sich schon so lange nicht mehr gesehen! Onkel Georges hat die Wahrheit gesagt, dachte Fanny resigniert. Denn das sanfte Gesicht ihrer Mutter ließ auch nicht die Spur einer Gemütsbewegung erkennen; ihre blassen Augen waren Fannys finsterem Blick begegnet, als sei diese eine Unbekannte, und sie hatten genau den Ausdruck liebenswürdiger Distanz, den sie sich im Frisiersalon anerzogen hatte. In ihrer Verwirrung stolperte Fanny und wäre fast hingefallen. Ihre Mutter oder Tante Colette rührten keinen Finger, um sie aufzufangen, und schritten nun langsam auf das Grab der Großmutter zu, das sie mit weiteren Blumen schmücken würden. An Tante Colettes Hand baumelte träge das Bukett. Der Rock ihrer Mutter bauschte sich im Wind und gab den Blick auf die Kniekehlen frei, in denen ein paar Venen hervortraten. Die Schwestern gingen Seite an Seite, und ihre nackten Arme liebkosten einander, genau wie sie es schon lange vor Fannys Geburt getan hatten, als die Eventualität ihres Daseins ihnen nichts als ein ungläubiges Gelächter entlockt hätte, wohingegen der Gedanke an einen künftigen kleinen Eugène, der sicher in ihren hoffnungsschwangeren Träumen schon dem ähnelte, was er dann in Wirklichkeit werden sollte, sie mit Rührung erfüllt hatte. Wenn ich mich nur in Eugène verwandeln könnte! seufzte Fanny und verließ den Friedhof. Die Mauern aus grauen Hohlblocksteinen waren außen mit Kritzeleien oder mit brutalen oder obszönen Zeichnungen übersät. Weit draußen neben einem Acker gelegen, war der Friedhof, genau wie eine weiträumige Müllhalde am anderen Ausgang des Dorfes, oder der Supermarkt, der bald aufmachen sollte, schwer zu Fuß zu erreichen, denn zwischen der Landstraße und den Rübenfeldern befand sich nur ein enger Graben. Fanny, die extra für ihren Friedhofsbesuch leichte Schuhe angezogen hatte, sprang immer wieder von der Straße, auf der die Autos rücksichtslos mit hoher Geschwindigkeit vorbeibrausten, in den Graben, wo sie nicht vorankommen konnte, ohne sich die Knöchel zu verstauchen. Bald schon fuhren ihre Mutter, Tante Colette und die beiden Frauen auf ihren Fahrrädern vorbei. Tante Colette saß auf dem blauen Moped der Großmutter, das schon immer als Fahrrad gedient hatte. Sie kam nur mühsam voran. Keine der Frauen würdigte Fanny eines Blicks, obwohl sie ihretwegen und ohne der Gefahr einer möglichen Verletzung zu achten, in den Graben gesprungen war, um sie beim Vorbeifahren nicht zu behindern. Ohne es besonders zu betonen, ja anscheinend ohne es überhaupt zu beabsichtigen, ignorierten sie Fanny, und ihre Mutter war richtig fröhlich!

Viertes Kapitel
Unterhaltung mit Eugène

Eines Nachts stellte Fanny sich unter das Fenster von Eugène, dessen Zimmer zur Straße hin lag, und pfiff leise. Er zeigte sich schon bald und öffnete vorsichtig das Fenster. Fanny drückte sich flach an die Wand und reckte sich so hoch wie möglich hinauf.

– Du hast mich also vergessen? murmelte sie. Ich bin's, Fanny, deine Cousine.

– Ich habe eigentlich keine Erlaubnis, mit dir zu sprechen, flüsterte Eugène.

– Vor was haben sie denn Angst?

– Daß du mich rumkriegst und ich wieder mit dir gehe wie das erste Mal.

– Da wär' ich ganz schön dumm, du hast mich böswillig verlassen.

– Wie du mich behandelt hast...!

– Du willst jetzt heiraten, Eugène. Warum denn nicht mich?

– Das geht doch nicht! schrie er auf.

– Ich bin doch deine Cousine.

– Man würde uns nicht aus den Augen lassen. Daß du meine Cousine bist, wäre schnell vergessen, aber nicht, daß …

– Was denn?

– Ach, du gehst mir auf die Nerven! Außerdem hab' ich gerade geschlafen. Siehst du etwa wie meine Cousine aus?

– Ach das ist es!

– Es gibt so gewisse Dinge, die man einfach akzeptieren muß.

Verstockt schwieg er dann. Fanny tat, was sie konnte, damit ihre Stimme weiterhin gut gelaunt klang; sie befürchtete nämlich, Eugène könne die Geduld verlieren und wieder zu Bett gehen.

– Du liebst deine Braut natürlich, fuhr sie angestrengt fort.

– Natürlich.

– Demnach liebst du sie mehr als mich.

– Weder mehr noch weniger als dich, sagte er entschieden.

– Siehst du.

– Was gibt es da zu sehen?

– Daß du mich nämlich heiraten würdest, wenn du nur den Mut dazu hättest.

– Kann sein. Aber so ist es nun mal, du wärst mir auch nicht lieber.

– Armer Eugène, du enttäuschst mich.

Und damit er weiter am Fenster blieb, fügte sie sofort hinzu:

– Sag mal, kommt Tante Léda zu deiner Hochzeit?

– Woher soll ich das wissen?

– Hat man sie denn benachrichtigt?

– Wir wissen nicht, wo sie ist, sagte er ungeduldig und gähnte.

– Und meine Mutter, spricht sie von mir?

– Nie.

– Sie hat mich aber gesehen.

Jedenfalls läßt sie sich nichts davon anmerken. Und wenn sie dich vergessen hätte?

– Ihre eigene Tochter?

– Vielleicht vergißt man eben alles, was mit einer unangenehmen oder schmachvollen Erinnerung zusammenhängt.

– Wie scharfsinnig du bist, Eugène! höhnte Fanny, der fast die Sinne schwanden.

– Und jetzt, gute Nacht.

– Warte!

Aber Eugène hatte den Fensterflügel bereits geschlossen und den Vorhang wieder zugezogen. Fanny ging ins Hotel zurück, wo Isabelle die Nachtwache hielt. Mit kühlem Blick hielt ihre Freundin sie auf.

– Wir möchten, begann sie, daß du dein Zimmer für die Zeit, die du schon hier warst, bezahlst.

– Ja, ich will mit meiner Familie darüber reden, sagte Fanny, die keinen Pfennig mehr hatte.

Als sie die Treppe hinaufwollte, packte Isabelle sie am Ärmel.

– Hier weiß doch jeder, daß du keine Verbindung mehr zu deiner Familie hast. Was hättest du sonst bei uns verloren? Und ist es überhaupt deine Familie? Das fragen sich im Dorf hier alle, die sich an dich erinnern; viele sind es nicht, das ist allerdings wahr. Aber warum sollte deine eigene Familie dich ablehnen? Das ist doch unvorstellbar. Deshalb …

– Auch wenn dem so wäre, würde das denn zwischen uns etwas ändern?

– Wenn ich nicht einmal mehr weiß, wer du bist? rief Isabelle gekränkt.

Sie schien auf einmal davon überzeugt zu sein, daß Fanny stets ihr Vertrauen mißbraucht hatte. Es ist ausgeschlossen, daß du auch nur eine weitere Nacht hier bleibst, wenn du morgen nicht bezahlst, drohte sie. Dann kreuzte Fannys Jugendfreundin die Arme und wollte von nichts mehr hören.

Fünftes Kapitel
Im Haus

Mit vorsichtigen Schritten kam Fanny kurz nach Mittag mit ihrem Koffer vor dem Haus der Großmutter an. An dem Gartenmäuerchen entlang ging sie bis zu der hölzernen Tür am Ende des Gartens, von der sie wußte, daß sie leicht zu öffnen war, sie brauchte sich nur auf die Zehenspitzen zu stellen und den Riegel auf der anderen Seite zurückzuschieben. Schnell eilte sie durch den Garten, erreichte die Veranda und drückte die Küchentür auf: Eine warme Stille, in der der schwere Geruch gekochter Früchte hing – eine volle Schüssel noch dampfender Pflaumen stand auf dem Tisch –, beruhigte sie. Sie ging hinein und versteckte ihren Koffer zwischen der Wand und dem Kühlschrank. Dieselbe übertriebene Sauberkeit wie zur Zeit der Großmutter ließ die Küche, die mit bescheidenen Möbeln ausgestattet und mit Reklamebarometern und bunten Tellern geschmückt war, in einer Art bedeutsamer und stattlicher Ewigkeit erstarren. Ein paar dicke und langsame Fliegen kreisten träge um die Pflaumen. Fanny warf einen Blick in das Wohnzimmer: ihre Mutter war auf dem alten, fuseligen und nach Hund riechenden Sofa vor dem Bildschirm eingenickt, auf dem bei heruntergedrehtem Ton die rührenden Bilder einer albernen Fernsehserie flimmerten, die Fanny und die Großmutter früher lange gemeinsam angeschaut hatten, als Fanny sich auf dem damals schon abgenutzten und stark riechenden Sofa an die Großmutter gekuschelt hatte und sie noch um die einfachsten Erklärungen bezüglich der fadenscheinigen Beweggründe der Filmhelden hatte bitten müssen, um die Handlung einigermaßen zu verstehen. Der Mund von Fannys Mutter war leicht geöffnet, ihre Lippen zeigten ein Lächeln. Genauso ruhig und anmutig lächelte sie auf dem Foto, das von ihr auf dem Fernseher stand und das Fanny nicht kannte, obwohl es ziemlich alt war. Als sie dann näher herangegangen war, merkte sie allerdings, daß es ebendie Aufnahme war, die ihr selbst gehört hatte und die Onkel Georges am Geburtstag der Großmutter zerrissen hatte. Man hatte sie wieder zusammengeklebt, und es fehlten nur ein kleines Stück von dem Fuß der Mutter und das Gesicht von Fanny selbst, das nur noch ein zerfetztes Loch auf der Brust ihrer Mutter war.

Fanny verließ behutsam das Wohnzimmer, nachdem sie aus Gewohnheit den Fernseher ausgemacht hatte. Da sie aus dem Zimmer der Großmutter ein leises Geräusch vernahm, öffnete sie die Tür einen kleinen Spalt breit und sah Tante Colette auf dem Plumeau liegen; ihr massiges Bein hing vom Bett herunter. Ohne die Schränke wirkte das Zimmer kahl und öde. Tante Colettes weit aufgerissene Augen starrten Fanny feindselig an: Die ganze Familie wußte, daß Tante Colette die Eigenheit besaß, mit weit aufgerissenen Augen zu schlafen, die dann nicht weniger Ausdruckskraft besaßen als im Zustand des Wachens. Verwirrt von dieser Absonderlichkeit, an die sie sich nicht mehr erinnerte, wagte Fanny es nicht, weiterzugehen, obwohl sie große Lust verspürte, das abweisende Gesicht aus der Nähe zu betrachten und herauszufinden, was sie daran eigentlich so beeindruckte. Es fiel ihr auf, daß das gemalte Porträt der Großmutter entfernt worden war, das sie immer über dem Bett gesehen hatte, und daß an seiner Stelle nun ein Schnappschuß von Eugène und seiner Braut hing: die beiden hatten lachend den Kopf zurückgeworfen und waren gerade dabei, einen riesigen Kuchen anzuschneiden. Fanny vermutete, daß es sich um den Verlobungskuchen handelte, und sie fragte sich, was wohl aus dem Gemälde der Großmutter geworden war, auf das ein Maler der Gegend in ihrer Jugend seine ganze Kunstfertigkeit verwandt hatte.

In dem Zimmer im Erdgeschoß, in dem Fanny gewohnt hatte, wenn sie zu Besuch gekommen war, thronte auf dem Bett der Koffer ihrer Mutter mit dem Schottenmuster und zerdrückte nachlässig eine kleine Puppe, der die Großmutter zum Zeitvertreib ein Kleid gehäkelt hatte. Fanny setzte sie wieder an ihren angestammten Platz und schimpfte auf die Schlampigkeit ihrer Mutter. Sie ordnete auch die kleinen Kopfkissen der Sessel wieder richtig an, die zerdrückt auf einem Sitz lagen und strich die Steppdecke glatt, deren großes Blumenmuster zu den Tapeten paßte. Dasselbe Muster wiederholte sich übrigens in etwas dunklerem Rot bis zur Decke hinauf, und man hatte den Eindruck, in diesem Zimmer wie in einer schönen geschlossenen und gepolsterten Dose zu leben. Mit ruhigem Schmerz und im Vorgefühl ihres Endes betrachtete Fanny durch das Fenster den phantasielosen, nützlichen und akkuraten Garten. In dieser Jahreszeit hatte sie oft beim Erdbeerpflücken geholfen. Und die Großmutter hatte genau aufgepaßt, daß nicht etwa eine Frucht unter einem Blatt verborgen blieb, denn jede Verschwendung war ihr zuwider, obwohl sie jedes Jahr von neuem nicht wußte, was sie mit den vielen Erdbeeren anfangen sollte.

Dann ging Fanny in Eugènes Zimmer: Eugène hatte die Fensterläden geschlossen und schlummerte neben dem Mädchen, dessen eines Bein quer über seiner nackten und im Halbschatten fast schillernden Hüfte lag. Das hätte Fannys Schenkel sein können, der so auf Eugènes bereitwilliger Flanke ruhte: Wie sonderbar, daß dem nicht so war! Fanny tastete ihren eigenen Körper ab, und es kam ihr wie ein unergründliches Geheimnis vor, daß sie hier in der Tür stand, während ihr beim Anblick des Mädchens ihre Augen doch sagten: Bin ich das nicht auch? Neben dem Kruzifix hatte man einen von der Großmutter gestickten Kanevas hängen lassen, der eine Frau beim Lesen darstellte. Und in Eugènes Zimmer stand jetzt auch der kleine Bücherschrank mit den Büchern, welche der Großmutter allmonatlich von einem Club zugesandt worden waren, dem sie aus unerfindlichen Gründen eines Tages beigetreten war. Jedes einzelne hatte sie sorgfältig in ein durchsichtiges Papier eingeschlagen, das man beim Metzger bekam, nicht so sehr aus Respekt vor dem Gegenstand, sondern weil sie nicht wollte, daß etwas, was doch Geld gekostet hatte, irgendwie beschädigt wurde. Ihre Entscheidung für den Buchclub hatte sie übrigens bereut. Es war ihr nämlich leid, jeden Monat einen Roman zu lesen, und vor allem, eine Auswahl unter Büchern treffen zu müssen, von denen sie nichts verstand, deren Geschichten ihr fremd waren und die weder ihr Interesse noch ihre Neugier wachriefen. Denn beide waren nie sehr groß. Fanny stellte fest, daß jedes Buch ungefähr nach dem ersten Drittel mit einem Lesezeichen versehen war, denn die Großmutter hatte lieber die Mühe auf sich genommen, mit der Lektüre zu beginnen, als daß sie etwas weggestellt hätte, was sie bezahlt hatte und was zu überhaupt nichts nütze gewesen wäre, nicht einmal dazu, ihren Schlaf zu fördern. Fanny sah zu, daß sie die jungen Leute nicht aufweckte, zog ein beliebiges Buch heraus, *Die Geliebten ohne Vaterland*, und schob es in ihren Gürtel. Die Zeit der Mittagsruhe mußte bald vorbei sein. Tante Colette würde sicher als erste wach werden, und falls Fanny ihr über den Weg lief, war ihr dann nicht jede denkbare Grobheit zuzutrauen?

Im Flur entdeckte Fanny neben der Küchentür und unter dem Treppenaufgang zum Speicher einen Winkel, der von einem Stück Vorhang verborgen war und in dem die Hunde der Großmutter schlafen durften, wenn draußen zu starker Frost war. Sie zwängte sich mühsam hinein, mit eingezogenem Kinn, die Knie gegen die Brust gedrückt und den penetranten Geruch nasser Hundehaare in der Nase, der noch unverändert in der zweimal gefalteten Decke hing, auf der sie saß. Schon nach einer Minute glaubte sie, es in dieser Stellung nicht mehr aushalten zu können. Aber dann wurden ihre Muskeln steif, der Geruch erschien ihr weniger stark, und Fanny fühlte sich fast wohl.

In diesem Augenblick sah sie durch einen Spalt zwischen der Wand und dem Vorhang Tante Colette aus ihrem Zimmer kommen. Tante Colette setzte sich vor die Pflaumen und begann schmatzend direkt aus der Schüssel zu essen. Sie hatte ihr schönes blaues Kleid mit den silbernen Monden an, aus dem sie ein Hausgewand gemacht hatte, wahrscheinlich weil sie es jetzt für zu alt hielt, um an den großen Festtagen noch einen guten Eindruck zu machen, und das degradierte Kleid bekam jetzt die ganzen Kompottspritzer ab, wo es doch vor noch nicht allzulanger Zeit nur zweimal im Jahr aus dem Kleidersack herausgeholt und mit einstudierter Behutsamkeit angelegt worden war. Tante Colette legte ihren Löffel weg, als sie Fannys Mutter, Eugène und seine Braut kommen hörte. Sie wischte sich rasch die Lippen am Ärmel des Kleides ab und holte dann für jeden einen Teller. Eugène hatte sich kaum gesetzt, als er zwischen zwei Löffeln Pflaumen auch schon von einem Hund zu sprechen begann, den er anzuschaffen gedachte. Er wollte einen großen, der so laut bellte, daß er ungebetene Besucher abschreckte: in einem derart bewachten Haus konnte man ruhig schlafen. Tante Colette billigte das Vorhaben. Und sie spreizte sich gekonnt, gab vor, keinen Hunger zu haben, bestand darauf, ihren Anteil abzugeben. Fannys Mutter begann zu beschreiben, was sie am Tag der Hochzeit anziehen würde: ganz einfach ein violettes Kleid. Die Braut bestand darauf, das Allerschlichteste zu tragen, etwas, was man auch später noch gut gebrauchen konnte. Daher auch lieber beige als weiß, ohne Spitzen, und Schuhe mit halbhohen Absätzen. Und anstelle des Hutes würde sie mit einem Häubchen vorlieb nehmen. Eugène würde man einen grauen Anzug kaufen, einen, den er jeden Tag tragen konnte, falls er den Beruf seines Vaters ergriff, wie Tante Colette und die Braut es sich für ihn in den Kopf gesetzt hatten. Diese Hochzeit durfte nicht zu viel kosten, auch wenn man Speisen im Überfluß bestellt hatte, was sich in Anbetracht der anspruchsvollen Wunschliste schwerlich vermeiden ließ. Die Braut freute sich auf ein Fischservice aus Steingut, das Tante Clémence ihnen schenken wollte. Befriedigt wiederholte sie die Summe, die es kosten sollte, als wenn diese dreitausend Franc ihr eigener Verdienst wären. Tante Colette ihrerseits machte bissige Bemerkungen über einen Verwandten, der angeblich in Geldnöten steckte und sich entschuldigt hatte, weil er auf das am wenigsten kostspielige Geschenk verfallen war, ein Paar Schuhbürsten mit Schildpattstiel. Sie empörte sich, daß dieser Person, einem von Eugènes Paten, der Geldbeutel offenbar am nächsten stand. Eugène brummelte vor sich hin: nichts konnte ihn von dem Hund ablenken, den er sich zulegen wollte. Fannys Mutter summte leise und blätterte mit einer Hand in der Fernsehzeitschrift, und niemand verlor ein Wort über Fanny. Es kam keine Verlegenheit darüber auf, daß man sie vollständig abgeschrieben hatte.

Sechstes Kapitel
Im Verschlag für die Hunde

Zu ihrer großen Überraschung warf Fannys Mutter ihr in der Stunde nach dem Abendessen durch den Spalt die Essensreste zu, ein paar Kotelettknochen mit noch etwas Fett dran, etwas Schwarte vom Schinken, ein kleines Stück harten Käse, einen kaum angebissenen Apfel. Die hastigen Gesten ihrer Mutter verrieten ihr, daß sie dies heimlich tat. Die Mutter zog dann den Vorhang auf der Gardinenstange zurecht, damit der Spalt so schmal wie möglich wurde, und entfernte sich eilig. Sie trug nagelneue vergoldete Holzpantinen mit hohen Absätzen. Obwohl sich sonst niemand in diesem Teil des Raumes befand, sprach sie nicht mit Fanny, aber diese verwunderte das nicht besonders: zwar besaß sie gerade noch Existenz genug, damit ihre Mutter sich um ihre Nahrung kümmerte, aber sie sah doch ein, daß es nicht mehr in ihrer Macht stand, jemanden zu einem Gespräch zu bewegen. Sie befürchtete außerdem, ihre arme Mutter könnte Angst bekommen, falls sie den Mund aufmachte, und meinen, daß man dann von allen Seiten herbeigelaufen käme und sie, Fanny, an diesem verbotenen Ort entdeckte.

Fanny knabberte gierig die Knochen ab. Darauf bekam sie Lust, den Roman zu lesen, den sie aus dem Bücherschrank der Großmutter entwendet hatte.

Bis zum Morgen las sie beim Schein des Mondes, der ein wenig Licht durch die gläserne Gartentür hereinwarf, und ihr Zustand kam ihr erst wieder zu Bewußtsein, als sie Tante Colette aus ihrem Zimmer kommen hörte. Tante Colette räusperte sich und schlurfte mit ihren alten Pantoffeln ins Badezimmer. Aber Fanny war von einer schwerelosen Freude beseelt: sie war bezaubert von ihrer Lektüre und konnte sich nicht vorstellen, daß es etwas Realeres überhaupt geben könne. Fröhlich klemmte sie sich in ihren Verschlag; sie war nicht imstande, die Arme oder die Beine auszustrecken oder den Kopf zu heben. Sie zerdrückte ein paar Flöhe, die sie in der Nacht gebissen hatten. Fanny hätte auf der Stelle, ohne zu zögern, den Rest ihres noch kurzen Lebens für die Gewißheit eines allerletzten Gefühlsausbruchs hingegeben, demjenigen vergleichbar, den sie soeben empfunden hatte und der alle Freuden ihrer Vergangenheit unbedingt aufwog.

Das Wasser plätscherte laut, als Tante Colette sich wusch und dabei behagliche Fürze fahren ließ. Selbst ein ganzes Leben an der Seite Eugènes mit seiner unvermeidlichen Langeweile und den vielen Sorgen hätten wohl das Glück nicht aufwiegen können, das die *Geliebten ohne Vaterland* ihr in einigen Stunden, die ihr so lang schienen wie Jahre, geschenkt hatten, sagte sich Fanny. Tante Colette ging in die Küche und machte dabei die letzten Knöpfe ihres blauen Kleides zu. Als sie sich den Bauch kratzte, knisterte der Nylonstoff: Fanny fröstelte sogar noch in ihrem Hundeverschlag. Tante Colette kochte Kaffee, den sie im Wohnzimmer vor dem Fernseher trank. Zu dieser frühen Stunde wurde ein Ratespiel gesendet, das schon am Vorabend ausgestrahlt worden war und das Tante Colette sicher verpaßt hatte. Mit durchdringender Stimme gab sie die Antworten und schmeichelte sich lautstark, die richtige Antwort noch vor dem Kandidaten gefunden zu haben. Dann bedauerte sie, nicht an seiner Stelle zu sein, und für den Kandidaten hatte sie nur noch bittere Verachtung übrig. Als die Sendung zu Ende war, stellte sie den Ton lauter, um das Fernsehen von der Küche aus zu hören, wo sie sich ans Gemüseputzen machte. Später warf Fannys Mutter die Schalen und Abfälle in die Nische: Tante Colette hatte zum Mittagessen eines ihrer Spezialgerichte gemacht, ein Hachis Parmentier, von dem nichts übrig geblieben war. Vor allem Eugène hatte sich den Bauch vollgeschlagen. Sein Gesicht nahm bereits eine bestimmte Röte an, eine ins Violette spielende Fülle, die Fanny seit jeher an Onkel Georges kannte. Er faltete die Regionalzeitung auseinander, die am Morgen ausgetragen worden war, und rückte seinen Stuhl zurück, um bequemer lesen zu können, während Tante Colette und das junge Mädchen das Geschirr spülten und Fannys Mutter es sich gemütlich machte, um ihre Fernsehserie anzuschauen. Eugène verlas die seit gestern verstorbenen Personen. Als kenne sie alle Welt, stieß Tante Colette laute Schreie aus und konnte es einfach nicht fassen, beruhigte sich dann aber und schloß in befriedigtem Tonfall: Noch gestern abend hätte das keiner glauben wollen!

Plötzlich klopfte jemand an die Tür und Fannys Vater trat herein. Er war in Begleitung des Dieners mit den Kupferknöpfen, der ein schweres Paket schleppte. Alle stießen einen Schrei der Überraschung aus. Du hier? wunderte sich Fannys Mutter, ohne das Wohnzimmer zu verlassen. Tante Colette nahm die Sache sofort in die Hand. Sie bot Stühle an, schenkte Kaffee aus und stellte Butterkekse auf den Tisch. Oho, machte Eugène, der nicht wußte, was er sagen sollte. Fannys Vater trug einen prächtigen weißen Anzug, seine hellgelben Schuhe knarrten bei jedem Schritt. Er war stolz, heiter und ein wenig hochmütig. Er setzte sich und trank gemächlich den Kaffee, während sein Diener stehen blieb. Das Paket hatte er zu seinen Füßen abgestellt. Da er schwieg, wagte niemand, etwas zu sagen. Man tat, als höre man mit großem Interesse den resoluten Stimmen zu, die aus dem Wohnzimmer drangen, wo Fannys Mutter sich immer noch aufhielt; sie hatte lediglich ihren Sessel etwas herumgerückt, damit sie die Küche sehen konnte. Wenn sie aber keine Anstalten machte, den Vater zu begrüßen, so geschah das sicher weniger aus Stolz, denn die beiden standen seit längerer Zeit schon auf gutem Fuß, sondern weil es ihr gegen den Strich ging, womöglich eine wichtige Szene der Folge zu verpassen: die Serie war seit fünfzehn Jahren nicht mehr ausgestrahlt worden, Fannys Vater dagegen konnte sie besuchen, wann immer sie wollte.

Tante Colette konnte nicht stillsitzen. Sie kramte alles aus dem Wandschrank, was er an Biskuits und sonstigen Leckereien enthielt, obwohl der Vater nichts anrührte. Sie erhitzte sich, das Schweigen machte sie nervös. Endlich nahm er das Paket in die Höhe. Ich habe von deiner Hochzeit gehört, sagte er freundlich und reichte es Eugène. Für dich, lieber Neffe. Und, zu Tante Colette gewandt, fügte er hinzu: Das ist doch so üblich, nicht wahr? Er lächelte bescheiden, genau wie der Diener, der so zufrieden war, als wäre das Geschenk für ihn gewesen. Etwas unbeholfen packte Eugène ein langes Stück starken und glänzenden Stoffs mit einem kunstvollen Muster aus. Es verströmte einen stark gewürzten Duft, der die altbekannten Gerüche im Haus überdeckte: von unten aufsteigende Kellerluft, Ausdünstungen des alten Küchenherdes und der Schränke mit ihren verwelkenden Lavendelblüten, Gerüche des mit altem Plunder vollgestellten Speichers. Das Mädchen bedankte sich überschwenglich, legte den Stoff um ihre Hüften und behauptete, nie etwas Schöneres gesehen zu haben. Sie verwöhnen die beiden, zierte sich Tante Colette und ließ die dicken Kupferknöpfe des Dieners nicht aus den Augen. Imponierte ihr die Livree des Bediensteten nicht noch mehr als die elegante und schlichte Kleidung seines Herrn? Fannys Vater wurde umarmt, und man ließ sich alles mögliche einfallen, um ihm gefällig zu sein. Man bat ihn um Nachrichten aus seiner Heimat, die er entgegenkommend zum besten gab. Nachdem er seinerseits diese Aufmerksamkeit erwidert hatte, herrschte eine Atmosphäre herzlicher Zuneigung auf beiden Seiten, wie sie zwischen der Familie und Fannys Vater nie bestanden hatte. Er ließ sich überreden, bis zum nächsten Tag zu bleiben, denn er hatte die ganze Strecke im Auto zurückgelegt, von seinem Diener chauffiert. Eugène ging hinaus, um die Limousine zu bewundern. Das Mädchen sprach davon, daß sie aus dem Stoff Wandbehänge für das Wohnzimmer machen wollte. Auf seinem Stuhl würdig zurückgelehnt, höflich und lakonisch, genoß der Vater seinen Triumph. Wie er als junger Mann zum ersten Mal am Arm von Fannys Mutter, die damals von einem kühnen Willen beseelt war, die Schwelle des Hauses der Großmutter überschritten hatte, war er mit kühlen Blicken gemustert worden, und Tante Colette hatte nur das Wort an ihn gerichtet, um ihm mit barscher Stimme ein paar mißtrauische Fragen zu stellen. Jetzt dagegen sputete sie sich, um für das Abendessen Speisen allererster Güte zusammenzustellen. Sie ging hinaus, um einen Hasen zu schlachten, während Fannys Mutter im Garten Himbeeren pflückte, von denen sie auf dem Rückweg eine Handvoll der weniger guten in die Nische warf. Sie schien gedankenlos zu handeln, eher in der vagen Erinnerung an eine Pflicht denn aus Erbarmen. Erinnerte sie sich überhaupt an das, was sie dort vorgefunden hätte, falls sie den Vorhang hochgehoben hätte? Es sah kaum so aus, wenn man sie zerstreut und geistesabwesend in ihren hübschen Pantoffeln durch den Flur gehen und von Zeit zu Zeit zufällig vor dem Verschlag stehenbleiben sah, ohne daß ihr Knöchel gezittert hätte, ohne daß sie durch ein leises Stampfen mit dem Fuß ihrer Tochter zu verstehen gegeben hätte, daß sie an sie dachte oder die Situation bedauerte. Und wenn sie nun einen winzigen Teil ihrer Zeit opferte oder von ihrem Weg abwich, um Fanny ein paar Himbeeren oder die noch warmen, von Tante Colette aus dem Bauch des Hasen herausgeschnittenen Innereien vorzuwerfen, so erforderte das nicht mehr Überlegungen, als wenn die Macht der Gewohnheit und der Erziehung und der Sinn für Reinlichkeit ihr jedes Jahr geboten, an dem Kruzifix in ihrem Schlafzimmer den vertrockneten Buchsbaumzweig zu erneuern – war es für sie denn überhaupt denkbar, daß sie dort unten eine Tochter haben konnte? Sie paßte allerdings auf, nicht gesehen zu werden, wenn sie den Vorhang leicht zurückzog; aber das war vielleicht, weil sie sich schämte.

Tante Colette kochte eine Gemüsesuppe und bereitete den Hasenpfeffer zu. Vorher hatte sie das reichliche, schäumende Blut des Tieres in dieselbe orangefarbene, angeschlagene Schüssel laufen lassen, die auch die Großmutter früher dazu verwendet hatte. Eugène strich untätig um sie herum, obwohl Tante Colette ihm gut zuredete, er solle Fannys Vater Gesellschaft leisten, der sich einen Aperitif hatte einschenken lassen. Eugène jedoch war auf einmal schüchtern und sträubte sich: er fürchtete, in Gegenwart dieses beeindruckenden Mannes eine monumentale Dummheit von sich zu geben, die ihm sein Leben lang nachhängen würde. Fannys Vater schlürfte seinen Anisschnaps und schnalzte anerkennend mit der Zunge, was Tante Colette ihm so hoch anrechnete, daß sie in seiner Besonderheit nur noch eine Art hochgradiger und etwas unzugänglicher Eleganz sah. Da sie Fanny vergessen hatte, gefiel Tante Colette sich in der Vorstellung, daß eine so reich ausstaffierte Andersartigkeit einzig und allein Bewunderung und Hochachtung einflößen konnte. Sie nahm sich vor, darauf hinzuwirken, daß zwischen dem Vater und Eugène, der ohne Stellung war und von Tag zu Tag weniger gewillt schien, sich eine zu suchen, eine Verbindung aufrechterhalten wurde. Wie hätte Tante Colette reagiert, wenn sie aus dem Verschlag unter der Treppe plötzlich ihre Nichte Fanny hätte hervorkommen sehen? Hätte die neue Achtung, die sie dem Vater entgegenbrachte, etwas an ihrer Einstellung zu Fanny geändert, einmal vorausgesetzt, daß sie sie überhaupt wiedererkannt und auch der Vater selbst sie als seine Tochter akzeptiert hätte?

Aus einer Anrichte in der Nähe des Verschlags holte Tante Colette Gläser mit Marmeladen und die frischen Zwiebeln, die Fannys Vater am nächsten Tag mitnehmen sollte. Sie zählte sie sorgfältig ab, denn sie sah nicht ein, daß man sich ruinieren sollte, um jemandem gefällig zu sein. Am nächsten Morgen fügte sie noch einen halben Hasen mit der Leber hinzu, und ein mit Aluminiumfolie verschlossener Joghurtbecher enthielt das Blut. Fannys Vater ging gemächlich von dannen. Im Hof stieß er dann auf den gerade von einer Geschäftsreise zurückkehrenden Onkel Georges, der nichts davon wußte, wie herzlich man den Vater bewillkommnet hatte, sich womöglich vorstellte, man habe ihn soeben kurzerhand vor die Tür gesetzt, und ihn deshalb in seinem grauen Sommeranzug aus Tergal von oben herab musterte und die Lippen fest und verächtlich zusammenkniff.

Siebtes Kapitel

Hochzeitsvorbereitungen und Fannys erster Tod

In größter Aufregung war die ganze Familie noch vor Sonnenaufgang auf den Beinen. Auf der Suche nach einem Gürtel, den sie einfach nicht wiederfand, lief Fannys Mutter in ihrem violetten Kleid hin und her und vergaß, die Reste des Frühstücks in den Verschlag zu werfen, offenbar ohne sich ihrer Zerstreutheit bewußt zu werden. Sie hob sogar den Vorhang hoch, denn in ihrer Verzweiflung, weil sie den Gürtel nicht fand, durchstöberte sie jeden Winkel, aber ihr schneller Blick, der ausschließlich auf den gesuchten Gegenstand konzentriert war, glitt über den Verschlag hin, ohne auf Fanny zu verweilen. Ihre Wildlederschuhe klapperten fieberhaft und unbekümmert auf den Fliesen: Sie hatte sie gleich beim Aufstehen angezogen, um sie »einzulaufen«, wie sie sagte. Tante Colette stellte in aller Ruhe die Gläser und Flaschen für den Aperitif zurecht, der zu Hause eingenommen werden sollte, und räumte den Eßzimmertisch ab, auf dem die Geschenke ausgestellt werden sollten. Endlich kam das junge Mädchen in einem schlichten beigen Jackenkleid, gefolgt von Eugène, der sich in den leicht nach Naphthalin riechenden besten Anzug seines Vaters gezwängt hatte. Dieser Anzug war für ihre damaligen Verhältnisse sündhaft teuer gewesen, versicherte Tante Colette und zog an den zu kurzen Ärmeln. Deshalb hatte Onkel Georges ihn auch nur zu ganz besonderen Anlässen getragen und sich erfolgreich bemüht, seine Lebenszeit zu verlängern. Eugène bekam schon keine Luft mehr und lokkerte seine Strickkrawatte. Die Jacke war so eng, daß er in seinen Bewegungen behindert war. Die Hände in den Taschen, lief er fieberhaft von einem Zimmer zum anderen, ohne zu wissen, was er mit sich anfangen sollte. Mit seiner sperrigen Masse störte er die Frauen, die eine wieselnde

Geschäftigkeit an den Tag legten und sich beklagten, daß er überall im Weg stehe, ihn beiseite schoben und mit zärtlicher Genugtuung an ihm herummäkelten. Er verschwand auf einmal und versprach, bald wiederzukommen. Dann traf Tante Clémence ein, und es entstand ein Auflauf um das Fischservice, das mit dem stilisierten Relief eines Rötlingkopfs auf jedem Teller und der Platte in Form eines Schiffsankers genau dem entsprach, was das junge Mädchen sich erträumt hatte. Es wurde in die Mitte des Tischs gestellt und ein Zettel mit dem Namen von Tante Clémence daran geklebt, um jede Verwechslung auszuschließen. Aber schon strömten in Schüben die Gäste herein; die Küche füllte sich; die Geschenke türmten sich, und Tante Colette stellte sie nach Bedeutung und Wert geordnet auf.

Die Gespräche verliefen folgendermaßen:

– Mit dem Schal wird es mir bestimmt zu warm werden.

– Dann ziehst du ihn nach der Kirche eben aus.

– Ja nicht, sonst holt sie sich eine Erkältung!

– Bei dem Wetter muß man aufpassen.

– Ja, da kann man gar nicht vorsichtig genug sein. Noch im letzten Jahr hat mich ein heimtückischer Luftzug drei Tage lang ans Bett gefesselt, und wehe man...

– Ein Schneckenservice! Die werden vielleicht verwöhnt!

– Die letzten Schnecken, die ich gegessen habe, damals ist mir vielleicht schlecht geworden; aber die waren einfach nicht richtig ausgeschleimt.

– Es liegt auch an der Butter! Wenn die Butter ranzig ist...

– Eugène mag keine Schnecken.

– Ja, ich weiß noch, als er klein war, konnte er keine Schnecke sehen, ohne...

– Das gibt sich aber mit der Zeit.

– Weißt du noch die Schnecken, die uns deine Schwester gemacht hat, in dem Jahr, als ich mir den Ellbogen gebrochen hatte, in...

– Meine Schwester macht sie auch ganz prima.

– Aber nicht so gut wie unsere Mutter selig...

Dann aber geschah etwas sehr Sonderbares: Irgend jemand, die Braut vielleicht, rief: Da ist Léda, und Eugène! Und man sah, wie Fanny aus dem Verschlag unter der Treppe hervorschoß und mit halb geschlossenen Augen und etwas Speichel auf den Lippen über die Fliesen kollerte. Ein großer, starker Hund riß Eugène die Leine aus der Hand und sprang auf Fanny zu. Er bellte so laut, daß alle entsetzt zurückwichen. Er packte sie an der Gurgel und begann, sie in Stücke zu reißen. Große Brocken Fleisch, die er herausfetzte, wurden gleich darauf wieder ausgespien, als wenn er Fanny erst ganz hätte kosten wollen, bevor er sie endgültig verschlang. Er knurrte und ließ niemand an sich heran. Keiner rührte sich. Perplex und rot vor Scham zerrte Eugène an seinen Schläfenlocken. Der Hund stemmte sich mit allen vieren auf Fannys Brust; der Hals war schon fast vom Rumpf getrennt. Fanny hatte nur leise, ganz leise gequietscht! Jetzt durchwühlte er die Brust auf der Suche nach dem Herz. Doch auf einmal hatte er keine Lust mehr und lief mit dem Schwanz wedelnd folgsam zu Eugène zurück. Da fand Tante Colette ihre Geistesgegenwart wieder. Ohne jeden Widerwillen (genau wie sie ein Kaninchen ausnahm oder einen Kalbskopf säuberte) wickelte sie das, was von Fanny übriggeblieben war, in ein altes Laken und warf alles zusammen auf den Misthaufen am Ende des Gartens. Tante Clémence machte die Fliesen sauber. Nicht ohne Schwung servierte Fannys Mutter den Aperitif. Eugène ging hinunter und band seinen Hund im Hof an, und die Unterhaltung setzte wieder ein; man beratschlagte, was man wohl trinken möchte, obwohl sich daran doch nie etwas änderte: Ein Anisschnaps für die Herren, ein Gläschen Süßwein für die Damen.

– Halt, halt, das Teufelszeug wirft einen sofort um!

– Dann tu doch ein bißchen Wasser rein.

– Hört nur, sie will mich ertränken!

– Dieser Portwein ist nicht so alt wie...

– Der, den wir von unserer Reise mitgebracht haben, war ganz schön schnell...

– Da unten verstehen sie halt was davon.

– Also, das hängt ganz davon ab. Ich für mein Teil...

– Aber das ist doch die Heimat des Portweins, außerdem ist er da spottbillig, da könnt ihr getrost zugreifen!

Da stand auf einmal Georges vor ihnen; sein hübsches Gesicht war schweißüberströmt und sein Blick ein wenig verstört. Wo ist Fanny? fragte er Tante Colette. Er keuchte, denn er war den ganzen Weg bis zum Haus gerannt. Tante Colette wußte nicht gleich, wen sie vor sich hatte. Als sie ihn dann wiedererkannt hatte, lächelte sie kühl: Im Garten, sagte sie, auf dem Abfall. Die Hühner jedoch hatten schon alles aufgepickt, was der Hund von Fanny noch übriggelassen hatte, und Georges, der nichts als eine Anzahl abgenagter Knochen und ein paar blutige Haare vorfand, dachte, man habe ihn zum besten gehalten; er sagte sich, daß er die Antwort von Tante Colette nicht hätte wörtlich nehmen sollen. Der teilnahmslose Empfang durch Fannys Mutter, die ihm früher wohlgesonnen gewesen war, bewog ihn dazu, auf der Stelle wieder die Heimreise anzutreten. Übrigens war er einfach so losgefahren, ganz unüberlegt und spontan: und hatte er jetzt nicht den Eindruck, daß ihm auch die Gewohnheit, Fanny zu lieben, verging?

Er atmete genußvoll die Gerüche des Sommers ein, und auf dem Weg zum Bahnhof war ihm, als schiebe sein junger, elastischer Körper ungestüm die heiße Luft vor sich her: es war, als werde sich ihm nie wieder etwas entgegenstellen in den unendlich langen Jahren, die vor ihm lagen.

Sechster Teil
Tante Colettes Erzählung

Erstes Kapitel
Die Hochzeit

Ich habe endlich mein neues Kleid angezogen, das im Katalog aussah, als sei es wie geschaffen für starke Frauen, aber es sitzt doch viel zu stramm und schnürt mir die Luft ab, obwohl es mir gar nicht schlecht steht: schwarz mit einem zarten rosa Blütenmuster. Mit Ausnahme meiner Schwester kann man nicht sagen, daß sich die Gäste für ihre Kleidung in Unkosten gestürzt hätten, das wird heutzutage offenbar immer üblicher, aus Sparsamkeit und weil man bei keiner Gelegenheit auf seine Bequemlichkeit verzichten möchte und sich ganz natürlich geben will. Im Grunde ist es mir ja recht, aber ich finde es doch bedauerlich, vor allem natürlich an diesem Morgen, daß sich eine Hochzeitsfeier nicht einmal mehr durch die Braut und den Bräutigam von einer ganz gewöhnlichen Zusammenkunft unterscheidet, wo jeder mit den Sachen kommt, die er beim Aufstehen angezogen hat. Ja sogar was meine Nichten anhatten, konnte man gerade noch als sauber bezeichnen.

Über alles liebe ich den Augenblick, wo man das Haus verläßt.

Bevor wir aufgebrochen sind, habe ich rasch noch die Aperitifgläser abgespült, sonst wäre mir dieses dreckige Geschirr, das da stand und auf mich wartete, bis zum Abend nicht aus dem Kopf gegangen, und in meinen Gedanken hätte dann der Dreck dieser Gläser auf das ganze Haus übergegriffen. Hinter unserem Rücken erhalten die

Gegenstände eine erschreckende Selbständigkeit, die man in den Griff bekommen muß.

Anstatt eine Prozession zu bilden, sind wir einfach ohne jede Ordnung und Reihenfolge auf die Straße hinausgelaufen, und mein Sohn bestand darauf, seinen Hund mitzunehmen. Ich fand, daß sich das nicht schickte, aber er wollte nicht auf mich hören. Er reichte mir den Arm, aber in der anderen Hand hielt er die Hundeleine, so daß ich jedesmal herumgezerrt wurde, wenn der Hund einen Satz machen wollte. Mein Sohn sprach die ganze Zeit von dem Hund. Er will ihn für die Jagd abrichten; er hat nichts anderes mehr im Kopf als die Jagd. Mein Sohn trug zur Hochzeit einen Anzug seines Vaters, der ihm unter den Armen etwas eng war, in dem er mir aber schon wie sein eigener Vater vorkam, wenn der mit einem ähnlichen Anzug zur Arbeit fährt, aber das liegt vor allem auch an den Ausdrucksweisen, die mein Sohn jetzt von seinem Vater übernimmt oder die sein Vater ihm vererbt und die immer mit etwas typisch Männlichem zusammenhängen, das sie an sich haben. Es wird auch nicht mehr lange dauern, dann hat mein Sohn ein genauso rotes Gesicht, wenn er so hemmungslos weiterißt und -trinkt, und zumal so viel Gesalzenes! Die Nachbarn haben uns hinter ihren Vorhängen beobachtet, und mir tat es leid, daß sie keinen imposanten Hochzeitszug zu sehen bekamen, sondern eine Menschenmenge, die sich nach Bekanntschaft zu kleinen Grüppchen zusammengefunden hatte und über die ganze Breite der Chaussee verteilt hinter uns her zockelte. Meine Nichten hatten die Hände in den Taschen ihrer Sporthosen und sprachen mit der Verlobten meines Sohnes über Gott und die Welt, und die Braut hätte man weder an einer Besonderheit ihres Kleides noch an einer außergewöhnlichen Rührung erkennen können, denn sie war ganz gelassen und schlurfte ohne jede Anmut dahin, ein wenig krumm, als ginge sie – mit jener leichten Verdrossenheit, die sie selbst bei dieser Gelegenheit zu empfinden schien – nicht zum Standesamt, wo jene unwiderrufliche und von ihr frei gewählte Zeremonie auf sie wartete, sondern wie jeden Morgen zum Brotholen ans andere Ende des Dorfes.

Der Hund meines Sohnes fing ohne Grund an zu bellen, und alle Köter der Straße antworteten ihm, man verstand sein eigenes Wort nicht mehr. Mein Sohn ließ meinen Arm los, um dem Tier einen kräftigen Schlag auf den Rücken zu geben, wobei er fast gebissen wurde. Der Hund war noch wild, und mein Sohn hatte ihn nicht richtig im Griff. Von einem fürchterlichen Bellkonzert begleitet, kamen wir zum Standesamt. Mein Sohn ärgerte sich, weil sein Hund ihm nicht gehorcht hatte, er schmollte und machte ein unzufriedenes Gesicht, was seiner Braut nicht entging, die ihm eigenmächtig die Leine aus der Hand nahm und ihren kleinen Bruder damit beauftragte, den Hund nach Hause zu bringen. Dadurch demütigte sie Eugène noch mehr, und er machte den Mund nicht mehr auf, bis er dann frostig das rituelle Ja über die Lippen brachte.

Das ist mein Hund, ich verbiete dir, ihn anzurühren! geiferte er seiner Frau ins Gesicht, sobald wir wieder draußen waren. Sie ist dann in Harnisch geraten, und mein Sohn und seine Frau haben sich bis zur Kirche gestritten, und sie waren beide so erbittert, daß sie sich um ein Haar geweigert hätten, sich unterzuhaken. Ein paar Reiskörner, die meine Schwester geworfen hatte – sie war die einzige, die daran gedacht hatte –, hingen noch in den Haaren der beiden; in ihrem Ärger haben sie sie vor dem Portal mit einer gereizten Kopfbewegung abgeschüttelt. Deshalb haben sie auch den freundlichen Worten des alten Priesters nicht richtig zugehört, denn sie mußten sich gegenseitig ihre jeweiligen Argumente ins Ohr zischeln. Aber auch wenn sie zugehört hätten, hätten sie wohl nicht viel mit dieser Sprache anfangen können, die um mich her nur wenige zu verstehen schienen, obgleich die einzelnen Begriffe ganz einfach waren. Die Sätze freilich sind lang, und am Ende hat man vergessen, was am Anfang gesagt wurde, denn man ist nicht mehr daran gewöhnt, sein Gedächtnis derart zu strapazieren. Nach einem ersten Moment der Zurückhaltung plauderten die Gäste dann ohne Rücksicht drauflos, sie tauschten ihre Erwartungen hinsichtlich des Hochzeitsmahls aus und stachelten gegenseitig ihren Appetit an. Das Geplapper dieser aufgedrehten Stimmen übertönte manchmal sogar die endlosen Satzgefüge des Pfarrers, die genausowenig wie die hohen Mauern der Kirche irgend jemanden hier genügend beeindruckten, um ihm einen bleibenden Respekt abzunötigen. Nicht etwa, daß wir ihn willentlich hätten provozieren oder unsere Unabhängigkeit demonstrieren wollen; lediglich aus Unwissenheit und wegen der Lauheit unserer Erziehung ging uns hier nichts anderes mehr zu Herzen als die Langeweile und der Wunsch, rasch wieder wegzukommen und zu handfesteren Befriedigungen überzugehen. Nicht einmal mein Sohn und seine Frau wußten mit dieser Zeremonie etwas anzufangen. Sie hatten sich spontan dazu bereitgefunden, damit man ihnen ja nichts vorwerfen konnte. Sie wurden denn auch weder beunruhigt noch besänftigt durch das, was der Priester ihnen sagte, ja es verdroß sie nicht einmal. Er redete an ihnen und an ihrem Gewissen vorbei. Mein Sohn dachte wahrscheinlich an seinen Hund. Meine Schwiegertochter hatte vielleicht das Fischservice vor Augen, das man ihr geschenkt hatte. Mein Sohn stand krumm und schief da, nur auf einem Bein. Früher hatten wir noch Sinn für Feierlichkeiten. Mein Sohn und seine Frau haben ein breites Lächeln aufgesetzt, als sie am Ausgang der Kirche von allen oder doch von fast allen fotografiert wurden. Sie werden deswegen auf den Bildern sicher etwas einfältig aussehen, aber die Leute hätten sich gewiß Gedanken gemacht, wenn das Brautpaar keine Miene verzogen hätte. Vieles ist danebengegangen. Meine Schwester zum Beispiel hätte jetzt den Reis streuen sollen und nicht nach dem Standesamt. Wir haben eine vage Erinnerung an die Überlieferungen und möchten sie in Ehren halten, aber wir begehen unabsichtlich Fehler. Wir lachen ein bißchen verlegen und zeigen auf den Fotos unsere sämtlichen Zähne, um das Glück des Augenblicks unter Beweis zu stellen. Wir legen keinen Wert mehr darauf, würdevoll zu wirken, es käme uns lächerlich vor oder würde uns wie Gefühlskälte anmuten. Mein Sohn und seine Frau haben sich denn auch, extra für die Aufnahmen, so wild geküßt, daß mein Sohn von den langen Zähnen seiner Frau ganz aufgerissene Lippen hatte, aber wenn sie sich zart geküßt hätten, hätte man sich womöglich gewundert und sie für teilnahmslos gehalten, und ihnen selbst hätte es vielleicht Kopfzerbrechen bereitet, so wenig Begierde an den Tag gelegt zu haben, und sie hätten dann vielleicht den Eindruck gehabt, da sei auf einmal eine komplexe Wahrheit ins Auge zu fassen. Der Kragen meines Sohnes bekam ein paar Blutspritzer ab, und seine ganze schlechte Laune war auf einmal wieder da. Wir sind langsam nach Hause zurückgegangen, wo der Wein schon eingeschenkt war, und zu den Gästen haben sich die zahlreichen Nachbarn gesellt, die wir zu diesem kleinen Umtrunk eingeladen hatten und die geduldig vor der Tür auf uns warteten, obwohl der Anstand ihnen doch eigentlich geboten hätte, vorher auch der Trauung in der Kirche beizuwohnen und, da hinter ihrer Nichtanwesenheit in der Kirche keinerlei Überzeugung stand, nicht erst dann zu kommen, wenn es etwas zu essen und zu trinken gab. Wenn sie uns nämlich nicht früher beehrt haben, so geschah das einzig und allein aus Faulheit und weil sie keine Lust hatten, sich zu langweilen.

Mein Sohn war glücklich, als er seinen Hund losbinden konnte. Er hat die Pfoten des Tieres auf seine Schultern gelegt und sich in dieser Haltung mehrmals mit lachender Miene ablichten lassen. Er ist mit dem Hund ins Haus gegangen, um ihn den Leuten vorzuführen. Zum Spaß hat er dann versucht, ihn besoffen zu machen, aber der Hund wollte den Wein nicht, und wir haben viel gelacht, weil er jedesmal nieste, wenn der Sekt ihn an der Nase kitzelte. Ich habe meinen Sohn noch nie so glücklich gesehen wie mit diesem Hund. Meinem Sohn und seiner Frau fällt es meistens schwer, ein Gesprächsthema zu finden, das sie alle beide interessiert, denn mein Sohn begeistert sich nur für die Jagd und für Autos, und seine Frau erwärmt sich im Grunde nur für das, was mit dem Haushalt zusammenhängt; mit seinem Hund dagegen scheint sich mein Sohn besser unterhalten zu können als mit jedem anderen und ohne daß ihm das je langweilig wird. Mein Sohn hätte seinen Hund heiraten sollen und keine Frau, denn man muß sich doch fragen, ob sie überhaupt etwas Gemeinsames haben, irgend etwas, was beiden am Herzen liegt? Ja, mein Sohn hätte den Hund heiraten sollen oder irgendeinen Freund seines eigenen Geschlechts, mit dem hätte er dann endlos über den Hund reden können. Der Frau meines Sohnes ist der Hund ganz egal! Und die kleinen häuslichen Angelegenheiten seiner Frau sind meinem Sohn lästig, der sich ihre Berichte nur aus Pflichtbewußtsein anhört. Was mein Sohn dann gemacht hat, nachdem er den Hund geärgert hatte? Er hat sich erschöpft aufs Ohr gelegt. Es war noch ein paar Stunden hin bis zum Hochzeitsmahl, und die unbeschäftigten Gäste liefen überall im Haus und im Garten herum, manche fingen an, Boule zu spielen. Ich habe mich zu der Gruppe gesellt, die meine Schwestern und die anderen Frauen in einer Ecke der Küche bildeten. Wir haben in aller Ruhe über die Familie geredet, von den Gebrechen einer jeden und was dagegen zu tun wäre. Wir sind still und schicksalsergeben, und wir fühlen uns nur dann richtig wohl, wenn wir unter uns sind. Wagt ein Mann sich in unsere Nähe, so stört er uns, und in seiner Gegenwart würde keine etwas von sich erzählen. Der hält es dann allerdings nicht lange bei uns aus, es überkommt ihn die Langeweile beim bloßen Anblick unseres Grüppchens, in dem er ein Eindringling ist und wo sein Körper auf einmal schwerfällig und unbeholfen wird, und er kehrt gleich wieder zu den Männern zurück, die mit den Händen in den Taschen und vorquellendem Bauch im Garten oder im Hof stehen und sich über Fragen unterhalten, denen jedes tiefere Geheimnis abgeht, und sie vermeiden jeden Gegenstand, der sie in den Geruch bringen könnte, auch sie wären, genau wie ihre Frauen, in der Lage, ein Gefühl der Zuneigung, des Mitleids oder der Furcht zu empfinden. Die Hände im Schoß, haben wir eine ganze Zeit lang dort gesessen. Nur unser Mund hat sich bewegt. Wir könnten tagelang so dasitzen und uns ebensowenig rühren wie ein Pilz auf einem Baum, denn wir kauen immer dieselben Gesprächsgegenstände durch, ohne jeden Überdruß, als hätten wir diese Dinge nie zuvor behandelt; wenn das Thema nämlich einmal ausgemessen ist, fügen wir nichts weiter hinzu, was die fachkundigen Erwägungen, die man bereits angestellt hat, durcheinanderbringen würde, und wir begnügen uns dann damit, uns gegenseitig das Stichwort zu geben, als würden wir uns einen handlichen, glatten Ball locker zuspielen, wie die Kinder sagen. Uns ist wenig daran gelegen, die Probleme zu erhellen; wir sind damit beschäftigt, die Tatsachen in moralische Urteile zu übersetzen. Dafür stehen uns viele Sätze und Ausdrücke unserer entfernten Vorfahren zur Verfügung, die sich auf alle Umstände unserer geruhsamen Existenz anwenden lassen. Auf diese Weise verstehen wir uns bestens.

Mein Sohn ist endlich aufgestanden. Sein schöner Anzug war ganz zerknittert. Die Windbeutel mit Schlagsahne, die wir noch übrig hatten, hat er seinem Hund gegeben, obwohl es mir ja gegen den Strich geht, daß man ein Tier so verwöhnt. Er hat dann von uns allen und von dem Hund unglaublich viele Aufnahmen mit seiner Sofortbild-Kamera gemacht, und über die seltsamen Gesichter, die da verschwommen und lachsrot auf dem dicken Papier zum Vorschein kamen, haben wir uns sehr amüsiert, allerdings hatte ich doch den Eindruck, daß da letzten Endes viel Geld für ein lachhaftes Resultat ausgegeben wurde. Es tat mir auch ein wenig leid, daß die Hochzeit meines Sohnes auf eine so klägliche Weise verewigt wurde, denn um die Kosten zu begrenzen, hatten wir keinen Fotografen kommen lassen, was ich bedauerte, als ich sah, wie wenig die Aufnahmen hergaben.

Dann sind wir zu dem Gasthaus gefahren, in dem wir zu Abend essen sollten und das wenige Kilometer vom Dorf entfernt an der Kreuzung der Landstraßen liegt. An den Autotüren waren Tüllschleifen befestigt, und mein Sohn hupte den ganzen Weg über, vor allem, nehme ich an, damit man ihn in dem neuen Auto seines Paten bewunderte, das er selbst steuerte. Ich dachte bei mir, daß der Pate meines Sohnes zwar zu knapp bei Kasse war, um meinem Sohn mehr als einen Satz Schuhbürsten zu schenken, daß er aber offenbar noch reich genug war, um sich für seine Autositze Überzüge aus Samt zu kaufen, die mit zu den teuersten gehören, und sich eine Alarmanlage einbauen zu lassen, die uns allen vorhin, als sie unvermutet losging, einen Schrekken eingejagt hat.

Wegen dem Straßenlärm und den dicht an uns vorbeifahrenden Autos war es unmöglich, sich vor dem Restaurant die Füße zu vertreten, und wir sind also in den Festsaal gegangen, wo wir allerdings noch warten mußten, weil man noch mit dem Tischdecken beschäftigt war, und durch unsere träge Masse behinderten wir die Kellner ein wenig, die uns mißvergnügt vorhielten, daß wir zu früh gekommen waren. Wir hatten den ganzen Tag über viel gewartet. Wie betäubt vor Erschöpfung fingen manche an zu gähnen. Aber so spielen sich bei uns die Hochzeiten ab, und alles, was dem Mahl vorausgeht, soll nichts als eine lange Ausdauer- und Belastungsprobe sein. Uns war heiß. Der Raum kam uns niedrig vor, und er schien schon ein wenig voll Rauch zu hängen, denn er lag direkt neben der Küche, aus der schwüle Dämpfe herausdrangen. Wegen des Lärms war allerdings nicht daran zu denken, die Fenster zu öffnen. Mein Sohn zog sein Jackett und seine Krawatte aus, und die meisten Gäste taten es ihm nach. Ein paar ältere

Leute hatten extra Hausschuhe mitgebracht. Auf der Suche nach dem Tischkärtchen, auf dem der eigene Namen stand, liefen die Gäste um die in Hufeisenform aufgestellten Tische herum, und ein jeder ließ sich mit geräuschvoller Zufriedenheit auf seinen Stuhl sacken, denn nun wußte man, daß man vor ein paar Stunden nicht wieder aufstehen würde, und empfand eine Art Erleichterung, endlich etwas Greifbares in der Hand zu haben und für die Anstrengungen und Ausgaben entschädigt zu werden. Wir hatten das Menü so zusammengestellt, daß es reichhaltig und erlesen aussehen sollte, obwohl es aus preiswerten Elementen bestand, deren klangvolle Bezeichnungen, wie wir meinten, ihre Einfachheit vergessen lassen würden. Unsere Erfahrung mit Hochzeiten hatte gezeigt, daß die Gäste anspruchsvoll sind und stets dazu bereit, ein Mahl als dürftig zu beanstanden, auch wenn es ihren Hunger durchaus gestillt hat. Uns selbst war einmal eine bestimmte Familie geizig vorgekommen, weil sie den Hochzeitsgästen nur vier Gänge vorgesetzt hatte. Wir wollten so wenig ausgeben wie möglich, aber das sollte niemandem auffallen. Es ist nämlich nicht leicht, den Ruf der Knauserigkeit wieder loszuwerden.

Wir haben das Hochzeitsmahl mit einem Kir eröffnet. Mein Sohn und seine Frau, die ganz oben an der hufeisenförmigen Tafel saßen, haben als erste getrunken, die Gäste klatschten und wünschten ihnen Glück für das weitere Leben. Müde und mit gerötetem Gesicht – sie war immer noch etwas wütend über meinen Sohn – machte meine Schwiegertochter mit dem Johannisbeerlikör einen Flekken auf ihre cremefarbene Hemdbluse. Das Lächeln fiel ihr schwer, als sei die Hochzeit für sie eine unselige Verpflichtung, der sie sich nicht hatte entziehen können; dabei wußte ich genau, wie sehr sie es genossen hatte, die Hauptdarstellerin einer solchen Zeremonie zu sein, und die hätte sie sich wohl kaum sehr anders vorstellen können als die Feier heute, die freilich so banal gewesen war wie kaum eine. Doch die Unannehmlichkeiten, die Langeweile dieses Tages werden zweifellos schon am nächsten Tag verflogen sein, dachte ich; an ihre Stelle wird der Stolz darüber treten, daß sie sie organisiert und um ihre eigene Person herum so viele Leute versammelt hat, die meinen Sohn und seine Frau erstmals zum Hauptgegenstand ihres Denkens gemacht haben. Ich zweifelte nicht daran, daß meine Schwiegertochter diesen Tag später wahrhaftig für einen der glücklichsten ihres ganzen Lebens halten würde.

Mein Sohn war zum Lachen aufgelegt, obwohl er es seiner Frau und mir übelnahm, daß wir uns seinem Wunsch, den Hund zum Hochzeitsmahl mitzunehmen, widersetzt hatten. Manchmal seufzte er und warf uns rachsüchtige Blicke zu. Die Wangen meines Sohnes waren puterrot, und da sein Hemd halb aufgeknöpft war, sah man das durchgeschwitzte Unterhemd mit den Trägern. Es warf Falten über seinem runden Bäuchlein, und wenn mein Sohn sich wohlfühlt, hat er sich jetzt angewöhnt, daraufzuklopfen und es mit sichtbarem Vergnügen zu streicheln.

Die Vorspeisen wurden aufgetragen: Zwei Scheiben Fleischsülze mit Pistazien für jeden und ein Schälchen Lachs mit grüner Sauce – gekochter Fisch, auf einem schönen Salatblatt serviert und mit Pfeffermayonnaise überzogen. Man sprach von dem heutigen Nachmittag und spottete über den alten Pfarrer. Man machte sich über manche seiner sprachlichen Geziertheiten lustig, etwas lächerliche Fehler, die man seinem hohen Alter zuschrieb. Dann kam das Gespräch auf das Alter, die Altersheime und die immer noch jugendliche Frische der hier anwesenden Senioren. Man sprach über die Preise von Medikamenten und die Mißstände in der Medizin. Jemand beklagte sich über seine hohen Steuern, und es wurden die verschiedensten Mittel und Wege der Hinterziehung erwogen, man führte berühmte Beispiele an. Dann wurde das Fleisch serviert, und man wandte sich wieder dem Essen zu: gefülltem Perlhuhn auf Frühlingsgemüse, etwas zu dick geratenen Erbsen. Ich war heilfroh, daß das Essen gut war, obwohl bestimmt jeder von uns hier bei sich zu Hause besser ißt, wenn auch nicht so reichlich. Unsere Mütter haben ihre Töchter so erzogen, daß wir – wenn nicht gerade eine natürliche Unfähigkeit vorlag – einfach zu versierten Köchinnen werden mußten, die die Geheimnisse schwieriger Rezepte aus dem Effeff kannten und seit jeher genau wußten, wie man die Erzeugnisse des Gartens und des Hühnerhofes zubereitet. Und doch spiegelte uns der besondere Umstand der Hochzeit etwas vor, was gar nicht existierte: was uns hier aufgetischt wurde, schien genauso überragend sein zu müssen wie die Speisekarte lang war, so bemerkenswert wie das achtbare Prestige des Lokals, wie die schwarzen Anzüge der Kellner. Ich für mein Teil fand wirklich nichts Außergewöhnliches an diesem Essen, und es überkam mich ein leichtes Bedauern, als ich an das viele Geld für diese Mahlzeit dachte, obwohl wir die Kosten ja so niedrig wie möglich gehalten hatten. Aber so sind wir nun mal. Wir gehen nie ins Restaurant, weil wir sonst Angst haben, feststellen zu müssen, daß es zu Hause doch besser schmeckt und außerdem billiger ist. Und jedes Vergnügen ist uns vergällt, wenn wir das Gefühl haben, für unser Geld nichts Rechtes bekommen zu haben.

Auf das Perlhuhn, das für meinen Geschmack so zäh war wie Leder, folgte Kaßler mit Linsen. Hier und da wurden ein paar gepfefferte Witze zum besten gegeben. Ein Vetter, der Witzbold der Familie, stimmte uns auf die Belustigungen des Desserts ein. Das Gesicht meines Sohnes war rot und aufgedunsen, er sah aus, als würde er jeden Moment platzen, sein Hemd hatte er bis zum Gürtel aufgeknöpft. Weil er es nicht mehr abwarten konnte, ist dieser Vetter dann aufgestanden, zu jedem einzelnen hingegangen und hat das übliche Spielchen angeordnet, bei dem einer nach dem anderen mit einem vollen Glas in der Hand aufstehen, drei Körperteile damit berühren und es dann in einem Zug austrinken muß, zu dem wüsten Gejohle der ganzen

Mannschaft. Wir haben getan, was er sagte, obwohl wir ganz schön sauer waren, daß er auf diese Weise das Mahl unterbrach. Mein Sohn lachte Tränen. Er kreischte lauter als alle anderen; für diese Art von Vergnügungen war er schon immer zu haben. Die Luft war so stickig heiß und hing so voller Gerüche und Rauch, daß mir ganz schwindlig wurde. Erschöpft von der Schwüle und Untätigkeit, waren ein paar alte Leute bereits eingenickt. Es wurde jetzt noch Hasenbraten mit Oliven serviert, aber den rührte so gut wie niemand mehr an. Man beschwerte sich zuvorkommend über die ungeheuren Essensmengen. Anschließend wurden der Käse, das Eis und auch der Baumkuchen aufgetragen, den mein Sohn und seine Frau anschneiden mußten, obwohl man den Eindruck hatte, daß es ihnen jeden Augenblick schlecht werden würde. Meine Schwiegertochter ist für das Spiel mit dem Strumpfhalter auf den Tisch gestiegen. Eine bescheidene Summe ist zusammengekommen, welche immerhin durch den Wert der Geschenke aufgewogen wurde, die mein Sohn und seine Frau bekommen haben und durch die für uns alles in allem vielleicht doch ein kleiner Gewinn von dieser Hochzeit abgefallen ist.

Zweites Kapitel
Die himmlischen Gefilde

Der Supermarkt, den der Bürgermeister uns versprochen hatte und auf den wir ungeduldig gewartet hatten, weil es hier nur wenige und schlecht bestückte Geschäfte gab, hat soeben am Eingang des Dorfes in der Reihenhaussiedlung aufgemacht, die er, hoch und flach, mit seiner gewaltigen Masse überragt. Die riesigen Lettern seines Namens und das Gebäude selbst erkennt man schon von weitem aus der Ebene, und der Reisende wird dadurch viel besser und früher auf unser Dorf hingewiesen, als durch die kümmerliche Wetterfahne der Kirche oder das große Marmorkreuz, das man in der Mitte des Friedhofs errichtet hat. Im Grunde ist der Supermarkt ja nichts weiter als eine Art Schuppen von gigantischen Ausmaßen und mit blau gestrichenen Wellblechwänden, vor dem sich ein riesiger Vorplatz für die Autos und die Einkaufswagen befindet. Wenn wir jedoch, aus der Hauptstraße kommend, an der dicht aneinandergedrängt lauter alte, niedrige Häuser stehen, zum Supermarkt abbiegen, dann scheint uns dieses Gebäude so langgestreckt und weitläufig – es ist fast unmöglich, es jemals zu umrunden (eine richtige Mutlosigkeit überkam uns bei dem Gedanken, auch nur eine Wand davon zu Fuß abzugehen), daß es für uns weit mehr darstellt als eine unansehnliche Lagerhalle, und wir sehen in ihm so etwas wie ein Traumschloß, das den ganz neuen Stolz unseres Dorfes ausmacht und endlich für eventuelle Besucher einen Grund zum Verweilen darstellt. Wir haben den angenehmen und schmeichelhaften Eindruck, daß eine bedeutende Persönlichkeit sich bei uns niedergelassen hat, und wir fühlen uns dabei wie ihre dankbaren und getreuen Untertanen, weil sie unsere Langeweile zerstreut, unser häusliches Leben erleichtert und uns zugleich aus den umliegenden Orten und Marktflecken jeden Tag zahlreicher werdende Menschenmengen zuführt. Viele von uns haben noch nie so viele Leute auf einem Haufen gesehen. Vielleicht wird unser Dorf jetzt bald seinen Namen verlieren und den des Supermarktes annehmen, so leicht bringt man die beiden Ziele nun durcheinander. Diese Aussicht betrübt micht zwar, aber ich bin doch viel zu froh darüber, daß der Supermarkt da ist, als daß ich mich nicht schnell damit abgefunden hätte. Mein Sohn, seine Frau, mein Mann und ich können es nicht lassen, wir müssen jeden Tag hinfahren, jeder Vorwand ist uns recht. Zusammen mit dem Hund steigen wir ins Auto, obwohl der Supermarkt kaum mehr als dreihundert Meter entfernt ist, rollen langsam auf die Siedlung zu und legen dabei sorgfältig das Programm unseres Ausflugs fest. Da die Aufregung uns zu unvernünftigen Ausgaben verleitet, versuchen wir, uns Vernunft zu predigen. Wir versprechen, nichts zu kaufen, was wir nicht schon vorher unbedingt haben wollten und was wir uns nicht schon mehrere Tage hintereinander angeschaut haben, und das stellt für uns weniger einen lästigen Zwang dar als vielmehr ein Vergnügen, denn es hat zur Folge, daß wir jederzeit in dem Bewußtsein einer dringenden Aufgabe zum Supermarkt zurückkehren können.

Wir stellen das Auto auf dem Parkplatz ab, auf unserem angestammten Platz, zwischen den Dutzenden von Pkws, deren Nummernschilder wir uns zum Zeitvertreib und um unsere Wonne ein wenig hinauszuzögern, laut vorlesen. Wie klein wir uns dann fühlen, am Fuß des Supermarktes! Wir sind auf einmal fast eingeschüchtert. Er erstreckt sich endlos über die Ebene; nie konnte unser Auge ihn in seinen ganzen Ausmaßen umfassen. Sein knapper Name, der in orangefarbenen Lettern, größer als unser ganzes Haus, auf die Wände gemalt ist, klingt für uns wie der einer vertrauten, uns ganz besonders lieben Person. Ich wüßte im übrigen keinen Verwandten, dessen Namen wir mit ebenso großer Zärtlichkeit und Erwartung aussprechen würden. Für meinen Sohn ist sogar sein Hund jetzt weniger interessant als der Supermarkt. Aber seit einiger Zeit hört der Hund auf den Namen des Supermarktes, als sei es sein eigener, vielleicht hat er spitzgekriegt, daß er auf diese Weise meinem Sohn noch besser gefällt.

Am Eingang des Supermarktes trennen wir uns und verabreden uns zwei Stunden später in der Cafeteria im zweiten Stock, die wir den anderen vorziehen. Jeder nimmt sich einen von den riesigen, leichten Einkaufswagen. In seiner Gesamtheit haben wir den Supermarkt bei weitem noch nicht erkundet, und weil uns manchmal die Verzweiflung packt, wir könnten das nie schaffen, haben wir beschlossen, daß sich jeder einen anderen Teil vornimmt. Anschließend kommen wir dann wieder zusammen und geben eine lange, ausführliche Beschreibung des Gesehenen ab. In den Gängen begegnen wir einander nie. Wenn wir das Gefühl haben, wir hätten uns verlaufen, oder wir hätten uns so weit in die lichten Tiefen des Geschäftes vorgewagt, daß wir befürchten müßten, der Rest unseres Lebens werde nicht hinreichen, um wieder herauszufinden, dann läßt eine panische Angst unser Herz jagen und wir sind, nur um gerettet zu werden, in diesem Augenblick bereit zu schwören, daß wir den Supermarkt nie wieder betreten werden. Und doch finden wir uns schließlich immer wieder zurecht, und die zurückgelegte Strecke ist nie so lang, daß wir nicht zum festgesetzten Zeitpunkt wieder beim Treffpunkt wären. Diese Ängste liefern einen vergnüglichen Gesprächsstoff für unsere Unterhaltungen. Von Zeit zu Zeit, wenn sie irgendeinen unentbehrlichen Gegenstand für ihren neuen Haushalt auszuwählen haben, machen mein Sohn und seine Frau sich gemeinsam auf den Weg. Viel kaufen sie nicht, denn es ist nicht leicht, eine Wahl zu treffen. Sie wollen ein neues Bett, und auf einmal stehen sie vor einer schwindelerregenden Anzahl von Betten aller Arten und aus jedem nur denkbaren Material; angesichts einer solchen Vielzahl wissen sie nicht mehr, was ihnen gefällt, und sie wagen es nicht, sich für irgendein bestimmtes Bett zu entscheiden, denn sie ahnen, daß ihnen, wenn sie erst einmal ein Modell ins Auge gefaßt haben, schon bald ein anderes zusagen wird, das ihnen noch nicht aufgefallen war, und daß sie es dann bedauern werden, sich so schnell entschlossen zu haben. Ich befürchte, daß für diese Qualen kein Ende abzusehen ist. Denn wenn sie zu Hause behaupten, daß sie nun endlich alle ausgestellten Exemplare in Augenschein genommen hätten und am nächsten Tag in Kenntnis der Sachlage ihre Wahl treffen könnten, dann vergessen sie dabei, daß das, was sie gesehen haben, über Nacht erstaunliche Veränderungen erfahren wird und daß sie am nächsten Morgen Modelle entdecken werden, die vorher noch gar nicht da waren, Modelle von unvorstellbarer Konzeption, so verlockend, daß sie jeden Entschluß zunichte machen. Nie hätten sie sich träumen lassen, daß diese Farbe oder jene Form des Bettgestells oder jenes sonderbare und anziehende Material überhaupt existieren könnte. Und da sie alles gesehen haben wollen, schieben sie den Moment der Entscheidung immer weiter hinaus und ziehen diese quälende Ungewißheit noch dem bitteren Haß vor, den sie einem unter solchen Umständen erstandenen Gegenstand zweifellos entgegenbringen würden. Ich befürchte, sie suchen eines Tages, wenn ihr gesunder Menschenverstand ihnen dann endgültig abhanden gekommen ist, genau das aus, was ihrem Geschmack am wenigsten entspricht und was sie das meiste Geld kostet. Aber der Supermarkt hat ihrem Dasein eine Orientierung gegeben, und das tat not. Er hat sie einander nähergebracht als ein Kind oder ein Hund, den sie beide geliebt hätten.

Mein Mann und ich erkunden die Abteilungen nie gemeinsam, denn wir interessieren uns nicht für dieselben Produkte. Mein Mann geht fast immer zu den Werkzeugen, und er entdeckt unzählige Modelle, von denen er sich nie eine Vorstellung gemacht hätte. Bei vielen ist er sprachlos, weil sie für eine Verwendung bestimmt sind, auf die er selbst nie gekommen wäre. Sie geben ihm das angenehme Gefühl, durch eine Traumwelt zu wandeln, wo noch kaum ausgesprochene Wünsche sofort bis ins letzte erfüllt werden. Nur selten vermag er der Versuchung zu widerstehen, bestimmte Werkzeuge mit einem für ihn sehr unwahrscheinlichen Verwendungszweck zu kaufen, denn ihre unerwartete und sehr genaue, sonnenklare Funktion macht sie in seinen Augen auf einmal unentbehrlich. Er hat dann den Eindruck, bis dahin in einer schmachvollen Verblendung gelebt zu haben, in der er das Fehlen dieses von einem gescheiteren Kopf als ihm selbst erfundenen Materials nie empfunden hatte. Mein Mann, der seinen Beruf immer geliebt hat, beginnt ihn zu verwünschen, weil er nicht so oft in den Supermarkt gehen kann, wie er möchte, und ich glaube, daß er morgens, wenn er sich auf den Weg zur Arbeit macht, oft eifersüchtig auf uns ist, weil wir ohne ihn in den Supermarkt gehen.

Ich selbst bin bezaubert von allem, was ich sehe. Ich flaniere durch die Gänge, in ruhigem Staunen über einen so harmonischen Überfluß. Ich weiß nichts von den Freuden der schönen Künste, denn ich bin mein Lebtag in keinem Museum gewesen. Aber die spektakuläre Anhäufung von Tausenden von farbenprächtigen Gegenständen versetzt mich in eine Gemütsbewegung ganz besonderer Art, ebenso wie – von den oberen Stockwerken aus betrachtet – die perfekte, endlos sich erstreckende quadratische Anordnung der Regale tief unten! Modische Musik strömt unaufhörlich von den Wänden oder von der Decke, wobei diese letztere allerdings viel zu weit oben im Himmel zu sein scheint, als daß man die Töne sogar hier unten noch vernehmen könnte. Im Supermarkt herrscht stets eine angenehme Wärme; die unterschiedlichsten Düfte betören den Geruchssinn; wir bewegen uns mit einem Gefühl der Freiheit, das wir nirgendwo sonst so intensiv verspüren, denn obgleich Hunderte von Unbekannten zur gleichen Zeit wie wir selbst durch das Geschäft laufen, ist es doch so weiträumig, daß wir gerade noch genügend Leuten begegnen, um nicht zu vergessen, daß wir weder allein sind noch uns verlaufen haben. Andererseits gibt es so viele Kassen (hundert? tausend? noch mehr?), daß man nie lange zu warten braucht.

Gegen Mittag treffen wir uns in der Cafeteria, begierig, von unseren Entdeckungen zu berichten oder uns gegenseitig unsere Einkäufe zu zeigen. Wir setzen uns jeden Tag an denselben Tisch neben einem großen Fenster, von dem aus man die Ebene überblickt und in der Ferne einen modernen Wasserturm sieht, der die Form eines dicken Pilzes hat, fener Strommasten mit weit ausladenden Armen und die Autobahn, an der in regelmäßigen Abständen Reklameschilder stehen; wir machen uns ein Spiel daraus, sie zu entziffern, und empfinden zufriedenen Stolz, wenn sie den Supermarkt betreffen. Wir verköstigen uns mit Koteletts und etwas zu fetten Pommes frites und brechen hier mit unserer Gewohnheit, nichts zu essen, was nicht zu Hause zubereitet wurde. Aber wir verspüren nun ein großes Wohlbehagen. Die zahlreichen braunen Resopaltische sind rasch besetzt, und in dem Lärm der Stimmen und dem Klappern der Bestecke sagen wir schon bald nichts mehr, glücklich darüber, hier und da ein Gesicht wiederzuerkennen. Wir würden sehr lange dort bleiben, Kaffee trinken und auf die Ebene hinausschauen und an unsere nächsten Einkäufe denken, wenn uns nicht doch die Scham über all die verlorene Zeit schließlich hinaustriebe. Auf dem längsten Weg schlendern wir dann gemächlich zum Ausgang. Wir begreifen nicht mehr, wie wir ohne den Supermarkt überhaupt auskommen konnten, und unsere Vorfahren tun uns leid: Wir fühlen uns stärker, glücklicher und cleverer als sie.

Drittes Kapitel
Was sich im Dorf verändert

Seit einiger Zeit erschüttern zahllose Veränderungen unser Dorf (genauer gesagt: das meiner verstorbenen Eltern), und es wird bald nicht mehr wie ein herkömmliches Dorf aussehen, sondern wie ein Konglomerat von Behausungen, die der Zufall an einem und demselben Ort zusammengewürfelt oder beziehungslos darüber hingestreut hat. Unser Dorf ist keine Kleinstadt, nicht einmal ein Marktflecken. Kann man es überhaupt noch ein Dorf nennen? Aus dem Zentrum, wo die Kirche steht, sind jetzt die Schlachterei, die Metzgerei, der Lebensmittelladen und die Bäckerei verschwunden, und die weiß überstrichenen

Schaufenster dienen nun als Klebefläche für die schnell hingepappten und nachlässig wieder heruntergerissenen Werbeplakate, die seit kurzer Zeit hier überall auftauchen und die Vorzüge der Geschäfte in der nächstgelegenen Stadt anpreisen, wo die meisten von uns kaum je hinkommen. Wenn unsere Geschäftsleute ihre Läden dichtgemacht haben, so fällt die Schuld daran selbstverständlich auf uns alle zurück. Nicht, daß ich dem nachtraure, was es bei ihnen zu kaufen gab, denn der Supermark hat ein größeres Angebot und günstigere Preise. Aber wenn wir am Morgen die Hauptstraße entlangfahren, peinigt mich doch die menschenleere Trübseligkeit dieser geschlossenen Läden, des Bürgersteigs, auf dem niemand mehr stehenbleibt, weil es dafür gar keinen Grund gibt, und ich weiß dann nicht mehr, was ich für besser halten soll. Unser Fleischer ist jetzt bei der Gemeinde angestellt und leert die Mülleimer aus. Müßten wir uns nicht schämen, sage ich mir, wenn ich ihn bei einer solchen Arbeit sehe? Ich weiche seinem Blick aus, obwohl er von dem Unvermeidlichen der Situation ja überzeugt ist und sich mit seinem Berufswechsel abgefunden hat und er meine Verlegenheit und mein Mitleid deshalb vielleicht für eine Art von Verachtung hält. Sogar die Kirche ist öfter zu als offen, unser Pfarrer besucht nämlich mehrere Gemeinden im Umkreis. Daher besteht auch nicht mehr der geringste Grund dafür, daß jemand seine Schritte nach diesem ausgestorbenen Platz lenkt, durch diese leere Hauptstraße geht; und das seines Herzstücks beraubte Dorf scheint träge und in trüber Gleichgültigkeit nach allen Seiten hin über die Ufer zu treten. Gegenwärtig ist es von Reihenhaussiedlungen umgeben, die da und dort ohne viel Zusammenhang in die Höhe schießen und in denen wir, die wir aus dem alten Teil des Dorfes stammen, uns mit Sicherheit verlaufen, so sehr sieht ein Haus dem anderen gleich (handelt es sich nicht um ein Serienmodell, das in beliebiger Anzahl hergestellt wird?). Die Bewohner dieser neuen Viertel kennen wir kaum. Manchmal kommt es uns so vor, als glichen sie sich auch untereinander, wenn sich dieser Eindruck auch nicht ohne weiteres durch bestimmte Einzelheiten rechtfertigen läßt. Liegt es daran, daß sie oft in den gleichen Sporthosen und Sportschuhen (bei den Frauen oft in Hellrosa) spazieren- oder in den Supermarkt gehen und daß wir nicht daran gewöhnt sind, unsere Nachbarn in einem solchen Aufzug auf die Straße treten zu sehen? Oder liegt es etwa daran, daß sie in Häusern leben, die nichts voneinander unterscheidet, und daß die Leute deshalb allmählich die gleichen, allen gemeinsamen Verhaltensweisen annehmen? Jedenfalls haben wir das befremdliche Gefühl, als begegneten wir immer derselben Person, die, genau wie die Häuser, einige dutzendmal existiert. Gewiß ist da etwas Außergewöhnliches im Spiel, für das ich keine Erklärung habe. Mein Sohn und meine Schwiegertochter haben mich neulich ganz schön überrascht, als sie mir plötzlich eröffneten, daß sie in einem jener Häuser wohnen möchten und dieses hier, das sie alt und unbequem finden, deswegen verkaufen wollen. Das Haus der Großmutter verkaufen? schrie ich empört auf, und sie wagten darauf nichts zu entgegnen. Aber das ist nur aufgeschoben, denn sie wissen zwar, daß diese Reihenhäuser, was Charme und Solidität betrifft, dem Haus der Großmutter nicht das Wasser reichen können, aber ihr modernes Aussehen verlockt sie, und was soll man dieser Anziehungskraft entgegensetzen, wo mein Sohn und seine Frau doch an den mit Margeriten bepflanzten, mit Zwergen und einem falschen Brunnen geschmückten Gärtchen mehr Gefallen finden als an ihrem Gemüsegarten, den zu bestellen sie nicht die geringste Lust verspüren? Sie verlaufen sich übrigens nicht weniger oft als wir in diesen neuen Straßen, wo sie sonntags gern spazierengehen, trotz des unaufhörlichen Gebells der Hunde, die bei dem leisesten Geräusch sofort losblaffen. Würde die Großmutter ihr Dorf überhaupt noch wiedererkennen?

Der Wirt, der sonst die Zeitungen verkauft hat, tut das auch nicht mehr. Da er seinem Lokal einen jugendlicheren Anstrich geben wollte, hat er die cremefarbenen Wände hellgrau übermalt, das Mobiliar aus lackiertem Holz gegen Tische und Stühle aus grauem Metall ausgetauscht, und jetzt hört man bis auf die Straße hinaus laute, hämmernde Musik, die den Alten den Nerv tötet. Zu ihrem großen Bedauern können sie nun zum Plaudern und Kartenspielen nicht mehr im Café zusammensitzen, sondern müssen in den großen Gemeindesaal hinüber, wo man in der Mitte einen Tisch für sie aufgestellt hat, der klein und verloren in dem weiten, leeren Raum steht. Es ist zu befürchten, daß das Café ebenfalls zumacht, denn die jungen Leute aus den Reihenhaussiedlungen zieht es kaum dorthin: genau wie wir gehen sie lieber in die Cafeterias des Supermarktes, und wir begegnen uns dort manchmal, obwohl wir uns nicht immer wiedererkennen. In Wirklichkeit entwickelt sich unser Dorf jetzt so schnell, daß es uns vorkommt, als mache eine unsichtbare Hand sich einen Jux daraus, es ohne unser Wissen zu verändern. Ehrlicher wäre allerdings zuzugeben, daß wir alle miteinander dafür verantwortlich sind, und doch werden wir von einem starken Sog mitgerissen, und wir sind geneigt anzunehmen, daß es nutzlos wäre, sich dem entgegenzustemmen, zumal wir davon zu profitieren wissen.

Am letzten Sonntag haben wir die Cousine meines Mannes besucht, die in einem nahe gelegenen Weiler mit ihrem Mann zusammen einen großen Hof bewirtschaftet. Eugène gefiel das, denn auf die Spaziergänge zu dem Bauernhof war er schon seit seiner Kindheit ganz versessen. Wir sind an dem Supermarkt entlanggegangen, und zu unserer Überraschung waren wir gleich da: Bis zum Ende des Gebäudes waren wir noch nie gekommen, und als wir sahen, daß die eine Seite fast bis an das Haus unserer Cousine reichte, dem es das Licht und die Sonne wegnehmen mußte, waren wir zutiefst betroffen, obwohl es uns in gewissem Sinn auch wieder gefreut hat, weil dadurch so etwas wie ein direkter Bezug zwischen uns und ihr hergestellt war. Und wenn der Supermarkt ihr obendrein dieselbe Glückseligkeit bescherte wie uns, konnten wir uns wegen einer solchen Nähe nur für sie freuen. Eugène allerdings ärgerte es, daß der Weg zum Bauernhof sich nun so sehr von dem seiner Kindheit unterschied; damals hatte er ihn schon vom Dorf aus auf der einen Seite der flachen, gewundenen Straße liegen sehen, und der Hof war langsam größer geworden, ohne daß er ihn über dem riesigen, gleichmäßigen und ebenen Rübenfeld je aus den Augen verloren hätte. Der Supermarkt hinderte ihn nicht allein daran, ihn von weitem zu erkennen wie früher, sondern er verstellte ihm auch das weite Panorama der Ebene, das solchen Gängen ihren sanft melancholischen Reiz verlieh. In seiner Enttäuschung hätte mein Sohn fast zu weinen angefangen. Als ich sah, daß seine Augen einen feuchten Glanz bekamen, verwies ich ihm seine Rührseligkeit, denn es wäre mir peinlich gewesen, wenn unsere Cousine den Grund dafür erraten hätte.

Wir haben uns alle in die Küche gesetzt, und es gab einen Teller mit Teegebäck und einen perlenden Süßwein, in den wir das Gebäck stippten. Die Vettern lächelten zufrieden, denn sie bekamen wenig Besuch. Der Raum war blitzsauber, jeder Gegenstand stand an seinem Platz, die Möbel glänzten, der Spülstein war blank gescheuert und dann so gründlich trockengerieben worden, daß kein einziger Wassertropfen mehr zu sehen war (und um einen so gut getrockneten Spülstein nicht wieder naß zu machen, mußte man sich zwischen zwei Mahlzeiten an dem Wasserhahn im Hof bedienen), ein leichter Clorgeruch lag über allem. Die Tür zum Hof stand offen, und der Vetter hatte diesen gerade mit einer Schicht Zement überziehen lassen, da dieser für die riesigen Räder seiner Landmaschinen besser geeignet war als die gestampfte Erde und der Kies. Die Cousine hatte die Viehzucht aufgegeben. Nur den alten

Hund, der auf dem lauwarmen Boden döste, hatten sie noch behalten. Sogar ihre Hasen hatte die Cousine weggegeben. Es brachte nichts mehr ein, erklärte sie mit Bedauern, wenn man die Ausgaben für das Futter zusammenrechnete. Aber, nun ja, so hat man nicht mehr soviel um die Ohren ... Langsam schob sie die Krümel auf der Wachstuchdecke zusammen, während der Cousin mit einer Gebärde zufriedener Resignation die Hände über seinem Bauch faltete. Wir sprachen wenig und in kurzen Sätzen. Wir hörten der Wanduhr beim Ticken zu und riefen, als dann die volle Stunde schlug, ein passendes »schon so spät«. Er sei in der Scheune, sagte mein Sohn, stand auf und verließ den Raum. Die Cousine vertraute uns an, daß sie im Supermarkt einen neuen Fernsehapparat gekauft hatten, den wir dann im Schlafzimmer besichtigt haben, wo er am Fußende des Bettes thronte: ein schöner, moderner Apparat, so groß, daß er einem in dem schmalen Zimmer als erstes ins Auge fiel, und die Cousine stellte ihn an, damit wir die prächtigen Farben bewundern konnten. Träge sind wir etwa eine Stunde davor sitzengeblieben, ohne dem, was wir uns da anschauten, wirklich Beachtung zu schenken oder uns besonders dafür zu interessieren, aber wir sahen keine Notwendigkeit, in die Küche zurückzukehren, und brachten es auch nicht über uns, den Apparat auszuschalten. Wir haben uns erst aufgerafft, als meine Schwiegertochter sagte: Schauen wir doch mal, was Eugène macht, und mit äußerster Umsicht hat die Cousine den Fernsehr abgestellt.

Mein Sohn war zu dem Gebäude am Ende des Hofes gegangen, in dem man, als er noch ein Kind war, eine lange Schaukel für ihn angebracht hatte, die an dem Balken befestigt war und hoch über die Heuballen hinausflog, welche der Cousin dort stapelte. Die Schaukel war noch da, und Eugène, der sich auf das kleine Brett gezwängt hatte, schwang kräftig und mit ernstem Gesicht hin und her. Die Scheune war leer, denn die Vettern hatten keinen Bedarf mehr für Heu. Eugènes Atem und das Quietschen der Metallringe hallten laut in dem Raum, während wir ihm schweigend mit den Augen folgten, in dem anhaltenden Chlorgeruch, der auch hier noch über allem lag. Eugène stieß kleine Schreie aus, um das Echo zu testen. Es war mir gar nicht recht, daß jeder sah, auf welche Weise mein Sohn sich hier vergnügte; ich warf den Vettern verstohlene Blicke zu, aber sie sahen Eugène gleichmütig zu, standen breitbeinig und mit gekreuzten Armen da wie vorhin im Schlafzimmer, und ihr Gesichtsausdruck war so ohne jede Gefühlsregung, so ohne jede Kritik, daß man hätte meinen können, sie nähmen ihn auch nicht bewußter wahr als irgendeine für sie uninteressante Fernsehsendung, vor der sie aus Trägheit sitzengeblieben waren. Meine Schwiegertochter, die sich nicht weniger ärgerte als ich, verließ die Scheune. Wir gingen hinter ihr her, und der Vetter bot uns an, uns seine Maschinen zu zeigen. Mein Sohn wollte nicht von seiner Schaukel herunterkommen, und wir haben ihm dann seinen Willen gelassen, obwohl es uns nicht leichtfiel zu akzeptieren, daß er uns derart beschämte. Auf dem Weg zum Maschinenschuppen durchquerten wir den Hof. Unsere Absätze klapperten auf dem Zement. Es ging ein heftiger Wind, gegen den wir uns anstemmten; in dem Hof bewegte sich nichts.

Viertes Kapitel
Georges' Verrat

Seit einiger Zeit schon war mir aufgefallen, daß mein Mann auf eine junge Kassiererin des neuen Supermarktes ein Auge zu werfen schien. Das wunderte mich, denn sie hatte nun wirklich nichts Hübsches an sich, und wenn sie unsere Waren in die Hand nahm, machte sie eine freudlose oder gelangweilte Miene. Mittlerweile bin ich allerdings der Ansicht, daß sie darin den Anweisungen meines Mannes folgte, der mir sicher keinen Grund zum Verdacht geben wollte, bevor er ans Ziel seiner Wünsche gelangt war, und der sich die Möglichkeit offenzuhalten gedachte, wieder nach Hause zurückzukehren, als sei nichts passiert, falls die Sache schieflaufen sollte. Daß er es aber jedesmal so einrichtete, daß wir uns gerade an dieser Kasse anstellten, war Grund genug, um mich von seinem Faible für diese Frau zu überzeugen, genau wie der Umstand, daß er dann oft unvermittelt später nach Hause kam und auch seine Arbeitszeit sich plötzlich änderte. Im übrigen bekümmerte mich das wenig, denn ich war selbst nicht über jeden Vorwurf erhaben. Sorgen machte mir lediglich, daß man es im Dorf erfahren könnte. Ich befürchtete die Ungeschicklichkeit meines Mannes, und am liebsten hätte ich seine Verabredungen selbst organisiert, denn ich halte mich für gewitzter als er. Aber in Wirklichkeit hatte ich gewissermaßen die Fähigkeiten meines Mannes, sich zu binden, unterschätzt, und bei den Widerwärtigkeiten, mit denen ich mich jetzt herumschlage, und den Sorgen, die ich mir über die Zukunft mache, kann ich nicht umhin, mir mit Bedauern auszumalen, wie unser Leben hätte verlaufen können, wenn ich von Anfang an diese Fähigkeit meines Mannes erahnt hätte, oder wenn ich verschieden genug gewesen wäre, damit sie sich ganz natürlich in meiner Gegenwart entfaltet hätte. Da ich ja über sein Abenteuer mit der mürrischen Frau auf dem laufenden war, hatte ich nämlich eine liebenswürdige Herablassung an den Tag gelegt und lediglich ein leises Mißvergnügen empfunden, weil mein Mann nicht imstande war, eine vernünftige Diskretion walten zu lassen.

Eines Nachmittags, als ich gerade ans Fenster ging, sah ich, wie das Auto meines Mannes vorbeiflitzte: An seiner Seite saß die Kassiererin aus dem Supermarkt. Kurz darauf stellte ich fest, daß mein Mann seine ganze Wäsche mitgenommen hatte, mehrere Hemden und die schönen Sonntagsschuhe. Entgeistert bin ich eine ganze Weile auf unserem Bett sitzengeblieben und schließlich zum Supermarkt gerannt, wo ich den Namen und die Adresse der Frau erfahren habe: Sie wohnte in einem der Häuser der Reihenhaussiedlung. Ich fand dort ihren Mann und ihre Kinder, die sie noch zum Abendessen erwarteten. Ich nahm den Mann beiseite und teilte ihm mit, was gerade geschehen war, aber er wurde so wütend auf mich, daß ich die Flucht ergriff, unter dem Gebell des Hundes, den er auf mich hetzen wollte, falls ich es wagen sollte, mich noch einmal blicken zu lassen. Früher wäre es niemand eingefallen, so zu reagieren, sagte ich mir dann, und ich beklagte, wie sehr die Umgangsformen heruntergekommen waren. Anschließend bin ich lange Zeit durch die Siedlung gelaufen, und ich schämte mich bereits, wenn ich daran dachte, wie das Dorf über unsere Familie herziehen würde.

Ein paar Tage später hat sich meine Schwiegertochter die freie Stelle im Supermarkt geschnappt und sich dann viel auf diese neue Würde eingebildet.

Fünftes Kapitel

Ein Waldspaziergang

Ganz in der Nähe des Dorfes liegt zwischen zwei Feldern noch ein kleines Wäldchen, das vor allen Zugriffen verschont geblieben ist, weil es keinem wie auch immer gearteten Interesse im Wege stand. Früher haben wir manchmal die Sommernachmittage dort verbracht, obwohl das Laubdach recht spärlich ist und gegen die große Hitze keinen richtigen Schutz bietet. Aber jetzt kämen wir gar nicht mehr darauf, in dieser Gegend spazierenzugehen, denn die dort hinführende Straße, die früher sehr ruhig war, ist jetzt stark befahren, und das Wäldchen ist auch immer kleiner geworden. Deshalb weiß ich jetzt auch nicht, was mich eigentlich dort hingezogen hat, zumal ich wegen der Flucht meines Mannes und der finanziellen Notlage, die sich daraus ergab, damals den Kopf voller schwerwiegender Probleme hatte. Ich war ja schon seit Jahren nicht mehr dort gewesen und bin deshalb versucht zu glauben, daß es diesmal das Schicksal war – kein Entschluß meinerseits, kein Zufall –, das meine Schritte an jenem Morgen nach dieser Gegend gelenkt hat.

Ich ging schnell die Straße entlang, den Schal um die Schultern geschlungen, und ließ mich nicht beeindrucken, wenn mich ein Auto hinter mir durch Hupen in den Graben hinunterzutreiben versuchte. Ohne zu wissen warum, spürte ich, daß ich mich beeilen mußte, wenn ich nicht eine große Schuld auf mich laden wollte.

Ein dichter Nebel lag über dem Waldrand, und das schien mir ein günstiges Zeichen. Auf den Feldern ringsumher fuhren Traktoren. Ich stürzte mich in den Wald hinein, ohne auf das Unterholz zu achten, um nur schnell zu einer bestimmten Lichtung zu kommen, wo wir früher oft hingegangen waren. Anstatt in dem Gestrüpp herumzuirren und nach etwas zu suchen, wovon ich noch nichts wußte, ging ich dort zuallererst hin, denn es war der einzige Ort, der mir als Anhaltspunkt dienen konnte. Bald lenkte eine Erscheinung meine Schritte und bestärkte mich in der Wahl dieser Richtung: am Ende des Weges lächelte das veränderte Gesicht meiner Nichte Fanny, es wogte inmitten eines rosaroten Lichthofes, und da ich mich beeilte und laut keuchte, wich es weiter zurück und schien dabei richtige Sprünge zu vollführen, und um mich zu ermutigen, lächelte es dann noch aufreizender, noch bestrickender. Ich hatte Fanny wiedererkannt, obwohl sie ganz anders war als früher, obwohl sie sich eben in nichts mehr von uns unterschied und genau so war, wie wir es uns früher gewünscht hatten, freilich ohne Erfolg, denn ihre innerste Natur war ganz und gar verdorben. Um dieses veränderten Gesichtes willen bin ich ihr dann auch ohne Zögern gefolgt. Ich nannte sie wohl noch Fanny, aber ich hatte an diesem Gesicht nichts mehr auszusetzen. Ich entdeckte sogar eine unbestimmte Ähnlichkeit mit dem meinen, das die typischen Züge unserer Familie aufweist. Erschöpft kam ich zur Lichtung. Eine zusammengekuschelte Gestalt lag in der Mitte auf den aufgehenden Krokussen. Ihr Teint war genauso weiß wie die zarten, frischen Blumenkronen der Krokusse, und als ich näher kam, sah ich, daß er auch deren Glätte und Mattheit hatte. Ich kniete mich nieder und schüttelte Fanny sanft. Sie erwachte und begann sofort zu frösteln. Obwohl er von dem Tau ganz naß war, habe ich ihr deshalb meinen Schal umgelegt, ich mußte ja die Blöße meiner Nichte bedecken, die ihr bereits die Schamröte in die Wangen trieb, kaum daß sie sich ihrer bewußt geworden war.

– Tante Colette, murmelte sie mit niedergeschlagenen Augen, darf ich dich so nennen?

– Wie könnte ich leugnen, daß ich deine Tante bin? antwortete ich.

– Aber bist du das jetzt nicht noch mehr?

– So wie ich dich da sehe, bist du vollkommen, sagte ich überzeugt.

Das Gesicht meiner Nichte schien vor Freude richtig aufzugehen, und ich fand sie dann ausgesprochen hübsch, zumindest genauso hübsch wie ihre Cousinen, die ein wenig von ihrer Frische verloren hatten, während der Teint meiner Nichte an jenem Morgen so hell erstrahlte, daß sie meine Hand, die ich nach ihr ausstreckte, mit einem leichten rosa Widerschein zu überziehen schien. Ich sagte ihr, sie solle sich an meinem Hals festhalten, hob sie auf meinen Rücken und verließ mit dieser Last das Wäldchen. Um ja keinem Bekannten zu begegnen, habe ich mich den ganzen Weg über beeilt: in der letzten Zeit war genug über die Familie geredet worden, als daß ich nicht die größte Diskretion hätte wahren wollen. Tante Colette, hast du mir verziehen? flüsterte Fanny mir ins Ohr. Da ich allerdings nicht wußte, was ich antworten sollte, schwieg ich. Tante Colette, dein Schweigen tötet mich noch einmal, beharrte sie. Und ich dachte, es sei meine Pflicht, meiner Nichte zu versichern, daß ich nicht den geringsten Grund sähe, sie nicht wieder in die Familie aufzunehmen, obwohl – aber das habe ich ihr nicht gesagt –, obwohl eine so beispielhafte Wiederkehr uns keine Garantie dafür gab, daß es nicht zu neuerlichen Veränderungen kommen würde und sie sich infolgedessen darauf gefaßt machen mußte, daß eine gewisse Zeit verstreichen würde, bevor sie mein Vertrauen erringen konnte. Sie schien beruhigt und drückte kräftig meinen Hals. Ich habe sie bis in unser Schlafzimmer getragen, wobei Eugène mir verdutzt zusah, der allein im Haus war und wie gewöhnlich vor dem Fernsehapparat saß und Maulaffen feilhielt. Ich habe meine Nichte auf das Bett gelegt und bin dann hinausgegangen und habe sorgsam die Tür verschlossen, nachdem ich ihr versprochen hatte, bald wiederzukommen.

– Hast du deine Cousine wiedererkannt? habe ich meinen Sohn gefragt. Sie ist es tatsächlich!

– Sie hat sich ganz schön verändert, wunderte sich Eugène.

– Sie ist jetzt so wie wir sie uns gewünscht haben, sagte ich bestimmt.

– So hätte ich sie vielleicht geheiratet, murmelte er, aber ich wies ihn empört zurecht und fügte hinzu, daß wir uns trotzdem noch vor Fanny hüten mußten: was wäre, wenn ihre bösen Neigungen wieder die Oberhand gewännen und sie erneut die Schande unserer Familie werden sollte? Dann wäre es nicht mehr so einfach, sie loszuwerden, wo wir sie erst einmal aufgenommen hatten. Dann fiel mir ein, wie sehr sich meine Schwester freuen würde, und ich beschloß sie anzurufen.

Siebter Teil
Fannys Erzählung

Erstes Kapitel
Mein Eintritt ins Leben

Da ich auf einmal voller Selbstvertrauen war und wirklich vor nichts mehr Angst hatte, geschützt wie ich war durch mein verändertes Aussehen, nahm ich mir als erstes vor, mit dem Zug in die Hauptstadt zu fahren, um Georges zu holen, der, auch wenn ich ihn einst verachtet und schlecht behandelt hatte, auch wenn ich ihm jeden Gedanken an mich hatte austreiben wollen, jetzt doch – so rechnete ich es mir aus – an meiner Seite im Dorf einen annehmbaren Gefährten abgeben würde, denn seine verabscheuungswürdige Besonderheit war nicht mehr imstande, mich dadurch zu demütigen, daß jedem aufgefallen wäre, wie sehr wir uns ähnelten; womöglich war sie jetzt sogar dazu angetan, meine höchst befriedigende neue Person zur Geltung zu bringen. Hatte Tante Colette übrigens nicht selbst gewollt, daß ich dieser Beziehung zu Georges Dauer verleihen sollte? Wohl dachte ich manchmal mitleidig an die Qualen, die Georges vielleicht in unserem Dorf auszustehen haben würde, so wie ich sie früher selbst ausgestanden hatte, und an die Gefühlskälte der Verwandten, die imstande waren, mich, glücklich und stolz darüber, daß sie mich wiederhatten, an ihren Busen zu drücken und den unglückseligen Georges keines Blickes zu würdigen. Diese Aussicht bereitete mir wirklich nicht das mindeste Vergnügen. Aber aus so geringfügigen Gründen wollte ich nicht auf Georges verzichten, dem ich mich jetzt, wo er mir nicht mehr schaden konnte, sehr verbunden fühlte, und vor allem brannte ich darauf, Tante Colette zu beweisen, daß ich ihr fürderhin in allen Punkten zu gehorchen gedachte. Im übrigen bestand die Hoffnung, daß Georges, genau wie ich selbst, durch den längerwährenden Kontakt mit den Dorfbewohnern und den Mitgliedern unserer Familie schließlich jene Besonderheit verlieren würde, die Tante Colette zufolge lediglich der Ausfluß eines überheblichen Charakters war, obwohl wir sie ohne unser Zutun und eher durch die Schuld unserer Eltern, dachte ich, denn durch unsere eigene erworben hatten. Ich wünschte von ganzem Herzen, daß auch Georges ein solches Glück widerfahren möge. Doch würde er je die Notwendigkeit einer solchen Entsagung einsehen, die, wie ich mich erinnerte, nicht ohne eine qualvolle Selbstaufgabe möglich war und niemals gelingen konnte, wenn man sie nicht so stark ersehnte, daß man dafür zu sterben bereit war? Und wer kann sicher sein, wieder zurückzukommen? Wem hatte ich es zu verdanken, wenn nicht vielleicht einem gütigen Schicksal oder der Barmherzigkeit von Tante Colette? Wenn ich allerdings Georges' Hartnäckigkeit sowie seine große körperliche Schönheit in Betracht zog, so glaubte ich es mir ausrechnen zu können, daß er nie genügend Scham oder Widerwillen gegen seine eigene Person empfinden würde, und schon gar nicht den unstillbaren Wunsch, Tante Colette zu gefallen, um sich mit dem Verzicht auf das abzufinden, was an dem Ort, an dem er lebte, seine Anziehungskraft sicher noch verstärkte und was sein Vater und seine Mutter mit schlichtem und natürlichem Stolz an ihn weitergegeben hatten. Falls er überhaupt in der Lage war, sich derartige Gefühle vorzustellen, so käme es ihm doch zweifellos schmählich vor, eine solche Bekehrung herbeizusehnen, dachte ich errötend, wollte zugleich aber nicht zugeben, daß er recht haben könnte; dafür achtete ich das Dorf und meine eigene Familie viel zu sehr.

Ich ging zu Georges nach Hause, die Mutter öffnete mir die Tür, und ich betrat zuversichtlich die Wohnung, erleichtert immerhin, daß die Mädchen nicht da waren. Stumm und steif und doch verbindlich, bot mir die Mutter einen Stuhl an; Georges sagte: »Sieh an!« und war fast nicht überrascht. Er schien froh, mich zu sehen, umarmte mich, klopfte mir auf die Schultern und beglückwünschte mich zu meinem Kommen. Seinen spontanen Freudenbekundungen, der ruhigen Umgänglichkeit der Mutter entnahm ich, daß weder Georges noch seine Mutter an mir die geringste Veränderung wahrnahmen. Zunächst verdroß mich das, aber dann freute ich mich schon bald darüber, denn ich hatte im Grunde befürchtet, sie würden mich mit so großer Strenge beurteilen, daß mir nichts anderes übriggeblieben wäre, als wieder zu gehen, ohne den Mund aufgetan zu haben, und ich betete nur insgeheim, daß sie die einzigen bleiben möchten, die derart mit Blindheit geschlagen waren. Da ich mich liebenswürdig und bescheiden zu geben wußte, entspannte sich die Mutter, sie hatte mir nur deshalb zunächst die kalte Schulter gezeigt, weil ihr noch vor Augen stand, wie taktlos ich ihnen das letzte Mal einfach davongelaufen war, und ihre Dankbarkeit war groß, als ich den Wunsch äußerte, zusammen mit Georges ins Dorf zurückzukehren. Georges werde ohne weiteres eine Anstellung in dem neuen Supermarkt unseres Ortes finden, versprach ich. Sie waren beide ganz begeistert darüber, denn Georges war schon seit langem arbeitslos. Er packte schnell seinen Koffer, und die Mutter weinte ein wenig und stützte sich auf meine Schulter. Sie nannte mich immer noch bei meinem früheren Vornamen, an den ich gar nicht mehr gedacht hatte, bevor sie ihn wieder aussprach, und es war, als hätte sie ihn die ganze Zeit in einem Winkel ihres Geistes warmgehalten und nur darauf gewartet, mich wiederzusehen, um sich das Vergnügen zu machen, mit frohem Nachdruck jene drei Silben auszusprechen. Sie erkundigte sich nach meinem Vater, und als ich keine Antwort gab, war sie ganz gerührt, denn sie hielt mein Schweigen für Ergriffenheit. Sie hängte sich an meinen Hals und rieb ihre feuchte Nase an meiner Haut, ohne etwas von dem wahrzunehmen, was mich von nun an für immer von den geliebten und ersehnten Gefilden entfernte, aus denen sie einst gekommen war; Tante Colette hatte es so gefordert. Wenn ich nicht durch Tante Colettes heilsames Wohlwollen von der Vollkommenheit meiner Metamorphose überzeugt worden wäre, so hätte die mangelnde Wahrnehmungsfähigkeit von Georges und seiner Mutter mir Kummer bereitet; so jedoch schrieb ich sie einer ehrenwerten Naivität zu, die nicht imstande war, dergleichen Wünsche überhaupt zu ersinnen.

Die Mutter schaute nach, ob Georges auch alles eingepackt hatte, und ihre Tränen flossen noch stärker. Georges gab sich alle Mühe, nicht zu weinen, und nachdem sie uns noch ein weiteres Mal aufgehalten hatte, um uns Schokolade und ein paar Bananen zuzustecken, machten wir, daß wir fortkamen. Wir hörten sie noch bis zum Ende des Ganges jammern, weil sie nichts besitze, was sie Georges zur Erinnerung an sich hätte mitgeben können; in ihrer modernen Wohnung hatte sie nichts, was dafür geeignet gewesen wäre, die paar Nippsachen, die auf den Regalen oder auf dem Fernsehapparat herumstanden, hatte sie in dem nahe gelegenen Supermarkt erstanden, und sogar die Nachbarn hatten nichts anderes, denn sie kauften auch dort ein. Georges tat es sehr leid, wegzugehen, ohne seine Schwestern umarmt zu haben. Ich warf ihm verstohlene Blicke zu und war verblüfft über seine Schönheit, wo er mich vor kurzem doch noch angewidert hatte. Ich schrieb diesen Sinneswandel der Gewißheit zu, von der ich jetzt ganz durchdrungen war, daß man uns nicht mehr für Bruder und Schwester halten würde oder, schlimmer noch, für eine und dieselbe Person. Ich versuchte ihn zu trösten: seine Familie könne uns ja im Dorf besuchen, sagte ich ihm. Insgeheim stellte ich jedoch die folgende Überlegung an: wenn Georges' Gegenwart auch nicht mehr bewirken konnte, daß sein unwürdiges Aussehen auf mich selbst zurückfiel – ganz im Gegenteil, es würde noch deutlicher hervorheben, was ich doch wohl meine eigene Auferstehung nennen mußte oder meine totale und endgültige Vollendung –, so durfte ich vielleicht doch nicht erwarten, daß die Besuche seiner Familie eine vergleichbare Wirkung zeitigen würden; ich mußte vielmehr befürchten, daß sie das Erreichte wieder zunichte machen würden, weil man solche Beziehungen sicher für verdächtig halten und die Realität meines neuen Aussehens in Frage stellen würde. Sicher, schon der leiseste Zweifel daran war absurd, aber konnte man es letztlich nicht doch ableugnen und es dann ganz einfach nicht mehr wahrnehmen? Von Gewissensbissen geplagt, drückte ich Georges' Arm. Gehen wir noch zu meiner Mutter, sagte ich in heiterem Tonfall.

Wer ist da? rief sie, als ich bei uns zu Hause geklingelt hatte. Sie kam leise zur Tür und flüsterte durch das Schlüsselloch: Fanny, mein armes Mädchen, ich kann dir unmöglich aufmachen. Deine Tante hat mich benachrichtigt; ich weiß ja nun, wie es mit dir steht, und, nicht wahr, diesen Anblick könnte ich nicht ertragen. Warum hast du auf solche Weise mit deinen Eltern gebrochen? Was würde dein Vater sagen? Ach, da ist mir der Schmerz noch lieber, dich nie wieder zu sehen!

Das verschlug mir die Sprache. Wir hörten, wie meine Mutter mit einem langen Seufzer von der Tür weg und wieder ins Wohnzimmer ging, sodann ein undeutliches, kurzes Geflüster. Das ist ja nur, weil sie nicht allein ist, schrie ich aufgebracht, und weil sie sich schämt, sich zu zeigen! So wird es sein! Lauter Lügen! Ich hämmerte gegen die Tür und beschwor meine Mutter, mir aufzumachen, aber es war nichts mehr zu hören. Obwohl ich sehr gedemütigt war, verlor ich dann doch die Geduld, und ich zog Georges mit nach draußen und schwor mir dabei, daß Tante Colette eine solche Ungebührlichkeit nicht durchgehen lassen werde.

Zweites Kapitel

Umzüge

Meine Rückkehr hatte große Verwirrung gestiftet, von der ich nichts geahnt hatte, und es waren in aller Eile mehrere wichtige Entscheidungen getroffen worden. Da sie jedoch die Betroffenen aufs höchste zufriedenzustellen schienen, brauchte ich mir keine Sorgen darüber zu machen, ja ich durfte sogar annehmen, daß mein unvermitteltes Auftauchen die Ausführung von Plänen begünstigt hatte, mit denen man schon seit langem geliebäugelt hatte. Daß Georges und ich ein Dach über dem Kopf brauchten, war denn auch der willkommene Vorwand für Eugène und seine Frau, in ein Reihenhaus der neuen Siedlung zu ziehen und uns das Haus der Großmutter zu überlassen, das ihnen nicht besonders gefiel. Dafür blieb Tante Colette bei uns, die durch Onkel Georges' Verschwinden jeden Lebensunterhaltes beraubt worden war.

Georges bekam sofort eine Stelle im Supermarkt, wo er die über den Parkplatz verstreuten Einkaufswägelchen einzusammeln hatte und daher viel hin und her laufen mußte, aber das war ihm ganz recht, denn er war sportlich veranlagt. Wie fühlte sich Tante Colette in dieser Situation? War es ihr unangenehm, uns auf der Tasche zu liegen, oder betrachtete sie es als eine Ehre für uns, oder als ein ganz natürliches Ereignis im Leben, da sie ja meine Tante war und außerdem schon etwas betagt? War sie mir dankbar für den unverbrüchlichen Diensteifer, mit dem ich darum bemüht war, es ihr an nichts fehlen zu lassen? Und trotz alledem: liebte sie mich, weil ich ihre Nichte war und sie diese Zuneigung der Tochter ihrer Schwester schuldig zu sein glaubte, oder tat sie nur so als ob, weil sie etwas derartiges überhaupt nicht empfinden konnte? Wer hatte Tante Colette erschaffen und war fähig, diese Frage zu beantworten? Sobald ich nicht mehr in ihrer Nähe war, machte mich die geheimnisvolle Wirkung, die ihre bloße Existenz auf mich ausübte, so nervös, daß ich sofort wieder zu ihr zurückkehren mußte, aber dann verschaffte mir ihre – enttäuschende – Gegenwart auch keine weiteren Einsichten. Worin bestand der eigentliche Bezug zwischen Tante Colette und mir, war sie wirklich nur meine Tante? Vielleicht würden wir sterben, ohne das je erfahren zu haben.

Georges und ich kamen stillschweigend überein, Tante Colette die Leitung der häuslichen Angelegenheiten zu überlassen, und wir verhielten uns wie ehrerbietige Gäste. Das Schlafzimmer der Großmutter und das Wohnzimmer wurden ihrem ausschließlichen Gebrauch vorbehalten. Auf ihren Wunsch hin ließen wir die Zimmer neu tapezieren, mit einem großen malvenfarbenen Blütenmuster vor einem violetten Hintergrund; wir kauften im Supermarkt auf Raten ein komplettes Schlafzimmer im rustikalen Stil, das den ganzen Raum ausfüllte; jeden Morgen reinigte ich das plastisch hervortretende Rankenwerk, in dem der Staub sich mit besonderer Vorliebe verfing. Nach dieser Anschaffung waren wir tief verschuldet. Aber dies war das mindeste, was wir für Tante Colette tun konnten: daß sie es uns erlaubte, unter ihrem Dach zu leben (sie hätte freilich wegen ihrer eigenen heiklen Lage kaum ohne uns auskommen können), daß sie uns, Georges und mich, weder als entwürdigend für sich selbst noch für die Familie betrachtete, auch wenn ich aufgrund meines neuen Zustandes ja nicht den geringsten Schimpf mehr zu befürchten hatte, dies konnten wir ihr nie genug vergelten, dachte ich überzeugt.

Drittes Kapitel

Ein Besuch

Der Brauch will es, daß man seinen Verlobten den nächsten Verwandten vorstellt, wenn man eine Familie gründet, und so machte ich mich denn mit Georges auf den Weg zu einem Vetternpaar, das auf einem nahegelegenen Bauernhof wohnt; in Wahrheit kam es mir vor allem darauf an, ihre Reaktion zu ergründen und die entsprechenden Konsequenzen daraus zu ziehen. Tante Colette hatte unser Vorhaben gutgeheißen, und wir nahmen einen Hefekranz mit, den sie gebacken hatte. Georges war beklommen zumute, denn ihm ging allmählich auf, daß er die Zuneigung der Familie nicht einfach aufgrund seiner Qualitäten gewinnen würde, die im übrigen offenkundig waren, sondern daß er hoffen mußte, eine bestimmte Besonderheit, um die er sich bis dahin wenig Sorgen hatte machen müssen, werde der Aufmerksamkeit der Vettern, rechtschaffener Leute von unbeugsamer Denkungsart, entgehen – er mußte hoffen, daß sie nichts sehen würden, auch wenn es undenkbar war, daß diese Eigenart selbst dem oberflächlichsten Blick verborgen bleiben könnte. Aber hatten nicht auch Georges und seine Mutter die eindeutige Veränderung in meinem Aussehen übersehen? In diesem Punkt war Georges noch immer mit Blindheit geschlagen, so erstaunlich das auch sein mochte. In das Handikap, das sein natürliches Erscheinungsbild hier darstellte und dessen Auswirkungen er zunehmend zu spüren bekam, schloß er mich mit einem taktvollen Mitgefühl ein. Und wenn er mir deswegen leid tat und ich mich bemühte, ihn seinem Irrtum zu entreißen, so bedauerte er mich nur noch mehr, tat jedoch nichts – er wollte mich ja schonen –, um den Grund meiner Selbsttäuschung aufzudecken. Die Hoffnung war jedenfalls nicht ganz aus der Luft gegriffen, daß die Vettern Georges nichts anmerken würden; wollten sie allerdings von dem Notiz neben, was sie doch eigentlich nicht übersehen konnten, dann würde sie das zweifellos abkühlen.

Sie bewillkommneten uns mit einer etwas distanzierten Freundlichkeit und einem Anflug von Traurigkeit, denn ihr alter Hund war vor kurzem gestorben, das letzte Tier auf dem Hof. Da sie gerade Plätzchen gebacken hatte, die man nicht aufheben konnte, wußte die Cousine nicht so recht, was sie mit dem Kranz anfangen sollte. Tante Colette zu Ehren mußte man ihn freilich trotzdem essen. Wir setzten uns alle vier an den Küchentisch. Die Cousine stand wieder auf und holte abgekämpft (und jetzt auch noch in den Keller!) einen kühlen Sekt herauf. Als sie mich sahen, hatte keiner von ihnen das geringste Erstaunen gezeigt. Obwohl sie Georges eigentlich gar nicht anzublicken schienen, nahmen sie ihn doch wahr, und mit ein paar wie auswendig dahingesprochenen Sätzen wünschten sie mir lächelnd Glück, wobei der Blick ihrer nunmehr leeren Augen weder auf meinem Gesicht noch auf dem von Georges verweilte.

Wußten sie überhaupt, wer ich war? fragte ich mich besorgt, so gleichgültig wirkten sie, und so sehr schien ihr Familiensinn abgestumpft zu sein. Die Vettern waren keineswegs schockiert über Georges' Aussehen, obwohl ich das für möglich gehalten hatte, aber selbst die Veränderung in meinem Erscheinungsbild fiel ihnen nicht auf, und sie sahen mich auch nicht etwa wie früher an, sie betrachteten uns vielmehr genauso unpersönlich und höflich wie Fremde, deren Angelegenheiten sie nichts angingen und bei denen es verlorene Mühe gewesen wäre, sich irgendwelche Gedanken über ihre Person zu machen. Immerhin erkannten sie mich wieder, denn sie nannten meinen Vornamen und erkundigten sich, wie es meiner Mutter und Tante Colette gehe. Aber im Grunde ist ihnen die Familie doch ganz egal! mußte ich mir verblüfft eingestehen. Wo Georges' seltsame Gestalt oder mein eigenes adäquates Äußeres bei ihnen nicht die mindeste Reaktion hervorriefen, wurde es da nicht immer augenfälliger, daß es für die Vettern ziemlich unwesentlich war, ob Georges nun zur Familie gehörte oder nicht oder ob ich selbst jetzt als vollwertiges Mitglied dieser Familie gelten konnte?

Ist euch denn alles gleichgültig geworden? konnte ich nicht umhin auszurufen, als die Base aus dem Keller zurückkam. Da sie nicht verstanden, was ich damit sagen wollte, schüttelten sie vage den Kopf. Die Base goß den Sekt in Senfgläser, die mit lustigen Figuren verziert waren. Aus dem Schlafzimmer hörte man ein Geräusch. Es kam aus dem Fernsehapparat, vor dem die Vettern sich vor unserer Ankunft niedergelassen hatten, um zu Mittag zu essen. Wo ist nur euer Familiensinn hingekommen? flüsterte ich. Als die Großmutter noch lebte, ging euch doch nichts darüber. Der Vetter wackelte niedergeschlagen mit dem Kopf.

– Die Familie ist jetzt ganz schön verstreut, Gott sei's geklagt, sagte er geistesabwesend.

– Aber seht ihr denn Georges und mich so, wie wir wirklich sind? beharrte ich.

– Ja, ja, sagte er, um mich zu besänftigen.

Während Georges beruhigt lächelte, erfüllte mich ein solcher Niedergang mit Sorge, und ich bedauerte die – heute so einsamen – Verwandten, daß sie sich so wenig daraus machten, was in Zukunft aus der Familie wurde, obwohl ihre bornierte Strenge mir, wie ich annahm, früher bestimmt sehr geschadet hatte, denn die Vettern hatten sich noch unnachgiebiger gezeigt als Tante Colette, und als ich von dem Hund gefressen wurde, hatten sie sicher eine mit Befriedigung, wenn auch nicht mit Haß gemischte Erleichterung empfunden.

– Wir hätten Wert darauf gelegt, daß ihr unsere Verbindung in Kenntnis der Sachlage billigt und nicht aus Gefälligkeit, fing ich wieder an.

– Ach, laß uns doch in Ruhe, seufzte die Base und ging ins Schlafzimmer, aus dem sie die Klänge einer fröhlichen Militärmusik vernommen hatte.

Der Vetter rutschte auf seinem Stuhl herum, und damit auch er seiner Frau folgen konnte, standen wir ebenfalls auf und begaben uns vor den Fernseher, wo gerade die dreiunddreißigste Folge einer Familiensaga mit dem Titel *Das Leben auf den Schlössern* lief.

Viertes Kapitel

Wie das Dorf reagierte

Auch wenn ich morgens und abends langsam die Straßen auf und ab ging, einzig und allein, um den ehemaligen Nachbarn der Großmutter zu zeigen, daß sie mir jetzt ihr volles Vertrauen schenken konnten, um die unverhoffte Veränderung meines Zustandes vorzuführen, so kam man doch, wenn man mir begegnete oder mich vom Fenster aus sah, entweder nicht auf den Gedanken, daß es sich um die Enkelin der verstorbenen Nachbarin handeln könne, denn man hatte mich ganz anders in Erinnerung und glaubte nicht an die Möglichkeit so umwälzender Veränderungen, oder man wußte es und maß dem keine weitere Bedeutung bei, oder aber man war der Ansicht, daß dieser Umstand nicht bedeutete, daß ich nun im Dorf weniger fremd war, und vor allem wollte man sich wohl den beklemmenden Aufruhr vom Leib halten, der in diesen jeder Form von Geheimnis abholden Gemütern hätte entstehen können. Wie dem auch sei, man ging an mir vorüber, ohne mich zu grüßen, aber auch ohne mir eine besondere Feindseligkeit entgegenzubringen. Keiner rief: Fanny! wenn er mich sah. Und ich nahm an, daß es auch keine Spur von Überraschung und kein erinnerungsschweres: Aber natürlich! hervorgerufen hätte, wenn ich mich selbst als Fanny zu erkennen gegeben hätte. Man hätte mir nur höflich zugestimmt, ohne überhaupt zu begreifen, was man mit einer solchen Auskunft denn anfangen sollte. Und in aller Deutlichkeit ging mir auf: ich war kaum verschwunden, als man auch schon vergessen hatte, wer ich gewesen war, weil man mich nie zu den Einwohnern des Dorfes gezählt hatte. Und wie hätte es auch anders sein können? Wie hätte man die Erinnerung an etwas bewahren sollen, das man wie einen schädlichen Fremdkörper ausgestoßen hatte? Wenn auch keine unfreundlichen Bemerkungen mehr über mich fielen, die Georges jetzt abbekam, so blieb ich doch eine Unbekannte, von der man nichts wissen wollte, denn man empfand hier einen erheblichen Abscheu vor neuen Gesichtern, wie die kühle Distanz, die man den erst kürzlich hinzugekommenen Bewohnern der Neubausiedlung entgegenbrachte, zur Genüge bewies.

Fünftes Kapitel
Meine Mutter verleugnet mich

Kurz nachdem wir uns im Dorf niedergelassen hatten, erhielt ich den folgenden Brief, der mich lange Zeit betrübte:

Meine liebe Tochter,

ich will dir lieber gleich sagen, daß Du Dir keine falschen Vorstellungen machen sollst: Ich konnte dem Vergnügen, diese Anrede ein letztes Mal zu gebrauchen, nicht widerstehen; und daraus ersiehst Du, wie schwer es mir gefallen ist, mich zu der Entscheidung durchzuringen, die ich Dir mitteilen werde, und vielleicht wirst Du mich dann genauso bedauern wie Du Dich selbst bedauerst. Ach Fanny, warum hat es dahin kommen müssen? War ich daran schuld? Ich sehe wirklich nicht, was ich mir vorzuwerfen hätte. Ich habe Dich anständig erzogen und nie versucht, Dir diese unheilvollen Ideen in den Kopf zu setzen (ich weiß übrigens nichts Genaues darüber), die Dich in Deine gegenwärtige, sehr bedauerliche Lage gebracht haben. Warum bist Du nicht tot geblieben! Kannst Du mir bitte erklären, was daran schlimm gewesen wäre, nicht mehr zu leben, im Vergleich zu Deinem jetzigen Zustand; denn man nimmt ja doch im allgemeinen an, daß jedes Leiden dort ein Ende findet, und ich werde das nie anders sehen. Deine halsstarrige Natur hat die Oberhand gewonnen, und Tante Colette sagt, daß Du triumphierend zurückgekommen bist. Hast Du dabei auch an Deine arme Mutter gedacht? Nicht einen Augenblick, nehme ich an. Fanny, es ist ausgeschlossen, daß ich Dich, so wie ich mir Dich jetzt vorstelle, noch als meine Tochter betrachte und daß Du in mir Deine Mutter siehst. Du bist jetzt nur mehr die Frucht Deiner widerlichen Arroganz! Was Dein Vater und ich geschaffen haben, hast Du skrupellos zerstört, und Du beleidigst uns auf diese Weise noch viel schwerer als durch irgend sonst etwas. Deshalb glaube ich auch, daß die Entscheidung, die ich Dir mitteile, im Grunde nur Deine eigene Wahl bestätigt, und das verstärkt meinen Schmerz noch, aber ich muß Dir doch auch sagen, daß es mir zugleich eine Art von wütender Verachtung Dir gegenüber einflößt. Auf einmal versiegen meine Tränen, die Wut kommt wieder! Fanny, versuche nicht, mich noch einmal zu sehen oder mir zu schreiben. Aber warum solltest Du das tun, wo wir einander doch in Zukunft nichts mehr bedeuten. Unterschrift: Tante Colettes zweite Schwester.

Sechstes Kapitel
Beim Bürgermeister

Ich machte einen Termin bei dem Bürgermeister des Dorfes aus und suchte ihn in seinem Amtszimmer auf, im zweiten Stock eines kleinen Hauses neben der Schule, wo auch der Lehrer wohnte. In einem winzigen Zimmer mit gelb angestrichenen Wänden arbeiteten der Bürgermeister und seine Sekretärin Seite an Seite. Ihre Tische berührten sich fast. Er war soeben erst gewählt worden. Ich trat näher; die Anwesenheit der Sekretärin, einer alten Dame, der die Großmutter, wie mir nun wieder einfiel, früher nur Schlechtes nachgesagt hatte, machte mich etwas verlegen. Sie schielte mich mißtrauisch an – erkannte sie mich wieder? Ich legte die Hände flach auf den Tisch des Bürgermeisters und neigte mein Gesicht dem seinen in der Hoffnung zu, daß die Sekretärin nicht mitbekommen würde, was wir sagten. Ganz beflissen beugte auch er sich mir entgegen.

– Ich komme aus dem folgenden Grund, flüsterte ich. Ich wohne im Dorf, und ich möchte, daß dies offiziell zur Kenntnis genommen wird. Denn hier werde ich in Zukunft leben.

– Sie möchten Bürgerin unseres Dorfes werden? fragte der Bürgermeister in billigendem Tonfall.

– Genau das ist es, sagte ich.

– Nun, ich glaube, das ist nicht schwer.

– Oh, das ist sehr schwer, brummelte die Sekretärin, die in ihrer Arbeit innegehalten hatte, um besser zuzuhören. Nicht jedem ist es gegeben, hier Bürger zu werden, beileibe nicht. Wir wenden hier die alten Gesetze an.

– Davon wußte ich nichts, wunderte sich der Bürgermeister.

– Von den neuen und einfacheren Gesetzen machen wir nur dann Gebrauch, wenn an der Vertrauenswürdigkeit der betreffenden Person kein Zweifel besteht, erklärte die Sekretärin in professoralem Ton. Es sind aber so viele widersprüchliche, unentwirrbare Gerüchte über dieses Fräulein im Umlauf, daß ich es für angebracht halte – falls Sie nichts dagegen einzuwenden haben – ihren Antrag der ganzen Strenge der alten Gesetze zu unterwerfen.

– Wo sind sie, diese alten Gesetze, fragte der Bürgermeister verdattert und, wie mir schien, ein wenig ungehalten darüber, seine Unwissenheit eingestehen zu müssen.

– Ich weiß sie zwar auswendig, aber ich kann Ihnen auch das Papier zeigen...

– Ja, wir wollen das Papier sehen, sagte ich mit Bestimmtheit.

Und ich richtete mich wieder auf, ging durch das Zimmer, reckte die Nase in die Luft, um dem jungen Bürgermeister zu zeigen, daß ich nicht mehr mit ihm verhandeln zu können glaubte, und schaute nur noch auf die Sekretärin, die in den Schubladen ihres Schreibtisches kramte und jammerte, daß sie nicht finde, was sie suche. Wenn Sie diese alten Gesetze nicht finden, wie wollen Sie dann beweisen, daß sie je existiert haben? Aber auf einmal sprang sie auf den Bürgermeister zu und riß ihm ein großes rosarotes Papier aus der Hand, an dem er gedankenlos und nur um irgend etwas zu tun, die vergoldete Feder seines Füllers abwischte. Ich hab's, rief sie. Nun wollen wir mal sehen, was sich auf Ihren Fall anwenden läßt. Sie hielt das Blatt ganz dicht an ihre Nase und baute sich vor mir auf, so daß ich die Gesetze nicht zusammen mit ihr lesen konnte. Ich wagte indessen nicht, mich zu beklagen, denn ich hatte den Eindruck, daß die Sekretärin nicht gezögert hätte, sich auf der Stelle ein besonders strenges Gesetz auszudenken, nach dem ich, bar jeder Hoffnung, unverrichteter Dinge wieder hätte kehrtmachen müssen. Von einer unbestimmten Sorge erfüllt, wartete auch der Bürgermeister. Hier ist etwas für Sie, nichts könnte besser auf Sie zutreffen, rief die Sekretärin: »Der Fremde, der sich dauerhaft oder endgültig im Dorf niederzulassen begehrt, hat die schriftliche Einwilligung seiner behördlich bekannten Mutter einzuholen oder zwischen neun und zehn Uhr morgens, außer montags, in Begleitung dieser letzteren beim Bürgermeisteramt vorzusprechen«. Der Herr Bürgermeister wird mit mir darin übereinstimmen, daß für Sie der zweite Teil des Artikels gilt, der jede Unklarheit ausschließt. Der Bürgermeister gab lasch seine Zustimmung. Ich ließ mich niedergeschlagen auf einen Stuhl fallen und rief:

– Sagt das Gesetz denn nicht, was der Fremde machen soll, der keine Mutter mehr hat?

– Ich habe Ihnen ja vorhin schon gesagt, gab die Sekretärin teilnahmslos zur Antwort, nicht jedem ist es gegeben ...

Ich wandte mich an den Bürgermeister und flehte ihn an, mir beizustehen, aber er wurde rot und beteuerte, daß er dem Gesetz in keiner Weise zuwiderhandeln könne. Er werde im übrigen auf seine um so strengere Einhaltung dringen, als er ja schon sehe, daß ich bereit sei, alles zu tun, um es zu umgehen. Und auf einmal setzte er eine ernste und kühle Miene auf, um der Sekretärin gegenüber sein vorheriges Zögern vergessen zu machen. Alle beide taten so, als wüßten sie schon nicht mehr, daß ich im Raum war, und ich ging unauffällig hinaus, denn ich befürchtete, daß die Sekretärin plötzlich irgendein Gesetz vorweisen könnte, demzufolge mein weiterer Aufenthalt im Dorf rechtswidrig oder (man konnte ja nie wissen) Georges' Besonderheit strafbar war.

Siebtes Kapitel
Ich besinne mich wieder auf Tante Léda

Der Besuch beim Bürgermeister bewog mich dazu, meine Situation im Dorf zu überdenken. Daß sie prekär war, dies war mir wohl bewußt gewesen, aber ich hatte sie doch nicht für so schlecht gehalten, daß man nicht einmal, im Vertrauen auf meine zahlreiche Verwandtschaft, die einfacheren Gesetze auf mich anwenden konnte. Indessen mißtrauten mir die höchsten Autoritäten der Gemeinde, als sei ich die erstbeste Hergelaufene, und sahen in meinem Wunsch, das Dorf zur Heimat zu haben, nichts

Ehrenvolles für dieses letztere, sondern suchten mich durch zwingende Auflagen zu entmutigen. Etwa folgende Fragen drängten sich mir nun auf: Behandelte man mich nicht noch schlechter als irgendeine beliebige Fremde, bei der man wenigstens bemüht wäre, ihr einen gewissen schicklichen Respekt entgegenzubringen? Warf man mir heute nicht vor, etwas erlangt zu haben, für dessen Nichtvorhandensein man mich gestern noch verachtet hatte? Und hieß das nicht, daß man mich jetzt noch mehr verachtete? Wo lag mein Fehler? Wer hatte eigentlich etwas davon, daß ich mich verändert hatte, wenn nicht Tante Colette, der mein früheres Aussehen immer ein Dorn im Auge gewesen war? Aber war meine Zugehörigkeit zur Familie denn größer geworden, jetzt, wo ich von meiner eigenen Mutter nicht mehr anerkannt wurde, wo die Großmutter mich in dieser Gestalt nie sehen würde und die anderen mir mit kühler Achtlosigkeit entgegentraten? Was mußte ich mir denn noch alles erschließen, um ein Anrecht darauf zu haben, unwiderruflich im Bann des Dorfes und der Familie zu stehen und durch beide in so enge Schranken gewiesen zu werden, daß es mir unmöglich würde, ohne ihr moralisches Einverständnis die geringste Entscheidung zu treffen?

Ich berichtete Tante Colette, was die Sekretärin mir gesagt hatte, und führte ihr die unerwarteten Schwierigkeiten vor Augen, in die mich das alte Gesetz brachte. Tante Colettes Gesicht verfinsterte sich.

– Ich kann jedenfalls nicht deine Mutter ersetzen, sagte sie, das wäre ungehörig gegenüber Eugène. Ich muß deine Tante bleiben, nicht mehr und nicht weniger.

– Vielleicht wäre Léda geeignet, warf ich schüchtern ein.

– Ach, da fängst du wieder an, sagte sie lakonisch.

Daraufhin entfernte sie sich und erwähnte meinen Vorschlag nicht mehr, was ich mir als eine stillschweigende Zustimmung zu interpretieren erlaubte, obwohl es mir andererseits bemerkenswert schien – aber so reagierte sie jetzt immer häufiger –, daß Tante Colette sich damit begnügte, überhaupt keine Meinung zu äußern.

Achtes Kapitel

Die lieben Verwandten

Weil die Verwandtschaft schon seit geraumer Zeit nicht mehr zusammengekommen war, beschlossen Georges und ich mit Tante Colettes Erlaubnis (die wieder einmal eigenartig implizit war), alle miteinander am Geburtstag der Großmutter zu einem großen Mittagessen einzuladen, genau wie früher. Ich besuchte die umliegenden Dörfer, um jeden einzelnen persönlich davon zu verständigen, doch wo ich auf Reaktionen gerührter Freude gefaßt gewesen war, sah ich zu meinem Erstaunen auf vielen Gesichtern Langeweile und Ärger, die so manchen bei der Aussicht auf diesen Gedenktag überfielen, zumal die jüngeren, die, wie ich zu hören bekam, wirklich Besseres zu tun hatten. Allein das Bewußtsein der Achtung, die sie der Großmutter schuldeten, hatte sie früher dazu bewogen, ohne Murren zu erscheinen, und auch zur Hochzeit meines Vetters Eugène waren sie sicher sehr bereitwillig gekommen, weil es sich um einen feierlichen, offiziellen Festakt handelte, dem man nicht ohne triftigen Grund fernbleiben durfte. Dagegen stand das von mir vorgeschlagene Mittagessen mit jenem bedeutenden Umstand des Geburtstages nur in einem künstlichen Zusammenhang, denn die Großmutter weilte ja nicht mehr unter den Lebenden. Deshalb schützten viele auch irgendwelche Beschäftigungen vor und lehnten ab. Sie empfingen mich mit gleichgültigem Achselzucken und nahmen mich eigentlich gar nicht wahr. Unmöglich zu sagen, ob sie mich überhaupt wiedererkannten oder sich, wenn sie mir zuhörten, mit der von mir angegebenen Identität begnügten. Wahrscheinlich war es ihnen ganz egal, was aus der, die ich gewesen war (und die man vergessen hatte!), geworden war, und man empfing mich einfach als Nichte von Tante Colette, ohne weiter darauf zu achten – wen interessierte das schon? –, daß man mich so noch nie gesehen hatte.

Meine jüngeren Vettern wohnten an der Peripherie der Dörfer in beige verputzten Fertighäusern, die in lichte, quadratische Räume unterteilt waren; die Zimmeraufteilung war in all diesen einstöckigen Häusern, die von derselben Firma errichtet worden waren, die gleiche. Die Räume waren hellhörig, die Wände dünn, die Fenster hatten Ganzglasscheiben ohne Fensterkreuz. Meine jungen Cousins, die sich durch den Kauf ihrer Häuser stark verschuldet hatten, arbeiteten hart. Angesichts jener pausenlosen Betätigung, die sie, um nur ja um das Mittagessen herumzukommen, als Entschuldigung vorbrachten, blieb mir nichts anderes übrig, als klein beizugeben, wenn sie mich dergestalt zwischen Tür und Angel abfertigten, ohne mich auch nur zum Hereinkommen aufzufordern. Und doch gehörten wir derselben Familie an, dachte ich verdutzt, und hatten der Großmutter dieselbe unverbrüchliche Anhänglichkeit entgegengebracht!

Sehr beschämt und besorgt, Georges könne vielleicht denken, er sei der Grund für diese Absagen, überredete ich ein paar alte Leute, Großonkel und Großtanten, uns Gesellschaft zu leisten, was nicht gerade einfach war, denn die Vergessenheit, in die ich nach der peinlichen Episode mit dem Hund geraten war, konnte gar nicht größer sein. So gänzlich unbekannt war ich ihnen nie zuvor gewesen! Tante Colette half mir, sie zu überzeugen, und wir waren dann knapp zehn bei Tisch, Eugène, seine Frau und sein Hund inbegriffen, denn mein Cousin war so vernarrt in das Tier, daß er es nicht übers Herz brachte, sich für einen Augenblick von ihm zu trennen. Er hatte ihn denn auch auf einen Stuhl neben sich springen lassen und ihm einen Napf vorgesetzt, den er mit einem Brei aus Brot und Fleisch gefüllt hatte und auf dem der Hundename stand. Ich schlich vorsichtig um diesen Stuhl herum, obwohl das bösartige Tier mich nicht wiederzuerkennen schien. Seit dem Beginn der Mahlzeit lenkte ein unerwarteter Anblick aller Augen auf sich und brachte zu meinem Entsetzen den Hund zum Knurren, der sich allerdings rasch wieder beruhigte. Es war eine große Puppe aus Stroh und Jutestoff, die ich selbst angefertigt und am Ende des Tisches auf einen Stuhl gesetzt hatte. Als Kleid hatte ich ihr ein Geschirrtuch umgebunden, und Kürbiskerne stellten die Augen und den Mund dar. Georges und Tante Colette, vor denen ich mich beim Anfertigen der Puppe versteckt hatte, blickten mich fassungslos an. Tante Colette schien ungehalten zu sein, worüber ich sofort in ängstliche Unruhe geriet. Ich stand auf, stützte die Hände auf den Tisch und sagte laut: Das ist Tante Léda, so wie ich sie mir vorstelle. Ich wollte, daß sie heute bei uns ist, ganz gleich in welcher Gestalt. Da niemand sich richtig an ihre Gesichtszüge erinnert, könnte sie doch auch so aussehen, nicht wahr? Aber ich hoffe, daß im nächsten Jahr die wirkliche Léda unter uns weilt, daß ich sie endlich wieder zurückgeholt haben werde und sie meine arme Mutter vorteilhaft ersetzen wird, die sich aufgrund einer Täuschung von mir abgewandt hat. Ich werde dann zum Dorf gehören, und keiner von euch wird sich meiner Situation mehr zu schämen brauchen, obwohl diese sich seit dem letzten Jahr beträchtlich verbessert hat, wie ihr ja selbst seht.

In dem darauffolgenden bedrückenden Schweigen setzte ich mich wieder. Mit verkniffenem Mund servierte Tante Colette die Palmenherzen in Vinaigrette, und als sie hinter der Puppe vorbeiging, warf sie sie mit einem Stüber zu Boden. Nichtssagende Gespräche über den Gesundheitszustand der anwesenden Alten huben an. Aus Angst, daß man auf ihn aufmerksam werden könnte, wagte Georges nichts zu sagen. Eugène stellte schließlich den Fernseher an, man schaute sich schweigend ein Spiel an, und alle waren froh, es nicht zu verpassen, denn wenn man auswärts aß, war das leider oft zu gewärtigen. Sogar Tante Colette begann wieder zu lächeln, aber wie eiskalt sie mich anblickte! Somit wurde mir dieser Tag, von dem ich mir trotz der beschränkten Zahl der Teilnehmer ein geselliges Vergnügen versprochen hatte, durch den Groll von Tante Colette vergällt, die ich irgendwie, ich wußte nicht wie, ernsthaft verletzt hatte. Zu meinem Leidwesen mußte ich einsehen, daß Tante Colette, wenn sie mir genau wie früher noch immer das Recht aberkannte, mich mit Tante Léda zu befassen, offenbar der Ansicht war, ich sei noch nicht genügend mit der Familie zusammengewachsen, um mir das erlauben zu können. Und doch: konnte ich denn überhaupt etwas Besseres tun, als eben gerade Léda entgegenzugehen, von ihr zu erreichen, daß sie mich auf die eine oder die andere Weise akzeptierte, und zu guter Letzt das volle Bürgerrecht in diesem Dorf, einen Platz auf seinem Friedhof zu erwerben? Tante Colette ist wirklich zu hart, sagte ich mir, und etwas unvernünftig. Was erwartet sie denn von mir, die ich doch in aller Bescheidenheit schon alles tue, was in meinen Kräften steht, um in den Kreis der Familie aufgenommen zu werden (aus dem man mich unbilligerweise verstoßen hat)?

Die Alten gingen schon früh, kaum daß sie den Nachtisch aufgegessen hatten. Schweigend in einer Ecke zusammengesunken, schien Georges von niemand beachtet worden zu sein, man hatte ihn offenbar kaum gesehen, und er richtete sich nun erleichtert allmählich wieder auf, obwohl er immer noch, wie schon das ganze Essen über, vor Angst zitterte, man könne auf seine Besonderheit aufmerksam werden und mit all der Taktlosigkeit, die alten Leuten manchmal eigen ist, über ihn herziehen. Seine Eigenart schien mir hell wie ein Leuchtturm zu strahlen, und sie stach zudem besonders deutlich hervor, so daß man Georges nicht hätte beschreiben können, ohne sie an erster

Stelle zu erwähnen. Aus Mitleid vermied ich es, ihn anzusehen. In seiner Einfalt kannte Georges indes kein Gefühl der Scham, sondern es peinigte und verwirrte ihn lediglich, daß er sich verstecken mußte, weil er nicht so war, wie eine in diesen Dörfern verbreitete starrköpfige Vorstellung von den Menschen es haben wollte. Ich meinerseits schätzte mich jeden Tag wieder glücklich, daß ich Georges so wenig ähnlich sah, und obwohl ich ihn bedauerte, liebte ich ihn rückhaltlos.

Neuntes Kapitel
Georges' Beichte

Mit betrübter Miene kam er zu mir in den kleinen Hof, wo ich ein paar von der Großmutter gepflanzte Fuchsien und Geranien goß. Er setzte sich auf einen großen Stein zu meinen Füßen und sagte, so angegriffen, wie ich ihn noch nie gesehen hatte:

– Fanny, ich kann das Leben, das man mir hier bereitet, nicht länger ertragen. Ich habe nicht die geringste Erklärung für all das, was mir hier widerfährt, fuhr er fort, denn wer bin ich denn, daß ich es verdient hätte, so behandelt zu werden? Ich bin nur ich selbst, Georges, und ich verstehe nicht, warum man mich mit diesen Namen belegt, die ich hinter mir herflüstern höre, wenn ich durch die Hauptstraße gehe, Bezeichnungen, deren Lächerlichkeit und Schändlichkeit mir nicht entgeht, aber wie kommt man nur dazu, sie auf mich anzuwenden? – ich bin doch niemand anders als ich selbst, Georges, und diese Namen, die ich im Vorbeigehen mitbekomme, sind alt und abgedroschen, sie sind nicht für mich ausgedacht worden, und doch muß ich bei aller Verblüffung eingestehen, daß sie auf mich gemünzt sind, und ich werde dann rot und senke den Kopf, als hätte man mir eine grausame Wahrheit entgegengeschleudert, dabei bin ich wie vor den Kopf gestoßen und kann nicht glauben, daß mein, daß Georges' Gesicht jemand solche Wörter auf die Lippen zaubert. Bin ich denn, ohne es zu ahnen, etwas ganz anderes als Georges, ich meine: irgend etwas Verhaßtes und Verachtetes? Aber ich fühle doch, daß ich ganz einfach Georges bin, und ich sage mir das jeden Tag vor, um nichts mit diesen Wörtern gemein zu haben, deren Sinn ich leider errate, denn es sind altbekannte Wörter, und man kann nicht so tun, als hätte man sie noch nie gehört oder als fände man sie lustig.

– Was für Wörter sind das? fragte ich in munterem Tonfall, aber mit purpurroten Wangen und brennend heißer Stirn.

Georges wandte sich unmerklich ab und gab keine Antwort. Wirr vor Scham goß ich sorgfältig die letzte Geranie. Was aber ist, wenn man mich zu Recht so nennt? fuhr Georges fort. Wenn ich in Wirklichkeit so wenig Achtung verdiene, wie man es mir zu verstehen gibt? Manchmal weiß ich nicht mehr, was ich denken soll, deshalb versuche ich, mich an die Gewißheit zu klammern, daß ich ich selbst bin, daß ich genau so bin, wie Mama und meine Schwestern mich lieben; aber sie sind weit weg, und allmählich schwindet meine Gewißheit, daß ich dieser Georges bin und nicht jener andere, der von allem Anfang an gemein und lächerlich ist und von dem man hier überzeugt ist, daß ich es bin, ohne mich überhaupt zu kennen oder auch nur anzublikken. Warum sollten so viele Leute Unrecht haben, sage ich mir, oder warum sollten sie mir übelwollen? Das kann gar nicht sein – ich bin doch, nicht wahr, ein zurückhaltender und verträglicher Junge. Im Supermarkt schauen meine Kollegen auf mich herab, und mein Chef, der nicht einmal einen besonderen Groll auf mich hat, zögert nicht, mich bei einem anderen als meinem eigenen Namen zu nennen. Mittlerweile antworte ich sofort, wenn er mich auf diese groteske, peinigende Weise anredet. Mit der Zeit jedoch verblaßt die Bedeutung des Wortes in meinem Bewußtsein, und vergesse ich in dem Supermarkt dann nicht allmählich, daß ich Georges bin und nicht das, als was mein Chef mich bezeichnet? Ich lächele allerdings und gebe mir Mühe, denn ich will ja kein Mißfallen erregen, und ich spüre deutlich, wie ich mich aufgebe. Also...

Tante Colette tauchte am Fenster ihres Zimmers auf, sog die Morgenluft ein und zog sich wieder zurück, wobei sie mit einer Hand ihren Knoten festhielt – hoch erhoben, leicht und elegant die fette Kurve des weißen Arms. Georges flüsterte: Sogar deine Tante sieht in mir eine Art Tier, zwischen Hund und Katze ... Im übrigen ist sie nett und ärgert mich nicht.

Ich war aufgebracht darüber, daß er sich über Tante Colette lustig machte, und blickte ihn streng an. Georges umfaßte meine Knie mit seinen Händen und bat mich, nach Hause zurückkehren zu dürfen, zu seiner Mutter und seinen Schwestern, die ihm, aus den Gründen, die er mir gerade auseinandergesetzt hatte, allzusehr fehlten, mehr als er es ertragen konnte, obwohl ja die Gefahr bestehe, daß er meine Gegenwart sehr vermissen werde, denn er habe sich daran gewöhnt, mit mir zusammenzuleben. Ich war erstaunt und peinlich berührt und wußte nicht, was ich darauf sagen sollte, Georges' Gesicht war von seltener Schönheit – hatte jemand Notiz davon genommen?

Zehntes Kapitel
Die letzten Tage im Dorf

Georges' Weggang und die Veränderungen in unserer Lage, die er mit sich brachte, nötigten mich, gemeinsam mit Tante Colette einen baldigen Umzug zu beschließen und dann für meine Suche nach Léda meine eigene

Abreise ins Auge zu fassen, die ich sonst gern auf später verschoben hätte, denn allein schon die Aussicht auf diese Reise ermüdete mich und laugte mich aus, obwohl ich ihre Notwendigkeit durchaus einsah. Wenn ich dageblieben wäre, hätte ich am besten Georges' Stelle im Supermarkt übernommen. Was aber hatte ich davon, weiter so als Gast im Dorf zu leben? Tante Colette mißbilligte dieses Vorhaben. Dennoch beförderte sie anstandlos ihre Sachen zu Eugène: daß sie nun von ihren Angehörigen unterhalten wurde, schien ihr jeden Anflug von Urteil oder eigenem Willen zu verbieten. Tante Colette verzichtete auf ihr neues Schlafzimmer, das bei ihrem Sohn und ihrer Schwiegertochter zuviel Platz weggenommen hätte. Eugène verhehlte kaum sein Mißvergnügen darüber, daß sie nun bei ihm wohnte, und zu meiner großen Entrüstung brüllte er sie an, spielte sich als Hausherr auf und verwehrte ihr durch sein schroffes, herrisches Betragen, sich zu Hause zu fühlen. Tante Colette hielt sich im Eßzimmer auf, wo sie an dem Tisch mit der Glasplatte saß und mit gleichgültiger Miene fernsah. Sie war darauf bedacht, nicht zu stören, und traute sich nicht, irgend etwas anderes zu tun. Manchmal beobachtete sie die Nachbarn jenseits des Zaunes und kommentierte deren Art zu leben. Die schlecht verfugten Fensterscheiben erzitterten, wenn sie mit ihren schweren Schritten umherging. Bis er das Haus würde verkaufen können (Tante Colette und ich hofften, daß er das nie schaffen würde), vermietete Eugène es an den jungen Bürgermeister.

Am Vorabend meiner Abreise übergab Tante Colette mir ein einfach gefaltetes Papier, auf dem ich, wie sie mir mit einer sonderbar kühlen und distanzierten Miene erklärte, die Adresse von Léda finden würde, die sie in Wirklichkeit immer gehabt hatte. Ich brachte meine Verwunderung und meine Dankbarkeit darüber zum Ausdruck, daß sie sie mir diesmal gegeben hatte, obwohl sie mein Vorhaben doch beanstandet hatte. Tante Colette schlug die Augen nieder und antwortete nicht. Ich umarmte sie, und sie wich unangenehm berührt ein wenig zurück. In meiner Freude vergaß ich diese seltsame Verlegenheit aber schon bald. Léda wohne in einem Dorf ganz in der Nähe, erklärte mir Tante Colette. Wollte ich ihr aber das Versprechen geben, nicht ohne sie zurückzukehren? Ich versprach es, und Tante Colette fügte hinzu, daß sie sich jedenfalls weigern würde, mich als ihre Nichte anzuerkennen, falls ich allein zurückkommen sollte: da ich mich entschlossen hatte, gegen ihren Willen diese Reise zu unternehmen, mußte ich auch die Konsequenzen eines Mißerfolgs tragen. Ich dachte allerdings, daß Tante Colette wieder einmal sehr hart zu mir war, und das kränkte mich sehr.

Achter Teil

Erstes Kapitel
Bei Fannys Vater

Fanny hatte am frühen Morgen das Dorf verlassen, und zwar in der Richtung, die Tante Colette ihr angegeben hatte – es war genau dieselbe, die sie letztes Jahr mit Eugène eingeschlagen hatte –, sie war den ganzen Tag durch die frisch gepflügten Felder gewandert, entlang der Landstraßen mit ihrem unaufhörlich rollenden Verkehr, und war doch einigermaßen überrascht, als sie nun in die Gegend kam, in der ihr Vater wohnte und wo die plötzliche Hitze ihre Schritte verlangsamte. Sie war der von Tante Colette angegebenen Wegstrecke treulich gefolgt, ohne zu merken – auf den Gedanken wäre sie gar nicht gekommen –, daß sie zu ihrem Vater ging! Erschöpft kam sie in dem Dorf an. Es unterschied sich so sehr von denen, die sie kannte, daß sie sich verlief, obwohl der Ort sehr klein war. Die Leute, die unmittelbar vor ihrer Tür im Sand saßen und plauderten, hielten inne und schauten sie mit ruhiger Aufmerksamkeit an, als sie an ihnen vorüberging. Fanny hoffte, daß man sie nicht als die Tochter ihres Vaters erkennen möge; es wäre ihr peinlich gewesen, wenn die Leute ihre Veränderung und deren wahrscheinliche Gründe erraten hätten. Wo ihr Vater jedoch ein so unvergleichliches Ansehen genoß, mißfiel es ihr freilich nicht weniger, daß man sie etwa für eine Fremde auf Besuch hielt und ihr in Gedanken nicht die Achtung bezeugte, die man der Tochter jenes Mannes unwillkürlich entgegenbringen mußte.

Sie gelangte endlich zu dem schönen Haus des Vaters

und ging sofort in den Garten, der genauso trocken und armselig aussah wie das letzte Mal und dessen trübselige Zierde der Versuch eines von der Sonne verbrannten, schäbigen Rasens war: hier hatte der Vater einen unvernünftigen Ehrgeiz an den Tag gelegt. Fanny fiel wieder ein, daß die Großmutter ihrem Schwiegersohn früher Großmannssucht vorgeworfen hatte, sowie manchmal eine gewisse Vulgarität in den Manieren. Etwas bewegt klopfte sie an die Tür. Sieh da, Fräulein Fanny! sagte der Diener, als er ihr öffnete. Er vergaß ganz, zur Seite zu treten, um sie hereinzulassen, und schaute sie mit Verwunderung an. Fanny reichte ihm ihren Koffer, er kam wieder zu sich, entschuldigte sich, trat zur Seite, und Fanny schlüpfte in das weite Vestibül aus weißem und rosa Marmor, das auch ihr Vater, der aus einem Zimmer kam, gerade betrat. Mit leichtem Unmut vermerkte Fanny, daß er sie einen Augenblick lang nicht wiederkannte. Aber welchen Empfang er ihr dann bereitete! So etwas hatte Fanny noch nicht erlebt; ein Empfang, der einer Besucherin würdig gewesen wäre, auf die man lange gewartet, nach der man sich gesehnt hatte und die man über alles liebte! dachte Fanny erschüttert. Mit weit ausgebreiteten Armen ging der Vater auf sie zu, seine Augen leuchteten vor Freude und Bewunderung, er drückte Fanny fest an sich und versicherte ihr, wie glücklich er sei, sie wiederzusehen. Der Vater war älter geworden und ein wenig dicker – wer hätte glauben wollen, wenn man sie so ineinander verschlungen sah, daß es sich um Vater und Tochter handelte? Fannys Antlitz, das dem von Onkel Georges oder von Tante Colette nun viel ähnlicher war, hatte nämlich nichts mehr gemein mit dem harten Gesicht des Vaters und stand sogar in einem eigenartigen und disharmonischen Kontrast dazu. Der Diener schaute sie an, tanzte von einem Fuß auf den anderen und spuckte schließlich auf den Boden. Aber dem Vater entging nichts. Er ließ Fanny los, gab dem Diener einen Klaps auf die Nase und befahl ihm, seinen Dreck wegzuputzen und ihm und seinem Fräulein Tochter anschließend im Salon ein anständiges Abendessen zu servieren. Verächtlich machte der Diener den Rücken steif und verschwand. Die Frau, die Fanny bei ihrem ersten Besuch flüchtig gesehen hatte, lag in einem langen und duftigen weißen Kleid, dessen Schleppe sich zu ihren Füßen bauschte, auf dem Kanapee des Salons. Der Vater hatte den Raum kaum betreten, als er auch schon mit den Händen fuchtelte und sie ankläffte: Auf auf, nun verschwinden Sie schon! Aufgeschreckt flüchtete die Frau aus dem Raum, und Fanny war das sehr peinlich. Ich möchte mit dir allein sein, erklärte der Vater mit warmer und einschmeichelnder, obgleich gefühlloser Stimme. Um Fanny bequemer zu betrachten, trat er einen Schritt zurück. Wie in einem Spiel verbarg Fanny ihr Gesicht hinter ihren gespreizten Fingern. Aber war sie trotz ihrer Verwirrung nicht doch glücklich über einen so begeisterten Empfang durch ihren Vater, der sich bis dahin nicht einmal an sie hatte erinnern wollen und, als er sie nach langen Jahren dann wiedergesehen hatte, nur gereizt, gezwungen und sehr unhöflich gewesen war? Der Vater wollte ihr Gesicht sehen und zog einen nach dem anderen Fannys Finger herunter, die er dann in seiner Hand gefangenhielt. Als Fanny mit einem leisen, gurgelnden Lachen den Kopf zurückwarf und sich geschlagen gab, fiel ihr plötzlich das Foto ein, das Onkel Georges bei Großmutters Geburtstag zerrissen hatte und auf dem ihre Mutter über das ganze Gesicht strahlte, sich heiter und lebhaft etwas zurücklehnte und mit ihrem lose herunterfallenden Haar in diesem Augenblick ganz wie Fanny selbst aussah. Der Vater, der Fanny einst mißachtet hatte und von ihrem Aussehen vielleicht enttäuscht gewesen war, küßte nun hingerissen ihre Stirn, die flache und etwas kurze Stirn Tante Colettes! Erfreut und zugleich betrübt, ja schockiert, murmelte Fanny: Nun hör schon auf!, worauf der Vater in die Hände klatschte, damit der Diener herbeikam. Und jene, die Fanny wirklich war, empfand ein Gefühl der Kränkung, ja fast der öffentlichen Schmach, denn hatte man früher nicht den Eindruck gehabt, daß es den Vater schon angewidert hatte, auch nur in der Nähe derer zu sein, die sie damals gewesen war, als sie mit Eugène gekommen war und man weniger als jetzt daran zweifeln konnte, daß sie seine Tochter war, bereit, ihn zu achten und ihm die größte Zuneigung entgegenzubringen? Es wäre Fanny nie eingefallen, daß der Vater sich rühmen könnte, eine Tochter zu haben, die ihm so wenig ähnlich sah, die vielmehr aussah wie eine ganze Reihe von Personen, die ihn einst, als Fannys Mutter ihn der Familie vorgestellt hatte, ganz offensichtlich verachtet hatten und die ihm zweifellos sehr häßlich und ebenfalls sehr verachtenswert vorgekommen waren. Es sei denn (dieser Gedanke tat Fanny weh), ihr Vater hatte sich ihrem Urteil gebeugt und es sich selbst vielleicht zu eigen gemacht, es sei denn, es kam ihm nichts begründeter vor als Tante Colettes argwöhnische Geringschätzung, ihre kühle Herablassung ihm gegenüber. Jetzt war der Vater tatsächlich stolz auf Fanny. Auf tausenderlei Weise brachte er seine väterliche Fürsorge zum Ausdruck: obwohl er den Fernsehapparat angestellt hatte, drehte er den Ton ab, um sich ungehindert mit Fanny unterhalten zu können; er rügte den Diener, weil er ein ganz gewöhnliches Hähnchen mit Reis zubereitet hatte, wo er seiner Tochter doch ein besonders erlesenes Willkommensmahl hätte vorsetzen wollen. Sie aßen an einem niedrigen Tisch, im Schneidersitz, wie es bei dem Vater üblich war. Fanny hatte sich in einiger Entfernung von dem angestammten Platz ihres Vaters niedergelassen, aber umsonst, diese Zurückhaltung lag ihm ganz fern; er gab seinen gewohnten Platz auf, um sich so dicht neben Fanny zu setzen, daß sie nicht einmal die Gabel zum Mund führen konnten, ohne mit ihren Ellbogen oder mit ihren Knien aneinanderzustoßen, was Fanny unangenehm war, den Vater jedoch sichtlich entzückte. Um ihr zu gefallen, bestürmte er sie mit Fragen über ihr Leben, als sei er begierig darauf, wirklich alles über sie in Erfahrung zu bringen. Sie hatte allerdings kaum zu einer Antwort angesetzt, als er auch schon etwas anderes wissen wollte oder aber sein Blick sich auf einmal wieder von den bunten Fernsehbildern fesseln ließ und seine Aufmerksamkeit merklich von ihr abschweifte, wenn er sich auch bemühte, das nicht zu zeigen. Entmutigt hörte Fanny mitten im Reden auf; er merkte es nicht. Dann aber bedrängte er sie von neuem und warf ihr ihr Schweigen vor, das er, wie ein alter Liebhaber, als allzu grausam bezeichnete. Er fixierte Fannys Gesicht mit einem durchdringenden, forschenden Blick – in dem keine Begierde, sondern eine heftige Sehnsucht aufschimmerte. Und doch fragte Fanny sich paradoxerweise, ob die Augen ihres Vaters überhaupt eine Veränderung wahrnahmen. Waren sie nicht, genau wie die Augen von Georges und dessen Mutter, unfähig, diese zu sehen, und war das Benehmen des Vaters nicht einfach auf das neue Verhalten Fannys zurückzuführen, der die Gewißheit, in den Augen von Tante Colette anders zu erscheinen, ein größeres Selbstvertrauen verliehen hatte? Der Vater wurde älter; Fanny war sein einziges Kind; vielleicht war er zugänglicher geworden, oder er hatte Gewissensbisse bekommen. Und hatte sie im übrigen nicht einen Beweis dafür, daß Tante Colette die einzige war, welche die Veränderung bemerkt hatte? Da nämlich niemand außer Tante Colette, die eine kurze Bemerkung über Fannys jetzige Vollkommenheit gemacht hatte, sich dazu geäußert hatte, konnte Fanny sich ohne weiteres vorstellen, daß der eigentliche Grund dafür darin bestand, daß es den anderen eben nicht gelungen war, das zu sehen, was Tante Colette auf geheimnisvolle Weise sofort aufgefallen war, was ihr geradezu in die Augen gesprungen war, weshalb sie sich Fanny gegenüber so gastfreundlich und so großmütig gezeigt hatte, ja was Fanny selbst vielleicht erst unter dem Einfluß von Tante Colettes überzeugtem Blick wahrgenommen hatte. Es war allerdings gut möglich, daß Fannys Mutter sich nicht hätte täuschen lassen. Angenommen, Tante Colette hatte ihr von diesen Veränderungen berichtet und sie hätte nichts von dem gesehen, was ihre Schwester wahrzunehmen behauptete, dann hätte sie ihr Erstaunen lauthals zum Ausdruck gebracht und sich sicher bemüht, Tante Colette die Augen zu öffnen. Und was wäre dann geworden? Fanny schauderte es, wenn sie daran dachte. Eins jedoch hielt sie noch davon ab, voll und ganz auf diese Hypothese zu setzen: das untrügliche Bild, das sie jeden Morgen im Spiegel sah und das die Vollständigkeit ihrer Verwandlung bezeugte. Immerhin fiel es ihr schwer, sich vorzustellen, daß der Spiegel sich die Blickweise und die Einbildungskraft von Tante Colette zu eigen gemacht hatte. Aber wer weiß …, dachte Fanny, die immer mehr davon überzeugt war, daß dem Vater gar nichts aufgefallen war.

Anmutig in ihrem langen und feinen Kleid kam die Frau herein und räumte den Tisch ab. Sie hielt den Blick gesenkt und nahm das Geschirr mit einer höflichen Sanftmut in die Hand. Der Vater schenkte ihr allerdings keine größere Beachtung als dem Butler, obwohl sie bei ihm nicht als Bedienung angestellt zu sein schien. Gehen wir ein Eis essen, sagte der Vater und stand auf. Die Frau wollte gerade den Raum verlassen, blieb nun aber stehen; sie mußte jedoch bald einsehen, daß der Vater nur zu Fanny gesprochen hatte. Im Vestibül legte sie dem Vater eine Art Kasack über die Schultern, der zu der Tunika paßte, die der Vater trug. Sie wünschte zurückhaltend einen schönen Abend und brach dann still in Tränen aus. Sie zog sich sofort zurück. Der Vater sagte seufzend: Was diese Frau auf Eis versessen ist! Verwirrt, wie sie war, wußte Fanny nicht, was sie dazu sagen sollte.

Ihr Vater nahm ihren Arm. Sie gingen durch das Dorf, das in tiefer Dunkelheit lag und vom Summen der Insekten, schrillen Jammerlauten, lautem Kinderlachen widerhallte. Hinter den lackierten Zäunen, den Fenstergittern, hörte man oft, wie in reichlich viel brutzelndem Öl etwas ausgebacken wurde. Am Fuß der riesigen Bäume warteten die

Männer, daß man sie zum Abendessen rief. Der Vater grüßte sie nur mit einem stolzen Kopfnicken und raffte dann im tiefen Ernst die Enden seines Kasacks zusammen. Er führte Fanny über einen Hof in die kleine Gaststube eines Cafés, das sich von den anderen Häusern an der Hauptstraße nur durch seine grelle, weiße Beleuchtung unterschied. Zweimal Zitroneneis, rief Fannys Vater sofort, noch bevor er mit ihr zu einem Tisch ging, der abseits neben einem kleinen, den Raum unterteilenden Mäuerchen stand. Einige Leute saßen da und aßen Eis. Alle Augen waren auf Fanny gerichtet, und der Vater warf sich in die Brust. Meine Tochter, sagte er mit lauter Herrenstimme zu dem Inhaber des Cafés. Diese Auskunft schien niemanden zu verwundern, aber man beobachtete Fanny doch mit verstärkter Neugier. Um Haltung anzunehmen, ließ sie ihren Blick über das Mäuerchen in den Teil des Raumes schweifen, der im Dunkeln lag und aus dem, für ein aufmerksames Ohr vernehmbar, hauchzarte Geräusche drangen: Matratzen lagen auf dem Boden, auf denen zahlreiche Kinder schliefen. Ein Schrank, aufgehängte Kleider, ein Stuhl ließen erkennen, daß es sich um ein fensterloses Schlafzimmer handelte, das in der Gaststube des Cafés eingerichtet worden war. Bestürzt erblickte Fanny unter den Schläfern die Lebensgefährtin ihres Vaters, die sie gerade erst verlassen hatten! Sie hatte sich ganz in ein langes, seidig schimmerndes Gewand eingerollt, das nur ihr Gesicht freiließ; Fanny hatte den Eindruck, daß ihre geschlossenen Augen den Schlaf nur vortäuschten; ein unmerkliches Zittern lief über ihre Lippen.

– Sie ist da! flüsterte Fanny, die auf einmal ebenfalls zitterte, ihrem Vater zu.

– Jetzt schon? sagte er erstaunt. Bevor wir weg sind, habe ich sie angewiesen, ein paar Tage zu ihren Eltern zu gehen, aber deswegen brauchte sie ja nicht zu rennen.

Er machte eine ärgerliche Miene. Ich möchte nicht, daß sie um uns herumstreicht und sich irgend etwas einbildet, sagte er lächelnd. Stell dir vor, sie will nämlich nicht glauben, daß du meine Tochter bist, dieser Unschuldsengel! Und der Vater lachte laut heraus; er hatte mit so dröhnender Stimme gesprochen, daß die Frau es nicht überhört haben konnte. Sein ganzes Verhalten zeigte deutlich, daß die Aufmerksamkeit, die Fanny zuteil wurde, ihm durchaus nicht gleichgültig war, daß er vielmehr Wert darauf legte, sie aufrechtzuerhalten, zugleich aber so tat, als nehme er sie gar nicht wahr. Falls der Vater aber überhaupt nicht sah, daß Fannys Aussehen sich verändert hatte, und darauf also auch nicht stolz sein konnte, so mußte dieser Dünkel auf irgendeine besondere Ausstrahlung ihrer Person zurückzuführen sein, dachte Fanny, eine Ausstrahlung, die nach Ansicht des Vaters dem Dorf vor Augen führte, daß seine Tochter in Regionen lebte, die mit dieser hier nichts gemein hatten, ja ihr grundsätzlich und unbestreitbar überlegen waren. Worauf konnte der Vater denn so stolz sein? Selbst die Hübschheit Fannys mußte, weil sie ein Bild jener fernen Gegenden herbeizauberte, für den Vater von überaus großem Wert sein, genau wie ihre Art zu reden (manche Ausdrucksweisen von Tante Colette!), die gar keinen Zweifel daran aufkommen ließ, daß Fanny nicht in dem Dorf des Vaters aufgewachsen war. Sie verschluckte nämlich die Wörter und verwendete, genau wie die Großmutter, oft falsche Bindungen, was der Vater dann manchmal nachahmte. Im letzten Jahr hatte Fanny die Verachtung des Vaters zu spüren bekommen, mit der er nun die hinter dem Mäuerchen liegende Frau bedachte. Fanny war nun Tante Colette ähnlich genug geworden, um vom Vater bewundert zu werden, und weil ihre Gegenwart schmeichelhaft für ihn war, konnte sie jetzt von ihm in einer plötzlichen Aufwallung von ungenutzter Zärtlichkeit fast geliebt werden! Es hat doch etwas für sich, wenn der Vater große Stücke auf einen hält, nachdem man ihm so lange lästig gewesen ist, dachte Fanny. Sie löffelte ihr Eis und verschob es auf später, für die Frau ein gutes Wort einzulegen, wie sie es vorgehabt hatte, so viel Mitleid hatte deren Zustand ihr eingeflößt. Sie befürchtete, ihrem Vater Anlaß zur Unzufriedenheit zu geben, und wollte so schmeichelhaften Gefühlen nicht in die Quere kommen, einen Abend nicht stören, wie sie einen angenehmeren noch nie mit ihm verbracht hatte. In ihrem Verhalten strich sie all das hervor, womit sie ihn bezaubern und vor allem seiner Eitelkeit ganz besonders schmeicheln zu können glaubte, und dazu bedurfte es nur ein paar Ticks und Eigenarten von Tante Colette, die an sich niemand besonders charmant gefunden hätte, die jedoch, weil sie so typisch waren, für den Vater das Bild jener tonangebenden und verlockenden Gegenden heraufbeschworen, aus denen der Vater nicht stammte und in denen man ihn a priori zunächst einmal verachtete. Fanny imitierte nicht ungern Tante Colette, die sie sich in jenem Augenblick in Eugènes Eßzimmer vorstellte, wo sie sich in ihrem Kleid mit den Silbermonden, das jetzt leicht nach angebranntem Küchenfett roch, vielleicht eine ausländische Fernsehserie ansah und die Ellbogen auf das kalte Glas des Tisches stützte. Tante Colette verdankte sie die sanfte Freundlichkeit ihres Vaters, wohingegen es ihrem Vetter Eugène nicht einmal einfiel, seiner Mutter die gebührende Ehrerbietung und Zuneigung entgegenzubringen, jetzt, wo sie ihm in seinem Haus zur Last fiel.

Der Vater hatte nacheinander drei kleine Gläser scharfen Schnaps hinuntergestürzt. Fanny bestellte noch ein Eis und bekümmerte sich nicht mehr darum, ob man sie anstarrte oder nicht.

– Ach Fanny, wenn du meine Tochter wärst, murmelte der Vater.

– Aber das bin ich doch!

Fanny war schockiert, und sie fürchtete, es könne ihn jemand gehört haben.

– Ja, ja, ich habe ja auch nicht gesagt, daß du es nicht bist, stammelte er.

– Dann ist es besser, du schweigst, sagte Fanny aufgebracht. Was soll ich denn sein, wenn nicht deine Tochter?

– Du bist so unzugänglich, versuchte der Vater zu erklären. Ist es denn natürlich , daß man um so vieles weniger vollkommen ist als sein eigenes Kind, siehst du, daß man sich ihm gegenüber selbst so niedrig vorkommt?

– Aber deswegen liebst du mich ja, sagte Fanny verdrossen und in einem Ton, der keine Widerrede zuließ.

Daraufhin drängte sie mit ihm aus dem Café hinaus. Sie fürchtete, es könnte sich herumsprechen, daß er in aller Öffentlichkeit in Zweifel gezogen hatte, daß diese junge Person, die er als seine Tochter vorgestellt hatte, es auch wirklich sei. Könnte es etwa soweit kommen, fragte sich Fanny, während sie ihren Vater stützte, daß er mich aus übertriebener Bescheidenheit sogar eines Tages nicht mehr als seine Tochter anerkennen will? Dann wäre ich sehr allein und wirklich unerhört isoliert.

Der Diener nahm es in die Hand, den Vater ins Bett zu bringen, den eine plötzliche Erschöpfung zum zittrigen Greis machte; dann geleitete er Fanny in ein Gästezimmer. Schon am frühen Morgen war Fanny zum Aufbruch bereit, obwohl ihr Vater noch nicht aufgestanden war. Er hat gehofft, daß er Sie lange bei sich behalten kann, sagte der Diener, der eine solche Übereilung zu mißbilligen schien, aber Fanny erwiderte: Ich muß so schnell wie möglich meine Tante Léda finden. Auf den Fliesen des Vestibüls breitete sie eine Landkarte der Gegend der Großmutter aus und suchte mit der Hilfe des Dieners den Namen des Dorfes, in dem, wie Tante Colette ihr offenbart hatte, Léda wohnen sollte. Der Name war kurz und einfach. Fanny und dem Diener klang er vertraut, aber das konnte auch an seiner großen Banalität liegen. Sie fanden ihn nirgendwo auf der Karte.

– So klein ist das Dorf also! seufzte Fanny entmutigt.

– Ich glaube aber trotzdem, daß ich es kenne, behauptete der Diener.

Angesichts von Fannys Unschlüssigkeit gewann er an Selbstvertrauen, und da sie ihm nicht widersprechen konnte, klang seine Stimme dann auch sehr überzeugend. Fanny brauche nur in den und den Bus einzusteigen, in die und die Richtung zu fahren, und könne dann das Dorf gar nicht verfehlen, unnötig, sich noch einmal zu erkundigen. Er war sich jetzt ganz sicher, und Fanny war zu froh darüber, um ihm nicht zu vertrauen. Sie entfloh, ohne ihren Vater wiedergesehen zu haben. Eine unbestimmte Scham überkam sie, als sie den öden Garten durchquerte. Aber was hätte ihr Vater ihr nicht noch alles sagen können, was ihr wie eine Ungebührlichkeit vorgekommen wäre und sie getroffen hätte? Wie, wenn er in der Nacht etwas derartiges geträumt hatte und nun beim Aufwachen damit herausrückte, daß Fanny auf keinen Fall seine Tochter sein könne, daß sie nun zu verschieden von ihm sei, als daß es nicht lächerlich wäre, eine solche Verwandtschaft anzunehmen, und so war es besser, wenn Fanny das nicht zu hören bekam und wegging, ohne zu wissen, ob ihr Vater, von ihr aufgewühlt und verunsichert, sie heute nicht vielleicht als Tochter verleugnen würde, genau wie ihre Mutter dies kaltblütig und aus anderen Gründen getan hatte. Mußte es denn wirklich dahin kommen, daß ihr Vater in dem Augenblick, in dem er ihr endlich einen würdigen Empfang bereitete, sich selbst das Recht absprach, sie seine Tochter zu nennen und sie, auch wenn dies nur geschah, um sie noch mehr zu verehren, des besonderen Glücks beraubte, von dem, der sie gezeugt hatte, geliebt und beschützt zu werden? Wenn er sich ihrer geschämt hätte wie früher, eben weil er ihr Aussehen verachtete und sie gerade deswegen als Tochter anerkennen mußte, so wäre diese quälende Situation für Fanny noch jener anderen vorzuziehen gewesen, in der sie ihn so sehr betörte, daß er nicht mehr glauben wollte, er könnte ihr Vater sein.

Zweites Kapitel

Die Busfahrt

Als Fanny am Ausgang des Dorfes den Bus erwischte, glaubte sie den Chauffeur wiederzuerkennen, der sie und Eugène im letzten Jahr gefahren hatte. Ein paar Frauen stiegen mit ihr ein und nach drei Kilometern wieder aus; sie fuhren zu dem großen Markt dieser Gegend. Fanny war lange allein im Bus. Je weiter sie sich vom Dorf des Vaters entfernte, desto dunstiger wurde der Himmel; ein eiskalter Wind pfiff durch die Ritzen. Die rostfarbene Sandpiste ging in eine asphaltierte Landstraße über, und riesige Geschäfte ragten über den ebenen Feldern auf. Am Straßenrand wartete niemand mehr darauf, daß jemand anhielt, um ihm einen kalten Krapfen, eine Tüte Nüsse oder geröstete Erdnüsse abzukaufen. Keine Ziege, kein herumstreunendes Tier lief mehr im Staub des spärlichen Verkehrs über die Straße, sondern an der Strecke standen regelmäßig gewaltige Werbeplakate; die verführerischen, exaltierten Gesichter, die grellen Farben der überdimensionalen Lettern, die aus dem Rahmen springen zu wollen schienen, lenkten die Aufmerksamkeit von der trübsinnigen und siechen Landschaft ab. Bin ich auf dem Weg zum Vater hier nicht vorbeigekommen? fragte sich Fanny etwas besorgt. Sie beruhigte sich allerdings, denn sie wußte ja aus dem Effeff, daß in der Heimat der Großmutter alles gleich aussah und daß man nacheinander mehrere Dörfer besuchen konnte und dabei nie sicher war, ob man sich in Wirklichkeit nicht in ein und demselben befand.

Am Rand eines Zuckerrübenfeldes, weit weg von jeder Ansiedlung, machte der Bus unvermittelt halt, und es stieg plötzlich, mit einer großen Tasche in der Hand, Onkel Georges zu. Er trug seinen dunkelgrauen Vertreteranzug und wirkte so gealtert und ausgelaugt, daß Fanny zu ihrer Überraschung richtig ergriffen war, obwohl sie eigentlich geglaubt hatte, ihm nie verzeihen zu können, als Tante Colette ihr von dem üblen Streich berichtet hatte, den er ihr gespielt hatte. Ohne sie zu sehen, ließ Onkel Georges sich auf einen Sitz gerade hinter dem Fahrer sacken, und Fanny sah nur mehr den oberen Teil seines ins Violette spielenden Schädels. Sie war erschüttert und zögerte, sich ihm zu nähern, setzte sich schließlich aber doch neben ihn. Der Onkel wandte ihr allerdings kaum den Kopf zu, schon allein der Gedanke an eine Bewegung, und sei sie noch so minimal, schien ihn zu ermüden.

– Es sieht ganz so aus, als würde es bald wieder schönes Wetter geben, begann Fanny mit einer etwas schwachen Stimme.

– Ja, so sieht es aus. Oh, dieses Land, ich dachte nicht mehr daran, daß es so hart sein kann...

– Sie hatten es also verlassen? fragte Fanny. Es bedrückte sie, daß Onkel Georges auf das Siezen nicht reagierte, und sie verstand, daß jetzt alles vorbei war, auch wenn es noch keine wirklichen Indizien dafür gab. Sie rückte leicht von dem Onkel ab, der sich jetzt ganz dem Vergnügen des Plauderns hingab, ja seine Erzählung sogar mit offensichtlichen Lügen spickte, und in plötzlicher Verzweiflung schloß sie die Augen. Onkel Georges schwatzte vertraulich weiter und gebrauchte ein »Sie«, das in seinem Mund viel zu förmlich klang. Als der Bus stehenblieb, versiegte sein Redefluß mit einem Mal, er kletterte über Fannys Knie weg und stieg eilig aus, ohne sich die Zeit zu nehmen, sich angemessen von ihr zu verabschieden. Endstation! rief der Fahrer. Fanny erkundigte sich verwirrt, ob das auch tatsächlich das Dorf von Tante Léda sei, aber den Namen dieses Dorfes hatte der Fahrer noch nie gehört. Er fuhr allerdings nicht die ganze Gegend ab und konnte deshalb nicht garantieren, daß es nicht außerhalb seiner Route lag. Für den Augenblick hatte er sie im Dorf der Großmutter abgesetzt, was Fanny erst gar nicht glauben konnte. Aber sie mußte dann doch einsehen, daß dies wirklich der Kirchplatz war, die verödete Hauptstraße und der ehemalige Metzger, der da drüben laut klappernd mit den Mülltonnen hantierte; er hatte das Hemd mit dem kleinen blau-weißen Karo an, das er von seinem vorigen Stand noch bewahrt hatte. Entsetzt dachte Fanny sogleich, daß sie auf keinen Fall von Tante Colette gesehen werden durfte, der sie ja versprochen hatte, erst in Begleitung von Tante Léda ins Dorf zurückzukehren, und sie durfte auch sonst niemand auffallen, der Tante Colette von ihrer Anwesenheit hätte unterrichten können. Zum Glück wurde es gerade Nacht, und die Nächte sind sehr dunkel in dieser Jahreszeit. Aber wohin soll ich denn gehen? fragte sich Fanny, die aus demselben Grund auch die Möglichkeit ausschloß, sich nach dem Dorf von Tante Léda zu erkundigen. Und es überkam sie nun ein Verdacht hinsichtlich der Aufrichtigkeit von Tante Colette, die sie erst zum Vater geschickt und sonderbar in die Irre geführt hatte, die ihr den Namen eines Dorfes genannt hatte, das angeblich ganz in der Nähe sein sollte, auf der Karte jedoch gar nicht verzeichnet war und das auch der Busfahrer nicht kannte. Aber Fanny schämte sich dieser bösen Gedanken und weigerte sich, ihnen länger nachzuhängen. Sie setzte kaum noch Hoffnung in die Zukunft, sah aber nicht, was ihr anderes übrigblieb, als ihre Suche fortzusetzen, auch wenn Tante Colette alles getan hatte, um ihr Vorhaben zu vereiteln.

Drittes Kapitel
Fanny verirrt sich

In der unbestimmten Absicht, das Dorf hinter sich zu lassen, wo man sie sicher leicht erkennen würde, ging sie auf die Reihenhaussiedlung zu. Sie war von der Kälte überrascht worden und hatte auch jetzt nur einen dünnen Pullover an, der ihr im Dorf des Vaters gereicht hatte. Sobald ich außer Sicht bin, hole ich eine Jacke aus dem Koffer, sagte sich Fanny. Indessen kam sie mehrmals durch dieselben Straßen, und es gelang ihr einfach nicht, sich von der Stelle zu entfernen, die sie als die Mitte der Siedlung lokalisiert hatte; sie schlug einen Weg ein, der ihr neu vorkam, bis sie an einem auffälligen orangefarbenen Küchenvorhang erkannte, daß sie gerade erst hier gewesen war. So lief sie immer weiter im Kreis und verlor schließlich vollständig die Orientierung. Die Häuser, die davor geparkten Autos und auch die Straßenschilder mit ihren ewigen Vogelnamen halfen ihr nicht weiter. Fanny wurde müde. Um ein wenig zu verschnaufen, machte sie neben einer Hecke halt. Da sah sie in dem schwachen Licht eines Fensters plötzlich das Gesicht ihrer Mutter im Profil. Es war Fanny leicht zugewendet und zeigte ein anhaltendes, breites, liebenswürdiges und großmütiges Lächeln, das Fanny nie an ihr gesehen hatte, auch in früheren Zeiten nicht; es hatte nichts mehr von jener nervösen Aufgeregtheit, durch die sich die Züge ihrer Mutter so oft verkrampften, selbst wenn sie sich freute; ihr Gesichtsausdruck war ganz von jenem schönen und herzergreifenden Lächeln geprägt, das Fanny fremd war und das unbeweglich und endlos an jemanden gerichtet war, den Fanny unter dem Blick der Mutter nicht ausmachen konnte, das Mondlicht, das auf die Scheibe fiel, überzog ihre glitzernden, blonden Haare mit einem silbrigen Schein. Das ist ja Eugènes Haus, murmelte Fanny untröstlich. Sie wäre gern auf ihre Mutter zugelaufen, die Furcht aber, Tante Colette zu begegnen, war noch stärker als ihr heftiger Wunsch, das sanfte Lächeln ihrer Mutter auf sich ruhen zu sehen. Im übrigen war es fraglich, ob dieses Lächeln bei Fanny nicht versiegt wäre. Wahrscheinlich hätte die Mutter bei ihrem Anblick ein ärgerliches oder entsetztes Gesicht gemacht, und das jähe Erlöschen dieser Verzückung, welche die im Raum anwesenden Personen nicht weniger bezaubern mußte als

Fanny, wäre die unmittelbare Folge ihres Hereinkommens gewesen.

Mit Bedauern setzte Fanny ihren Weg fort. Sie war jetzt vor Kälte erstarrt und ging aufs Geratewohl weiter, bog blindlings ab und gab es auf, irgendeine bestimmte Richtung einhalten zu wollen. Von der Kälte übermannt, wollte sie gerade ihren Koffer öffnen, als sie von den Scheinwerfern eines Autos geblendet wurde. Der Fahrer bremste, ein Mann setzte den Fuß auf die Erde und eilte auf Fanny zu. Es war ihr Vater, der ein prächtiges hellgelbes Gewand trug, dessen Widerschein sein Gesicht zu erleuchten schien, als befände der Vater sich nicht in derselben Zeit wie die im Dunkel der Nacht liegenden Gegenstände der Umgebung, sondern als schwebe er in dem goldenen Strahl eines Sonnentages. Er faßte Fanny beim Arm und schüttelte ihn keuchend.

– Oh, entschuldige, daß ich weg bin, ohne mich von dir zu verabschieden, ja, bitte verzeih mir, sagte Fanny rasch. Sie war plötzlich so beschämt, daß sie dachte, der Vater sei ihr nur nachgefahren, damit sie ihren Fehler bekannte.

– Das ist schon vergessen, du kommst jetzt nämlich wieder mit mir, du kannst es, rief der Vater fröhlich. Ich bin gerade bei deiner Mutter gewesen, und sie hat mir versichert, daß du nicht meine Tochter bist, auch wenn ich das bis jetzt immer angenommen habe. Es macht mich zwar traurig, daß man mich an der Nase herumgeführt hat, aber ich freue mich doch darüber, Fanny, wegen uns beiden. Diese Frau, die du bei mir gesehen hast und die mir gar nicht gefällt, ich gebe ihr auf der Stelle den Abschied, und du…

In seiner Ungeduld zermalmte der Vater Fannys Arm mit seinen langen, dürren Fingern, die sie von ihm geerbt hatte. Verdattert sagte sie kein Wort, während er versuchte, sie zum Auto zu ziehen, und mit einer flinken Bewegung des Fußes das Unterteil seines Gewandes zurückschnellte, über das ein unerschöpfliches Blond zu fluten schien, dem der Vater an diesem Abend vielleicht seine stürmische Vitalität verdankte. Ohne sie anzusehen, redete er mit lauter Stimme, beschrieb das künftige Leben, das sie beide führen würden, die Geschenke, mit denen er Fanny zu überhäufen gedachte. Sie gewahrte dann den Diener, der am Steuer der Limousine auf sie wartete. Aber so nimm doch Vernunft an, murmelte sie, doch sie wußte, daß sie gegen die Stimme des Vaters nicht ankommen würde, und da er sie unbedacht losgelassen hatte, um die Tür zu öffnen, ergriff Fanny die Flucht. Sie setzte über eine Hecke, rannte durch einen Garten, sprang auf einen Pfad zwischen zwei Häusern. Die Rufe des Vaters verhallten allmählich, und sein Flehen wurde vom Gebell der Hunde verschluckt. Fanny rannte noch immer und gelangte zu dem Ausgang der Siedlung, den sie vorhin vergeblich gesucht hatte. Keuchend warf sie sich in den Graben. Da konnte sie nun in Ruhe darüber nachdenken, was der Vater ihr gesagt hatte. Es erstaunte sie jetzt weniger und schien ihr die Folge eines Mißverständnisses zu sein. Wenn sie sich nämlich die Worte wieder in Erinnerung rief, die ihre Mutter in dem Brief gebraucht hatte, in dem sie sie verstieß, Worte, mit denen sie zum Ausdruck brachte, daß sie Fanny so, wie sie nach den Aussagen von Tante Colette geworden war, nicht mehr als ihre Tochter betrachten konnte, dann mußte Fanny doch einfach eine irrige Auslegung von seiten des Vaters voraussetzen und annehmen, daß die zweideutigen Aussagen der Mutter ihm wegen seiner unzureichenden Beherrschung der in der Heimat der Großmutter gesprochenen Sprache etwas Falsches vorgegaukelt hatten. Vielleicht hatte die Mutter ausdrücklich darauf hingewiesen, daß Fanny unter diesen Umständen nicht mehr die Tochter ihres Vaters sein könne, und der hatte diese Äußerung wörtlich genommen und sich bestimmt zusammengereimt, sie habe ihm durch die Blume einen alten Fehltritt gebeichtet, worüber er eine verwerfliche Freude empfunden hatte. Zudem war er sicher auch stolz gewesen, daß er schon am Vorabend in Fannys Gegenwart erraten hatte, was er heute durch die Mutter erfahren zu haben glaubte. Mit Abscheu ging Fanny auf, daß dem Vater weniger daran gelegen war, eine Tochter zu haben als eine Lebensgefährtin, die seinen Parvenuwünschen entsprach; sie übersah dabei allerdings nicht, daß unter diesem Desinteresse für die Bande des Blutes sich zugleich etwas anderes verbarg, nämlich daß es ihrem Vater, wie sie nun aus Erfahrung wußte, nicht normal schien, eine Tochter zu haben, die so verschieden von ihm war und, seiner demütigenden Wertskala zufolge, ihm so unermeßlich überlegen. Fanny empfand nun Abscheu vor dem Vater, und sie nahm sich vor, ihn nie wiederzusehen. Verachtete sie ihn, weil er die fügsame Person aus seinem Dorf durch sie hatte ersetzen wollen oder weil er so wenig Selbstachtung besaß, daß er es einfach nicht wahrhaben wollte, daß Fanny seine Tochter war? Fanny war bei weitem nicht mehr davon überzeugt, vollkommen zu sein. Deshalb kam ihr die Bewunderung des Vaters auch reichlich kläglich vor. Und es war, als würde der Vater, der sie verehrte, noch lächerlicher und ungeschliffener dadurch, daß er diesen ihren Mangel an Vollkommenheit nicht wahrzunehmen vermochte.

Viertes Kapitel
Im Dorf M.

Es wurde schon fast Tag, als sie, unweit des letzten Hauses der Siedlung, an der Hauptstraße, die das Dorf in zwei Hälften teilte, aus dem Graben hervorkam. Wie so oft in der Heimat der Großmutter lasteten tiefe Wolken auf den Dächern und verwehrten es sogar dem Kirchturm, in den Himmel emporzuragen. Er war so gedrungen und griesgrämig, daß man ihn von der Straße aus kaum bemerkte, und wenn man ihn sah, dann schien er den Reisenden doch nur davon abhalten zu wollen, näher heranzukommen, den Fremden, sich an diesem Ort willkommen zu fühlen. Fanny wandte der unförmigen grauen Masse des Dorfes den Rücken zu und begann mit zügigen Schritten auszuschreiten. Da sie nicht wußte, wo sie das Dorf von Tante Léda suchen sollte und sich im Augenblick nirgendwo erkundigen konnte, hatte sie sich ausgerechnet, daß sie in die Richtung gehen mußte, die außerhalb der Route des Busfahrers lag, der nie durch das Dorf ihrer Tante gekommen war. Sie glaubte, die Chancen, auf jemand zu stoßen, der es kannte, oder es unverhofft selbst zu entdecken, seien so größer, als wenn sie wieder die andere Richtung eingeschlagen hätte. Falls Tante Colette sie nicht getäuscht hatte, woran Fanny nun zu zweifeln begann, falls es dieses Dorf wirklich gab und es zudem in der Nähe lag, so mußte sie es doch irgendwann finden, wenn sie nur immer weitersuchte.

Fanny wanderte an diesem Morgen durch mehrere kleine Gemeinden zu beiden Seiten der Hauptstraße, die an jenem trüben Herbsttag, an dem Schulen und Läden überall geschlossen waren, in untätiger Stille dalagen. Fanny wußte nicht, ob sie durch diese Weiler schon gekommen war, so schwierig war es, sie auseinanderzuhalten. Aber als sie gegen Mittag das Dorf M. betrat, erkannte sie es wieder, noch bevor sie das Schild des *Coq Hardi* gesehen hatte. Konsterniert und verärgert, wieder in diesem Dorf zu sein, beschloß sie, sich diesen Irrtum zunutze zu machen, um Tante Clémence zu besuchen. Da der Onkel bei der Arbeit war, empfing die Tante sie allein, etwas überrascht zwar, aber keineswegs feindselig. Fanny erinnerte sich, wie unfreundlich sie das letzte Mal von ihr aufgenommen worden war, aber nun sagte sie sich, daß Tante Clémence vielleicht nur deswegen so kühl gewesen war, weil sie sie gestört hatte, während Fanny darin das Anzeichen einer starken Antipathie gesehen hatte. Tante Clémence lud sie ein, mit ihr zu Mittag zu essen, eine schöne Scheibe Herz, das sie zusammen mit kleingeschnittenen Zwiebeln in der Pfanne briet. Fanny saß in der alten Küche und schaute ihrer Tante dankbar beim Kochen zu. Als Tante Clémence ihr ein stattliches Stück auf den Teller legte, gab sie sich einen Ruck und fragte sie, was sie jetzt von ihr halte.

– Das, was sich bei dir angeblich geändert haben soll, hat mich keine Sekunde getäuscht, antwortete Tante Clémence ungezwungen, denn ich sehe es nicht und bin überzeugt, daß da auch gar nichts zu sehen ist. Gleichwohl weißt du diesen Eindruck zu erwecken, somit hast du dich trotz allem verändert, genug eben, um die Illusion hervorzurufen, daß du verwandelt bist.

– Genau diesen Eindruck hatte ich auch, murmelte Fanny demütig.

Tante Clémence, die nie sehr redselig gewesen war, sagte nichts weiter. Als Fanny sich allerdings ein Herz faßte und eine Frage über Tante Léda stellte, antwortete sie entgegenkommend, und da diese Frage weitere aufwarf, schlug sie Fanny auf einmal vor, ihr zu erzählen, was sie über Tante Léda, ihre Schwester, wußte. Nur so könne Fanny einsehen, wie unvernünftig es sei, den Schutz dieser Tante zu begehren, behauptete sie.

Fünftes Kapitel
Tante Lédas wahre Geschichte

Eins müsse man sagen, begann Clémence, ihre kleine Schwester Léda sei immer der Liebling der ganzen Familie und auch der Großmutter gewesen, das Herzblatt ihrer sämtlichen Schwestern. Anstatt daß sie auf sie eifersüchtig gewesen wären und sich darüber geärgert hätten, unterhielten die Schwestern vielmehr diese Vorliebe, die Léda der unbestreitbaren Anmut ihres Gesichtes und ihres

Wesens verdankte, sowie einer geheimnisvolleren Anziehungskraft, die Tante Clémence, welche im Erzählen nicht geübt war, nicht zu beschreiben vermochte, so ungreifbar war sie. Daher war Léda auch von ihrer frühesten Jugend an daran gewöhnt, daß man ihr alle Launen und Eigenheiten nachsah, und trotzdem war aus ihr die talentierteste der vier Schwestern geworden, diejenige, die den lebhaftesten und kecksten Verstand besaß. Léda und Fannys Mutter, die beiden jüngsten, wohnten noch bei der Großmutter, als Clémence und Colette schon außer Haus waren und geheiratet hatten. Und da geschah es, daß Fannys Mutter der Familie den Mann vorstellte, der später Fannys Vater werden sollte und der damals ein zurückhaltender und schüchterner, wenngleich scharfsinniger und willensstarker junger Mann war. Aber aus den Gründen, die Fanny bekannt waren, und noch anderen mehr, hatte in der Familie niemand von dieser Heirat etwas wissen wollen. Alle hatten sich mit größtem Eifer und löblicher Ausdauer bemüht, Fannys Mutter von ihrer Unbesonnenheit zu überzeugen und sie zu beschwören, ihr Vorhaben aufzugeben, ja sie sogar zu bedrohen, doch setzte sie all diesen Pressionen nur eine unerschütterliche Miene und nichtssagende Antworten entgegen, denen nichts Bestimmtes zu entnehmen war. Nie wurde sie wütend oder lehnte sich auf, aber man bekam auch nicht wirklich heraus, ob sie sich den Argumenten nun beugen und nachgeben würde. Die Familie freilich ließ nicht locker. Das alles behagte Léda überhaupt nicht. Da sie Fannys Mutter ganz besonders innig liebte, setzte sie es sich in den Kopf, ihr gegen die ganze Familie beizustehen; aufgrund der nachsichtigen Zärtlichkeit, die alle Welt ihr entgegenbrachte, hatte sie es nie gelernt, die Familie über alles zu fürchten oder zu respektieren. Sobald irgendeine Tante oder ein Vetter sich blicken ließ, um Fannys Mutter ins Gewissen zu reden, war Léda sofort zur Stelle, und wenn es ihr nicht gelang, den Störenfried abzuwimmeln, so bemühte sie sich, der Unterhaltung beizuwohnen, und sie gab die

Antworten noch vor ihrer Schwester und hielt schockierende Reden. Sogar die Großmutter war machtlos dagegen: Léda hatte immer getan, was sie wollte, und noch nie hatte sie einen so triftigen Grund gehabt, ihre Entschlossenheit unter Beweis zu stellen. Manchmal schien es so, als lege sie sogar noch größeren Wert darauf, den Wünschen ihrer Schwester zum Sieg zu verhelfen als diese selbst, die, wie Tante Clémence es ausdrückte, zwar den Argumenten gegenüber unempfindlich zu bleiben schien, aber letzten Endes sicher doch den wiederholten Attacken der Verwandtschaft erlegen wäre, wenn Léda nicht gewesen wäre, die ihr in gewisser Weise die ermüdende Pflicht, sich zu verteidigen, abnahm. Léda trieb die Herausforderung schließlich so weit, zu erklären, daß sie den verschmähten Bräutigam heiraten werde, falls ihre Schwester die Segel streichen sollte. Sie hoffte die Familie dadurch zur Kapitulation zu bewegen, aber in Wirklichkeit brachte sie diese nur noch mehr in Harnisch. Man war nun der Ansicht, daß von den beiden Schwestern Léda die meiste Schuld hatte, und vergaß darüber fast den Anlaß der Auseinandersetzung. Daß man gegen Léda war, so präzisierte Tante Clémence, tat der Vorliebe, die man immer für sie gehegt hatte, freilich keinen Abbruch. Es ging lediglich darum, sie zur Räson zu bringen, sie wie ein unerwartetes Hindernis beiseite zu schieben, das dem höheren Willen der Familienorganisation im Weg stand, einem Willen, den Léda angeblich nur aus Laune oder Leichtsinn behinderte und weil sie aufgrund ihrer Jugend und der großmütigen Erziehung, die sie genossen hatte, noch mit Blindheit geschlagen war. Auch wenn man über Léda also ein strenges Urteil fällte, so ließ man ihr doch immer noch eine ganz besondere Zuneigung zuteil werden, während man Fannys Mutter, die mit größerer Nachsicht beurteilt wurde, eine weit geringere Sympathie entgegenbrachte und sie nur noch aus Pflichtbewußtsein liebhatte, seitdem sie in jener etwas abstoßenden Liebe zu diesem Mann entbrannt war. Colette und sie selbst hatten aktiv an diesen Versuchen teilgenommen, Léda zur Vernunft zu bringen, erklärte Tante Clémence kühl. Und sie fügte ohne Verlegenheit hinzu, daß sie beide, weil Fannys Mutter ihre Schwester war, diesen Abscheu vor dem Verlobten nur noch stärker verspürt hatten – trotz seiner schönen Gestalt und seiner gepflegten Erscheinung.

Indessen ließ die Entschlossenheit von Fannys Mutter allmählich nach. So viele Komplikationen ermüdeten sie, sie wollte in Ruhe gelassen werden und sehnte sich nach dem guten Einvernehmen, das früher geherrscht hatte. Als Léda dies merkte, beschloß sie, zu massiveren Mitteln zu greifen: sie ging zu dem Verlobten, richtete sich in dessen Wohnung ein und teilte der Familie mit, daß sie erst wieder nach Hause zurückkehren würde, wenn ihre Schwester die Erlaubnis zur Heirat erhalten hätte. Die Großmutter wäre fast gestorben vor Scham. Fannys Mutter war betreten und unglücklich, und keiner zweifelte daran, daß sie Léda diese Aktion übelnahm; aber da die Dinge nun einmal so weit gediehen waren und sie nicht mehr zurückkonnte, schloß sie sich mit neuer Tatkraft der von der Schwester erhobenen Forderung an. Die Familie streckte die Waffen, denn man rechnete sich aus, daß der jetzige Skandal ihr Ansehen bleibender in Mitleidenschaft ziehen werde, falls die Affäre sich hinziehen sollte, als das unwürdige Ereignis einer solchen Heirat. Léda kam wieder nach Hause, und die Hochzeit von Fannys Mutter wurde in aller Eile abgewickelt. Aber die Familie war nun gespalten: manche wollten Léda weiter bei sich sehen, andere hielten das für unannehmbar. Die ersteren luden sie ein, ohne daß die letzteren davon erfuhren, die, als sie dann doch dahinterkamen, den ersteren die kalte Schulter zeigten, bis man schließlich, um den Zusammenhalt der Familie zu retten, keine andere Wahl mehr zu haben glaubte, als Léda zu verstoßen, so schwer es allen auch fiel. Nicht einmal Fannys Mutter protestierte gegen diese Maßnahme. Und da niemand da war, der ihre Partei ergriffen hätte, mußte Léda gehen. Aus Stolz verschwand sie, ohne jemanden ins Vertrauen zu ziehen, und keiner ahnte, wohin sie denn gegangen sein mochte. Dies ließ die wildesten Phantasien aufkommen, und manche wollten wissen, daß sie jetzt bei Fannys Mutter und ihrem Gemahl lebe, aber den Beweis dafür blieb man schuldig. Wahrscheinlich handelte es sich um eine pure Erfindung. Manche gingen sogar so weit zu vermuten, daß Fannys wirkliche Mutter vielleicht … Tante Clémence, die diesen Anspielungen nie Glauben geschenkt hatte, erwähnte dies allerdings nur, um Fanny eine Vorstellung davon zu vermitteln, in welche Verirrungen die sonst so vernünftigen Familienmitglieder verfielen, sobald Léda im Spiel war.

Sechstes Kapitel
Fanny muß ihre Annahmen über Tante Léda revidieren

Als Tante Clémence ihre Erzählung gerade beendet hatte, kam der Onkel nach Hause, und das soeben Gesagte wurde nicht weiter erwähnt. Fanny durfte auf dem Sofa im Wohnzimmer übernachten, demselben Modell, das auch bei der Großmutter gestanden hatte und dessen fusseliger Plüschbezug eine etwas unangenehme Empfindung auf der Haut, ja bis tief in ihren Körper hinein auslöste, die sie gerührt wiedererkannte. Fanny verspürte nun ein schmerzliches Bedauern, daß sie diese Momente nicht gebührend ausgekostet hatte, als sie sich die langen Sommernachmittage über in dem Zimmer mit den verschlossenen Läden an die Großmutter gekuschelt und irgendeine Fernsehserie angeschaut hatte, die die Großmutter witzig kommentierte.

Fanny fand keinen Schlaf, denn sie mußte über ihre jetzige Situation nachdenken, die durch das, was Tante Clémence ihr berichtet hatte, eine grundlegende Veränderung erfahren hatte. Noch bevor die Tante mit ihrer Geschichte begonnen hatte, war es Fanny allerdings klar gewesen, daß Tante Clémence ihr Ziel erreichen und ihr selbst keine andere Wahl bleiben würde, was auch immer sie hören mochte, als ihre Suche nach Léda einzustellen. Dies entsprach dem Wunsch der Familie, dem nun selbst die allerbesten Gründe nicht mehr standhalten konnten. Falls Fanny sich darüber hinwegsetzen und weiter darauf bestehen sollte, Léda wiederfinden zu wollen, so mußte sie darauf gefaßt sein, daß die Familie, ohne etwas Bestimmtes zu sagen oder zu tun, vielleicht sogar ohne überhaupt zu ahnen, daß Fanny ihre Suche fortsetzte, sie stets daran hindern würde, ans Ziel zu gelangen, und daß sie Fanny immer in irgendeinen Ort schicken würde, dem sie nur mit größter Mühe wieder würde entrinnen können. Aber vor allem ging Fanny nun auf, daß sie sich bis jetzt immer nur geschadet hatte; denn da sie doch in die Familie aufgenommen werden wollte, konnte es ja wohl kein probateres Mittel geben, sich deren Wohlwollen zu verscherzen, als gerade die Person wieder zurückzuholen, die die Familie nach reiflicher Überlegung verstoßen hatte. Und daß Fanny von dieser Geschichte überhaupt nichts gewußt hatte, hatte wohl auch keine Absolution bewirkt: was die Familie verborgen hatte, mußte in den Augen der Familie auch weiter verborgen bleiben; zahlreiche Indizien erlaubten es freilich, sich ein genaues Bild davon zu machen, was man alles nicht wissen durfte, und bewußt einen Bogen darum zu machen. Es war dies die vornehmste Pflicht der Nachkommenschaft, und Fanny hatte sie verletzt, ohne behaupten zu können, daß sie von dieser Pflicht keine Vorstellung gehabt hätte, was im übrigen ebenfalls eine Verfehlung gewesen wäre. Auf ihre Rechte pochend, hatte sie die Warnungen Tante Colettes vollständig in den Wind geschlagen! Fanny mußte jetzt nicht nur jeder möglichen Begegnung mit Léda aus dem Weg gehen, wer auch immer Léda sein mochte, sie durfte diesen Vornamen auch nie mehr in den Mund nehmen: allein durch das mustergültigste Verhalten durfte sie eine Vergebung ihrer Schuld erhoffen.

Sie fragte sich allerdings und zitterte dabei vor Angst, ob es nicht schon zu spät sei, denn es fiel ihr ein, daß Tante Colette ihr ja verboten hatte, ohne Léda wiederzukommen, nachdem sie ihr jene irreführende Adresse gegeben hatte. Hatte Tante Colette, die ja wußte, daß sie sie an einen Ort schickte, der gar nicht existierte, dadurch nicht zum Ausdruck bringen wollen, daß sie ihr ganz einfach untersagte, jemals zurückzukehren, ihr je wieder unter die Augen zu treten? Hatte sie ihr nicht bedeuten wollen, daß Fanny, deren Arroganz nicht hatte bezwungen werden können, nichts anderes übrigblieb, als auf alle Zeiten durch die Dörfer zu irren?

Neunter Teil

Erstes Kapitel
Der Tod von Tante Clémence

Fanny wurde unsanft vom Onkel geweckt. Sie ist nicht mehr! sagte er verstört und lief dann planlos im Haus auf und ab, wobei er das Schlafzimmer jedoch vermied. Er machte sich sein Frühstück und nahm es allein ein, während Fanny ungläubig an das Bett der Tante eilte, ein wenig verlegen, daß der Onkel im Schlafanzug zu ihr gekommen war. Als sie sich vom Ableben ihrer Tante überzeugt hatte, ging sie zum Onkel in die Küche. Er weinte laut. Da Fanny an ihm nie den geringsten Ausdruck einer Gefühlsregung bemerkt hatte, war sie fast überrascht, und aus Mitleid weinte sie selbst ein wenig. Ich kümmere mich um alles, versprach sie ihm mit sanfter Stimme. Sie blieb aber noch einen Augenblick an seiner Seite in der Küche, machte den Kaffee wieder warm, und als sie ihm einschenkte, sprach sie ein paar tröstende Worte, die irgendeiner Romanerinnerung entstammten und denen der Onkel aufmerksam zuhörte. Dann wischte sie den Tisch ab und legte dem Onkel nahe, sich fertigzumachen, obwohl sie seine nachlässige Kleidung nicht mehr genierte. Das Bild von sich selbst, wie sie sich an dem bewußten Morgen nach dem Tod seiner Frau um ihren Onkel gekümmert und ihn veranlaßt hatte, alles Notwendige zu tun, und ihn dabei zugleich schonend umsorgt hatte, dieses Bild berauschte Fanny, die keinen wirklichen Schmerz empfand, weil sie Tante Clémence kaum gekannt hatte. Der freundliche Empfang, den ihre Tante ihr am Vortag bereitet hatte, fiel bei ihrem Kummer mehr ins Gewicht als alle Besuche in früheren Jahren, wo Tante Clémence immer nur Augen für Eugène gehabt hatte und nie zu erkennen gegeben hatte, daß sie Fanny als ihre Nichte betrachtete.

Als der Onkel sich gewaschen und angezogen hatte, kam er wieder zu Sinnen. Er legte Hand an und brauchte Fannys Hilfe nicht mehr, erlaubte ihr jedoch, so lange zu bleiben, wie sie wollte. Da Tante Colette erwartet wurde, ging Fanny in den Keller. Sie hielt es für angebracht, ihr nicht unter die Augen zu kommen in dieser unvorhergesehenen und unglückseligen Situation, in der ihre Tante sich vielleicht zu übereilten, harten oder bitteren Worten hätte hinreißen lassen, falls ihr Fanny unvermutet über den Weg gelaufen wäre. Es wäre zweifellos ein schlechtes Vorzeichen gewesen, wenn sie Tante Colette an diesem Tag wiedergesehen hätte. Im übrigen kam es nicht in Frage, daß Fanny auf einmal vor sie trat, ohne die Erlaubnis zum Kommen erhalten zu haben, die nur durch Verhandlungen erlangt werden konnte, wenn sie sie überhaupt jemals erhielt.

Man beeilte sich, die nötigen Formalitäten zu erledigen, so daß Tante Clémence noch am selben Abend beerdigt werden konnte. Tante Colette, Onkel Georges, Fannys Mutter und ein paar Nachbarn waren die einzigen, die gekommen waren. Fanny hörte, wie Tante Colette erklärte, daß Eugène leider an diesem Nachmittag ein Vorstellungsgespräch für eine neue Stelle habe. Tante Colette hatte ihr etwas zu eng geschnittenes schwarzes Kleid mit den kleinen Rosen angezogen. Fannys Mutter weinte schicksalsergeben; Tante Colette und Onkel Georges schneuzten sich nur, während der Gemahl von Tante Clémence eine eigenartig zerknirschte Miene zur Schau trug, als müsse er sich bei den beiden Schwestern für alles entschuldigen: daß er sie hatte sterben lassen, daß er es erst am frühen Morgen gemerkt hatte und daß ihm jetzt keine einzige Träne geblieben war.

Fanny folgte dem kümmerlichen Leichenzug vorsichtig

aus der Ferne. Wie am Vortag herrschte ein kaltes und trübes Wetter, und man ging schnell, die Frauen mit kleinen, schwankenden Schritten, denn sie waren nicht mehr an die leichten Lackschuhe mit den hohen, viereckigen Absätzen gewöhnt. Fanny hielt einen Brief für Tante Colette bereit, in dem sie ihre Reue zum Ausdruck brachte und sie anflehte, ihr zu verzeihen, jeder Preis dafür sei ihr recht. In der Nähe des Friedhofes sah sie ein etwa zehnjähriges Mädchen, das dort neugierig herumstreunte. Sie redete ihr gut zu, Tante Colette diesen Brief zu geben, die Antwort abzuwarten und sie ihr so schnell wie möglich zu bringen. Das Kind war geschmeichelt und machte sich eilig auf den Weg. Durch das Gitter hindurch sah Fanny, wie das Mädchen mit einem feierlichen Gesichtsausdruck Tante Colette den Umschlag überreichte, als diese sich anschickte, einen Klumpen feuchter Erde in die Grube zu werfen. Die kleinen Rosen auf Tante Colettes Kleid bewegten sich fröhlich, tanzten auf dem fließenden Stoff, der im Wind wehte. Sie schienen vor dem dunklen Himmel herumzuflattern, als wären sie einem Blumenstrauße entsprungen.

Das Mädchen war schon bald wieder bei Fanny und trug mit gewichtiger Miene ihre Lektion vor: Die Dame sagt, daß sie nichts für Sie tun kann, solange Ihre Eltern Ihnen nicht verziehen haben. Sie sagt, sie wisse, daß sich beide aus unterschiedlichen Gründen durch Sie beleidigt glauben, und sie möchte nicht die Verantwortung übernehmen, Sie noch vor den Eltern freizusprechen. Danach, hat sie gesagt, wird man dann sehen. Fanny war erleichert, und es fiel ihr auf, daß die nackten Füße der Kleinen in alten Turnschuhen steckten. Ihr schmales, etwas spitzbübisches Gesicht zeigte schon Flecken und erste Falten. Fanny nahm sie mit zum Onkel und schenkte ihr eine wollene Strumpfhose. Sie schickte sie jedoch rasch wieder weg, aus Furcht, die Familie könnte noch einmal vorbeikommen, denn sie hätte sich dann wieder im Keller verstecken müssen. Die Kleine wäre gern dageblieben: sie saß vor dem Ofen, streichelte ihre neuen Beine und schrie vor Bewunderung auf, als sie einen gestickten Kanevas in seinem vergoldeten Rahmen sah. Etwas Schickeres könne es überhaupt nicht geben, meinte sie. Fanny hatte das Gesicht der Kleinen mit einer Salbe gegen die Kälte eingerieben, und während sie sich um sie kümmerte, hatte sie Tante Colette fast vergessen. Das verwunderte sie, als sie später darüber nachdachte. War es denn je vorgekommen, daß sie sich länger als eine Viertelstunde keine Gedanken um die Familie gemacht hatte? Hatte sie sich je von irgend etwas stark genug fesseln lassen, um sich anschließend fast zu wundern, daß es die Familie überhaupt gab? Hatte die Familie nicht all ihre Fähigkeiten, ihre Interessen und ihre Gefühle mit Beschlag belegt?

Zweites Kapitel
Bei Fannys Mutter

Mit größter Sorgfalt verfaßte Fanny ein Entschuldigungsschreiben, und obwohl es ihr schwerfiel, nahm sie gleich nach der Beerdigung von Tante Clémence den Zug in die Hauptstadt. Bei der Ankunft begegnete sie plötzlich auf dem Bahnsteig ihrer Mutter, die nach der Beisetzung sicher in denselben Zug gestiegen war wie Fanny. Die Mutter trug ihren langen Pelzmantel, der jetzt am Kragen und an den Manschetten ganz abgewetzt war, und ihren Koffer mit dem Schottenmuster, der aus der Mode gekommen war. Sie hatte Fanny zwar gesehen, wäre aber gleichgültig an ihr vorbeigegangen, wenn diese sie nicht aufgehalten hätte. Du bist das! Ich hatte dich nicht wiedererkannt! rief die Mutter. Beruhigt und überrascht fügte sie hinzu:

– Aber du bist es tatsächlich. Tante Colette hat mir nämlich gesagt, daß du dich verändert hast, deshalb habe ich dich nicht gleich erkannt, aber ich sehe, du bist es wirklich.

– Dein Brief gilt also nicht mehr, nicht wahr? sagte Fanny, die auf einmal ein Gefühl der Trauer und der Enttäuschung überkam. Nachdem die Mutter nicht ohne sichtliches Vergnügen zustimmend geantwortet hatte, nahm Fanny ihren Arm, und sie verließen gemeinsam den Bahnhof. Sie hatte den Eindruck, daß ihre Mutter langsam und mit müden Schritten ging, und während früher die Mutter der an ihrem Arm hängenden Fanny ihr Getrödel vorgeworfen hatte, verlangsamte Fanny nun ihren Schritt, damit es nicht so aussah, als ziehe sie ihre Mutter hinter sich her. Diese merkte allerdings nichts davon; sie war in Gedanken verloren, die ihre Mundwinkel etwas steif und ihre Lippen schmal und farblos werden ließen. Übrigens mußte ihre Mutter den Rhythmus von Fannys Schritten schon seit langem vergessen haben. Da sie sich nicht einmal mehr an ihre Gesichtszüge erinnerte, vermutete Fanny, hatte ihre Mutter den Eindruck, Fanny habe sich nicht verändert; dabei wäre sie gar nicht in der Lage gewesen, so unmerkliche Verwandlungen wahrzunehmen, wie Tante Colette es konnte. Fanny zweifelte nun nicht mehr daran, daß ihre Mutter, aus Sorglosigkeit oder schwindender Zuneigung, aus Anfälligkeit für die heimlichen Einflüsterungen der Familie, im Grunde alles vergessen hatte, was sie je von ihr gewußt hatte. Und wenn sie jetzt in Begleitung von Fanny nach Hause ging und sich darüber zu freuen schien – lag das vielleicht nur daran, daß sie dies der gänzlichen Einsamkeit vorzog?

Sie kamen an mehreren Stellen vorbei, die in Fanny deutliche Erinnerungen wachriefen: auf dem Mäuerchen längs der Straße war sie als Kind gern gegangen, sie hatte sich dabei mit einer Hand an der Schulter ihrer Mutter festgehalten und gelacht, denn sie war dann einen Kopf größer als ihre Mutter, und diese hatte das Spiel mitgemacht und sie selbst Mama genannt; auf jenem unbebauten Gelände hatten sie eines Tages zwei Lamas gesehen, die aus einem Zirkus ausgerissen waren, allerdings waren sie so verdutzt gewesen, daß sie anschließend das Gefühl nicht loswurden, sie hätten geträumt; dort war Fanny einmal hingefallen … Sie hätte ihre Mutter gern an diese kleinen Szenen erinnert oder gewünscht, daß diese von selbst darauf gekommen wäre. Aber mit ihren langsamen Schritten ging die Mutter an dem Mäuerchen entlang und durchquerte das Gelände, ohne ein Wort zu sagen. Deswegen schwieg auch Fanny, lag ihr doch wenig daran zu hören, daß ihre Mutter sich an nichts mehr erinnerte. Vielleicht ging ihr in diesem Moment der Tod von Tante Clémence zu nahe, als daß sie an die süße Vergangenheit mit Fanny gedacht hätte. Sie hatte genauso lange an der Seite ihrer Schwester Clémence gelebt wie mit Fanny!

Als sie dann in der Wohnung angekommen waren, stieß die Mutter lange, matte Seufzer aus. In Fannys Erinnerung war die Mutter doch eine temperamentvolle und fröhliche junge Frau gewesen – und jetzt schlurfte sie träge in die Küche; kein einziges Mal war es ihr eingefallen, sich dabei nach Fanny umzudrehen und ihr zuzulächeln. Der Mutter schien es zu genügen, mit ihrer Tochter nach Hause gekommen zu sein. Nicht anders war es bei der Großmutter gewesen. Obwohl diese sich oft darüber beklagt hatte, zu wenig Besuch zu bekommen, hatte sie Colette oder Clémence ebenfalls keine besondere Aufmerksamkeit geschenkt, wenn diese bei ihr waren, und ihre Töchter, die dort wie zu Hause waren, schienen auch nichts anderes zu erwarten, während die Großmutter durchaus imstande war, sich für einen anderen Gast in Unkosten zu stürzen und ihm aus Ehrerbietung eine herzliche Zuneigung zu bekunden, auf die ihre Töchter kein Anrecht hatten, als habe hier eine Art von Sparsamkeit zu walten. Tatsächlich genügte es ihrer Mutter an diesem Abend, daß sie mit Fanny nach Hause gekommen war. Aber vermißte sie überhaupt jemals Fannys Gegenwart?

Die Mutter kochte einen Tee und servierte ihn im Wohnzimmer. Sie gab Fanny nicht ihre gewöhnliche Tasse, sondern nahm sie gedankenlos für sich selbst und schenkte Fannys Tee in eine neue Tasse aus hartem Plastik. Diesen sehr mittelmäßigen Tee hatte die Mutter vor mehreren Jahren als Sonderangebot im Supermarkt erstanden, und sie hatte so viel gekauft, daß auch heute noch über ein Kilo davon da war. Da ihr Verschwendung zuwider war, wollte die Mutter keine bessere Sorte kaufen, bevor diese nicht aufgebraucht war; so machte sie ihn einfach immer sehr stark.

Nachdem sie schweigend ihren schlechten Tee aus der Tasse getrunken hatte, die man nirgendwo richtig anfassen konnte, so heiß war sie überall, holte Fanny ihr Entschuldigungsschreiben heraus. Die Mutter unterschrieb es ohne weiteres und wunderte sich auch nicht über diese Forderung von Tante Colette. Ob Fanny von ihrer Schwester wieder in Gnaden aufgenommen werden würde, war ihr im Grunde wohl ziemlich egal. Stimmt es, fragte Fanny plötzlich, daß man über Léda früher gesagt hat, daß vielleicht meine wirkliche Mutter ... Sie wurde schamrot und konnte nicht weitersprechen. Wie erstarrt blickte ihre Mutter sie an. Tränen begannen aus ihren weit aufgerissenen Augen zu quellen, und Fannys Tasse mit den kleinen gelben Herzchen zitterte in ihrer Hand. Fanny wünschte, diese Worte nie ausgesprochen zu haben – würde sie überhaupt eines Tages eine mustergültige Tochter, eine vollkommene Nichte sein? Denn die Mutter hatte sich zwar Fanny gegenüber oft, und auch noch kürzlich, danebenbenommen, aber nach diesem unglücklichen Satz war sie es nun wieder, die die andere leichtfertig beleidigt hatte. Die Mutter, die ihre Tasse auf den Tisch zurückgestellt und sie weit von sich weggeschoben hatte, schluchzte mit gesenktem Kopf. Wie kannst du so etwas nur behalten? sagte sie. Und die angewiderte Stimme ihrer Mutter überzeugte Fanny von ihrer Niedrigkeit, von ihrer grundsätzlichen Unwürdigkeit. Früher hatte die Mutter nie geweint. Aber was es mit dem, was

Tante Clémence ihr anvertraut hatte, wirklich auf sich hatte, das durfte Fanny nie erfahren, die sich außerdem hüten würde, diese Frage noch an jemand anderen zu stellen. Mit ihren zusammengezogenen Schultern wirkte die Mutter schmächtig und verletzlich, und mit ihrem zuckenden Körper sah sie aus wie ein zartes Mäuschen, das mit den Beinen in der Falle steckte. Ein Glück noch, daß die Mutter ihr gerade ihre öffentliche Vergebung hatte zuteil werden lassen: Fanny würde sicher eine längere Zeit verstreichen lassen, bevor sie es wagen würde, sie das nächste Mal zu besuchen. Sie fühlte sich weniger beschämt als vielmehr verärgert über ihre eigene Ungeschicklichkeit, und sie war niedergeschmettert, ihre Mutter, die fast nie weinte, so viele Tränen vergießen zu sehen: sie schien sich auf ihrem Stuhl in Wasser auflösen zu wollen, von einem Schwall von Tränen aus dieser Welt hinausgespült zu werden. Reglos wartete Fanny, daß der Schmerz ihrer Mutter nachließ. Der Verkehrslärm direkt unter den Fenstern brauste wie brandende Wogen, und Fanny fragte sich, ob sich die Mutter nicht darin wiegte und damit ihren eigenen Kummer und Fannys Ratlosigkeit verlängerte.

In einer Vase, die in der Mitte des Tisches auf einem Papierdeckchen stand, bog sich ein Strauß künstlicher Margeriten unter der Last des Staubes. Die neue Teekanne, die ihre Mutter gebrauchte und die einen Deckel in Form einer Seerose hatte, war das Ebenbild derer, die Fanny schon bei Eugène gesehen hatte. Und als sie sich umschaute, bemerkte Fanny, daß im Wohnzimmer zahlreiche Gegenstände durch andere ersetzt worden waren, deren Zwillingskopien die Küchen ihrer Cousins, das Eßzimmer von Georges' Mutter und das Wohnzimmer von Tante Clémence schmückten. Nichts von dem, was die Mutter jetzt besaß, hätte Fanny mit einiger Rührung betrachten oder sich selbst wünschen können; denn was sagte dieses läppische Zeug anderes über ihre Mutter aus, als daß sie einen Allerweltsgeschmack hatte? Inmitten dieser Nippsachen kam ihr dann sogar der Kummer ihrer Mutter affektiert und trivial vor, aber aus mangelndem Stilgefühl war die Mutter nicht in der Lage, sich dessen bewußt zu werden. Die Mutter weinte und weinte, sie fand kein Ende! Betrübt und verwirrt schaute Fanny jedesmal weg, wenn sie aufsah. Da sie sehr viel auf Gemütlichkeit hielt, hatte sie über das Sofa Samtkissen in vielen Farben verteilt und Täfelchen mit Sprichwörtern an die Wand gehängt, die in Frakturschrift das Glück im trauten Heim priesen. Sie blickte Fanny mit geschwollenen und gealterten Augen an und hoffte zweifellos, daß auch deren Augen feucht wären. Vor Mitleid und Beklemmung schaute ihre Tochter jedoch weg – ihre Tochter, die sie so grausam verletzt hatte! So mußte die Mutter es sehen. Aber was wahr ist an dem, was Tante Clémence mir erzählt hat, das werden Mama und die übrige Familie mir stets verheimlichen, dachte Fanny, und man wird mir mangelnden Respekt vorwerfen und so tun, als wundere das bei mir auch niemanden. Ach, ich wußte es ja! Hätte ich nur den Mund gehalten! Fanny hätte sich damit begnügen sollen, an jenem Abend Arm in Arm mit ihrer Mutter nach Hause zu gehen. Sie hätten langsam den Tee getrunken und dann zum Essen eine Dose aufgemacht, stillvergnügt in dem kleinen Durchschnittshaushalt der Mutter, wobei sie nebenbei ferngesehen und vom Tisch aus jeden Augenblick auf einen anderen Kanal umgeschaltet hätten, um stets die Bilder irgendwelcher Fernsehserien vor Augen zu haben, weil die Mutter dafür eine besondere Vorliebe hatte. Aber Fanny brach auf, sobald ihre Mutter sich beruhigt hatte, und anstatt etwas zu tun, um sie bei sich zu behalten, pflichtete diese ihr mit einer müden Handbewegung bei, als könne sie, erschöpft von den Leiden, die sie um ihretwillen zu erdulden hatte, nur noch den einen Wunsch haben, Fanny wieder loszuwerden.

Drittes Kapitel

Ein unangenehmer Befehl von Tante Colette

Da sie nicht wußte, wo sie hin sollte, ging Fanny wieder zu Tante Clémence. Der Onkel war an die Einsamkeit noch kaum gewöhnt und wußte nicht, wie er einen Haushalt führen sollte, deshalb nahm er sie bereitwillig bei sich auf, unter der Bedingung freilich, daß Fanny nicht lange bleiben würde, denn man hätte sonst angefangen zu reden. Fanny verwöhnte ihn, und die Trauerzeit war für den Onkel weniger schwer.

Sie ließ gleich das Mädchen kommen, das ihr schon einmal als Botin gedient hatte; die Kleine hatte ihre Strumpfhose nicht mehr. Wie sich zeigte, kümmerte man sich so wenig um sie, daß man sich nicht etwa ängstigte, wenn sie ganze Nachmittage einfach verschwunden war, sondern ihr fast noch Vorwürfe machte, daß sie überhaupt noch daran dachte, wieder nach Hause zu kommen. Fanny spielte mit dem Gedanken, die Kleine ihre Briefe an Tante Colette überbringen zu lassen. Sie rechnete sich aus, daß ihre Tante von dem Anblick des Mädchens sicher gerührt sein würde und nicht das Herz hätte, sie mit einer für Fanny verletzenden Antwort zurückzuschicken. Es war darüber hinaus das bequemste Mittel, mit Tante Colette Fühlung aufzunehmen, und das Kind brauchte auch nur die große Straße entlangzugehen. Fanny zog es warm an und vertraute ihm das Entschuldigungsschreiben sowie einen kurzen Brief folgenden Inhalts an: da ihr Vater nicht mehr glaube, daß sie seine Tochter sei, bitte sie Tante Colette, sie in dieser Beziehung einer Vergebung zu entbinden, die zu verlangen kein Anlaß mehr bestand. Als sie die beiden Schriftstücke in die Mütze des Mädchens gesteckt hatte, überhäufte sie es mit Ratschlägen und begleitete es dann bis zur Landstraße. Die Kleine war ganz begeistert und trabte leichtfüßig davon. Fanny hatte ihr zwar befohlen, im Graben zu gehen, doch sprang sie schon bald auf den Asphalt, um bequemer voranzukommen, und Fanny, die an der Straße stehengeblieben war, um ihr nachzuschauen, erfüllte das mit Sorge. Sie erwartete ungeduldig die Rückkehr des Mädchens und konnte sich trotz der beißenden Kälte nicht dazu aufraffen, nach Hause zu gehen. Sie stellte sich vor, wie das Mädchen jede einzelne Etappe seines Weges durchlief, und war ein wenig eifersüchtig, als sie es in Gedanken bei Tante Colette erblickte. Diesem Kind konnte man nichts vorwerfen! Würde Tante Colette sich aber durch ihre allzu große Rührung nicht zu Vergleichen hinreißen lassen, die Fanny in einem ungünstigen Licht erscheinen ließen, und bedauern, daß Fanny als kleines Mädchen ihren Vorstellungen nicht genauso entsprochen hatte wie diese arme Göre, und würde der Anblick dieses Kindes ihren Klagen gegenüber Fanny – ihrer ewigen Enttäuschung – schließlich nicht wieder neue Nahrung geben? Fanny quälte sich auf diese Weise am Straßenrand, bis das Kind nach langen, endlos währenden Stunden wieder zurück war. Sie umschlang es mit den Armen, bestürmte es zugleich mit Fragen, und machte die Kleine, die wieder Atem zu schöpfen suchte, ganz schwindlig. Tante Colette hatte sich damit begnügt, ihre Botschaft mündlich zu übermitteln, anscheinend etwas nachlässig, denn sie hatte nicht weiter präzisiert, ob es sich um eine Antwort auf Fannys Brief handelte oder nur um eine Bemerkung, die sie an sich selbst gerichtet hatte; allerdings hatte das Mädchen diese letztere Hypothese verworfen, nachdem es auf dem ganzen Weg darüber nachgegrübelt hatte. Tante Colette hatte folgendes gesagt oder vor sich hin gemurmelt: da es ja wohl nicht sein konnte, daß Fanny keinen Vater hatte, welche Zweifel irgendein bestimmter Vater in dieser Hinsicht auch hegen mochte, mußte sie dessen Verzeihung erwirken, damit Tante Colette sich berechtigt fühlte, sie anstandslos bei sich aufzunehmen. Die Kleine trug dies ohne zu stocken vor. Was nun allerdings die Art und Weise anging, wie man sie behandelt hatte, war Fanny kaum in der Lage, etwas aus ihr herauszubekommen. Fest stand lediglich, daß man ihr ein Glas Granatapfelsaft gegeben hatte. Bei allem übrigen kam das Mädchen durcheinander, verwechselte die einzelnen Personen, sprach von einem Nachbarn, der wahrscheinlich zu Besuch dagewesen war, als handele es sich um Onkel Georges, und vermochte weder Tante Colette noch Eugène zu beschreiben, den sie vielleicht gar nicht gesehen hatte. Das gleiche galt für das Haus, von dem sie sich nur an die mit Fasanen und Farnen geschmückte Tapete erinnerte, womit nun allerdings Fanny nichts anfangen konnte. Man mußte sie jedenfalls bald wieder weggeschickt haben. Hatte das geringe Interesse, das man dem Kind entgegengebracht hatte, vielleicht etwas mit der Geringschätzung ihrer eigenen Person zu tun? fragte sich Fanny. Obwohl man wußte, was für einen weiten Weg das Mädchen zurückgelegt hatte (man wußte es doch wahrscheinlich), hatte man es nicht für nötig befunden, ihm etwas zu essen hinzustellen, weshalb die Kleine auch ganz ausgehungert war. Mißachteten sie Fanny denn so sehr, daß es ihnen ganz egal war, ob ihre kleine Botin vor Entkräftung zusammenbrach? Vermittelte das etwa eine Vorstellung von der Gleichgültigkeit, mit der man zum Beispiel die Nachricht von Fannys eigenem Tod aufgenommen hätte? Anscheinend hatte man dem Kind nichts über sie gesagt und es nicht einmal gefragt, wo Fanny denn wohne, und als es Tante Colette seine Zettel überreicht hatte, hatte diese eben das gemurmelt, was es ihr gerade mitgeteilt hatte. Eugènes Frau hatte dem Mädchen das Glas mit dem Granatapfelsaft in die Hand gedrückt, und dann hatte man sie aus dem Haus gedrängt, ohne noch etwas hinzuzufügen oder sie bis zum Hoftor zu begleiten, ja sogar ohne ihre kleine Mütze wieder zurechtzurücken, unter der ein Ohr hervorschaute. Alles in allem hatte man sie mit einer nicht zu überbietenden Gleichgültigkeit empfangen. Und wenn

Fanny sich trotz allem glücklich schätzen durfte – obwohl ihr das neue Gebot von Tante Colette schon im vorhinein den Mut nahm –, daß sie eine klare und präzise Anweisung erhalten hatte, so verdankte sie diese zweifellos eher der Angewohnheit, laut zu denken, die Tante Colette manchmal hatte, als dem Wunsch ihrer Tante, sie von ihrer Entscheidung in Kenntnis zu setzen. Denn es wurde nun deutlich, daß Tante Colette an ihrem Ergehen nicht das geringste Interesse hatte.

Fanny begleitete das Mädchen nach Hause. Es war ihr unangenehm zu sehen, wie ungern es heimging, aber Fanny konnte nicht die Verantwortung dafür übernehmen, das Kind an ihrer Seite beim Onkel übernachten zu lassen. Ziemlich weit von dem Dorf, zwischen der Hauptstraße und den Gleisen der Güterzüge, wohnte es in einem schmalen Haus, von dem der Verputz abbröckelte und in dessen Hof der Unrat sich zu Bergen auftürmte. Vor dem Haus hingen die welken Zweige eines alten, schon seit langer Zeit verdorrten und in diesem Zustand belassenen Weidenbaums zwischen dem alten Eisen und den Abfällen aller Art, die man dort für eine ungewisse Weiterverwendung zusammengetragen hatte. Fanny blieb ein paar Meter vor dem Hof stehen. Die Kleine hatte doch noch gehofft, Fanny werde sie wieder mit nach Hause nehmen, hatte sich gesträubt und war seufzend ganz langsam gegangen. Sobald sie das Haus sah, ließ sie aber auf einmal Fannys Hand los und lief wortlos davon. Auf der Eingangstreppe drehte sie sich um und stieß mit einer rauhen Stimme, die Fanny nie an ihr gehört hatte, einen obszönen Fluch aus.

Ihr Onkel mäkelte in derben Tönen an der Suppe herum, die sie für das Abendessen gekocht hatte. So mußte er sich im Verlauf ihres langen gemeinsamen Leben auch gegenüber Tante Clémence aufgeführt haben.

Viertes Kapitel

Bei Fannys Vater

Als sie ankam, war der Diener dabei, die Wurzeln der verdorrten Sträucher auszugraben. Der von seiner Stirn tropfende Schweiß hatte vor seinen Füßen auf der Erde einen nassen Flecken gebildet.

– Wie unvernünftig, um diese Tageszeit zu arbeiten, sagte sie.

– Ach, Ihr Vater ..., beklagte er sich kurz.

Da auch sie wie gerädert war, kniete sie auf dem gelben Rasen nieder. Sie schaute dem Mann beim Arbeiten zu und bemerkte nun, daß er seine schwere Jacke mit den Metallknöpfen anbehalten hatte.

– Ersticken Sie denn nicht, Sie sind ja viel zu warm angezogen, wunderte sie sich.

– Aber das Ansehen des Hauses...

Ein wenig überrascht über Fannys Frage, richtete er sich auf.

– Was würde man denn sagen, wenn man mich wie ein Gärtner mit nacktem Oberkörper arbeiten sähe? Man würde sagen, daß Ihr Vater offenbar nicht einmal genug Geld hat, um sich einen Gärtner zu leisten, und daß er die Sträucher von seinem Haushofmeister, seinem Vertrauensmann, ausreißen lassen muß.

– Aber Sie sind doch gerade dabei, diese Sträucher auszureißen, oder etwa nicht?

– Pah! keuchte er verächtlich.

– Nun? beharrte sie.

– Man wird einfach denken, daß der Haushofmeister, der Vertrauensmann, in seiner schönen Livree hinausgegangen ist, um den Garten zu inspizieren und daß er der Versuchung nicht widerstehen konnte, hier und da ein paar kleinere Sachen zu korrigieren, erklärte der Diener mit vorstehendem Bauch und hoch erhobener Nase.

– Trotzdem, meinte Fanny, die diese Antwort nicht zufriedenstellte, wenn Sie richtige Gärtnerkleidung anziehen würden, mit einem breiten Strohhut, der Ihr Gesicht verbirgt, wäre das nicht eine bessere Idee? Mein Vater könnte dann so tun, als hätte er zwei Bedienstete.

– Aber ich will kein Gärtner werden! protestierte er entrüstet.

– Sie reißen doch die Sträucher heraus, sagte Fanny und zuckte mit den Achseln.

– Das ist nicht dasselbe.

Wütend machte er sich wieder ans Graben und tat so, als sei Fanny Luft für ihn. An den Fenstern des großen, arroganten Hauses waren für die Siesta die Rolläden heruntergelassen, so daß man nicht wissen konnte, ob jemand im Haus war. Ist mein Vater immer noch überzeugt, daß ich nicht seine Tochter bin, murmelte Fanny, und hat er immer noch vor, die junge Frau durch mich zu ersetzen? Da legte der Diener sein Werkzeug beiseite, hockte sich ganz dicht neben Fanny und flüsterte mit ernster und zufriedener Miene:

– Ich glaube, er würde Sie sogar einsperren, damit Sie bei ihm bleiben. Er ist so felsenfest davon überzeugt, daß Sie nicht seine Tochter sind, daß er ein Kind aus dem Dorf adoptieren will; er beklagt sich nämlich jetzt, daß er keine Erben hat, auch wenn er von seiner Entdeckung in bezug auf Sie ganz hingerissen ist und immer noch hofft, Sie werden zu ihm kommen, und begierig ist auf dieses neue Verhältnis zu Ihnen.

– Er wäre imstande, mich gegen meinen Willen hierzubehalten? fragte Fanny beunruhigt.

– Wer weiß? Wissen Sie, Ihr Vater ist es nicht mehr gewöhnt, daß ihm jemand Widerstand entgegensetzt.

Als er dies sagte, schien der Diener in sein Schicksal ergeben und zugleich stolz zu sein, einem Herrn mit einem so tyrannischen Willen zu dienen. Fanny jedoch, die von ihm verleugnet worden war, glaubte kein Recht mehr zu haben, sich ob dieser Charakterzüge ihres Vaters geschmeichelt zu fühlen, und zeigte eine Art gereizter Verachtung. War sie nicht eifersüchtig auf den Diener? Dieser fragte mit neugieriger Miene:

– Kennen Sie inzwischen Ihren wirklichen Vater?

– Ach, Sie glauben also auch…

Niedergeschlagen riß sie mit den Fingerspitzen ein paar vertrocknete Grashalme aus.

– Oh, was weiß denn ich, was weiß denn ich, brummelte er verlegen.

– Es ist besser, wenn ich mich jetzt nicht bei ihm blicken lasse. Aber hat er mich nicht schon gesehen?

Hinter den Vorhängen rührte sich jedoch nichts. Sogar das Dorf selbst war in dieser heißesten Stunde des Tages still geworden. Fanny zog das Entschuldigungsschreiben hervor, das sie von ihrem Vater unterschreiben lassen sollte, und las es dem Diener schnell vor.

– Ich muß es so schnell wie möglich meiner Tante vorlegen. Könnten Sie deshalb nicht selbst Ihre Unterschrift daruntersetzen? Sie sind doch der Vertrauensmann meines Vaters und können ihn, moralisch gesehen, vertreten, scheint mir, sagte Fanny nachdenklich.

– Ich kann ihm auch dieses Papier von Ihnen bringen.

– Wenn er nicht mehr mein Vater sein will, wird er sich weigern, es zu unterzeichnen, verstehen Sie, erklärte Fanny in pfiffigem Ton. Es steht ihm frei, sich solche Verrücktheiten einzubilden, aber das darf mich nicht am Gehorsam gegenüber Tante Colette hindern.

– Immerhin…

– Aber wenn doch Ihr Herr verrückt wird, wollen Sie dann nicht versuchen, an seiner Stelle vernünftig zu sein?

Fanny drückte dem Diener einen Kugelschreiber in die Hand. Er zögerte und leistete schließlich, sichtlich bewegt und verstört, die Unterschrift. Danach schwiegen beide. Fanny steckte das Papier ein und starrte auf die Erde. Plötzlich rief der Vater durch den Rolladen ungeduldig nach seinem Diener. Nach einem kurzen Gruß entfernte jeder sich in eine andere Richtung, der Diener ging auf das Haus zu, Fanny zur Bushaltestelle. Sie schwor sich, in Zukunft alles daranzusetzen, ihn nie wiederzusehen, obwohl sie ihm dankbar war, daß er ihr ihren Willen getan hatte.

Fünftes Kapitel

Eine fahrlässige Ungeschicklichkeit der Familie

Als Fanny im Dorf des Onkels ausstieg, lag Schnee auf den Dächern und Bürgersteigen. An dem rauhen Verputz der durch die Straße schwarz gewordenen Fassaden blieben die in ihrem verträumten Fall aufgehaltenen Flokken hängen und bildeten ein weitmaschiges, zerfranstes Spitzengewebe. An diesen Wänden war nie ein Efeu oder eine unnütze Glyzinie hochgerankt, und in ihrem neuen Schmuck schienen sie nicht mehr zum Dorf zu gehören. Fanny lief an dem Haus des Onkels vorbei, ohne es wiederzuerkennen. Ein frischer Morgenduft rief ihr die Winterferien in Erinnerung, die sie einst bei der Großmutter verbracht hatte – hatte es sie aus Versehen nicht wieder ins Dorf der Großmutter verschlagen? Aber das Schild des *Coq Hardi* beruhigte sie; doch als sie zum Onkel kam, war die Illusion noch nicht ganz verflogen, erneut das Haus der Großmutter betreten zu haben, genau wie damals, wenn sie am frühen Morgen mit ihrer Mutter vom Bahnof kam und der Himmel ganz weiß war und sie aus Spaß auf dem Reif des Trottoirs den festen Abdruck ihres Stiefels hinterlassen hatte. Als sie im Hintergrund des dunklen Wohnzimmers das fusselige Sofa erblickte, mußte sie sich gut zureden, um die Vorstellung loszuwerden, sie befinde sich in Wirklichkeit bei der Großmutter. War sie nicht gerade dabei, das, was sie im Augenblick tat, zu träumen, während sie auf dem Sofa der Großmutter lag, das diesem ganz ähnlich war? Waren ihre Bewegungen nicht Teil dieses Traums auf dem Sofa, auf dem sie sich früher oft an die Großmutter geschmiegt hatte und eingeschlafen war? War es denn überhaupt vorstellbar, daß Fanny sich in diesem Moment bei dem gefühllosen Onkel befand, so weit entfernt von Tante Colette und dem Dorf der Großmutter, in das sie nicht zurückkehren durfte? Es würde ihr schon aufgehen, daß sie den Tod der Großmutter lediglich geträumt hatte, während sie noch an ihrer Schulter ruhte – aber wie schändlich und beklommen würde sie sich vorkommen, wenn sie dann am Morgen erwachte! Falls dies aber gar kein Traum war, dachte Fanny, während sie auf dem Sofa saß, ihr Schicksal würde maßlos zu beklagen sein. Das Knistern des Papiers in ihrer Tasche heiterte sie ein wenig auf und holte sie zugleich ganz in ihre wirkliche Situation beim Onkel zurück. Und doch bekümmerte es sie, als sie auf einmal die Feststellung machte, daß sie seit der Zeit, wo sie fröhlich über den gefrorenen Boden gestapft war – wenngleich sie auch damals den Eindruck gehabt hatte, daß ihre Stellung in der Familie, ja selbst bei der Großmutter und in bezug auf Eugène, von schmerzlicher Zweideutigkeit gewesen war –, daß sie ungeachtet des äußeren Anscheins noch nie so weit davon entfernt gewesen war wie in diesem Augenblick, einen Platz in der Familiengemeinschaft einzunehmen, jetzt, wo sie die Vergebung ihrer Eltern erbetteln mußte und unweigerlich von beiden getrennt war, Tante Colette anflehen mußte und gar nicht mehr daran denken durfte, daß man die Großmutter beerdigt hatte, ohne daß sie sie noch einmal gesehen hatte. Je mehr sie versucht hatte, sich der Familie zu nähern, und je stärker dieser Wunsch in ihr geworden war, desto entschiedener war die Art, wie man sie behandelte, weit unter das bloße Wohlwollen abgesunken. Deshalb hielt sie sich auch mit dem größten Bedauern immer wieder vor, daß sie nie etwas hätte unternehmen dürfen und sich mit dem ungewissen Status hätte begnügen sollen, der ihr mit der Zeit zuerkannt worden war, und die Erinnerung an die morgendliche Ankunft im Dorf zusammen mit ihrer Mutter, in der Kälte des Dezembertages, stand ihr nun strahlend hell vor Augen als das Bild dessen, womit sie hätte vorliebnehmen sollen und was im Vergleich zu ihrer gegenwärtigen Situation von unschätzbarem Wert gewesen wäre.

Nebenan stand der Onkel auf. Er seufzte, räusperte sich und spuckte in den Nachttopf. Am frühen Morgen trieb es ihn melancholisch um. Fanny kochte Kaffee und heizte die Küche. Mit feuchten, zerzausten Haaren und die Ellbogen auf die Wachstuchdecke gestützt, wartete der Onkel. Weder am Abend noch beim Aufstehen begrüßten sie sich mehr, denn sie waren aneinander gewöhnt. Der Onkel sprach in kurzen Sätzen; er sagte nur das unbedingt Notwendige und nichts, was nicht einen praktischen Sinn hatte. Er richtete seinen Blick selten auf Fanny, sondern fixierte den Tisch, den Fuß des Küchenherdes, irgendein Detail der Fliesen. Bevor er zur Arbeit ging, teilte Fanny ihm die Speisenfolge für das Abendessen mit. Der Onkel fuhr sich über das Kinn und sagte mehrmals zustimmend »Hm«. Sie selbst sprach mit scharfer Stimme und schroffer, unnahbarer Stirn. Ihre Tanten hatten so zu ihren Männern gesprochen und den Mund eigentlich nur aufgemacht, um eine Auskunft zu geben oder ihnen Vorwürfe zu machen. Der Onkel behielt seine Gesprächigkeit den Arbeitskollegen vor. Er ging schweigend hinaus, schloß die Tür hinter sich und prüfte zweimal, ob sie auch wirklich ins Schloß gefallen war.

Nachdem sie wie jeden Morgen das Bett des Onkels gemacht hatte und seinen Anordnungen entsprechend die Matratze gewendet und das Kissen am Fenster ausgeklopft hatte, beeilte Fanny sich, ihre kleine Botin abzuholen. Sie begaben sich gleich auf die Hauptstraße, wo der Schnee schon geräumt war und sich in bräunlichen Klumpen am Straßenrand auftürmte. Froh darüber, Fanny wiederzusehen, trällerte die Kleine leise vor sich hin. Fanny übergab ihr das von dem Diener unterschriebene Entschuldigungsschreiben sowie einen Brief für Tante Colette, in dem sie diese beschwor, sie möge sie nun wieder bei sich dulden, und sie entließ dann das Kind, ohne ihre Ratschläge erneuert zu haben, denn es kannte den Weg und brannte darauf, loszugehen. In der Mitte des Morgens, zu jener ruhigen Tageszeit, die sie früher bei der Großmutter allen anderen Augenblicken vorgezogen hatte, kehrte sie zum Onkel zurück. Damals, nachdem die Großmutter ihre Hausarbeit gemacht hatte und das Gemüse für das Mittagessen schon geschält und gesäubert auf dem Tisch bereit lag, hörte man gewöhnlich das schleifende Geräusch der Zeitung, die der Briefträger durch einen Spalt in der Küchenwand schob und die mit einem leichten Plumps auf die Fliesen fiel, wo die Großmutter sie jeden Tag mit demselben Ausdruck der Befriedigung aufhob. Sie überflog sie anschließend im Wohnzimmer, wobei sie nur mit einem Schenkel ganz auf der Kante des Sofas saß, als wollte sie zeigen, daß sie sich nicht wirklich häuslich eingerichtet hatte, daß sie beim Pfeifen des Wasserkessels, beim plötzlichen Schrillen der Klingel sofort aufspringen würde, daß sie in ungenutzter, aktiver, allzeit bereiter Behendigkeit stets auf dem Sprung war, obwohl die morgendliche Arbeit erledigt war und der Großvater nicht mehr da war, um sie zur Ordnung zu rufen.

Fanny setzte sich auf einen Küchenstuhl, vor einen hohen Stapel mit Illustrierten, die Tante Clémence regelmäßig gelesen und dann vollständig und in makellosem Zustand im unteren Teil des Wäscheschranks verstaut hatte. Auch Fanny hatte jene Illustrierte, in der die Intimsphäre der interessanten Persönlichkeiten der ganzen Welt genauer enthüllt wurde als sonstwo, früher immer gekauft; aber da sie in der letzten Zeit keine Möglichkeit dazu gehabt hatte, war sie glücklich, die ihr fehlenden Nummern nun nachlesen zu können. Sie verschlang die Artikel und Interviews, sah sich die Fotos an, die oft ohne das Wissen der betreffenden Personen aufgenommen worden waren, und ihre Erregung wurde noch gesteigert durch das Bedauern, das sie empfand, von all diesen Umständen erst jetzt erfahren zu haben, während sie in den voraufgegangenen Jahren die Geschichte jedes einzelnen Schritt für Schritt und, wie ihr schien, Tag für Tag verfolgt hatte. Entglitten ihr diese Geschichten jetzt nicht ein wenig, weil sie sie mit soviel Verspätung las, während die Affären doch weiterliefen und sie nicht wußte, was eben in diesem Moment passierte?

Es klopfte leise an das Fenster des Wohnzimmers. Beim Durchsehen der Zeitschriften hatte Fanny in ihrem Fiebereifer eine Nummer nach der anderen auf den Boden geworfen, nachdem Tante Clémence sie so sorgfältig behandelt und aufbewahrt hatte, daß man sich manchmal kaum vorstellen konnte, daß sie überhaupt jemals aufgeschlagen worden waren, und als Fanny nun eilig aufstand, um zu antworten, trat sie darauf und beschädigte einige. Sie blieb stehen, um sie wieder aufzuheben und mit einer eiligen Handbewegung glattzustreichen.

– Fanny! rief draußen ein feines Stimmchen. Fanny!

– Ich komme! rief sie und fühlte sich ganz berauscht.

Die Geschichten, die sie gerade gelesen hatte, rückten alles, was sie umgab, in die Ferne, drängten durch das betörende Treiben der phantastischen Gestalten, die im Moment ihren Kopf ganz ausfüllten, die Möbel des Wohnzimmers, die kleinen Gegenstände, Rahmen und Lampen in eine unbestimmte, schwebende Weite zurück, so friedvoll wie in einem Traum. Als Fanny zur Tür ging, hatte sie plötzlich den Eindruck, daß die Antwort von Tante Colette, wie immer sie auch ausfallen mochte, ja daß Tante Colette selbst ... Sie küßte das Mädchen auf die Wangen, die ganz kalt und fahl waren. Die Kleine sah erschöpft aus. Mitleidig zog Fanny ihr den Mantel aus, nahm ihr die Mütze ab, und anstatt sie gleich auszufragen, machte sie ihr erst ein Omelett. Das Kind blätterte geistesabwesend in einer Illustrierten und warf einen ausdruckslosen Blick auf die Bilder. Fanny fiel unter dem Pullover des Mädchens, zwischen Nacken und Schulter, eine Schwellung auf.

– Was hast du denn da? fragte sie.

– Ach nichts, murmelte die Kleine.

Sie tat, als beuge sie sich interessiert über eine Bildseite und wickelte eine Haarlocke um ihren Finger. Aber Fanny wollte sehen, was es war, und als sie dann den dicken Verband entdeckte, schrie sie entsetzt auf. Sie fragte das Mädchen aus und drang lange in es, so zögernd drückte es sich aus, als schäme es sich wegen irgend etwas. Fanny bekam schließlich folgendes heraus: das Kind hatte sich in der Neubausiedlung im Dorf der Großmutter verirrt. Nachdem es über eine Stunde kreuz und quer durch die Straßen gelaufen war, hatte es endlich Eugènes Haus wiedergefunden. Dort war man gerade mit dem Mittagessen fertig gewesen, und Tante Colette hatte noch eine Tasse Tee trinken wollen. Man hatte dem Kind einen kühlen und verdrossenen Empfang bereitet. Da man allerdings gesehen hatte, daß es erschöpft war, hatte man es seinen Mantel ablegen lassen. Es hatte sich gesetzt und die beiden Blätter auf den Tisch gelegt. In diesem Augenblick war eine Frau, an deren Züge es sich nicht erinnern konnte (die junge Frau von Eugène? irgendeine Cousine, die gerade zum Mittagessen da war?) mit einem Topf kochenden Wassers für Tante Colettes Tee aus der Küche gekommen. Und ohne daß das Mädchen verstanden hätte, wie das geschehen konnte, ob es selbst sie angestoßen hatte, als es zur Seite rücken wollte, oder ob die Frau gestolpert war: das Wasser war über seine Schulter geflossen und hatte es durch den Pullover hindurch fürchterlich verbrannt. Es hatte aufgeschrien, und alle hatten aufgeregt durcheinandergerufen und -geredet. Tante Colette hatte es in das Badezimmer geführt, schonungslos die wunde Stelle mit einer eiskalten Salbe eingerieben und ihm hastig und ohne ihm ermutigend zuzureden oder es ein wenig zu streicheln, diesen Verband angelegt. Darüber beklagte die Kleine sich allerdings nicht, sie erwähnte es kaum. Aber Fanny fiel es nicht sonderlich schwer, gerade aus dem, was das Kind verschwieg, zu erraten, was Tante Colette getan hatte. Anschließend hatte man sich keine weiteren Gedanken gemacht und war erleichtert gewesen, es ziehen zu lassen. Man hatte ihm keine Antwort für Fanny übermittelt – wahrscheinlich hatte man es vergessen. Das Mädchen erinnerte sich nicht daran, ob Tante Colette einen Blick auf die Briefe geworfen hatte. Das einzige, was sie darüber sagen konnte, war, daß die Hülle einer Keksschachtel zusammen mit anderem Papierkram, der offensichtlich zum Wegwerfen bestimmt war, auf dem Tisch herumgelegen hatte und daß deshalb nicht sicher war, ob die vierfach gefalteten und nicht besonders auffälligen Schreiben von Fanny nicht dasselbe Schicksal erlitten hatten, obwohl das natürlich nur eine Vermutung war. Eine Antwort oder zumindest die Andeutung einer Antwort hatte es allerdings nicht gegeben, nicht einmal eine Bemerkung war gefallen. Enttäuscht und überzeugt davon, daß es sich der Aufgabe nicht als würdig erwiesen habe, weinte das Mädchen jetzt, zur großen Verwirrung von Fanny. Um etwas zu tun, wechselte sie den Verband, bepinselte die Wunde, was die Kleine gar nicht zu bemerken schien, denn sie war gegen Schmerzen so abgehärtet, daß Fanny vor Mitleid beinahe laut aufgestöhnt hätte; doch im Augenblick quälte die Kleine allein das Scheitern ihrer Expedition. Sie machte einen kleinen Mittagsschlaf und war kaum wieder aufgestanden, als sie trotz Fannys Befürchtungen auch schon ins Dorf der Großmutter zurückkehren wollte. Um nicht zurückgehalten zu werden, lief sie gleich hinaus, kaum daß sie ihre Absicht angekündigt hatte. Fanny setzte sich und wartete in der größten Verwirrung auf ihre Rückkehr. Sie zweifelte nicht daran, daß der Unfall des Kindes den Gefühlen der Familie ihr selbst gegenüber zuzuschreiben war, Gefühlen, die nicht weniger deutlich in der spärlichen Fürsorge zum Ausdruck kamen, die die Familie ihm anschließend zuteil werden ließ. Denn die Kleine schien für die Familie nichts Menschliches zu sein, sondern der personifizierte Ausdruck von Fannys ärgerlichen Ansprüchen, die es, genau wie früher, je nach der augenblicklichen Laune entweder zu unterdrücken oder zu ignorieren galt. Die Familie schien in der Kleinen nur einen irrealen Vorposten von Fannys eigenen Gedanken zu sehen! Daß man ihr erlaubt hatte, sich zu setzen und zu sprechen, anstatt sie mit einer Handbewegung wegzuwischen wie eine bloße Spukgestalt, daß Tante Colette sie verbunden hatte, all das zeugte vielleicht noch von einem Rest von Großmut. Doch war die Geduld der Familie nun nicht erschöpft? Aber was soll ich tun ohne die ausdrückliche Erlaubnis zum Kommen? fragte sich Fanny. Bin ich nicht gezwungen, mich vertreten zu lassen? Wenn es ihr gelungen wäre, die Familie von der körperlichen Existenz ihrer kleinen Botschafterin zu überzeugen, hätte man sie mit größerer Aufmerksamkeit angehört und die Besuche des Mädchens für ein Zeichen von Feinfühligkeit ihrerseits gehalten, für den Beweis ihres absoluten Gehorsams gegenüber den Anweisungen von Tante Colette (sie hatte ihr verboten wiederzukommen, bevor sie Léda nicht gefunden hatte, und ihr seitdem noch nicht verziehen), wohingegen sie diese Besuche vielleicht auf ihren schamlosen Starrsinn zurückführten und sie von sich wiesen, als habe Fanny es zum Beispiel darauf angelegt, ihre Anverwandten bis in ihre Träume hinein zu stören, was man ihr möglicherweise sogar zutraute.

Ach, wenn ich ihnen nur sagen könnte, daß das Kind ganz real ist! dachte Fanny, als sie dann aufstand und hin und her ging. In ihrer Ohnmacht ballte sie die Fäuste und öffnete sie immer wieder, und plötzlich bekam sie keine Luft mehr in dem dunklen Wohnzimmer von Tante Clémence. Die Nacht brach herein, und bald würde der Onkel nach Hause kommen. Er wäre dann hungrig, würde essen wollen und Fanny vorwerfen, daß sie ihn warten ließ. Sie schickte sich an, den Tisch zu decken, als die Kleine die Tür aufstieß. Fanny mußte ihr bis zu einem Stuhl helfen und dem erschöpften Kind, noch bevor es etwas sagen konnte, eine große Schale Milch zu trinken geben. Ich bin nicht einmal im Haus gewesen, sagte die Kleine sofort und wurde puterrot. Sie barg ihr Gesicht in den Händen und weigerte sich, etwas hinzuzufügen. Schamgebeugt zitterten ihre Schultern. Fanny hatte sie umarmt und schöpfte auf einmal einen Verdacht: sie krempelte den feuchten Ärmel des Pullovers hoch und stellte fest, daß am rechten Arm ein größeres Stück Fleisch fehlte, das von scharfen Reißzähnen mit einem Biß sauber herausgetrennt worden war. Das Blut der Wunde trocknete bereits, aber der ohnehin dünne Arm des Mädchens schien nun bei der leisesten Anstrengung zerbrechen zu müssen. Fanny hatte einen Entsetzensschrei ausgestoßen. Da fing das Kind an zu schluchzen; es glaubte nun in Ungnade gefallen zu sein. Nach vielen Fragen über den Unfall sowie abwechselnden Liebkosungen und Beteuerungen, daß sie ihm ihr Vertrauen nicht entziehen werde, gelang es Fanny, den genauen Sachverhalt zu erfahren: als die Kleine vor dem Haus angekommen war, das sie diesmal mühelos gefunden hatte, war die Gartentür verriegelt gewesen. Sie hatte geklingelt und gerufen; hinter dem Vorhang des Wohnzimmers hatten sich flüchtig ein oder zwei Personen blicken lassen, die sie zu beobachten schienen. Die Gewißheit, daß jemand zu Hause war, hatte das Mädchen kühner gemacht, denn es hatte wenig Lust, unverrichteter Dinge wieder kehrtzumachen. Sie war über die Hecke geklettert und hatte dabei fortwährend gerufen. Und als sie dann mit entschlossenem Schritt auf die Tür zugegangen war, da war Eugènes Hund hinter dem Haus hervorgesprungen und hatte sich auf sie gestürzt. Die Kleine hatte zwar den Rückzug angetreten, es aber nicht geschafft, ihren Arm rechtzeitig in Sicherheit zu bringen, und so hatte der Hund ein großes Stück Fleisch herausgerissen, vor den Augen der

Hausbewohner, die nun zum Wohnzimmerfenster gelaufen waren und sich dort wie zu einer Vorstellung drängten, aber immerhin ein ernstes Gesicht machten. Obwohl das Mädchen sogar nach diesem fürchterlichen Abenteuer noch auf Mittel und Wege gesonnen hatte, wieder hineinzukommen, war ihr nichts anderes übriggeblieben, als umzukehren, denn der Hund stand immer noch mitten im Garten. Ihre Scham, versagt zu haben, ja nicht einmal das Mitleid der Familie erweckt zu haben, war niederschmetternd für die Kleine, trotz der vielen tröstenden Worte, die Fanny zu ihr sagte, um ihre eigene Niedergeschlagenheit zu vergessen. Sie mußte bald fort, um nicht dem Onkel zu begegnen. Das geht schon, hatte sie mit einem Anflug von Ärger gesagt, als Fanny besorgt Anstalten gemacht hatte, ihren Arm zu verarzten. Und die Kleine schien tatsächlich keine Schmerzen zu verspüren und unempfindlich zu sein gegen ihren leichten Körper, der so ungreifbar war wie ein Schatten, die bloße Illusion eines Mädchenkörpers.

Am nächsten Morgen, kaum daß der Onkel das Haus verlassen hatte, war sie schon wieder da, und obwohl Fanny sich freute, sie trotz ihrer Verletzungen so tapfer zu sehen, begierig, wieder zu Tante Colette zu laufen, empfand sie doch eine unbestimmte Unruhe, wie sie sie ganz ähnlich verspürt hätte, wenn es ihr zum Beispiel trotz aller Anstrengungen nicht gelungen wäre, sich einen für sie selbst gefährlichen Gedanken aus dem Kopf zu schlagen. Deshalb zwang sie sich auch, die Laken ihres Onkels ganz gemächlich einzuschlagen, sorgfältig zu kehren, das Frühstücksgeschirr abzuspülen, so zu tun, als sei das Mädchen gar nicht da, das brav in der dunkelsten Ecke des Wohnzimmers wartete und fast nicht zu sehen war. Da die Kleine nichts sagte, schaffte Fanny es fast, sich gar nicht mehr an ihre Anwesenheit zu erinnern. Hatte es im übrigen nicht den Anschein, als werde das Kind so lange stumm und versteckt bleiben, wie Fanny es wünschte oder stark genug wäre, nicht mehr an es zu denken? Und wenn es darauf brannte, in das Dorf der Großmutter zu gehen, so lag dies sicher daran, daß Fanny ihren eigenen heißen Wunsch, daß es das tun möge, schlecht vor ihm verbarg.

Als sie das Haus gehörig geputzt und aufgeräumt hatte, öffnete Fanny die Eingangstür. Sie lehnte sich flach an die Wand und rief leise das Mädchen. Geh jetzt, lauf hin, sagte sie mit halb geschlossenen Augenlidern. An dem Luftzug, der sanft an ihr vorbeistrich, merkte sie, daß die Kleine sie gehört hatte, daß sie, ohne ein Wort zu sagen, flink und gehorsam das Haus verlassen hatte, und da war sie auch schon auf der Landstraße am Ende der Hauptstraße, und hoch spritzte der weiche und dreckige Schnee auf beiden Seiten ihrer gestiefelten Füße! Es waren halbhohe Schnürstiefelchen aus weinrotem Leder, wie auch Fanny früher welche gehabt hatte.

Wieder in der Küche, wo sie nun daranging, die Illustrierten von Tante Clémence zu ordnen, merkte sie, daß es erst neun Uhr war, und Fanny machte sich Vorwürfe, das Mädchen schon so früh am Morgen losgeschickt zu haben. Tante Colette war sicher noch bei der Hausarbeit, wobei sie meistens mit einem Auge eine Fernsehsendung verfolgte, und das plötzliche Auftauchen des Kindes würde sie zweifellos gegen Fanny aufbringen: Es wird nicht mehr lange dauern, dann stellt sie uns schon beim Morgengrauen nach! Und zu welchen Schritten wäre Tante Colette dann nicht fähig, um Fannys ungelegene Gedanken zu zerschmettern, jene lästige kleine Wolke von Forderungen, die das kleine Mädchen darstellte?

Aber Fanny hatte sich kaum die ersten Sorgen gemacht, als die Kleine schon wieder da war, unversehrt noch, obwohl sehr geschwächt von ihrem Gang, und ihr glückliches, triumphierendes Gesicht beruhigte Fanny sofort. Das Mädchen hatte Tante Colette im Garten angetroffen, als sie in der trüben Wintersonne allein im Garten Wäsche aufhängte und aus ihrem Kleid mit den kleinen Monden, das sie an der Hüfte zu einer Tasche hochgeschürzt hatte, bunte Wäscheklammern hervorholte. Das Kind hatte sich vor sie hingepflanzt, so daß Tante Colette nicht so tun konnte, als sehe sie es gar nicht. Mit in die Ferne schweifendem Blick hatte sie gemurmelt: Es liegt ganz an Fanny, Vergebung zu erlangen. Ohne es zu merken, hatte sie dann die Kleine angerempelt und war ins Haus gegangen, wobei sie unterwegs den Hund ausgeschimpft hatte, den man hinter dem Haus jaulen hörte. Begeistert wiederholte das Mädchen Fanny die Worte, die es für eine genauso entscheidende wie unerwartete Botschaft hielt: Es liegt ganz an Fanny ... Was soll ich denn damit anfangen, murmelte diese und streichelte voller Mitleid den Kopf des Kindes, das vor Müdigkeit umfiel. Siehst du, sagte sie noch, jetzt glaube ich, daß ich alle Hoffnung fahren lassen kann. Hatte Tante Colette mit diesem absurden Satz nicht zum Ausdruck gebracht, daß ihr Fannys kleine Botin in Zukunft völlig egal war, so egal, daß es ihr nicht einmal in den Sinn kommen würde, sie wegzujagen oder zu verletzen, daß ihr wenig daran lag, herauszubekommen, warum sie gekommen war, oder ob die Botin nicht gegebenenfalls, wenn sie keine befriedigende Auskunft erhalten hatte, jeden Tag wiederkommen würde, immerdar und in alle Ewigkeit? Tante Colette hatte sich jetzt darauf eingestellt und befürchtete nicht länger, belästigt zu werden, denn sie sah das nun ganz anders. Genauso ließ sie auch im Sommer die lästigen Fliegen um sich her schwirren, und hätte man sie darauf aufmerksam gemacht, so hätte sie gleichgültig geantwortet: Wo sind denn da Fliegen? Es war Fanny jetzt klar, daß das Mädchen den Rest ihres Lebens im Garten verbringen könnte, ohne daß Tante Colette – falls sie das Kind überhaupt wahrnehmen würde – ruhig und selbstsicher etwas anderes als harmlose Bemerkungen fallen lassen würde, wobei sie ihren Arbeiten im Haushalt nachginge, fest und zuversichtlich, taub gegen Ansprüche, von denen sie ein für allemal beschlossen hatte, daß sie sie nichts angingen, auf immer unerschütterlich. Und so waren zweifellos auch die Großmutter und Tante Clémence gewesen, ebenso bieder und rechtschaffen, für Mitleid unempfänglich.

Von Fannys Reaktion enttäuscht, war das Mädchen gegangen, ohne daß sie es gemerkt hatte. Fanny öffnete die Tür und schaute die Hauptstraße hinunter, aber sie sah nur den Brothändler, der seinen Lieferwagen geparkt hatte und gerade zu tuten begann, um das Dorf von seinem Kommen zu benachrichtigen.

Sechstes Kapitel
Der Entschluß des Onkels und seine Folgen

Es wird jetzt Zeit, daß du gehst, brummelte der Onkel mit einer gewissen Befangenheit; er war es nicht gewöhnt, ein Gefühl zum Ausdruck zu bringen. Man würde Anstoß daran nehmen, wenn du länger bleiben würdest, wo seit dem Trauerfall doch schon so viel Zeit vergangen ist.

– Nur weiß ich nicht, wo ich hin soll, sagte Fanny.

– Ja, und die Familie?

Da er auf einmal mißtrauisch zu werden schien, sagte Fanny nichts weiter. Sie raffte die paar Sachen zusammen, die sie hatte, und wanderte zu dem Haus des Mädchens; einen anderen Ausweg sah sie nicht. Verstohlen kam ein Mann heraus. Fanny erkundigte sich bei ihm nach der Kleinen. Hier wohnt kein Kind, brummelte er, wenig erfreut darüber, daß sie ihn gesehen hatte. Wie das? dachte Fanny, dieser Herr irrt sich. Eine Frau, deren Kleid jede Form verloren hatte, empfing sie verwundert, aber liebenswürdig in einem Zimmer mit verschlossenen Fensterläden, das mit undefinierbaren Gegenständen vollgestopft war und in dem lauter abgewetzte Kissen herumlagen. Fanny wollte das Mädchen sehen. Die Frau, die sie falsch verstand, gab ihr eine grobe Antwort und lachte heiser. Zu ihrem großen Bedauern gab es nun allerdings wirklich kein Kind hier. Die Frau bot ihr etwas zu trinken an, und Fanny taute auf und fühlte sich sogar wohl. Es wurde ihr keine unangenehme Frage gestellt. Wie sich zeigte, schätzte man sich glücklich, daß sie nicht das typische Aussehen der Gegend mit seinen oft zu stark ausgeprägten Zügen hatte. Ein paar Stunden später kam der Mann von Tante Clémence und legte, kaum daß er im Zimmer war, Jacke und Mütze ab: seine Überraschung und sein Ärger waren groß, als er ihr dort begegnete.

Zehnter Teil
Frühling

Unweit des Dorfes, in einem kleinen, aus jungen Weiden bestehenden Wäldchen, das man bei den Flurbereinigungen vergessen oder als unerheblich außer acht gelassen hatte – es waren die einzigen überlebenden Bäume in der Nähe eines übelriechenden Rinnsals –, nistete sich der Geist der Großmutter ein. Daß er im Dorf M. sein Refugium gesucht hatte, obwohl die Großmutter dort gar nicht begraben lag, offenbarte Fanny, daß er sich allein ihretwegen dorthin begeben hatte, denn auch Tante Clémence weilte ja nicht mehr unter den Lebenden. Obwohl er hier einsam und heimatlos war, hatte sich der Geist demnach nicht gescheut, das Dorf zu verlassen, das der Großmutter so teuer gewesen war.

Er rief Fanny, als sie eines Abends ausgegangen war, die laue Luft zu genießen. Durch ein paar untrügliche Kennzeichen gab er sich ihr zu erkennen und gewann ihr Vertrauen. Heftig bewegt, kniete sie am Rand des Wassers nieder, am Fuß des Baumes, aus dem die Stimme zu kommen schien. Es war Mitternacht vorbei, und in der Ferne erloschen die Laternen des Dorfes; sie hatten zwar nur einen fahlen, mondartigen Schein geworfen, aber es fröstelte Fanny, als sie die Häuser nicht mehr sah. Die Stimme des Geistes war streng gewesen, schien ihr – weshalb hätte er auch hierher kommen sollen, wenn er ihr keine Vorhaltungen zu machen hatte? Vom allgemeinen Standpunkt aus gesehen, den die Großmutter geteilt hatte, war Fanny nämlich tadelnswert, ja sogar kriminell, und wie hätte das Urteil des Geistes in dieser Hinsicht anders lauten sollen?

Er wisperte eine längere Zeit, doch verstand sie kein Wort. Die flüsternden Blätter der Weide raschelten einmütig dazu, und hätte der Geist vorhin Fanny nicht zu sich gerufen, so hätte sie jetzt gedacht, daß der Baum einfach nur vor jungem, zartem Leben bebte. Dann fiel ihr ein, daß die Großmutter, wenn sie Selbstgespräche führte, auch immer auf diese Weise vor sich hin gelispelt hatte. Warum ist dein Herz so hart? fragte er auf einmal mit deutlich vernehmbarer Stimme, deren Klang Fanny fremd war. Warum hat dein Herz sich verhärtet und verschlossen, warum ist es so kalt geworden? Fühlst du es nicht in deiner Brust, ist deine Haut an dieser Stelle noch ein bißchen warm? Warum besitzt in deinen Augen nur das Realität, was dir in bezug auf die Familie von Nutzen sein kann, und alles übrige verschwimmt in einer und derselben Bedeutungslosigkeit, taucht auf und verschwindet wieder, ohne daß dich das kümmert, lebt und stirbt, ohne daß du es merkst? Die Bäume sogar ... Du wolltest in die Familie aufgenommen werden, aber warum hast du deshalb das Gefühl für Gemeinsamkeit in dir verkümmern lassen? Warum bewegen dich allein die Erinnerungen, die mit mir zu tun haben? Denn nichts anderes fesselt dich und beschämt dich als die Familie im allgemeinen und deine Verstöße gegen sie ... Liebst du deinen Onkel, deine Tante, deine Eltern, hast du mich geliebt? Du hast es versäumt, an meinem Sterbetag zu mir zu kommen und hast dann einzig und allein unter deinen eigenen Befürchtungen gelitten, wie übel man deine Nichtanwesenheit bei der Bestattung wohl vermerkt haben könnte. Den Geburtstag hattest du gleichfalls vergessen, denn außer deinen Nachforschungen hattest du damals doch nichts anderes im Kopf. Die Familie beschäftigt dich weit mehr als alles andere, aber dabei kommt es dir im wesentlichen auf ihre Einstellung zu dir selbst an, was weißt du von ihr anderes, als was dich betrifft? Hast du es denn gelernt, die Seele der Familie zu erkunden? Weißt du von den Mißgeschicken eines jeden, von dem Leichten und Schweren, von dem, was ihn eigentlich ausmacht? Hast du dich geduldig und aufmerksam mit der Familiengeschichte befaßt, von der du dich rühmtest, daß dir jedes einzelne Ereignis bekannt sei?

Und der Geist seufzte durch die Blätter hindurch, die sich hoben und rauschten wie bei starkem Wind, während der schlanke Stamm sich sanft verneigte.

Fanny, die mit dem Geist nicht sprechen konnte, dachte beleidigt: Aber mit welchem Recht brauchte Eugène bloß auf die Welt zu kommen, während ich mich so anstrengen muß? Eugène hat dich eines Tages als eine alte ... Ein wütendes Pfeifen schüttelte die Zweige und unterbrach jäh Fannys Gedanken. Sie wurde rot, aber wie hätte sie vergessen sollen, was Tante Colette ihr auf dem See anvertraut hatte? Früher hatte sogar die Großmutter versucht, ihre Beziehung zu Fanny vor dem Dorf zu verheimlichen, ohne Erfolg allerdings, denn man war schon auf dem laufenden gewesen, noch bevor die Familie auf die Idee gekommen war, den Tatbestand zu verschleiern. Als Fanny dies erfahren hatte, waren eine unauslöschliche Bitterkeit und heimlicher Groll gegen die Großmutter in ihr aufgestiegen. Aber in dem abstoßenden, garstigen Friedhof, in der gemästeten Erde faulte ihr Fleisch, zerkrümelten die gebrechlichen Gebeine der alten Frau, die sie gewesen war; und ihr straffes schwarzes Kleid für große Feiertage mit dem etwas gelb gewordenen gestickten Kragen, das man ihr angelegt hatte, wie Fanny wußte, das Kleid, das die Großmutter mit ängstlicher Sorgfalt aufbewahrt hatte, hatte sich unwiderruflich aufgelöst: eine unsinnige Verschwendung. Deshalb hatte Fannys Groll nachgelassen, und ihre Zuneigung zur Großmutter, diese ergriffene, klägliche, verschämte Zuneigung, war unverändert geblieben. Konnte sie deshalb ungeschehen machen, daß die Großmutter es ihr gegenüber an Redlichkeit hatte fehlen lassen? Das Herz der Großmutter war damals nicht weniger verhärtet gewesen als ihr eigenes.

Die Weide war nun still geworden, die Äste neigten sich träge, ohne ihrer zu achten. Fanny legte ihre Hand auf den kühlen Stamm, der jetzt frei in die Höhe ragte. Der Geist war verschwunden, oder er stellte sich taub. Fanny wartete noch längere Zeit, da sich jedoch nichts vernehmen ließ, kratzte sie die Unreinheiten ab, von denen der Stamm bedeckt war, und kehrte ins Dorf zurück.

Als sie aber – es wurde schon Tag – gerade ins Bett gehen wollte, begann die Flasche Wasser, die sie immer auf ihrem Nachttisch stehen hatte, sich zu bewegen und zu schwanken und wäre fast auf den Boden gefallen. Schlaftrunken tat Fanny so, als sehe sie nichts, obwohl sie genau wußte, daß es wieder der Geist war. Dann bekam sie allerdings Gewissensbisse und sagte sich, daß sich der Geist durch eine so grob menschliche Finte nicht hereinlegen lassen würde. Unwirsch öffnete sie die Flasche.

– Es wird auch Zeit, schrie der Geist der Großmutter, ich habe es da drinnen nicht mehr ausgehalten! Hast du denn solche Angst davor, was ich sagen könnte? Oder ist dein Herz so verhärtet, daß dir ein guter Schlaf lieber ist als ein paar Wahrheiten aus dem Mund deiner verstorbenen Großmutter, die – was auch immer du darüber denken magst – stets alles getan hat, damit du glücklich wirst und die wegen dir mehr als wegen irgendeinem anderen ihrer Enkelkinder gelitten hat …? Diese haben jetzt alle so ziemlich die Position erreicht, die ein jeder sich ausgesucht hatte und die harmonisch mit den Wünschen der nächsten Verwandten in Einklang steht. Sie sind verheiratet, haben einen anständigen Beruf und sind eifrig mit dem Ausbau ihres Hauses beschäftigt. So wenig Gewicht dieses heute auch haben mag, es wird trotzdem eines Tages, um ein vielfaches verschönert und an Erinnerungen reich, an das eine oder andere ihrer Kinder übergehen, welche sie zu gegebener Zeit und in vernünftiger Anzahl zur Welt bringen werden, zur Zufriedenheit der ganzen Familie (wäre es möglich, daß Eugène bereits? dachte Fanny verletzt; aber der Geist ließ das auf sich beruhen). Nur du, die du doch einzig und allein danach trachtest, die Wünsche der Familie zu erfüllen, gefällst dir in einer bejammernswerten Stellung. Du hast es nicht geschafft, Georges bei dir zu halten, und hast dich unbedingt in deinen Cousin Eugène vergaffen müssen, der nicht für dich bestimmt war, wie du ja wußtest. Was wäre die Familie ohne die Nachkommenschaft? Wenn dir allerdings alle Mittel recht sind, um die Aufnahme in den Kreis deiner Nächsten zu erzwingen, wenn du dich beklagst, zu Unrecht ausgeschlossen worden zu sein, da du in deinen Augen ja fast dieselben Rechte hast wie Eugène und die anderen, so ist dir doch die Pflicht, die Zukunft der Familie zu sichern, genauso fremd wie einigen deiner Verwandten jene Rechte, die du zu haben glaubst. Trotzdem kritisierst du allein deren Haltung. Ist das etwa normal? Deine Cousins, die sich keine Gedanken darüber machen, ob ihre Familienzugehörigkeit sich genau so definieren läßt, wie sie es meinen, und denen es nicht in den Sinn käme, Tante Colettes Ansichten darüber auszuforschen, deine Cousins verhalten sich so, daß die Familie gemäß bestimmter einfacher Regeln Bestand hat, und sie bezeugen damit viel besser als du ihre Achtung vor dieser geheiligten Institution. Du dagegen versteifst dich in nutzlosem Ehrgeiz, in egoistischen und unnützen Spekulationen, und dein Herz ist einzig und allein mit dir selbst beschäftigt ... Soll denn die Familie auf diese Weise verehrt werden? Sie hat doch nie etwas anderes von dir verlangt als ein ganz alltägliches Verhalten!

– Da ich aber leider nicht alltäglich war, hat die Familie sich beeilt, mich mit der Nase darauf zu stoßen, dachte Fanny, die ihre Augen nur mit Mühe offenzuhalten vermochte.

Der Geist, der im ganzen Zimmer verteilt war, knurrte vor Ärger.

– Denke daran, worin jetzt deine Aufgabe besteht, an sonst nichts! schrie er.

– Da die Familie mich ausgestoßen hat, erklärte Fanny, kann ich es mir auch nicht zum Ziel setzen, ihr Nachkommen zu schenken, ohne mir der ganzen Absurdität dieser Sache bewußt zu sein. Von einem solchen Zweig würde die Familie nichts und niemanden anerkennen wollen. Wozu also? Im Augenblick, und da die Lage so ist, wie sie nun einmal ist, kann ich nur an meiner eigenen Eingliederung arbeiten.

– Und wie steht es damit? fragte der Geist.

– Gerade bei der Familie habe ich jetzt alle Hoffnung fahren lassen, antwortete Fanny.

Dann konnte sie die Augen nicht länger offenhalten und schlief ein, so leid es ihr auch tat, daß sie dem Geist der Großmutter einen so schnöden Empfang bereitete, obwohl ihr in Anbetracht dessen, was sie nach zahlreichen Mißerfolgen erreicht hatte, und weil es auch gar nicht in Frage kam, daß sie sich jetzt des wenigen entschlug, was sie hatte, die Ermahnungen des Geistes überflüssig vorkamen, einer so außergewöhnlichen Erscheinung kaum würdig.

Ein paar Tage später, als ihr alltäglicher Spaziergang sie in die Nähe des Friedhofs geführt hatte, sah Fanny gerade Tante Colette und ihre Mutter durch die Gittertür gehen. Jede hatte einen Strauß blauer Dahlien in der Hand; sie waren sicher gekommen, um das Grab von Tante Clémence zu schmücken, das der Onkel ein wenig vernachlässigte. Das weite, luftige Kleid ihrer Mutter, von ebenso zartem Blau wie die Blumen, flatterte im Wind und schmiegte sich an die Beine von Tante Colette, die ihre Schwester beim Arm genommen hatte. Von hinten gesehen schienen die beiden in ein und demselben Kleid zu gehen, einem Quadrat aus Musselin, das für sie aus dem Frühlingshimmel herausgeschnitten worden war. Sie schlenderten langsam den breiten Mittelweg entlang, als hätten sie einfach nur frische Luft schnappen wollen, blieben stehen, um nach einem Namen zu sehen oder irgend etwas zu begutachten, und Fannys Mutter lachte manchmal, warf dabei den Kopf zurück und fühlte sich richtig wohl. Fanny, die beide schon seit langem nicht mehr gesehen hatte, wurde nicht müde, ihnen durch das Gitter hindurch zuzusehen. Vorsichtshalber ging sie dann aber doch bald wieder. Denn vorausgesetzt, daß die beiden Frauen sich überhaupt daran erinnerten, wer sie war, und einem Gespräch mit ihr nicht aus dem Weg gingen, so würde doch das, was Fanny über ihren gegenwärtigen Zustand mitzuteilen hatte, gleich welchen Vorteil sie auch selbst darin erblicken mochte, bei ihnen unwiderruflich Anstoß erregen. Vielleicht würden sie nicht einmal zugeben wollen, daß sie eine solche Person kennen konnten, ja daß überhaupt ein solches Wesen existieren konnte, und sie würden sie auf der Stelle nicht mehr wahrnehmen, jede Erinnerung hätte sich verflüchtigt. Sie würden weitergehen, ohne von ihrem Weg abzuweichen, und, ihrer Sache sicher, wären sie imstande, durch Fannys Körper hindurchzuschreiten wie durch eine im Licht flirrende Staubwolke!

Fanny ging zu einem Brunnen, um ihren Durst zu stillen. Als sie den Hahn aufgedreht hatte, erklang die Stimme des Geistes, der in den Wasserstrahl verwoben war:

– Meine Enkelin trinkt an dem Dorfbrunnen, aber hat sie auch das Recht dazu erworben? Hat man ihr je gesagt, daß sie die Einrichtungen des Dorfes in Anspruch nehmen darf wie eine richtige Dorfbewohnerin?

– Sogar die Fremden, dachte Fanny aufgebracht, sogar die Durchreisenden können am Brunnen ihren Durst stillen!

– Sicher, aber du bist keine Fremde auf Besuch, erklärte heiter der Geist. Weder eine Bewohnerin noch eine Besucherin: Was sieht das Gesetz für diesen Fall vor?

– Ich weiß es nicht.

– Du kennst also das Gesetz nicht! Und was nun?

Ein Mann näherte sich auf dem Bürgersteig. Fanny

drehte den Hahn wieder zu, richtete sich mit einem Ruck auf und machte ein scheinbar gleichgültiges Gesicht. Und doch war es nicht so, daß der Mann die Stimme des großmütterlichen Geistes hätte hören können. Sie grüßte ihn mit gesenktem Blick, obwohl sie ihn kaum kannte; er gab ihr ein Grunzen zur Antwort. Sie wagte es nicht, das Wasser wieder anzudrehen, und machte sich auf den Heimweg, wobei sie dicht an der Friedhofsmauer entlangging. Diese war in ihrer ganzen Länge mit alten, halb verblaßten Kritzeleien beschmiert. Als Fannys Blick auf ein großes, mit roter Farbe gemaltes M fiel, schwangen die Füße des Buchstabens aus, als wollten sie vorwärtsgehen. Ganz schwach und kaum vernehmbar, wie die Großmutter, wenn sie Grippe oder, wie sie das ausdrückte, einen Frosch im Hals hatte, flüsterte die Stimme des Geistes. Es ging Fanny zwar gegen den Strich, aber sie sah sich doch gezwungen stehenzubleiben. Was würde ein etwaiger Beobachter von einem so sonderbaren Verhalten denken? Die in dem Buchstaben eingesperrte Stimme des Geistes war nämlich so schwach, daß Fanny ihr Ohr an die Mauer drücken mußte, gerade an die Stelle, wo die beiden Teile des M zusammenliefen.

– So weit hat es also kommen müssen, flüsterte der Geist, weil du so feige warst, in Gegenwart dieses Mannes den Hahn zuzudrehen und mir den Mund zu stopfen. Wenn ich vor diesem Dorfbewohner auch nur einen Zweifel geäußert hätte über dein Recht, einfach nur zu existieren, dann wärst du zweifellos, vielleicht ohne es überhaupt zu merken, in seinen Augen sogleich unsichtbar geworden, und hättest auch später nicht versucht nachzuprüfen, um welches Gesetz es sich denn handeln könnte, jedenfalls wäre es dir ganz einerlei gewesen zu erfahren, daß es solche Gesetze gar nicht gibt, oder aber daß hundert weitere existieren, die genauso ungerecht sind. Und so ist es mit deinem ganzen Verhalten im Dorf. Es braucht nur jemand etwas über dich zu behaupten, sofort beugst du dich diesem Urteil, egal von wem es stammt. Es gibt keine Erniedrigung, keine Niedertracht dir selbst gegenüber, deren du für einen Hauch von Anerkennung nicht fähig wärest, keine Selbstverstümmelung, zu der du dich nicht bereitfinden würdest.

– Immerhin, wendete Fanny ein, habe ich hier mehr erreicht als überall sonst, viel mehr als im Schoß der Familie oder in deinem Dorf, wo man mir, du erinnerst dich, ohne unser Wissen diesen Namen angehängt hat...

– Nun ja, sicher, stimmte der Geist Fanny zu, mit einem Anflug von Verlegenheit, wie ihr schien. Aber sogar wenn du es nie merken solltest und deine Illusionen stark und dauerhaft genug wären, um eine gewisse Seelenruhe zu erlangen, so ist es doch meine Pflicht, dich zu warnen: Was du in diesem Dorf erreicht zu haben glaubst – es ist im übrigen so schäbig, so unwägbar, daß dein etwaiger Stolz darauf eher ungläubiges Mitleid hervorrufen würde –, das ist nur ein anderer Aspekt dessen, was die Dörfer und du selbst an schlimmen und verwerflichen Situationen zu erzeugen vermögen, oder vielleicht dessen, was die Dörfer in ihrem Abscheu vor jeder Art von Fremdartigkeit auf deine Kosten hervorzubringen wissen. Siehst du, da warst du bei uns besser dran, als man dir hinter dem Rücken etwas nachgeflüstert hat.

– Ach, seufzte Fanny laut und auf einmal erschöpft.

Sie trat von der Mauer zurück und kümmerte sich nicht weiter darum, ob der Geist der Großmutter ihr noch etwas zu sagen hatte. Dann schlug sie den Nachhauseweg ein und hütete sich, ihren Blick auf irgend etwas fallen zu lassen, was einem rechthaberischen, tadelsüchtigen Wesen als Zuflucht dienen konnte, so fest stand es nun für sie, daß auch die Großmutter es immer nur darauf angelegt hatte, ihr Unrecht zuzufügen, indem sie sie jeder Möglichkeit beraubt hatte, nicht in die Irre zu gehen, was auch immer sie tat.

Vorn bogen ihre Mutter und Tante Colette, die immer noch Seite an Seite dicht nebeneinander hergingen, in eine

Straße ein. Unter ihren vereinten Schritten knirschten die Kieselsteine in schöner Übereinstimmung. Wider Willen rief Fanny ihnen nach, sie waren jedoch in ihr Gespräch vertieft und hörten sie nicht, und bald waren sie nicht mehr zu sehen.

Elfter Teil
Der Auftrag der Cousine

Man hat mich damit betraut, im Dorf M. eine kleine Nachforschung anzustellen. Ich tue dies im Auftrag von zwei Parteien, deren Interessen nicht übereinstimmen, wie mir nun klar wird, obwohl ich anfänglich der Meinung war, daß sie, wenn auch mit unterschiedlichen Mitteln und mit größerer Vorsicht auf der einen Seite, doch ein und dasselbe Ziel anstrebten. Meine Aufgabe wird hierdurch nicht einfacher. Wenn jedoch sowohl die eine als auch die andere Seite mir diese kleine Arbeit übertragen hat, so deshalb, weil beide meine Unparteilichkeit kennen und mir Vertrauen schenken und nicht meinen, ich würde, um die eine Partei zu bevorzugen, der anderen irgend etwas verheimlichen.

Es geht um folgendes: Eugène, der Sohn meiner Cousine, den seine Frau aus Verdruß darüber, daß er nicht gewillt war, ernsthaft eine Arbeit zu suchen, kürzlich verlassen hat und der keinen besonderen Kummer darüber zu empfinden schien, hat es sich in den Kopf gesetzt, mit seiner Cousine Fanny zusammenzuleben. Nun behauptet er zwar, in sie verliebt zu sein, aber er möchte doch genau wissen, was aus ihr geworden ist, und ihre Gefühle ihm gegenüber sondieren, bevor er sich direkt an sie wendet, um sie kommen zu lassen. Vor allem wäre es ihm unangenehm, wenn ein bestimmter Hang zur Besonderheit stärker geworden wäre, den sie offenbar hatte, obwohl er von allen mißbilligt wurde. Dieser Hang, auch wenn er unbeabsichtigt hervortreten sollte, wäre für ihn ein unüberwindbares Hindernis. Mir ist allerdings nicht entgangen, daß Eugènes Wunsch, seine Cousine in Ehren aufzunehmen, sehr stark ist. Er hat mich zwar gebeten, bei meiner Beurteilung dieser Eigenschaft die gebotene Strenge walten zu lassen, aber er sähe es doch sicher gern, wenn es meinem Blick mehr oder weniger an Schärfe mangelte, damit er Fanny bekommt, ohne daß man ihn selbst für einen solchen Fehlgriff verantwortlich machen kann, falls sie die gewünschten Qualitäten denn doch nicht besitzen sollte. Auch Colette will jetzt von mir alles über ihre Nichte Fanny erfahren, denn sie weiß von den Absichten Eugènes, und da sie ihm sein Vorhaben nicht verbieten kann, möchte sie doch wenigstens die weiteren Vorgänge unter ihrer Kontrolle halten. Obwohl sie sich allerdings genauso zurückhaltend gegeben hat wie Eugène, so weiß ich doch jetzt, daß Colette den in jeder Hinsicht ungünstigsten Bericht über Fanny zu hören wünscht, so daß sie ihn ihrem Sohn nur vorzulegen braucht, um ihn von der Unabdingbarkeit eines Verzichts zu überzeugen. Im übrigen verläßt sich jeder ganz auf mich und findet sich im voraus mit den Wahrheiten ab, die ich ihm mitteilen werde, überzeugt davon, daß ich nichts verberge und ihn auf keine Weise belüge.

Ich bin bei dem Gemahl meiner verstorbenen Cousine Clémence abgestiegen, der bereit war, mir für ein paar Tage Unterkunft zu gewähren. Es ist ein schweigsamer Mann; er befürchtet, daß seine Aussagen ohne Sinn und Verstand nachgeplappert werden und ihm auf eine unangenehme Weise entstellt wieder zu Ohren kommen. Ich habe ihn über Fanny ausgefragt, aber er hat lediglich ein paar nichtssagende Dinge gemurmelt und mir, die ich doch zur Familie gehöre und für meine Zurückhaltung bekannt bin, nichts sagen wollen, was mir dienlich sein könnte, außer einem Detail, das ich bestimmt auch anderwärts erfahren hätte: Fanny läßt sich im Dorf nicht mehr Fanny nennen, sondern sie hat den Vornamen wieder angenommen, den ihre Eltern ihr gegeben haben. Für unsere Ohren klingen diese Silben ungereimt, deshalb kommt uns dieser Vorname, der für uns kein wirklicher Name sein kann, auch eher häßlich und kompliziert vor. Er hat mehr mit dem Namen oder Spitznamen zu tun, den wir einem Hund oder einer Katze geben würden. Der Name eines Tieres braucht keinen Sinn zu haben oder irgend etwas zu evozieren, und vor allem darf er nie an irgendein Familienmitglied erinnern: Fannys richtiger Vorname erweckt in uns überhaupt keine Vorstellung. Verwundert fragte ich den Cousin, was sie denn dazu bewogen haben könnte, diesen Namen wieder anzunehmen. Er gab mir darauf allerdings keine Antwort, vielleicht hatte er Angst, schon zuviel gesagt zu haben. Er scheint seine Nichte selten zu sehen und lädt sie sonntags nicht zum Mittagessen ein, aber als Witwer kann man ihm das nicht verdenken. Er hat mir nicht gesagt, wo Fanny wohnt. Im übrigen ist er sehr befangen, und es ist ihm peinlich, daß ich von ihr spreche und ihn ausfrage, auch wenn er eine barsche Gleichgültigkeit vorschützt. Aber härter kann ich ihm nicht zusetzen: wir sind daran gewöhnt, vieles zu verschweigen, nichts aufs Tapet zu bringen, was uns zweideutig vorkommt oder was zu seiner Zeit Skandale oder sonstiges Aufsehen erregt hat, und so zu tun, als gebe es gar nichts, worüber man nicht klar und deutlich sprechen kann, ohne in Verlegenheit zu geraten und ohne vulgäre oder sentimentale Ausdrücke zu gebrauchen. Deshalb bin ich dem Cousin gegenüber auch im Unrecht, und wir wissen das alle beide.

Um ein paar Auskünfte einzuholen, bin ich in das Restaurant und Stehcafé des Dorfes, *Le Coq Hardi*, gegangen. Die dicken Sommerfliegen, die in dem Saal kreisten und die, welche an dem Fliegenpapier hingen und noch um ihre Freiheit kämpften, übertönten fast das Geräusch der Stimmen, so laut surrten sie in der alles erfassenden Lethargie der heißen Nachmittage. Mit ihren kleinen schwarzen Kotpünktchen befleckten sie die Wände und die Wachstuchdecken, und die Neonröhren waren so dicht davon übersät, daß man es für einen dekorativen Effekt hätte halten können. Ich schwang mich auf einen Barhocker gegenüber der Chefin, die ganz schläfrig aus den Augen blickte und zunächst gar nicht reagierte, als ich wie beiläufig Fanny erwähnte. Sie hatte nämlich schon vergessen, daß Fanny einmal so geheißen hatte. Anschließend verzog sie verächtlich den Mund und machte eine unbestimmte und frivole Geste, die von zwei in meiner Nähe sitzenden Männern aufgegriffen wurde; sie brachten auf diese Weise zum Ausdruck, wie wenig Fanny in ihren Augen bedeutete. Ich wurde unwillkürlich ein wenig rot, denn einer der Männer hatte obszön gelacht und dazu weiter ein verächtliches Gesicht gemacht. Ich dachte an meine eigene Verlegenheit, wenn ich so etwas erst würde berichten müssen: wir sprechen nie von diesen Dingen! Nur unsere Männer nehmen sich das manchmal heraus, wenn sie unter sich sind und sich ein Gläschen genehmigt haben, und auch dann sprechen sie nur indirekt darüber, indem sie ihre Witze machen. Ich selbst weiß ganz einfach nicht, welche Wörter ich gebrauchen soll. In der Bar ging das zähflüssige, träge Gespräch über Fanny indessen weiter, und der Chefin rutschte ein Satz heraus, den jeder der Männer wiederholte, wobei er seinen Geschmack erst auf den Lippen zu kosten schien und mit Befriedigung und Unverschämtheit dann damit herausplatzte. Ich bin zwar nicht leicht zu erschüttern, aber in diesem Augenblick war meine Scham doch groß: hat es in unserer Familie so etwas je gegeben? Im übrigen wurde mir bald klar, daß die Verachtung weniger auf Fanny selbst, so wie sie ist, gemünzt war, als auf die übliche Vorstellung, die jene drei Personen in Kenntnis ihres Berufes von ihr hatten. Eigentlich haben sie über Fanny selbst nichts Verletzendes gesagt, nichts, was zum Beispiel darauf hingedeutet hätte, daß sie im Dorf nicht geschätzt wäre oder daß man auch nur ihr Hiersein bedauerte. Denn sie verachteten sie wie jemand, dessen Beruf man für unwürdig hält, genau wie wir im Dorf der Großmutter einmütig jenen Nachbarn verachten, der vom Weiterverkauf verschiedener Abfälle lebt, aber diese Mißachtung bedeutet ja keineswegs, daß wir ihm seinen Platz im Dorf absprechen möchten, und vielleicht nicht einmal, daß wir nicht traurig wären, wenn er nicht mehr da wäre. Ich habe also bald gespürt, daß Fanny hier ihre Funktion hat, was mich in Anbetracht der seit Generationen unbestrittenen Achtbarkeit unserer Familie noch weit mehr bekümmerte, als wenn sich herausgestellt hätte, daß sie ausnahmslos von allen abgelehnt wurde. Allein die Tatsache, daß man den Vornamen Fanny vergessen hatte, beruhigte mich: es war jetzt zweifellos nicht einfach, sie in Gedanken mit unserer Familie in Verbindung zu bringen. Zwar betrübte es mich, daß es Fanny bestimmt war, gerade auf diese Weise zu den Einwohnern des Dorfes zu zählen, aber ich dachte doch etwas betreten, daß man sich für sie vielleicht gar keine andere Position im Dorf vorstellen konnte. Ich für meinen Teil hatte Eugènes Anspruch auf ein Zusammenleben mit seiner Cousine kaum gebilligt. Es schien mir zwar grausam, aber doch viel natürlicher und vernünftiger, daß Fanny ein Irrtum ohne Herkunft oder Andenken blieb, der mit dem Ende ihres eigenen Lebens ausgelöscht sein und auf die Blutseinheit der Familie keinen Einfluß haben würde. Diese Überlegungen durften allerdings die Abwicklung meines Auftrags nicht beeinflussen. Ich nahm mir vor, Eugène nicht mehr und nicht weniger zu dienen als Colette.

Auf den Rat der Chefin hin, die ich gefragt hatte, wo ich Fanny denn finden könne, ging ich an diesem Abend ans Ufer eines Bachs außerhalb des Dorfes, auf den die Zweige junger Trauerweiden herabhingen. Ich sah Fanny von hinten. Sie saß am Fuß eines Baumes und hielt ihre Knie umschlungen. Um sie nicht durch mein plötzliches Auftauchen zu erschrecken, rief ich sie leise an.

– Ist es wieder der Geist, murmelte Fanny überrascht, ohne sich umzuwenden.

– Ich bin's, die Cousine deiner Mutter, sagte ich und zeigte mich ihr.

Fanny fuhr nicht weniger heftig zusammen als ich selbst bei ihrem Anblick. Ich glaubte sie zunächst gar nicht wiederzuerkennen, als ich mir dann aber ihre Züge genau angesehen hatte, konnte kein Zweifel mehr daran bestehen, daß ich Fanny vor mir hatte, aber so, wie ich sie noch nie gesehen hatte. Verwirrt schaute ich weg. Ich setzte mich neben sie. Sie schien mit einer Art scheuer Ängstlichkeit darauf zu warten, was ich ihr mitzuteilen hatte.

– Wer schickt dich?

– Dein Cousin Eugène, antwortete ich und schaute auf das sumpfige Wasser. Erleichtert teilte ich ihr dann Eugènes Anerbieten mit. Da ich mich an früher gehörte Gesprächsfetzen erinnerte, hatte ich, als ich von Eugène über sein Verlangen unterrichtet worden war, selbstverständlich angenommen, dies werde dem ältesten Wunsch Fannys entsprechen, und es sei kein Zögern ihrerseits zu gewärtigen; an ihrem bedrückten Schweigen merkte ich jedoch, daß dies jetzt nicht mehr der Fall war. Mit unwillkürlicher Verbitterung rief ich aus: Behagt dir das etwa nicht mehr? Fanny senkte melancholisch den Kopf. Mit heller, aber doch fester Stimme legte sie mir ihre Gründe dar, die sich in wenigen Worten zusammenfassen lassen: wenn sie auch an diesem Ort gescheitert wäre und immer noch ohne jede Bindung herumirren würde, von den anderen mit Abstand und Feindseligkeit gemustert, dann wäre die Möglichkeit, durch Eugène auf einmal wieder in die Familie aufgenommen zu werden, wirklich wie ein Wunder gewesen; aber warum sollte sie jetzt, wo sie im Dorf eine Rolle und eine Stelle gefunden hatte, die ihr niemand streitig machte, die ihrem Wesen bestens entsprachen, ja wo sie sogar aufgrund ihres Aussehens eine Art von Erfolg errungen hatte, ungeachtet der damit verbundenen Schwierigkeiten und der Schande, warum sollte sie jetzt diese unerwartete Position aufgeben und gegen eine andere eintauschen, die unweigerlich sehr prekär sein mußte, wenn man die Einstellung der Familie ihr gegenüber und Eugènes Willensschwäche in Betracht zog? Da sie sich nun damit abgefunden habe, aus der Familie ausgeschlossen zu bleiben, wolle sie sich in keinen neuen Hoffnungen wiegen, die sie jeder Zuflucht berauben würden, wenn sie erst wieder enttäuscht wären. Im übrigen könne sie sich nicht beklagen; sie werde eher bevorzugt behandelt und sei erfolgreich, und ihre Liebe zu Eugène sei schon seit langem unwiderruflich vorbei. Leicht angewidert gab ich ihr zu bedenken, wie ich es bei jedem anderen getan hätte, daß es sich dabei doch um ein erbärmliches Dasein handele. Dabei ließ ich es allerdings bewenden: war es so nicht am besten? Fanny wiederholte ruhig, daß es für sie in den Dörfern keine andere Wahl gebe, und ich bewunderte die Weisheit, mit der sie in ihr Schicksal einwilligte, das sie dazu bestimmt hatte, in unserer Gegend Fuß zu fassen, ohne sich der stillschweigenden Absicht der Familie zu widersetzen (wir haben untereinander tatsächlich nie darüber gesprochen), daß sie allezeit abseits stehen müsse. Ich beglückwünschte sie dazu, daß sie ihren alten Vornamen wieder angenommen hatte. Mit diesem Namen finde sie hier den meisten Anklang, erwiderte sie mir. Und ich fragte mich einfältig, ob sie trotz allem denn wirklich die Person war, mit der ich zu sprechen glaubte, so anders kam sie mir vor.

Wieder zu Hause, teilte ich meiner Cousine Colette das Ergebnis meiner Nachforschungen mit. Ihre Zufriedenheit war leicht zu erraten. Dann erklärte ich Eugène als erstes, wie sehr das Aussehen seiner Cousine sich verändert hatte, ja daß es für unsere gleichförmige, ruhige Gegend wirklich ungewöhnlich geworden war. Er machte ein empörtes Gesicht. Man kann ihr also nicht vertrauen, knurrte er aufgebracht, und er schien zu meinen, daß Fannys verstockter Sinn dafür verantwortlich sei. Er war sehr ungehalten und lief nervös im Zimmer auf und ab. In der Meinung, damit einen Schlußstrich unter die Angelegenheit ziehen zu können, sagte ich ihm, daß Fanny im übrigen keineswegs gewillt sei, mit ihm zusammenzuleben, und ich berichtete ihm, was Fanny geäußert hatte. Verwirrt und, wie mir schien, etwas verlegen mir gegenüber, wußte Eugène dann nicht mehr, was er sagen sollte. Aber er wollte sich partout nicht damit abfinden, und als ich ihn so verstimmt sah, dachte ich, daß er fürwahr eine aufrichtige Zuneigung zu seiner Cousine empfinden mußte. Er bat mich inständig, noch einmal zu Fanny zu gehen und ihr zu eröffnen, daß er ihr noch diese letzte Chance gebe: wenn sie meine, ihr Aussehen verändern zu können, wenn sie den Willen dazu habe und es wünsche, dann werde er seinerseits so lange auf sie warten, wie es nötig sei. Wenn sie sich allerdings darauf versteife, nichts davon wissen zu wollen oder allzu unbeteiligt danach strebe, als daß ein Erfolg zu erhoffen sei, dann könne sie sich ihn, Eugène, für immer aus dem Kopf schlagen. Diese Halsstarrigkeit entlockte mir einen lauten Seufzer, aber ich machte mich doch noch einmal auf den Weg, überzeugt von der Nutzlosigkeit meines Ganges. Ich fand Fanny beim Einbruch der Nacht, wieder an dieselbe Weide gelehnt; ihr vornübergeneigtes Gesicht war in dem Spiegel des Wassers nicht zu sehen. Sie lächelte erleichtert, als sie mich sah. Welch ein Glück, sagte sie, daß du wieder da bist. Nicht daß sie etwa auf einmal nicht mehr ohne mich hätte auskommen können, nein, sie hatte inzwischen nachgedacht, und schon kurz nachdem ich gegangen war, hatte sie es sich anders überlegt. Sie hatte es sich selbst verargt, daß sie nicht imstande gewesen war, mich rechtzeitig zurückzurufen. Sie akzeptiere nun den Vorschlag Eugènes, offenbarte sie mir. Vor Bestürzung wagte ich es nicht, ihr ins Gesicht zu schauen. Ihre unerträgliche Besonderheit schien ihr nicht bewußt zu sein! Auf der Oberfläche des stehenden Gewässers betrachtete ich mein eigenes schwimmendes Antlitz und versuchte, Gleichmut zu gewinnen. Dann setzte ich sie von Eugènes Bedingung in Kenntnis, als verstehe sich diese Forderung von selbst und als habe sie, Fanny, allen gesunden Menschenverstand verloren. Wir schwiegen eine längere Zeit. Wenn die Bedingung diesmal erfüllt würde, murmelte sie, so könnte sie das unmöglich aushalten, sie würde vor Erschöpfung daran zugrunde gehen. Na, na, murrte ich, aufs äußerste beschämt.

Zwölfter Teil
Tante Colettes Erzählung

Da mein Sohn Eugène seine Frau nicht mehr hatte, die seinen Lebensunterhalt sicherte, und Georges wieder in seinem Beruf als Handelsreisender arbeitete, waren wir alle drei aus dem Reihenhaus ausgezogen, in dem mein Sohn mich während des Seitensprungs meines Mannes aufgenommen hatte, und waren wieder in das alte Haus meiner Mutter eingezogen, zur großen Enttäuschung Eugènes, dem das Anwesen zwar gehörte, der sich aber an der Seite seiner Eltern wieder in sein Jugendalter zurückversetzt sah und darüber hinaus genau wußte, daß er unsere Erwartungen enttäuschte und uns Kummer bereitete durch seine Faulheit, durch seine mangelnde Begabung und fehlende Neigung zu irgendeinem nur denkbaren Beruf, durch die Gleichgültigkeit angesichts des Scheiterns seiner Ehe sowie einen unerfreulichen Hang zu abgeschmackten Ideen, von denen er genau wußte, daß wir sie aus ganz bestimmten Gründen keinesfalls billigten. Das Haus, das wir seit langer Zeit in einem nahe gelegenen Dorf gemietet hatten, hatten wir aufgegeben, und unsere Möbel waren hierher transportiert worden; da sie nämlich immer um uns gewesen waren, hätten wir uns nur schwer von ihnen trennen können. Freilich konnten wir uns in der Wohnung dann kaum noch umdrehen. Das alte Mobiliar meiner Mutter war uns zwar lästig, aber es wäre anstößig gewesen, wenn wir uns seiner entledigt hätten, wie wir es aus ähnlichen Beweggründen bereits mit drei Schränken getan hatten. Die übrige Familie hätte uns das zu Recht übelgenommen. Zwei lackierte Anrichten, zwei massive Tische, zwei Sofas, die zum Glück fast genau gleich aussehen, drei Sessel und zwölf zu den Tischen passende Stühle versperrten fast den Zugang zum Eßzimmer. In den anderen Räumen, wo außer uns niemand hinkam und in denen wir bunt durcheinander Wohnzimmer- und Schlafzimmermöbel untergestellt hatten sowie eine Menge verschiedenartiger Gegenstände, die in abenteuerlichen Stapeln vom Boden bis zur Decke aufgetürmt waren, hatten wir schmale Gänge freigelassen, durch die wir zu unseren Betten schlüpfen konnten. Wir schliefen darin wie in einer Gruft, denn über uns ragte eine Kommode oder ein Schreibschrank vor, die wir parallel zur Matratze waghalsig über unseren Köpfen aufgestellt hatten. Wir gewöhnten uns schnell an diese neue Einrichtung und dachten nicht einmal mehr daran, wie ungebräuchlich sie war. Nur Eugène schimpfte noch, behauptete zu ersticken und stieß in seiner Erbitterung und Unachtsamkeit manchmal gegen irgendeine sinnreich ausgeklügelte Konstruktion. Allerdings war er froh, über drei Fernsehapparate zu verfügen. Er teilte seine Tage zwischen ihnen auf und wollte uns tatsächlich glauben machen – wir drangen dauernd in ihn, seine Zukunft in die Hand zu nehmen und sich nach einem Beruf umzusehen –, daß er nicht den ganzen Tag zu Hause verbringe. Nicht dumm versteckte er sich nämlich am Nachmittag vor dem am unauffälligsten plazierten Fernseher und schwor, wenn er dann später auf einmal stöhnend und angeblich erschöpft durch die Haustür hereinkam, er sei gerade von einer vergeblichen Arbeitssuche zurück. Um ihn aufzustöbern, hätten wir jeden Winkel durchsuchen müssen, was bei den überfüllten Räumen aussichtslos war. Aber es ließ mir keine Ruhe, wenn ich sah, wie gelassen mein Sohn sich in seiner beschämenden Untätigkeit einrichtete. Ich hatte noch nicht mit seinem Vater darüber gesprochen, aber ich spielte ernsthaft mit dem Gedanken, ihn zu dem Mann meiner Schwester zu schicken, der in seinem

Leben auffallend erfolgreich gewesen war und, auch wenn er noch immer sehr verschieden von uns war, doch nichts Verächtliches mehr an sich hatte, keine störende Sonderbarkeit mehr besaß. Vielleicht würde es ihm gelingen, aus unserem Sohn etwas zu machen. Eugène weigerte sich, Vertreter zu werden. Zu meinem Bedauern lief zur Zeit keine Fernsehserie, deren Held diesen Beruf ausgeübt und ihm Lust dazu gemacht hätte, es ihm gleichzutun. Meinen Sohn interessierte nichts, was er nicht zuvor in einer beliebten Fernsehserie gesehen hatte. Ich beklagte das natürlich, obwohl ich selbst ja ... Ich muß nämlich gestehen, daß meine neue Gewogenheit, die ich dem Mann meiner Schwester gegenüber empfand, jene mädchenhafte Schwärmerei, die mich in Gedanken zu diesem Mann hinzog, auf den ich einst herabgesehen hatte, zweifellos von einer bestimmten Fernsehsendung beeinflußt war, deren Moral zu derartigen Verhaltensweisen anregen sollte und die ich mir leidenschaftlich gern angesehen hatte, so lustig und unterhaltsam war sie gewesen.

Im Laufe des Vormittags kam eine Nachbarin, um die Zeitung zu holen, die wir gerade ausgelesen hatten. Das war eine alte Gewohnheit noch aus der Zeit der Großmutter: wir teilten uns die Kosten des Abonnements. Die Frau suchte sich einen Platz in einer Ecke zwischen zwei zum Bersten vollen Anrichten, in denen das Festtagsgeschirr stand, und mit durchdringender Stimme teilte sie uns die letzten Neuigkeiten aus dem Dorf mit, während Eugène, extra um ihr zuzuhören, gelassen aus dem Unterteil des Schrankes hervorgekrochen kam, wo er morgens gern Unterschlupf suchte. Er tat so, als verachte er diesen Tratsch, zündete sich mit in die Ferne gerichtetem Blick eine Zigarette an, wandte sich halb dem Fenster zu und machte eine Miene, als konzentriere er sich auf irgendein Ereignis draußen. Den Besuch dieser Nachbarin, einer bösen Lästerzunge, die jede Menge übler Nachreden auf Lager hatte, verpaßte er nie, und wir waren kaum in dem Haus gewesen, als er sie auch schon gebeten hatte, genau zu der Zeit zu kommen, wenn im Fernsehen Wiederholungen vom Vorabend liefen, auf die er ohne allzu großes Bedauern verzichten konnte.

Die Frau schnatterte vor sich hin und erzählte mehrmals dasselbe, sie stellte die Füße auf einen Stuhl und schaute beim Reden auf ihre Schuhspitzen. Anschließend schlug sie die Zeitung auf und kommentierte die Affären der Gegend. Sonst las sie nichts. Ich hörte ihr mit einem zwiespältigen Vergnügen zu. Würde sie nicht im ganzen Dorf herumposaunen, wie es bei uns zuging, Eugènes Nichtstuerei und das Durcheinander überall anprangern und den ausgezeichneten Ruf trüben, den unsere Mutter durch ihre Diskretion und Bestimmtheit erworben hatte, und herumerzählen, wie sehr diese doch zu bedauern sei, wenn man bedenke, wie es jetzt bei uns aussehe? Verflixte Klatschbase, brummelte ich immer etwas ungehalten, wenn sie wieder gegangen war. Und die Scham über meinen Sohn quälte mich dann immer besonders stark.

Wir gingen anschließend zum Supermarkt, um uns die Neuheiten anzusehen. Eugène blieb lange in der Fernsehabteilung. Es waren stets etwa zehn Apparate in Betrieb, und Eugènes starrer Blick sprang methodisch von einem zum anderen, damit er jedes einzelne Programm verfolgen konnte, ohne etwas von den anderen zu verpassen, eine Anstrengung, nach der er immer wie ausgelaugt war. Ach, was soll man mit dem Kind nur anfangen? dachte ich, wenn ich sein gleichgültiges Gesicht, seine weichen, willenlosen Mundwinkel sah. Es kam vor, daß mir die Unruhe den Atem verschlug und Tränen in die Augen traten: dabei war Eugène doch kein Dummkopf!

Nach dem Mittagessen, wenn die Hitze einen wie immer in dieser Jahreszeit zur Siesta einlud, eine drückende Bruthitze, erfüllt von den beißenden Dämpfen, die aus den gespritzten und mit Strömen von Düngemitteln überschwemmten Feldern aufstiegen – einer weißen Sintflut in

der Ferne –, dann rollte Eugène sich in seinem Schrank zusammen, während ich mit müden Schritten in unser Schlafzimmer ging. Ein leichter Stoß ließ die Eingangstür erbeben. Komm doch rein! rief ich, denn mir fiel ein, daß meine Schwester ja kommen sollte. Dann ging ich achselzuckend zur Tür, und nachdem ich aufgemacht hatte, sah ich zunächst einmal überhaupt nichts. Als ich den Blick senkte, nahm ich jedoch auf der Stufe der Vordertreppe eine lang hingestreckte unbekannte Gestalt wahr – und es war mir, als sähe ich die gelbliche Färbung dieser Stufe und ein dort wachsendes Unkraut durch eine unsagbare, nie dagewesene Silhouette hindurch, die am Anfang gebebt hatte und sich jetzt genausowenig bewegte wie ein Leichnam. Was ist das denn wieder ..., murmelte ich und rührte sie vorsichtig mit der Spitze meines Pantoffels an. Ich erkannte plötzlich Fannys Züge, obwohl sie so unbestimmt, so ungewiß waren, daß es mir schwerfiel, sie wirklich mit diesem Namen anzureden. Übrigens wäre ich nie auf Fanny gekommen, wenn mir nicht eingefallen wäre, daß nur sie allein uns so unangenehme Überraschungen zu bereiten wußte. Aus Angst, meine Schwester könnte gerade in diesem Augenblick zur Tür hereinkommen und da ich nicht so recht wußte, was ich tun sollte, hob ich die kaum wahrnehmbare Silhouette auf und trug sie in aller Eile in den Schuppen. Dort tanzte ich einen Augenblick von einem Fuß auf den anderen, aber meine Arme sanken unter der Last nicht nach unten; sie spürten kaum, daß sie etwas trugen! Ich legte den Körper auf einen in einer Ecke zusammengefalteten Kartoffelsack, denn das schien mir kein allzu hartes Lager für ihn zu sein. Beim Hinausgehen verschloß ich sorgfältig die Tür, damit der Hund nicht hinein konnte. In diesem Moment quietschte die Gartentür. Meine Schwester kam durch den Hof und schwang fröhlich ihren Schottenkoffer. Wegen des grellen Lichts konnte ich ihr Gesicht nicht erkennen, und ich sah gerührt, wie das hellblaue Kleid und die schönen runden, strammen Waden, die reizenden städtischen Sandalen meiner Schwester sich näherten. Sie war gekommen, um bei uns ihren Sommerurlaub zu verbringen. Die Naht ihres Saumes geht auf, dachte ich, an die Tür des Schuppens gelehnt. So war meine Schwester schon immer gewesen. Wenn wir uns nicht ein wenig um sie kümmerten, geriet sie schnell auf die schlimmstmöglichen Abwege, oder sie vernachlässigte aus Faulheit und Leichtsinn die kleinen Dinge des alltäglichen Lebens, die in unseren Augen den sittlichen Ernst einer ganzen Familie bezeugen, obwohl meine Schwester andererseits, wenn sie von einem bestimmten Wunsch beseelt war, sich auch wieder bestens zu helfen wußte. Als wir uns umarmten, begnügte ich mich denn auch nicht damit, sie auf ihren Saum aufmerksam zu machen, sondern holte nach dem Abendessen, als wir in einem freigelassenen Winkel der Küche einen Kräutertee tranken, mein Nähkästchen herbei und begann, über ihre Knie gebeugt, trotz ihrer Proteste ihr Kleid auszubessern. Nebenan sahen Eugène und sein Vater sich in tiefstem Schweigen einen Kriminalfilm an. Was würde geschehen, wenn die unwägbare Form im Schuppen aufwachte, dachte ich wider Willen, und was würde meine arme Schwester dazu sagen? War sie nun endlich wirklich tot? Ich konnte einen Seufzer nicht unterdrücken und dankte dem Himmel, daß unsere Mutter von uns gegangen war und all diese neuen Unannehmlichkeiten nicht mehr zu erleben brauchte. Meine Schwester allerdings, die es ausgesprochen ärgerte, daß ich hier zu ihren Füßen kniete, nahm das etwas böswillig zum Vorwand, um sich zu beklagen, daß ich mich nicht immer so fürsorglich um sie gekümmert hätte und mir kaum je so geschwind wie bei diesem Saum die Anzeichen einer unvermeidlichen Verirrung aufgefallen seien. Als sie nämlich, sagte meine Schwester, als Mädchen damit angefangen habe, mit wahrer Gier jene kleinen Romane für acht Franc zu verschlingen, deren Titelblatt mit einer Rosengirlande umrahmt und mit der Fotografie eines Paares geschmückt war, das sich in einem schmachtenden Kuß umschlungen hielt, Hefte, die sie sich, wie meine Schwester hinzufügte, vom Bahnhof der nächstgelegenen Stadt habe mitbringen lassen, sobald sie erfahren hatte, daß ein Nachbar oder irgendein Verwandter dort zu tun hatte, wobei sie im übrigen mit der Inhaberin des dortigen Kiosks, die die Hefte verkaufte, die Vereinbarung getroffen habe, daß sie ihr jede Woche ein Exemplar aufbewahrte, denn obwohl die Geschichten voneinander unabhängig waren, so hätten sich ihr doch schon bei dem bloßen Gedanken, daß sie etwa ein paar davon nicht gelesen haben könnte, die Bauchmuskeln zusammengezogen, sagte meine Schwester leicht erregt, dann seien ihre Schläfen und ihre Stirn in Schweiß gebadet gewesen, nicht anders als beim Entzug einer Droge, wozu diese von Damen mit englischen Namen geschriebenen kleinen Bücher in der provinziellen Langeweile für sie geworden seien, *Im Dschungel der Liebe*, *Ein Bräutigam für Bernice*, *Solange du mich lieben wirst*; dank romanhafter Verwicklungen solcher Art seien die Geschichten nämlich reich an Versprechungen für sie selbst gewesen, ohne daß eine bescheidene Leserin in einem abgelegenen Dorf, die wenig gebildet war, wie sie damals, und die von der Liebe keine andere Vorstellung hatte als das, was die Vernunftehen in ihrer Umgebung ihr vorführten, imstande gewesen wäre einzusehen, daß es solche wunderbaren Leidenschaften allein in Büchern geben könne und daß die ausgefallenen Verbindungen, wie sie in diesen Romanen jedesmal zwischen jungen Leuten unterschiedlichen Standes geschlossen wurden, im wirklichen Leben nur zur Katastrophe führen konnten, jedenfalls dachte meine Schwester das jetzt, nachdem sie, wie sie sagte, dieses Scheitern bis zur bitteren Neige ausgekostet hatte – als sie dagegen noch ganz in den Fängen jener Phantasmagorien gesteckt habe, habe sie nicht nur niemand aus ihrer Umgebung gewarnt oder ihr auch nur, allein schon in Anbetracht der Titel, das leiseste Gefühl für die Lächerlichkeit oder zumindest für die vollkommene Künstlichkeit dieser Geschichten vermittelt, sondern man habe sie, wunderte sich meine Schwester auch jetzt noch, mit einer Art von amüsiertem Vergnügen darin bestärkt; genauso, warf ich zustimmend ein, wie man jemand gern zu einem kleineren Laster ermutigt und seinen Spaß daran hat, weil man überzeugt ist, man tue ihm damit nichts Böses; und meine Schwester sagte, man habe ihr diese gefährlichen kleinen Hefte mit einer Nachsicht mitgebracht, deren erheiternde Hintergedanken man vor ihr selbst verborgen und allein der Sippschaft vorbehalten habe, eine spöttische Einstellung, wie sie vergleichbar etwa in jenem flüchtigen Augenzwinkern zum Ausdruck komme, mit dem man, wenn irgendein langjähriger Trinker zu Besuch war, sein Glas bis zum Rand vollschenkte. Deshalb habe unsere damalige Nachlässigkeit, beschuldigte uns meine Schwester, auch gewissermaßen ihr Leben ruiniert, was wir, sagte ich bestürzt und um uns alle in Schutz zu nehmen, allerdings in diesem Ausmaße nicht hätten voraussehen können, denn außer ihr habe sonst niemand die besagten Heftchenromane je aufgeschlagen. Ich ahnte, was sie dann noch sagen würde, und das beschämte und betrübte mich. Um ihr besser zuzuhören, hatte ich aufgehört zu nähen und stützte meine Arme auf ihre Knie, wobei man vom Wohnzimmer her zeitweilig den dröhnenden Lärm des Fernsehers hörte, wohingegen meine Schwester und ich in einer etwas dramatischen Intimität abgesondert waren. Ich hätte gewünscht, daß sie es dabei bewenden ließe, aber mit der Grausamkeit, die sie in unserer Kindheit oft gezeigt hatte, fuhr sie mit einer leicht jammernden Stimme in ihren Auslassungen fort und fummelte dabei an ihrem Saum herum, ohne sich darum zu kümmern, daß sie ihn dabei noch weiter aufriß. Da ich die ganze Zeit von unten zu ihr aufgeblickt hatte, tat mir auf einmal der Nacken weh; ich seufzte unauffällig und stützte mich bequemer auf ihre Schenkel. Solche unausgesetzten Lektüren, die von niemand je kritisiert worden seien, hätten sie dazu geführt,

fuhr meine Schwester fort, die Welt durch einen idealisierenden Filter zu sehen, durch den in diesen Geschichten alle Situationen einen Anflug von Ewigkeit und Größe bekamen und jede elegante und schöne Person notwendigerweise edelgesinnt sein mußte. Sie sei sich in diesem Dorf, in dieser ihrer Familie bald genauso verloren vorgekommen wie eine Prinzessin, die es zufällig dorthin verschlagen hatte, sagte meine Schwester, und sie erzählte dann gerührt und etwas kurzatmig, wie sie eines Tages in der Stadt gewesen und gerade mit einem neuen kleinen Roman unter dem Arm von dem Bahnhofskiosk gekommen sei, als sie eben jenem Mann begegnet sei, dem, der später ihr Gemahl werden sollte und der von so hervorstechender Besonderheit gewesen sei, in seiner schicken Fremdartigkeit so wenig zu vergleichen mit den farblosen jungen Leuten, mit denen sie Umgang hatte, und der an diesem Tag zum ersten Mal in seinem Leben die Stadt betreten hatte, voller Angst vor den Blicken, die man auf ihn werfen könnte, der zudem, wie meine Schwester sich erinnerte, eine unbändig entschlossene Miene und eine allzu forcierte Geringschätzung zur Schau getragen hatte, ganz ähnlich dem männlichen Ausdruck des Helden mit dem harten Kinn, der auf dem Titelbild des von meiner Schwester soeben erstandenen Heftchens sich gerade anschickte, die Lippen einer hintenübergeneigten blonden Schönheit zu küssen – als sie es dann, fuhr sie fort, in ihrer schwärmerischen Tollkühnheit gewagt habe, das Wort an ihn zu richten, ihn errötend und mit gespielter Schüchternheit anzusprechen, und er ihr zwanglos geantwortet habe, überrascht, aber sicher geschmeichelt von einem so prompten Empfang, so ehrenvoll in diesen für ihn nicht ungefährlichen Gegenden, wo er nie ganz davor gefeit war, daß die Scham ihn nicht seiner sämtlichen Fähigkeiten beraubte, da hatte sie sich sofort eingeredet, sagte meine Schwester und schüttelte jetzt ungläubig den Kopf, daß sie mit ihm das würde leben können, was man um sie herum nie lebte und für das allein sie geschaffen sei. Daher, schloß meine Schwester, seid ihr alle ein wenig verantwortlich für das Scheitern meiner Ehe, denn obwohl ihr mich jeden Tag gesehen habt, habt ihr doch nichts dagegen getan, daß meine Einbildungskraft mit mir durchgegangen ist... Ich vermied eine Antwort, nicht etwa, weil ich meine Schwester nicht für entsetzlich ungerecht gehalten hätte, sondern weil ich wußte, was sich dort unten im Schuppen befand und es mich verlegen machte, das vor ihr zu verbergen, und weil ich in diesem Moment tiefes Mitleid mit meiner Schwester empfand. Wenn sie nur tot wäre, betete ich bei mir selbst, verschwunden und vergangen! Wenn sie doch nie existiert hätte oder aber jede Erinnerung an ihr Dasein erloschen wäre!

Ich konnte jedoch nicht umhin, mit Eugène über sie zu sprechen. Da ich einfach nicht wußte, wie ich denn die, die ich gesehen hatte, beschreiben sollte, verwendete ich ungebräuchliche und vage Begriffe, und es dauerte ein paar Minuten, bis er verstand (aber war das nicht immer noch schnell genug?). Mein Sohn wurde knallrot im Gesicht; er schien drauf und dran, den Kopf zu verlieren. Weiß Gott, soviel hatte ich nicht von ihr verlangt! rief er. Das kann ich beschwören! Er stammelte jetzt, als habe er irgend etwas zu befürchten. Ich setzte eine strenge Miene auf. Da ich beschlossen hatte, mein Vorhaben, was ihn betraf, zur Ausführung zu bringen, hielt ich es für angebrachter, ihn ohne jede Nachsicht zu behandeln, damit er im entscheidenden Moment nicht auf den Gedanken kam, zu protestieren. Ich bat ihn, im Schuppen nachzusehen. Er war jedoch so entsetzt, daß er sich hartnäckig weigerte. Die nächsten beiden Tage war er beschämt und verstört. Wenn jedoch ein anderer, und sei es Eugène, gesehen hätte, was ich gesehen hatte, wenn er mir seinen Eindruck mitgeteilt hätte, dann wäre es mir leichter gefallen, mir über dieses Phänomen Klarheit zu verschaffen; so aber fiel mir kein passendes Wort ein, und es kamen mir schließlich Zweifel, ob ich denn nicht

geträumt hatte, und doch widerstrebte es mir, noch einmal in den Schuppen zu gehen, um nachzusehen, ob sich dort wirklich so etwas wie ein Anschein meiner Nichte befand.

Ohne jemandem etwas davon zu sagen, stieg ich ein paar Tage nach der Ankunft meiner Schwester mit Eugène in den Bus und fuhr zu ihrem Mann; es war das erste Mal, daß ich dort hinkam. Wenn mich die Häuser im Dorf zunächst durch ein insgesamt ärmliches Aussehen enttäuschten, so machte das Haus dieses Mannes doch einen sehr vorteilhaften Eindruck auf mich, und ich war in dem weiten Vestibül ganz aus echtem Marmor sogar so eingeschüchtert, daß meine Kühnheit mir Angst machte. Der Diener, der uns aufgemacht hatte, bat uns um ein wenig Geduld. Trotz seiner schlechten Laune schien Eugène stolz zu sein, daß er schon einmal in diesem imposanten Haus gewesen war. Das ist schon was, nicht wahr? meinte er immer wieder, während er in dem Raum auf und ab ging. Er bedrängte mich, auch etwas zu sagen und meinerseits in Verzückung zu geraten, anscheinend stellte er sich vor, daß ihm ein Teil dieser Bewunderung zukomme, weil er diesen Ort schon vor mir gesehen hatte. Ich blieb jedoch in einer Ecke stehen und bewahrte ein höfliches Schweigen.

Der Mann tauchte auf einmal so eilig in dem Vestibül auf, daß er uns gar nicht sah. Mit einer weitausholenden, ärgerlichen Geste winkte er ab, als er von dem Diener, der hinter ihm herkam, auf uns aufmerksam gemacht wurde. Doch erklärte ihm der Butler dann offenbar, wer wir waren, denn er blieb unvermittelt stehen und wandte sich erstaunt und verwirrt nach mir um. Er kam auf uns zu und erging sich in Entschuldigungen. Er trug ein prächtiges, hellrotes Gewand, lang und reich gewirkt, im Vergleich zu dem mir Eugènes schwarze Joppe, die er zudem ausbeulte, indem er seine Fäuste hineinbohrte, lächerlich knapp vorkam.

Oh, welch eine Überraschung, welch eine Überraschung! rief er aus. Er schüttelte uns nacheinander die Hände, mehrere Male. Dann gab er seinem Diener einen kurzen Befehl, und wenn es vorhin den Anschein gehabt hatte, er eile einer dringenden Beschäftigung entgegen, so führte er uns nun in den Salon, als habe er nichts Wichtigeres zu tun, als uns zu empfangen und für unsere Bequemlichkeit zu sorgen. Er richtete die Kissen des Sofas wieder auf und klopfte den Sessel ab. Er drehte den Fernseher an und stellte den Ton ganz leise, vermutlich um uns durch die flimmernden Bilder zu zerstreuen. Der Mann schien in unserer Gegenwart nicht weniger glücklich und beflissen, als wenn er irgendeine hochgestellte Persönlichkeit, einen überlegenen Kopf bei sich empfangen hätte! Ich für mein Teil war peinlich berührt von dieser Zuvorkommenheit von seiten eines Mannes, der daran gewöhnt war, der Herr zu sein, und dessen Lebensstil ihn bei uns zur bedeutendsten Persönlichkeit im Ort gemacht hätte, wohin der Beruf meines Mannes uns nie bringen würde.

Der Diener servierte uns eine Orangeade, dann knallte ein Absatz auf die Fliesen, und er war entlassen. Nach einem kurzen Schweigen war der günstige Augenblick gekommen, den Beweggrund meines Besuches darzulegen. Ich beklagte mich weitläufig über die Unfähigkeit Eugènes, irgendwo eine Stelle zu finden, über seine Nachlässigkeit und Ignoranz. Ich erklärte ihm, daß wir selbst nicht imstande waren, Eugène zu verändern, denn auf uns wolle er nicht hören. Obwohl er sicher sehr eingeschnappt war, saß Eugène neben mir und muckste sich nicht, wofür ich ihm trotz allem dankbar war. Unser Gastgeber verzog keine Miene. Wenn Sie deshalb ein Auge auf ihn haben könnten, sagte ich und nahm all meinen Mut zusammen, wenn Sie ihm Ihre Ratschläge erteilen könnten, ihm dabei helfen würden, den ihm gemäßen Beruf zu finden … Oh, ich vermute, das ist sehr viel verlangt, verzeihen Sie mir …

Ich schwieg, entsetzt über meine eigene Vermessenheit, ihn derart zu belästigen, um so mehr, als er jetzt verdutzt und sehr betreten schien. Er murmelte irgend etwas von Geld. Ich beeilte mich, das richtigzustellen: Nein, nein,

Eugène braucht kein Geld von Ihnen, sondern Ihren gesunden Menschenverstand, Ihr Beispiel, verstehen Sie ... Meine Stimme erstarb, ich schlug die Augen nieder, um mein Unbehagen zu verbergen. Ein beredtes Schweigen folgte; nun hatte er sogar seine Gastgeberpflicht vergessen.

In einer blitzartigen Erleuchtung ging mir dann auf, daß mein Ansuchen, mein Auftritt als Bittstellerin ihn in die tiefste Verwirrung und Seelenpein gestürzt hatte, trotz des sicheren Auftretens, das er im Lauf der Jahre erworben hatte. Er hätte seinen Triumph auskosten können: waren wir nicht so tief gesunken, daß wir ihn nun beneideten? Aber auch dazu war er nicht imstande, denn er hatte unsere ganze Glorie unangetastet gelassen. Würde er mich jetzt anflehen, alles zurückzunehmen, was ich gesagt hatte, dachte ich angesichts seiner Verstörtheit, würde er mir eröffnen, daß er zwar Manns genug gewesen war, sich das kleine Vergnügen zu machen, meinem Sohn ein Hochzeitsgeschenk zu überreichen, und sich diesen verhaltenen Sieg über unsere unversöhnliche Verachtung von einst zu leisten, daß es jedoch ein Ding der Unmöglichkeit sei, an seine Fähigkeiten zu appellieren, von ihm Schutz und Schirm und eine praktische Anleitung zu erwarten?

Er stand auf und ging mit unsicheren Schritten zum Fenster – in seinem karminroten, in unzähligen Falten herabfallenden Gewand schien er mitten in einer lodernden Feuersbrunst zu stehen. Da wagte Eugène es, den Ton des Fernsehers lauter zu stellen. Ich faltete die Hände über dem Schoß und wartete geduldig auf die Antwort unseres Gastgebers.

Inhaltsverzeichnis

Erster Teil

Zweiter Teil

Dritter Teil

Vierter Teil
Tante Colettes Anschuldigungen

Fünfter Teil

Sechster Teil
Tante Colettes Erzählung

Siebter Teil
Fannys Erzählung

Achter Teil

Neunter Teil

Zehnter Teil
Frühling

Elfter Teil
Der Auftrag der Cousine

Zwölfter Teil
Tante Colettes Erzählung